한국 여성 시학

김현숙, 김현자, 이은정, 황도경

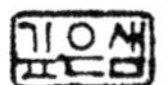

책을 내면서

이 책을 처음 시작하게 된 것은 학술진흥재단의 지원으로 「한국 문학과 여성」이라는 연구 과제를 맡았던 1994년도 봄부터였다. 그후 1년 동안 김치수, 김현자, 김현숙, 황도경, 이은정 다섯 명의 연구원이 모여 여러 차례의 연구사 검토, 자료 분석, 평가 회의, 분과별 모임, 집필 기간을 거쳐 완성된 실로 의미 깊은 공동 작업이라 할 수 있다. 저자 대부분이 이 시대에 여성으로서, 어머니, 아내, 딸로서 살아가고 있기에 여성 문학에 대한 탐구는 때로는 자신의 내면을 들여다 보고, 그 거울에 비치는 다른 여성들과 조우하고 연대감을 발견해 가는 과정이기도 했다.

이 책은 20세기 초기 문학으로부터 1990년대 최근의 현대시와 현대 소설에서 중요한 위상을 차지하는 여성 작가의 작품들을 다루고 있다. 기존 여성 문학에 대한 논의는 남성 중심주의 시각을 통한 전통적인 독서 행위에서 이루어져 여성 문학에 내재한 본질을 풍부히 드러내지 못한다는 게 우리들이 처음 공유한 문제의식이었다. 이에 필자들은 좀더 적극적이고 능동적인 여성 시각의 독서를 하고자 했다. 그것은 여성 문학에 대해 정당한 평가를 내리고 각각의 여성 작가와 작품들이 지니고 있는 고유한 의미와 기호의 해석을 이루는 작업이 될 것이라 기대했다. 한국 현대 문학사에 오랫동안 여성 작가의 자리는 공백으로 처리되어온 게 사실이다. 여성들의 의식이 문학 작품에서 나타나는 지배적인 주제와 모티브들을 정리하고, 아울러 그 주제들을 보다 효과적으로 드러내기 위한 문체와 언술

기법에 주목해 보았다.

　여성 문학은 여성 언어와 여성적 글쓰기를 통해 자기 정체성을 찾으려는 여성들의 노력을 여러 층위에서 섬세하게 담아내고 있다. 여성들은 자신에게 내재한 욕망에 귀를 기울이고 주변인 혹은 타자로 인식되어 온 자신의 모습을 진지하게 들여다 보면서 여성을 주체로 인식하는 사고를 정립해 나가고 있다. 여성시에서의 모성과 존재 탐구, 육체와의 불화와 화해, 외출과 귀가 등의 주제들은 모두 여성의 존재 탐구와 병행하고 있었다. 벗어나기와 되돌아오기를 거듭하지만 점차 생산적인 인식으로 성장, 선회하면서 여성 해방과 인간화라는 의식의 내면화와 확대를 이루어 나가고 있었던 것이다. 여성 소설에서는 부정적 현실에 저항하는 방법으로서의 여성적 죽음, 성(性), 억압의 구체적 영역으로서의 육체와 말 등의 테마를 중심으로 현대 여성 소설의 고유성을 살펴 보고자 했다. 이를 통해 여성 문학의 몸과 말은 허위적인 육체 속에 가리워져 있던 참다운 생명을 찾으려는 욕구의 반증이며 여성의 글쓰기는 억압과 침묵을 뚫고 솟아오르는 '생존의 서사'임을 고찰할 수 있었다.

　이러한 연구를 통해 여성 문화의 긍정적인 미래 지향점을 모색하고, 한국 문학사에 공백으로 남아 있는 여성 문학의 구체적인 위상을 점검함으로써 한국 문학사의 복원에 기여하고자 하는 것이 우리들의 바람이다.

　연구를 끝내 놓고도 한국 여성 시학을 나름대로 정립해야 한다는 무게

감 때문에 원고 출판이 더디어졌다. 좀더 심화시켜야 할 부분도 있고, 최근 들어 문단에 신선한 충격을 주고 있는 신진 여성 작가들을 다룰 필요성도 절실하게 느낀다. 그러나 아쉬움은 앞으로의 연구 과제로 남기며 이제 책을 내보내려 한다. 연구를 허락해 준 학술진흥재단과 쾌히 출판을 맡아 주신 깊은샘 출판사 여러분께 감사를 드린다. 끝으로 자료 조사와 원고 정리 등 크고 작은 일에 수고를 아끼지 않았던 강현정에게 고마운 마음을 전한다.

1997년 12월
김현숙, 김현자, 이은정, 황도경

책을 내면서

적극적 · 창조적 모성과 삶 본능의 에너지

김 현 자*

1. 출산과 양육의 생물학적 모성

여성은 남성과는 다른 고유하고 특수한 경험의 영역을 지닌다. 월경, 수태, 10개월의 기다림, 출산, 수유, 양육 등의 경험이 그것이다. 이들은 성 역할에 있어서 여성을 남성과 구별지으면서 양면성을 지닌다. 즉 전적으로 여성에게 어머니 역할을 책임지우는 불평등과 억압의 조건이 되면서 역으로 불완전한 태아를 하나의 인격체로 성장시키는 과정 속에서 여성으로 하여금 창조적인 기쁨을 맛보게 한다. 생물학적 모성을 지지하는 입장에서는 여성의 신체성에 주목한다. 여성의 신체가 남성에 비해 아이를 수태하고 양육하기에 적절한 환경을 제공해 줄 수 있다는 것이다. 자궁은 지칠 줄 모르는 생식력을 지니며 적당한 습기와 온도를 태아에게 주며 유방은 생명수처럼 아이의 자양분이 되는 젖을 분비한다. 여성의 신체성을 통해 여성의 생물학적 모성을 지지하려는 입장은 이렇듯 개연성을 지닌다. 그러나 이는 여성을 인간 활동의 다양한 장으로부터 배제하고 오

---

* 이화여대 국문과 졸업. 동대학원 국문과 문학박사. 이화여대 국문과 교수. 「여성시의 계보」, 「페미니즘적 관점에서 본 현대시 연구」 외 다수의 논문과 「시와 상상력의 구조」, 「한국현대시 작품 연구」, 「한국시의 감각과 미적 거리」 등의 저서가 있다.

직 여성의 영역이라는 규정된 범위로 국한시키고[1] 성적, 정치적, 사회 문화적 주변인으로 만들어서 종국적으로 가부장제적 이데올로기를 합리화하는 중요한 기제가 되기도 한다.

생물학적 모성성에 내재한 억압성을 통찰하면서 여성 학자들은 다양한 견해를 제시하고 있다. 우선 파이어스톤은 생물학적 성이 사회의 기본적 범주이며 모순이라고 주장한다. 여성 억압의 원인이 생물학적 출산 능력에 있다고 보는 그녀는 극단적으로 여성의 생물학적 재생산 능력을 제거할 때 성적 해방이 가능하다고 생각한다.[2] 그러나 그러한 주장은 여성의 육체가 지닌 정체성을 간과하고 생명의 신비를 거스리고 있다는 점에서 문제가 있다. 신체성에 내면화되어 있는 이데올로기에 대한 비판이 되지 못하고 신체성을 파괴하는 극단성으로 나아간 것이다. 그런 점에서 에드린느 리치의 견해는 많은 시사점을 지닌다. 그는 임신을 단순한 희생적 경험이나 야만적 행위로 파악해서는 안 되며 이러한 오류는 가부장적이고 남성 중심적인 출산 개념을 그대로 받아들인 데서 비롯된다고 비판한다. 리치는 가부장제하의 모성은 대부분의 여성들에게 고통과 박탈감을 주고 '다양한 사회, 정치 체계 속에서 남성 지배를 정당화하는 열쇠'[3] 이지만 이러한 상황하에서도 모성적 경험은 하나의 대안을 제시할 수 있다고 본다. 즉 모성 안에는 풍부한 창조성과 기쁨의 잠재력이 포함되어 있다는 것이다.[4]

---

1) 쥘라 에이젠슈타인, 「가부장제, 모성, 그리고 공적 생활」, 『자유주의 여성해방론의 급진적 미래』, 31쪽. 1979.
2) 슐라미드 파이어스톤, 『성의 변증법』, 풀빛.
3) Rich, 『of Woman Born』, 13쪽.
4) 위의 책, 13쪽.
　리치는 모성을 '경험적 측면'과 '제도적 측면'으로 구분할 것을 주장한다. 즉 가부장제하에서의 어머니의 역할이 무엇을 의미하는가의 문제와, 남성 지배하에서 부가된 모성적 연계로부터 분리되거나 해방될 수 있을 때 모성 경험이 무엇을 의미하게 될 것인가 하는 문제를 구분해야 한다는 것이다. 전자는 모성의 잠재성이 남성의 통제하에 여성이 계속 머무를 수 모성성이 선천적 자질이라고 생각할 경우 가족을 위한 여성의 희생과 인내는 당연한 것이 되어 가부장제 이데올로기를 합리화한다. 그러나 모든 사람이 동일할 수 없듯이 여성의 능력과 자질도 각기 다르다. 모성에 대한 생각이나 모성성의 정도도 마찬가지이다. 당연하게 받아들이고 그것을 기쁘게 완수하는 사람, 자아 정체성과의 갈등 속에서 힘겨워하는 사람, 자식이나 남편보다는 개체로서의 자신의 삶을 더 중시하는 사람 등 다양한 입장이 있을 수 있다. 문제는 이러한 다양성과 성차를 무시하고 일괄적이고 고정된 상을 모든 여성에게 부과한다는 점이다. 이렇듯 모성성은 모든 여성의 공통된 관심사이며 주제이다. 출산과 양육의 경험을 시화(詩化)하는 여성 시인의 수용 양상도 각기 다르게 나타난다.

① 전략
이제 돌같이 굳었던
살과 뼈 무너진다
슬픔 무너진다
그대의 외로움, 한, 분노
그대의 한 생애가 무너지며
생명의 따뜻한 물로
뜨겁게 풀리는구나

비로소 둥그러이 넓고 큰 모성의 물이 되어
머리부터 발 끝까지 흘러간다
휘이고 궁글리고 아물리면서

가득히 채우고 비우면서

있도록 하는 목적을 지닌 제도로서 파악한다면 후자는 여성의 출산과 양육의 경험이 지닌 창의성을 주목하고 있다.

　　　죄 많은 우리 여자들의 한 생애를
　　　다시 한 번 빛나게 완성하면서
　　　　　　　　　　　　　　　　「産後」(양정자)
　　② (전략)
　　　그러나 너 태어나 탯줄이 끊기고
　　　눈꺼풀이 떨어지고
　　　인큐베이터 속으로 너 떨어질 때
　　　강물은 다시 흘러내리고, 무덤들 검게 닫히고
　　　우리는 산 아래로 굴러 떨어졌지
　　　내 두 젖은 말라 비틀어지고
　　　텔레비전은 왕왕거리고, 창 밖에선 클랙슨 소리
　　　요란했지, 너 배고파 우는 울음 소리와 함께
　　　산맥은 캄캄하게 돌아누웠지
　　　　　　　　　　　　　　　　「解産」(김혜순)

　　두 시는 모두 출산의 경험을 시적 소재로 삼고 있다. 그러나 화자의 의식은 극명하게 대비되며 그것은 이미지나 어조, 시제의 사용과 긴밀히 연관된다. ①의 화자는 출산을 통해 자신의 존재가 완성되는 체험을 한다. 출산 전이 고체화되고 경직된 이미지에 의해 한과 슬픔의 정서를 구성하고 있다면 출산은 '둥그러이 넓고 큰 물', '휘이고 궁글리고 아물리는 물' 등의 물 이미지로 부정적 정서를 융화시키고 존재의 재탄생을 가능케 한다. 감탄문과 현재 시제의 사용으로 출산의 경험이 주는 경이와 기쁨을 생생하게 환기하고 있다. 또한 마지막 연에서는 연속되는 부사절을 겹치면서 열린 통사 구조로 끝맺고 있는데 이는 '흐르는 물'의 이미지를 강조하면서 모성성만이 여성을 완성하는 지속적인 원천임을 제시한다.

　　반면 ②의 화자는 출산을 태아와 엄마 사이의 분리로 인식하고 결핍과 불모성의 세계로 빠져든다. 아이가 뱃 속에 있을 때에만 엄마와 아이 간의 진정한 융화의 세계가 열리며 자궁을 빠져 나가는 순간 아이는 '미숙아'가 되어 '인큐베이터 속'으로 대표되는 현대 기계 문명으로 투기(投棄)된다. 출산 전의 순수성과 풍요의 물은 출산과 동시에 '말라 비틀어진 젖'으로 불모와 오염의 이미지로 변화한다. 또한 '-했지'라는 과거 회상 시제를 사용함으로써 출산 경험에 대한 몰입을 배제하고 냉소적이고 객관적인 거리를 두고 있다. 이러한 부정적 인식은 대상 세계를 보는 시인의 인식과 관련이 깊다. ②의 화자는 아이가 태어나서 살아갈 세계를 '인큐베이터'로 규정한다. 그곳에서 인간은 자연성을 잃어 버리고 현대 산업사회를 유지하기 위한 하나의 도구일 뿐이다. '텔레비전'과 '자동차'로 대표되는 물질 문명은 화자에게 풍요의 천국이 아니라 불모지(不毛地)일 뿐이므로 그 속에 존재하는 아이와 엄마의 따사로운 유대의 관계는 처음부터 불가능한 것이다..

2. 모성과 자아 정체성의 대립 구조

이 세상의 모든 여성은 어머니 자질을 지니고 있는가? 라는 질문에 대해 대부분의 사람들은 '그렇다'라고 대답할 것이다. 그러나 여기서 모성성으로 간주되는 인내와 맹목적으로까지 보이는 희생, 자녀에 대한 무조건적인 봉사를 여성 본래의 생득적인 자질로 보는 것은 타당하지 않다. 여성의 자발적인 모성성은 창조성과 생명력을 지닌다. 각박한 현대 산업사회 속에서 인자하고 자애로운 어머니는 가족 공동체의 붕괴를 막는 중요한 구심점이 될 수 있다. 그러나 그러한 모성성을 사회적으로 일괄적으로 규정하고 모든 여성에게 강요할 때, 더 나아가 여성이 사회가 요구하는 어머니 역할을 충분히 수행하지 못했다고 비난과 억압이 가해진다면 더 이상 모성성은 창조성을 지닐 수가 없다. 낸시 초도로우가 지적했듯 여성의 모성은 선천적으로 부가된 필연적인 것이 아니다. 우리는 생물학적 성(Sex)과 사회적 성(Gender)을 구별하듯이 생물학적 모성과 사회적 모성을 구별하고 일반적으로 모성성으로 규정하고 있는 특성들이 사회적 모성에 해당함을 인식할 필요가 있다. 초도로우는 여성이 자연에 보다 적합하며 모성에 적절하도록 진화되어 왔다는 주장이나, 여성은 이데올로기 및 성 역할 정형화의 압력에 의해 어머니가 되도록 강요받아 왔다고 보는 두 관점을 모두 비판한다.[5] 그는 「모성성의 재생산」이라는 글에서 '여성의 모성 능력과 그로부터 만족을 얻을 수 있는 능력은 강하게 내면화된 것이다. 심리적으로 강화된 것으로서 발달론적으로 여성의 정신 구조 속에서 성장한 것이며 여성 자신이 어느 정도 어머니로서 해야 하는 역할에 대한 능력과 정체감을 갖고 있지 않다면 모성을 불가능' 한 것이라는 주장을 내세운다. 즉 여성은 관계적 능력과 욕구를 지닌 상태에서 성장하며, 자신과 어머니를 연결시켜 주는 자아 관계성을 심리적으로 규정한 상태에서 어머니로 성장하게 된다는 것이다. 이는 남성성이 분리와 자율성의 획득에서 시작하는 것과 대비된다.

가족 관계 안에서 아내로서, 어머니로서 역할을 수행하는 여성은 끊임없이 자기를 독립된 개체로서 응시하고 분리하고 싶은 욕구를 지니게 된다. 여성도 하나의 인간이기 때문에 외부 세계로 자신을 확장시키며 업적 지향적인 삶을 살고 싶은 갈망을 지니기도 한다. 그러나 여성 혼자만의 어머니, 아내의 역할을 강조하는 남성 중심주의 사회에서 여성은 자아 정체성과 어머니 역할 수행 사이에서 심각한 혼란을 겪기도 한다. 모성성과 자아 정체성 간의 갈등으로 인해 여성 시인들은 시 속에서 다양한 분열과 갈등의 징후들을 보여 준다. 첫째는 자아 정체성에 대한 욕구를 억제하면서 모성성에만 충실하려는 시이다. 이들은 사회의 억압을 내면화하고 초

---

5) Chodorow, Reproduction of Mothering, 11-30쪽.
　　　―――, "Family Structure and Feminine Personality" in Women Society, ed. Rosaldo and Lamphere, 43-66쪽.

자아가 자아를 끊임없이 억압하기 때문에 표면적으로는 갈등이 거의 드러나지 않는다. 둘째, 현실의 층위에선 순응하지만 무의식의 상태에서는 끊임없이 일탈을 꿈꾸는 경우이다. '잃어버리기', '건망증', '꿈을 통한 거부' 등 현실의 억압으로부터 벗어나고자 하는 무의식적 욕구가 꿈이나 건망증의 형태로 나타난다. 셋째, 독립성을 찾으려는 욕구와 인내와 희생을 갖춘 여성이 되어야 한다는 강박 관념 속에서 시 텍스트 상에 의식의 분열과 혼효를 극단적으로 노출하는 시들이다. 넷째, 자의식과 어머니 사이의 갈등에서 모성이 지닌 굳건한 힘과 사랑으로 귀착하려는 태도이다. 자녀와 남편을 통해서 자신의 존재를 확인하고 힘을 얻는 모성의 건강성을 보여 준다는 점에서 의의를 지닌다. 그러나 자아 정체성에 대한 욕망을 억제할 때 가족 공동체의 안녕과 사랑이 유지될 수 있다는 통찰은 시 전면에 비애와 비장함을 준다.

안녕
막내와 인사를 나누고
나는 눈을 감는다

임종하는 자같이
완전히 결별하며
어둠의 문을 연다
누구와도 같이 갈 수 없는
잠 속으로
빛 속으로
나는 떠나간다

그래 안녕
안녕히 떠나가리라
나의 삶은 꿈 안에 있고

꿈의 안부는 묻지 말아라
꿈 안에 나와 너는 아무 인연이 없다

그러나 내 몸 어디에
막내는 맞닿아 있었을까
—— 안녕히 주무세요
치마끈을 굳세게 잡고 따라온
막내의 목소리는
꿈의 바닷가에 갈매기로 날면서
나를 지키고 있었다

따라오지 마라
따라오지 마라
내 꿈의 집엔
네 자리가 없다

「어둠의 노래」(신달자)

　「어둠의 노래」는 꿈에서나마 자신을 되찾고자 하는 여성의 심리적 갈등을 그려내고 있다. 사랑하는 막내가 굳세게 치마끈을 잡아 이끄는 일상의 집과 현실의 어떤 인연으로도 따라올 수 없는 꿈의 집은 이항 대립의 의식을 보여 준다.

일상의 집	꿈의 세계
폐쇄, 감금	자유, 비상
부동의 공간	유동성의 공간
(낮의) 침묵	(밤의) 노래
노동과 양육	자아 탐색
어머니로서의 삶	한 인간으로서의 삶

서술어에서도 모순된 감정이 잘 드러나는데 '작별하다' - '지키다', '떠나다' - '맞닿다', '인연이 없다' - '나를 지키다' 등 대립되는 어휘를 배열하면서 마음 속에서 반란을 일으키는 자아를 강조하고 있다. 삶의 무거움과 동경, 어머니로서의 의무와 자신만의 삶에 대한 갈망, 진한 가족의 인연과 그 일상에서 벗어나고자 하는 투쟁을 보여 주는 화자의 독백은 그것을 듣는 청자에게 충격적인 긴장을 준다. 시적 자아에게 꿈은 죽음과 같게 느껴진다. 그 속에서 온전히 자신만을 위해 사는 삶을 살고자 하지만 그 꿈의 언저리에도 어머니로서의 책임과 양육의 의무는 따라온다. '따라오지 마라' '안녕히 가리라' 등의 단호한 어조에는 아내나 어머니로서가 아닌 독립적 인격체로서의 삶을 회복하고자 하는 욕망이 숨어 있으며 막내라기보다는 자기 자신에게 결연한 의지로 다짐하는 것으로 느껴진다. 시인의 다른 시들이 대부분 자녀에 대한 근심과 사랑으로 가득 차 전형적인 모성성을 보여주는 데 비해 유독 이 시가 모성의 갈등에 초점이 맞추어진 것은 억압된 욕망을 순치시키고 대리 만족시켜 주는 꿈의 속성과도 관련된다. 꿈은 시인이 현실 차원에 충실히 집착하여 누구보다 자식이나 가족에 대한 진한 사랑을 지녔으면서도 또한 그 현실적 체험에서 객관성을 유지하면서 시인의 위치를 탐색하고자 하는 정신적 의미를 지니고 있다.

① 이조 시대관에서 아이를 잃어버린 걸 알았다.
나는 왕의 밥그릇, 술잔, 수저를 잊혀진 후궁처럼 바라보
다말고 백자 연적의 연꽃잎들을 주르르 흘리며 고려 시
대관으로 달려간다.
　　　(중략)
그러나 계단 위로 꿈결처럼 아이가 걸어 올라오는 것을 본다.
엄마 이게 뭐야? 으응 이건 철갑옷이야. 칼로 싸울 때 맞지
않으려고 입는 거야. 무거운 옷일 거야. 우리는 철기시대 철갑

병사 앞에서 두 손을 맞잡는다.

「중앙박물관 길」(김혜순)

② 잠 속에서 나는 가끔씩 아주 무시무시한
방뇨를 하네,
방뇨의 홍수 앞에
지하묘지의 탑들은 모두 무너지고
금단의 벽들이 행복하게 수몰될 때
나는 금색 찬란한 행복을 느끼고
시든 입술로 다시 잠드네,

축축한 스폰지요는 나의 뗏목,
나는 파도처럼 솟구치는 뗏목을 타고
꿈으로 가는 여권을 힘껏 흔들면서
바다로 나가지,
백경을 잡으려고…
죽어도 잊지 못할 첫사랑 같은
아아 하얀 백경을 잡으려고

「야뇨증의 여자」(김승희)

①의 시는 서정적 주인공이 국립 중앙박물관이라는 폐쇄된 공간 속에서 아이를 잃어버린 후 찾기까지의 탐색의 과정을 담고 있다. 남성 영웅의 탐색 과정은 넓고 광활한 공간에서 외부 세계를 정복하고 선조적인 시간을 따라 국가나 보물, 배필을 찾아가는 것으로 이루어진다. 그러나, 이 시의 화자는 중앙박물관이라는 폐쇄된 공간 속을 찾아 헤매며 이조에서 고려, 신라, 토기 시대, 석기 시대, 철기 시대로 시간을 역전해서 거슬러 올라간다. 그리고 그녀가 찾는 대상은 아이지만 찾는 과정에서 중심이 되는 것은 그녀 자신의 자아 정체성이다. 아이를 찾아야 한다는 끝없는 강

박관념에 시달리면서도 그녀는 시간의 영원성이 응집되어 있는 박물관의 유물들을 하나하나씩 건너다본다. 그 유물들은 남성 중심, 아버지 중심의 시간성이 응고된 것이다. 초시간성을 체험하면서 시적 자아는 여성으로서의 자신의 실존을 찾아가고 그것은 '흰 치마에 콜라가 썩은 피처럼 번지는' 것으로 드러난다. 아이를 잃어버린 것은 시적 화자가 자신의 자아를 찾기 위해서 일상의 시공을 탈각한 때문이며 마지막 다시 아이를 찾아 두 손을 맞잡는 것은 일상의 자리로 되돌아왔음을 의미한다. 김혜순의 시에는 이 외에도 건망증이나 물건을 잃어버리는 일이 자주 나타난다. 그것은 일상에 쉽게 안주하지 못하는 자아의 갈등 양상을 보여 주며 잃어버리는 대상이 아이나 자기 자신이 될 때는 모성성과 자아 정체성 사이에서 갈등하고 분열을 겪는 여성의 모습을 보여 준다.

② 김승희의 「야뇨증의 여자」는 앞의 시들과 함께 현실 속에서 이룰 수 없는 자아 찾기와 탐색을 꿈과 '흘러넘치는 물'의 상징을 통해 보여 주고 있다. 시적 자아는 '나무간살막이가 된 창 속에 갇힌 여자'이며, '고분 속에 묻힌 여자', '벽장 속에 갇힌 여자', '지하 서랍에 매장된 여자'로 자신을 표현한다. 매장과 감금의 주체는 남성(남편)이다. 김승희의 시에는 감금과 폐쇄의 양상이 자주 발견된다. 여성의 삶을 가두는 실내 공간으로 '상자곽', '괄호 안의 세상', '껍질', '벽' 등의 공간을 자주 사용하며 이러한 껍질을 부수고 온전한 생명과 해방을 꿈꾸려는 노력으로 '부화의 꿈을 꾸는 달걀', '어두운 콩깍지를 뚫고 빛나는 콩나물', '화분 밖으로 뻗어나가는 화초'의 이미지들을 사용한다. 「야뇨증의 여자」에서 여성을 억압하는 실체는 여성의 미덕은 '인내'와 '희생'이라고 보는 가부장제 규범 아래에서 여성으로 하여금 매일을 '순교하며' 살아가도록 강요하는 사회와 남성이다. 시적 자아가 이를 해체하는 것은 오직 '꿈' 속의 '무시무시한 방뇨'를 통해서 이다. '방뇨'는 대홍수처럼 세상의 질서를 뒤엎어버리고 이때 시적 자아는 노아의 방주를 타고 '백경'을 찾아 떠나게 된

다. '백경'은 현실 세계에 존재하지 않는 것으로 여기서는 여성이 찾고자 하는 자아 정체성을 의미한다. '백경' 이미지는 김승희의 또 다른 시 「백경을 잡으려고」에 반복되어 나타나는데 여기서도 '유리 바닥에서 전족을 한 발로 춤추고 생활하는 여자'의 몸 속에 '하얀 고래의 알이 숨어 있'으며 하얀 고래가 여자를 잡아당겨 여자는 바다 속으로 잠겨든다. 이때 바다는 태초의 물에 해당하며 끊임없이 존재의 시원으로 돌아가려는 여성적 상상력과 함께 물을 통한 재생, 자아 탐색의 의미를 함축한다.

딸아 보아라,
가고 싶었던 길들과
가 보지 못했던 길들과
잊을 수 없는 길들이
오늘 밤 꿈에도 분명 살아 있어
인두로 다리미로 오늘 밤에도 정녕
떠도는 길들을 꿈 속에서 꾹꾹 다림질해 주어야 하느니
네 키가 점점 커지면서
그림자도 점점 커지는 것처럼
그것은 점점 커지는 슬픔의 입구,

세상의 딸들은 하늘을 박차는 날개를 가졌으나
세상의 여자들은 아무도 날지 못하는구나.
세상의 어머니는 모두 착하신데
세상의 여자들은 아무도 행복하지 않구나
「엄마의 발」(김승희)

김승희의 「엄마의 발」은 본능적 모성성과 자아 정체성 사이의 대립과 갈등을 극명하게 드러내고 있다. 본능적 모성성의 긍정적 요소라고 할 수 있는 자식을 소중하게 보살피고 양육하는 어머니의 사랑 저편에는 자신의 삶을 희생하고 양보해서 결국 행복할 수 없는 한 여성의 비극이 자리 잡고 있는 것이다. '딸아 보아라' 는 어조상 같은 운명을 걸어가는 동지에 게의 호소와, 엄마와 같은 인생을 딸에게는 되물림하고 싶지 않으며 딸이 자신과는 다른 삶을 걸어 가길 바라는 염원이 담겨 있다. '크고 넓은 발' 로 걸어서 '가 보고 싶었던 길들과 가지 못했던 길들과 잊을 수 없는 길' 은 자아가 탐색하고자 했던 이상적 방향이었으나 엄마의 신발은 '감옥 창살' 이 되어 떠나지 못하게 하고 결국은 '슬픔의 입구' 로 들어서게 한 다. '길' 이 펼쳐져야 할 곳에 감옥만이 남아 있게 되면서 그곳엔 야성의 것들이 모두 감금되고 그것은 무덤의 이미지로 시 전면에 나타난다. 하늘 에서 빛나야 하는 별과 같이 향기롭고 생명력 넘치던 자질들은 엄마의 삭 막하고 황량한 현실 속에서 물기와 생명을 잃은 채 죽음의 이미지로 고착 되어 간다. 딸들은 세상을 향해 힘껏 도약하고 마음껏 자기를 발현시키는 날개와 가능성을 지니지만 어머니는 왜 그들과 달리 세상이 만들어 준 감 옥 속에서 끊임없는 비상과 자아 발견의 욕망을 '인두' 와 '다리미' 로 꾹 꾹 누르며 살아야 하는가를 담담하게 자문하는 이 시는 모성과 자아 정체 성의 갈등에 대한 놀라운 시적 통찰을 보여 주고 있다. 시 속에 드러난 대 립 구조를 정리하면 다음과 같다.

모성	자아 정체성
대지	야생별
대들보	야생조
노동, 무덤, 종신수, 조화	꿈, 날개, 꽃, 야생풀
가지 못했던 길	가 보고 싶었던 길
날지 못하는 어머니	날개를 가진 딸
착한 어머니	행복하지 않은 여자
희생, 사랑, 부자유	자유, 비상, 꿈
가라앉음, 안정, 무거움	높이, 가벼움

　이 시의 한계는 여성의 모성성에 대한 상식을 깨뜨리고 마음 속의 갈등과 혼란을 탁월하게 형상화하는 데는 성공했지만 그 둘의 명제를 조화롭게 종합시키는 관점에까지는 이르지 못하고 있다는 점이다. 날카로운 문제의식을 보여 주지만 한탄의 어조, 좌절과 체념에 순응해 버림으로써 창조적 모성성의 가능성을 제시하는 데까지 나아가지는 못하였다.

> 언제나 고요한 시선, 고요한 수면
> 하늘 한 번 쳐다보고 한숨 한 번 쉬고
>
> 불을 지피다가
> 불붙은 장작을
> 초가삼간 지붕위로 내던지며
> 나와라 이 도둑놈들아
> 옷고름을 갈가리 찢고
> 두 폭 치마 벗어던지며
> 용천발광하고 싶다가도
>
> 문풍지가 한밤내 바르르 떨고
> 하이얀 식탁보는 눈처럼 짜여지고
> 　　　　　　「레이스 짜는 여자」 (김혜순)

　김혜순의 「레이스 짜는 여자」는 일상 속에서 고요하고 묵묵하게 자신의 역할을 수행해 가는 여성의 마음 속에 폭풍처럼 일어나고 있는 분열의 징후를 보여 준다. 가사 활동이 지니고 있는 단순성, 반복성은 여성의 삶에 그 무엇보다도 무서운 폭력으로 나타나 여성의 삶의 기반을 부수어 간다. 위장된 평화와 안락 속에는 죽음과도 같은 여성의 갈등과 분열상이 숨어 있는 것이다.
　어머니와 자아 사이의 갈등이 분열과 갈등을 딛고 모성적 힘으로 귀착하는 경우로는 김승희의 시 「쌍봉낙타」를 들 수 있다.

해인이와 왕인이가
내 등 위에 올라타 앉아 있다.
엄마는 낙타.
목이 말라도 몸이 아파도
뜨거운 모래 위를
무거운 짐을 지고도 걸어가야만 한다.
　　〈중략〉
우울증에 신경질에 죄악 망상
파라노이아 증상까지 겹쳤어도
내가 사는 것은
내가 죽지 않고 가는 것은
내 등위에 짐지워진
두 개의 육봉 때문일까.
오, 라후라라고
부처님께서 부르신,
부처님께서 버리신 피의 인연으로

나는 힘센 쌍봉낙타가 되어
뜨거운 사막 속을 가고 있다.
다락처럼 무거워도
야근처럼 피로해도
엄마는 낙타,
쌍봉낙타는 더 힘이 세다.
　　　「쌍봉낙타」(김승희)

「쌍봉낙타」는 어머니와 자아 사이의 갈등 속에서 우울증과 정신질환을
겪으면서도 어머니로서의 삶을 감수해야 하는 비애가 전면에 흐르고 있

다. 그러나 그 슬픔은 슬픔으로만 머물지 않는다. 고단하고 박제된 삶으로부터 부활을 꿈꾸는 분만의 상상력이 위대한 모성적 힘으로 작품 저변에 굴절되어 나타나기 때문이다. 쌍봉낙타로 비유되고 있는 이 시의 화자는 막연한 '나'가 아니라 두 아이를 기르는 '엄마'이다. 이 시에서 화자는 엄마라는 존재가 갖게 되는 무거운 책임과 인고적 삶이 배어 있는 중년 여인으로 나타난다. 화자의 등 위에 올라타 있는 두 아이 '해인이와 왕인이'는 화자의 등을 누르는 무거운 짐이면서 동시에 사막과도 같은 거친 삶을 통과해 가는 엄마에게 근원적 힘을 제공해 주는 유일한 희망이다. '다락처럼 무거워도/야근처럼 피로해도' 힘을 잃지 않고 견뎌내는 엄마의 강인한 사랑을 이 시는 '쌍봉낙타는 더 힘이 세다'라는 중년 여인의 완강한 음성을 통해서 전달하고 있는 것이다. 이와 같은 깊은 모성애는 나약한 여성들에게 무한한 용기와 생명력을 샘솟게 하는 근원적인 힘이 되기도 한다.

3. 모성성의 결핍과 불모성(不毛性)

남성 중심의 억압적 사회는 이원론에 기초한 사회이다. 남성과 여성이라는 성의 이분법적 대립에서 시작하여 육체/정신, 유기체/환경, 식물/동물, 선/악, 흑/백, 감성/지성, 수동성/적극성, 정상/비정상, 삶/죽음 등 실제로는 하나의 연속체이며 통일체인 것을 항상 상반되는 별개의 이미지로 굳혀 버린다. 이렇듯 고형화된 편견과 고정 관념은 모성성의 규정에도 영향을 미친다. 가부장적 사회에서 여성은 남성에 의해 '그의 성과 생식력을 지배당하는'[6] 객체로만 존재한다. 이때 '어머니'라는 어휘는 협의

6) Roisin Mconough and Rachel Harrison, "Patriarchy and Relations of Production" in Feminism and Materialism. London; Routledge and Kegan Paul, 1978. 26쪽.

의 생물학적 의미뿐만 아니라 광의의 정치적 의미로 쓰이는 것이다. 모성은 여성을 '아이를 돌보는 감정적이고 의존적인 존재'로 보는 생각을 내포하게 되는데 이는 모성의 정치적 구성을 나타낸다. 즉, 모성이 의식적으로 조직되고 사회적으로 구성된 것이라는 사실을 의미한다. 가부장적 이데올로기는 모성을 자연스러운 것으로 제시하기 때문에 여성을 사적 영역으로 제한시키고 공적 영역으로부터 배제하는 것이 사물의 자연적인 질서를 지키는 것이라고 주장한다. 가부장제라는 남근 중심주의의 사회 속에서 모성은 그 자체의 분만성을 상실하고 소외와 결핍으로 이루어진 불모성의 세계가 된다.

(전략)
한 여자가 날아온다
눈꺼풀도 없고
입술도 없고
구멍뿐인 여자가 날아온다
서로서로 두발을 얽혀 걸고
흘러가고 있을 때
바위틈에 알을 낳고
또다시 흘러가고 있을 때
홀로 되돌아와서
함께 거슬러 오르자고
비수를 내미는 전생까지 가지고
피비린내로 말하는 여자가
　　　　　　　　　　　「逆史」(김혜순)

　끊임없는 외부 세계와의 투쟁을 통해 자신의 공간을 확장해 가는 남성들의 역사는 일직선으로 합목적적으로 나아가는 歷史이다. 하지만 이 속에는 여성의 활동과 경험, 업적이 존재하지 않는다. 여성은 가정과 사적 영역에서 순환과 회귀의 체험을 할 뿐이며 따라서 여성의 시간은 정지되어 있다. 「逆史」는 지금까지의 여자의 삶이 '부재'의 삶이었다는 인식에서 출발한다. '눈꺼풀'도 '입술'도 없이 오직 생식을 전담하는 '구멍'만이 남아 있는 여자는 남성 중심의 역사에서 소외된다. 그리고 여성은 자신의 신체로부터 소외되어 오직 남성의 성적 욕구와 재생산을 담당할 수 있는 생식 기관이며 대상 세계에 대한 앎을 통해 자기의 존재 기반을 구축해 가는 자아로서 존재할 수 없게 된다. 이렇듯 남성 중심의, 폭력적인 로고스 중심적 역사 발전을 해체하고 역사를 거스르는 세계 재편의 욕망을 시인은 보여 주고 있다. 김혜순의 시에서 여성의 결핍감과 불모성에 대한 인식은 라블레적 모티브를 동반하고 나타난다. 시 「먹이의 역사」에선 '세상의 모든 남자와 세계 자체를 집어삼켜도 늘 배가 고프고 바짝 마른 여자'를 등장시켜 여성의 치유할 수 없는 결핍감을 극단적으로 드러내고 있으며 「엄마의 식사 준비」에서는 남편과의 부부 싸움 후에 눈물을 삼키면서 음식을 준비하는 모습을 '살육'의 모티프로 제시하고 있다. 이러한 시들은 모두 아내, 어머니, 여성이라는 존재 방식이 *선험적으로 지니고 있는 소외와 결핍을 해소하기 위해 가부장적 세계 질서를 재편하고 해체하려는 무의식적 욕망을 보여 준다.

최승자의 시에는 세계의 근원에 대한 결핍감을 표현하기 위해 오염된 자궁, 낙태와 사산(死産)의 자궁 이미지가 자주 등장한다. 시인은 세계를 남성 중심의 폭력적 세계로 파악한다. 그곳은 건강한 생명력이나 모성성이 자리할 수 없는 불모의 세계이다. 세계가 병들어 있다는 생각은 그것으로 향해 열려 있는 자궁 자체도 전염되고 병든 것으로 확산되고 거기엔 시들고 병든 아이가 등장하고 어머니와 아이는 끊임없이 도시의 시궁창 속으로 흘러 들어가는 것으로 나타난다.

어머니의 어두운 뱃속에서 꿈꾸는

먼 나라의 햇빛 투명한 비명
그러나 짓밟기 잘하는 아버지의 두 발이
들어와 내 몸에 말뚝 뿌리로 박히고
나는 감긴 철사줄 같은 잠에서 깨어나려 꿈틀거렸다
아버지의 두 발바닥은 운명처럼 견고했다
나는 내 피의 튀어오르는 용수철로 싸웠다
　　　　　　　　　　「다시 태어나기 위하여」(최승자)

　어머니의 자궁 속에서 머물고 있는 태아는 먼 나라의 햇빛이 고여 있는 모태 안에서 꿈을 꾸지만 곧 아버지 중심의 세계와 맞서 싸워야 한다. 끝없이 자궁으로 침입해 드는 아버지는 자아에게 거부하고 배척해야 할, 태아가 어머니 중심의 세계 속에서 존재할 수 없도록 만드는 폭력적 존재이다. 아버지는 군화발로 모태와 태아를 짓밟아 버리기 때문에 어머니의 자궁은 이미 아버지에 의해 파괴되고 오염된 자궁이 된다.

하나 둘 셋 넷 다섯도 못 넘기고
지붕도 하늘도 새도 보이잖고
그러나 난 죽으면서 보았어.
나와 내 아이가 이 도시의 시궁창 속으로 시궁창 속으로
세월의 자궁 속으로 한없이 흘러가던 것을
그때부터야.
나는 이 지상에 한 무덤으로 누워 하늘을 바라고
나의 아이는 하늘을 날아다닌다
올챙이꼬리 같은 지느러미를 달고,
나쁜 놈, 난 널 죽여 버리고 말 거야
널 내 속에서 다시 낳고야 말 거야
내 아이는 드센 바람에 불려 지상에 떨어지면
내 무덤 속에서 몇 달간 따스하게 지내다

또다시 떠나가지 저 차가운 하늘 바다로,
올챙이꼬리 같은 지느러미를 달고
오 개새끼
못 잊어!
　　　　　　　　　　「Y를 위하여」(최승자)

　낙태 수술대 위에서 의사 체험을 노래하고 있는 「Y를 위하여」는 '아이'와 '내'가 도시의 시궁창 속으로 흘러 들어가는 이미지가 등장한다. 남성에 의해 버림을 받은 여자는 이 세계 속에서 버려진 여자, 죽은 여자이다. 여자의 자궁은 넘쳐나는 생명력과 생산의 기능을 담당하는 대신에 낙태와 죽음의 자궁이 된다. 여자의 자궁은 땅이며 무덤이 된다. 끊임없이 남성에 의해 파종과 경작지로 수동적으로 버려지면서 죽음을 반복하는 여자의 자궁 속에서 아이는 잠시 머물다가 다시 차가운 하늘 나라로 떠나기를 되풀이한다. 회전하는 자궁, 순환하는 자궁은 생명으로 열려 있지 않고 죽음의 바다와 늪, 시궁창으로 열려 있다. 세계의 불모성, 세계로부터 버림받고 내던져졌다는 부정적 세계 인식이 불모의 자궁 이미지를 낳게 되는 것이다.

열려진 자궁으로부터 병약하고 창백한 아이들이
바다의 햇빛이 눈이 부셔 비틀거리며 쏟아져 나왔다.
그들은 파도의 포말을 타고
오대주 육대양으로 흩어져 갔다
죽은 여자는 흐물흐물한 빈 껍데기로 남아
비닐처럼 떠돌고 있었다.
세계 각처로 뿔뿔이 흩어져 간 아이들은
남아 연방의 피터마릿츠버그나 오덴달루스트에서
질긴 거미집을 치고, 비율빈의 정글에서
땅 속에다 알을 까놓고 독일의 베를린이나

파리의 오르샹가나 오스망가에서
야밤을 틈타 매독을 퍼뜨리고 사생아를 낳으면서,
간혹 너무도 길고 지루한 밤에는 혁명을 일으킬 것이다.
언제나 불발의 혁명을.
겨울에 바다에 갔었다.
(오염된 바다)

「겨울에 바다에 갔었다」(최승자)

「겨울에 바다에 갔었다」도 동일한 시적 인식을 보여 준다. 자궁이 열려지면서 태아와 어머니는 분리된다. 모태는 태아에게 행복한 지반이 되어 주지 못하며 아이들이 빠져 나가는 순간 '흐물흐물한 빈 껍데기'가 되어 비닐처럼 떠돌아 다닌다. 바다와 달, 자궁은 일정한 주기를 가지고 순환의 양상을 보여 준다는 점에서 상관성을 지닌다. 달의 인력에 의해 순환하는 바다는 자궁과 자주 비유되는데 이 시에 나타난 바다는 '오염된' 바다로 나타나며 이는 곧 오염된 자궁과 연결된다. 모태를 벗어난 아이들은 온 세계를 떠돌아다니며 언제나 파행과 실패를 낳는 행각을 벌인다.

여자들은 저마다의 몸 속에 하나씩의 무덤을 갖고 있다.
죽음과 탄생이 땀 흘리는 곳,
어디론지 떠나기 위하여 모든 인간들이 몸부림치는
영원히 눈먼 항구,
알타미라 동굴처럼 거대한 사원의 폐허처럼
굳어진 죽은 바다처럼 여자들은 누워 있다.
새들의 고향은 거기.
모래바람 부는 여자들의 내부엔
새들이 최초의 알을 까고 나온 탄생의 껍질과
죽음의 잔해가 탄피처럼 가득 쌓여 있다.
모든 것들이 태어나고 또 죽기 위해선

그 폐허의 사원과 굳어진 죽은 바다를 거쳐야만 한다.

「여성에 관하여」(최승자)

　　이곳의 세계를 근원이 상실된 세계로 바라보는 시인은 여성의 신체성
에 주목한다. 여성의 몸이 지니고 있는 죽음과 생명의 순환성에 세계의
비밀이 숨겨져 있음을 인식하기 시작한 것이다. 여성의 자궁은 '눈먼 항
구', '굳어진 죽은 바다', '폐허의 사원' 등의 부정적 공간항들과 결합하
여 불모의 공간이며, 생명의 흐름을 멈춘 정지성과 고착성으로 나타난다.
습기와 온기가 있어 모든 생명의 따뜻한 기착지가 되어야 할 공간에 '모
래 바람'이 불고 '죽음의 잔해가 탄피처럼 가득 쌓여 있다'. 그러나 '굳어
진 죽은 바다'는 부정적 의미항으로만 남아 있지는 않는다. 응결 속에서
비로소 자아 응시와 삶 본능의 에너지가 생겨난다. 단순히 죽음과 사멸로
만 나아가는 것이 아니라 끊임없이 분만과 생산을 갈망하며 태초의 자궁
으로 돌아가고자 하는 강한 근원 회귀 본능을 지니고 있다. 그것을 통해
비로소 '알타미라 동굴처럼 거대한 폐허의 사원'이 재생으로 나아가고
굳어진 죽은 바다는 생명의 뜨거운 물로 넘쳐 흐를 수 있게 된다.

　　이제 곧 그가 다리를 절룩이며
　　예언 속의 길을 찾아오고
　　붉은 달 아래 소리 없이 땀 흘리며
　　나는 거듭 낳을 것이다,
　　이 세계를
　　거대한 암흑 덩어리를.
　　그리하여 내 태초의 남편아 받아라,
　　이 세계
　　이 거대한 핏덩어리를.

「昏睡」(최승자)

「昏睡」에선 오염된 자궁을 분만의 자궁, 생산성이 넘치는 자궁으로 되돌려 놓고자 하는 욕망이 나타난다. 그것은 혼수나 가사(假死) 상태에서 가능하다. 일상적 삶의 질서와 시간을 벗어나 삶과 죽음의 경계에 머물면서 화자는 분만의 체험을 한다. 이때 분만은 단순히 한 아이를 낳는 것이 아니라 하늘과 땅이 맞닿는 근원적인 출산의 경험이며 황폐하고 비극적 세계에서의 생산의 가능성을 모색하는 일이라 할 수 있다. 인간의 이성이 낳은 질서와 그 속에 내재되어 있는 폭력성을 거슬러 올라간 태초의 시간은 암흑과 혼돈의 시간이다. '혼돈'은 죽음과 삶이 덧붙여진 상태에서 발생하는 것이며 남자와 여자가 몸을 섞는 것도 혼돈에 해당하며 이는 강한 분만의 상상력과 연결된다. 어둠과 혼돈이 지닌 강렬한 에네르기 속에서 화자는 '붉은 달 아래'에서 '땀 흘리며 거듭 아이를 낳'으려 한다. '거듭'이라는 말이 주는 강세는 분만에 대한 화자의 결연한 의지를 보여 준다. 공포, 불안, 고통 속에서 여성적 생산성은 억압적 현실을 이겨내고 나아가서 죽음에 대한 불안을 이겨내는 힘이 되며 그 생산성은 혼돈에서 나온다. 최승자에게 있어 '자궁'은 무덤과 순환적 구조를 이루는 구체적 공간이다. 이곳은 죽음과 탄생이 만나는 교차적 이원적 의미를 지닌다. 풍요와 관능의 상징이 아니라 오염된 자궁이지만 그것이 불모성의 세계에 맞서 생산할 수 있는 가능성의 세계가 되는 것이다.

또한 여기서 주목할 점은 최승자 시의 언술 양식이다. '것이다'의 단정적 어조, '받아라'의 명령체에서 보여지듯 한국 여성시는 최승자에 와서 적극적이고 능동적인 발화 양식을 갖게 된다. 대상에 대한 호칭은 '님'에서 '그대'로, 다시 '너'에게로 변화하게 되는데 이는 대상과 여성 화자 간의 종속적 관계가 평등한 관계로 전환하게 됨을 의미하며 사회에서 변화된 여성성이 문학 속에 투영되고 있음을 보여 준다. 또한 종결어미도 '습니다'체에서 '-어요', '-하마', '-해라', '-해'체 등으로 수동성에서 능동적 어조로 바뀌고 있다.

4. 모성성에 대한 거부와 찬송

모성성에 대한 딸의 태도는 다분히 이중적이다. 어머니의 희생과 인내, 아들에 대한 정서적 경사에 대해서 부정적 태도를 지니면서 어머니 역할 수행에 강한 거부감을 보인다. 그러나 실제 삶에 있어서 무한 희생을 요구하며 어머니의 가사 노동과 자녀에 대한 무한한 사랑, 양육 행위를 당연하게 받아들인다. 자신의 편의와 안정을 유지하는 데 있어서 어머니는 중요한 둥지로서의 역할을 하기 때문이다. 대부분의 딸들은 '무슨 일이 닥치든' 수동적으로 이미 받아들일 자세가 있는 어머니에 대해 분노를 느끼며 성장한다. 어머니의 희생이 딸에게 있어 단순히 모욕적인 때문만이 아니라 자신의 어머니를 통해서 딸은 장차 여성이 된다는 것이 무엇을 의미하는가에 대한 중요한 단서를 얻게 되기 때문이다. 어머니의 자기 혐오감과 낮은 기대감, 수동성은 딸의 정신 세계를 질곡시키는 원인이 되며 자신의 고통을 계속 반복하는 어머니의 상을 내재적으로 습득하게 된다.[7]

    인당수에 빠질 수 없습니다
    어머니,
    저는 살아서 시를 짓겠습니다

    공양미 삼백 석을 구하지 못하여
    당신이 평생을 어둡더라도
    결코 인당수에 빠지지는 않겠습니다.
    어머니,
    저는 여기 남아 책을 보겠습니다

---

7) 헤스터 에이젠슈타인, 한정자역, 『현대여성해방사상』, 이대출판부. 1986. 23쪽.

나비여,
나비여,
애벌레가 나비로 나르기 위하여
누에고치를 버리는 것이
죄입니까?
하나의 알이 새가 되기 위하여
껍질을 부시는 것이
죄일까요?

그대신 점자책을 사드리겠습니다
어머니,
점자 읽는 법도 가르쳐 드리지요

우리의 삶은 모두 이와 같습니다
우리들 각자가 배우지 않으면 안되는
외국어와 같은 것…
어디에도 인당수는 없습니다
어머니,
우리는 스스로 눈을 떠야 합니다
「배꼽을 위한 연가」(김승희)

「배꼽을 위한 연가(5)」에 나타나는 어머니는 가부장제에 길들여진 어머니상이다. 어머니는 가족에 대한 희생과 여필종부, 아들에 대한 강한 집착 등으로 눈이 멀어 '평생을 어둡' 게 지내고 있다. 문제는 거기서 끝나는 것이 아니라 어머니가 딸에게 다시 질곡의 삶인 '인당수에 빠지기' 를 강요한다는 데에 있다. 여기서 인당수는 가부장제가 여성에게 강요하는 효와 열의 이데올로기이며 사회가 고정해 준 어머니 역할을 의미하는 것으로 여성에게는 1차적인 자아를 죽여야만 이를 수 있는 부정적 물이며 죽음의 물이다. 어머니는 딸이 '인당수'에 빠져야 자신의 눈이 뜨이고 '심청이가 인당수에 빠져 왕비가 되었다' 는 환상을 갖고 있다. 가족의 눈과 생명을 지키기 위해 한 사람의 희생과 개체로서의 죽음이 필요하다는 인신 공양의 생각을 딸은 완고하게 거부한다. 희생을 통해서 궁극적인 '눈뜸(開眼)'에 이를 수 없으며 환상은 어디에도 존재하지 않고 오로지 죽음만이 현실의 구렁으로 남아 있음을 인식했기 때문이다. 그래서 딸은 어머니, 정신적 의지적 맹인인 어머니에게 '점자책을 사드리고', 딸은 '책을 보다', '누에고치를 버리다', '껍질을 부수다', '배우다'를 통해 삶을 개척하고 더 이상의 억압과 굴레를 부수려는 적극성을 보인다.

> 엄마, 엄마
> 그대는 성모가 되어 주세요,
> 한국 전래 동화 속의 착한 엄마들처럼
> 참, 아니, 사임당 신씨
> 신사임당 엄마처럼 완벽한 여인이 되어
> 나에게 한평생 변함없는 모성의 모유를 주셔야 해요
> 이 험한 세상
> 엄마마저, 엄마마저… 넌 어떻게…
>   「성녀와 마녀 사이」(김승희)

「성녀와 마녀 사이」는 전통적인 모성성을 기대하는 아이와 남편, 그와는 상반되게 자신 속에 내재하고 있는 자유와 해방 즉 자아 정체성의 해방 속에서 갈등하는 두 개의 자아가 잘 표현되고 있다. 시인은 시 속의 '나'가 처한 상황을 보여 주기 위하여 '엄마'라고 부르는 아이, '여보'라고 부르는 남편, 그리고 '나' 자신 등의 세 명의 화자를 등장시키고 있다. 아이는 착하고 어질고 완벽한 사임당 같은 엄마가 되어 주기를 원하며, 남편은 집안일을 잘하는 가정부로서, 성적인 만족을 줄 수 있는 매춘부로서, 또 아플 때 모든 것을 치유해 주고 어루만져 줄 수 있는 간호사로서 행동하기를 요구한다. 즉, 아이와 남편의 목소리를 통해 나타난 상황은 시 속의 '나'가 강요당하고 있는 실제 상황이며 가부장적 사회가 가지고 있는 현실 그대로를 표현한 것이라 할 수 있다. '난 어떻게……'는 아이와 남편의 목소리이지만 동시에 '나'의 말이기도 하다. '엄마'와 '당신'으로 불리고 있는 '나'는 험한 세상에서 아이와 남편을 돌보아야 한다는 강박관념에 사로잡혀 있고 그것에서 탈피해야 한다는 의식은 있으나 쉽게 결단을 내리지 못하고 망설이고 있음을 알 수 있다. 말줄임표에 의해 아이와 남편의 불안감을 나타내는 동시에 그들을 떨쳐내고 일어서지 못하는 나의 주저와 망설임이 나타나고 있다.

여자에게 끊임없는 희생과 인내를 요구하는 아이들과 남편의 이기적인 태도 속에서 점점 '여자는 액자가 되어 간다'. 액자 속에는 고요하고 평화롭게 그려진 정물화도 있고, '가화만사성' 같은 가훈이 표구되어 있다. 그것은 가부장적인 사회 속에서 성모와 성녀가 되도록 요구하는 정지된 틀이며 그 속에 갇혀 있는 것이 평화롭고 안락한 것이라는 남자들의 지배 이데올로기로 짜여진 모순의 틀로써 이해할 수 있다. 시인은 '모나리자의 미소'를 통해 그 미소의 진정한 의미를 찾고 싶어 한다. '성녀'와 '마녀' 사이에 존재하는 매개항인 모나리자의 액자화되어 걸려 있는 미소는 과연 웃는 것인지, 우는 것인지 의문을 제기하면서 시인은 그림 속 여자의 가슴에서 느끼는 무서운 화산의 힘을 감지함으로써 자아 정체성을 찾으려는 노력과 희망을 어느 정도 보여 주고 있다. 그러나 '여자'는 엄마만으로, 아내만으로는 살아갈 수 없는 마음의 갈등과 욕망을 보지만 '사랑을 통해 여신이 되도록 벌받고 있는 것'이라고 자신을 위무하면서 다시 일상의 자리로 돌아온다. 우리 나라의 무조 신화에 나오는 여성신이나 그리이스 로마 신화의 데미테르 원형이 보여 주는 '인내하는 여신'의 모습을 본보기로 삼고 있기 때문이다.[8]

그런데 누구일까. 내 안에서 자신있게 말하는 이 음성은?
"그건 엄마야, 그 무덤을 뛰어넘어야 해." 내 몸뚱이는
그 자신있는 목소리의 경쾌함에 실린다. 나는 가볍게 그 무덤을
뛰어넘는다. 가볍게. 나는 전혀 엄마에게 미안하지 않다.

「엄마 버리기, 또는 뒤집기」(김정란)

「엄마 버리기, 또는 뒤집기」는 자신을 찾기 위해서 엄마는 '뛰어넘고 버려야 할' 대상임을 보여 준다. 시인에게 엄마는 참을 수 없는 '더위와 악취의 정체'이며 '얼굴을 알 수 없는 정체불명의 몸뚱어리'로 존재한다. 구석쟁이, 잡풀더미에서 썩어가고 있는 엄마의 모습, 자신의 부패를 알지 못하고 익명으로 떠도는 삶을 전면적으로 거부하면서 딸은 엄마 "뛰어넘기"를 통해 자아 찾기에 나서는 것이다.

이와 더불어 어머니의 모성을 적극적으로 찬송하는 태도가 있다. 고정희, 김초혜의 「어머니」 연작시편에서 보이듯이 어머니의 모성이 자식들을 세상에 올곧게 서게 하고 우주만상을 유지하는 근원적인 힘이 됨을 인식하는 데서 비롯되는 것이다.

---

8) 우리 나라의 무조 신화에는 당금아기, 바리데기, 청정각씨 등 인내하는 여성의 모습이 자주 나타난다. 이들은 정절을 어긴 죄, 막내딸이라는 이유로 인간으로서는 도저히 감당해 낼 수 없는 온갖 수난을 겪는다. 그러나 그들은 정신적 갈등과 번민 없이 묵묵히 주어진 과업을 수행해 낸다. 여신 모두가 공통적으로 경험하는 '쫓겨남 - 수난 - 재생 - 입사의례'의 전과정에서 어느 정도의 신화성을 제거해 낸다면 우리는 여성신의 체험이 곧 여성의 삶을 응축시켜 놓은 것임을 알 수 있다. 결국 여성 신화는 대를 이어줄 왕자를 생산하는 '수태의 공간'으로서만 존재하는 여성의 이야기라기 보다는 인내와 희생을 통해서 여성으로서의 정신적,인격적 성숙과 정체성 확인에 이르는 이야기라고 할 수 있다. 그러나 무조 신화에서 가부장제를 합리화하는 이중 언술을 읽어낼 수 있어야 한다. 남성신들이 지혜와 용맹을 갖추고 외부 환경을 정복해 가면서 자신의 과업을 달성하는 것과는 달리 여성신들은 처음부터 '여자'라는 이유로 '결핍되고 쫓겨남을 당해야만 하는 존재'가 된다. 그리고 그 수난의 양상도 끝없는 노동과 아이 낳기이다. 반복되는 노동과 출산의 고통을 인내하고 묵묵히 감당해 내어야만 '여성신'으로서 좌정할 수 있다는 전범을 보여 줌으로써 여성들에게 억압된 여성 이미지를 내화시키는 부정적 측면을 지닌다.

내가 내 자신에게 고개를 들 수 없을 때
나직히 불러본다 어머니
짓무른 외로움 돌아누우며
새벽에 불러본다 어머니
더운 피 서늘하게 거르시는 어머니
달빛보다 무심한 어머니

내가 나 자신을 다스릴 수 없을 때
북쪽 창문 열고 불러본다 어머니
동트는 아침마다 불러본다 어머니
아카시아 꽃잎 같은 어머니
이승의 마지막 깃발 같은 어머니
종말처럼 개벽처럼 손잡는 어머니

천지에 가득 달빛 흔들릴 때
황토 벌판 향해 불러본다 어머니
이 세상의 불행을 덮치시는 어머니
만고 만건곤 강물인 어머니
오 하느님을 낳으신 어머니
　　　　　　「어머니」(고정희)

　고정희의 「어머니」는 '외로움', '더운 피', '불행' 등의 삶의 암울하고 괴로운 (−)적 요소를 '동트는 아침', '새벽', '손잡는' 등의 새로운 희망과 연대의 (＋)적 요소로 전환시키는 어머니의 매개적 역할에 대해 노래하고 있다. 여기에서의 어머니의 모습은 희생과 인내, 갈등을 넘어서 우주의 중심에 거하는 어머니로 나타난다. 시인은 모성이 단순한 출산과 양육의 역할을 넘어서 폭넓은 감싸안기를 통해 세계의 상처와 불행을 치유할 수 있는 근원적인 힘이 됨을 이야기한다.

5. 아니마의 현현과 신모로서의 어머니

허수경은 모성이 지닌 생생력과 불모성을 동시에 보여 주는 시인이다.
김혜순이 남성 중심의 질서에 해체와 모반을 꿈꾸는 것에 비해 허수경은
'사내'로 표현되는 남성에 의해 여성이 역사의 그늘 속에 있게 되었음을
통찰하면서도 이에 원망하거나 투쟁하는 태도를 보이지 않는다. 허수경
의「슬픔만한 거름이 어디 있으랴」의 시적 인식의 출발은 한반도 수난의
역사를 여성 수난의 역사로 환원하는 데에 있다. 남성이 불러일으킨 체제
대립과 전쟁은 빼앗김만이 남은 '수탈당하는 여성'의 이미지를 가져온
다.

    ①여게가 친정인가 저승인가 괴춤 전대 털리고 은비녀도
빼앗기고 댓가지로 머리 쪽지고 막걸리 담배잎 쩔어 미친
달빛 눈꼬리에 돋아 허연 소곰발 머리에 이운 곰보고모
가 삭정이 가죽만 남은 가슴 풀어 헤치며 6.25 이후 빼앗
길 것 모두 빼앗긴 친정에 왔는데 기제사 때 맞춰 왔는데
쑥대밭 쇠뜨기도곤 무성한 만단정회여 고모는 어느 녘에
서 이다지도 온전히 빼앗겼을꺼나 빼앗김만이 넉넉한 빼
앗김만이 남아 귀신 보전하기 좋은 우리집이여

「그믐밤」

    ② 설핏 노을이 지고
어느새 만월
한번도 온전하게 채워보지 못한
거덜난 원폭의 자궁

「원폭수첩 4」(허수경)

    ①에서는 모든 것을 빼앗겨 더 이상 빼앗길 것이 없는 '곰보고모'를 등

장시켜 남성이 만들어 놓은 비극적 역사 공간 속에서 수탈당하는 여성을 보여 준다. ②에서는 원폭 체험후 낳은 아이를 칼로 찔러 죽이는 비극적 여성을 등장시켜 전쟁 속에서 여성이 지닌 재생산 능력마저도 불모지화 되어 버리는 '사산의 자궁'을 드러낸다. 그러나, 시인의 경우에는 불모와 결핍으로 끝나는 것이 아니라 크고 넉넉한 사랑, 人神적 인내로 극복해 가는 여성의 모습을 보여 준다는 점에서 극복 방식에서 다른 여성 시인과 상이성을 지닌다.

신모적 모성은 그리이스 로마 신화의 데미테르 원형이나 우리 나라의 당금 아기, 바리데기, 청정각씨 등 여성 신화에서도 자주 발견되는 보편성을 지닌다. 이들 여성들은 출산과 양육 등의 여성의 과업을 묵묵히 수행해 내고 남성적 공간에서 끊임없이 쫓겨남을 당하고 결핍의 체험을 하지만 고통을 인내하고 감당해 내면서 신의 위치에 좌정할 정도의 능력의 확장과 성숙을 보여 준다. 여성시에선 남성이 부재하는 현실 속에서 억척스럽게 가족 공동체를 이끌어가는 여가장(女家長)의 모습이나 여성적 경험을 통해 정신적, 인격적 성숙을 맞는 우주적 어머니, 아픈 상처와 역사를 치유하는 치유자로서의 어머니가 나타난다.

정화진의 시는 현재의 나(이미 성장해 버린 나)가 과거 유년의 안뜰을 응시하는 일관된 시선이 부엌 – 방 – 안뜰이라는 여성 중심적 공간을 동반하고 나타난다.「칼이 확대된다」,「징거미 더듬이」,「남쪽 마당」등의 시들은 아이의 병을 치유하기 위한 신모적 여성의 모습을 담고 있다. 시에 등장하는 할머니는 칼을 갈아 만든 칼물로 아이의 병을 잠재우거나 노란 흙이 날리는 정화된 마당에서 칼로 말라리아의 가슴을 찍어 가르거나 동물의 뜨거운 피를 마시게 하는 등 무의가 병자를 치유하기 위한 무속 제의의 행위와 유사하며 자라/칼/개 등의 남성적 표상들을 잘라내고 물에 용해, 거세시키는 양상을 보인다. 시인의 시에서 드러나는 여성성은 몇 가지 점에서 특성을 지닌다. 공간적 성격에 있어 할머니가 움직이는 공간은 마당 - 부엌 - 방의 축소된 여성 공간이며 여기엔 고기의 알이 숨쉬고 우주의 호흡이 담긴 물이 고여드는 등 여성의 자궁 공간과 이어진다. 붉은 물, 붉은 피, 뜨거운 열기 등이 할머니에 의해 뒤섞이고 물과 불의 영속적인 결합과 긴장에서 유발되는 '뜨거운 습기'는 병의 치유를 가능하게 한다. 또한 할머니의 공간에서 남성성은 철저하게 거세되어 있다. 시인의 시에서 '사나이'의 이미지는 '긴 총을 든 얼굴 없는 사나이', '문드러진 손가락의 얼굴 없는 사내 녀석', '퀭하게 눈뜬 노인' 등의 실체가 없는 무정형의 모습으로 나타난다.

이외에도 강한 모성성으로 병자를 치유하고 우주 만상을 유지하는 근원적인 힘으로서 자리매김하는 우주적 여성, 신모적 어머니의 모습은 여성시에서 자주 발견된다. 어머니의 우주성을 노래한 고정희의 「어머니」, 김초혜의 「어머니」 연작 시편, 한반도가 지닌 성적/계급적 모순과 암울한 역사적 상황 속에서 가족 공동체를 꿋꿋이 이어온 모성성의 강인한 생명력을 보여 주는 민중시 계열의 여성 시인들의 시가 이에 해당한다. 신모로서의 어머니는 우주적 능력으로의 확장을 보여 주지만 여전히 남성이 부재하는 가족 공동체나 사회에서 남성의 역할을 대체하는 보조적 인물이면서 자신의 내적 욕망을 억압하고 가부장적 담론을 내면화하고 있다는 점에서 한계를 지닌다.

6. 적극적 창조적 모성과 삶 본능의 에너지

존시노다볼린은 「우리 속에 있는 여신상」을 통해 여성성에 대한 새로운 담론을 제시하고 있다.[9] 아프로디테 유형은 여성이 겪는 갈등의 중심

---

9) 존시노다볼린은 우리 속에 있는 여신상을 통해서 자립적 목표 지향적 여성을 이해하는 새

에 해당하는 자율성과 전통적 관계 지향성을 변증법적으로 극복한 적극적, 창조적 모성상을 보여 준다고 생각된다. 여성에 대한 새로운 인식틀을 제공하는 시로는 김승희의 「배꼽을 위한 연가」를 들 수 있다. 「배꼽을 위한 연가」 연작에서 계속 등장하는 배꼽은 여성적 몸의 중심 은유로 사용되고 있다. 이는 죽음과 저주의 부정적 의미항과, 생명, 자비의 긍정적 의미항을 연결시키는 매개항이 되며 선/악의 대립, 성의 분리가 없는 완전한 생명의 존재로 나아가는 방향성을 지닌다. 배꼽을 통해 분리되어 있다는 것도 잊었던 시원의 태와 자아가 교신하기 시작했으며 딸과 어머니 사이의 대화가 시작된다. 이러한 무생명이 생명으로 변화하는 재생의 모티브는 「배꼽을 위한 연가」 연작 시편에서 계속 발견된다.[10] 간단히 정리

로운 해석틀을 제공하고 있다. 그에 따르면 여신상은 크게 세 가지 범주로 나누어 볼 수 있다. 아르테미스, 아테나, 헤스티아 등의 처녀 여신들은 모두 자율적이고 충분한 자질을 지니며 사랑에 쉽게 빠지지 않고 그들이 중요하게 생각하는 것을 쉽게 포기하지 않는다. 또한 독립성의 요구가 있으며 자기 자신에게 의미있는 일에 집중할 수 있는 능력을 지닌다. 두번째 유형은 상처받기 쉬운 여신들로 헤라, 데미테르, 페르세포네가 이에 해당한다. 이 여신들은 아내, 엄마, 딸이라는 전통적인 역할을 대표하며 관계 지향적인 성격을 지닌다. 자신에게 의미있는 관계를 유지하는 것이 그들이 자신감을 갖는데 중요한 요소가 되며 남신들에게 강간, 버림받음, 굴욕 등을 당하면서 모두 다 고통을 당한 뒤 성장의 가능성을 보여 준다. 세번째 유형은 아프로디테 형으로 이 여신은 수많은 연애를 통해 아이 출산의 경험을 가졌으며 성적 매력과 관능미를 지니고 있다. 자신이 선택하여 관계를 맺었고 결코 상대방으로부터 희생당하지 않으며 처녀 여신들처럼 자율성을 지니면서 동시에 포용성이 있고 자신과 상대가 서로 영향을 주고 받는 상호 과정을 중시한다. 아프로디테 원형은 적극적이고 창조적 과정에 가치를 두며 항상 변화할 수 있는 여지를 지닌 능동적이고 조화로운 여신상을 보여 준다고 생각된다.

10) 배꼽은 김승희 시에서 중요한 이미지 중의 하나이다. 부화의 꿈을 꾸면서도 냉장고 안에서 차갑게 냉동되어 있는 달걀의 이미지나 비상을 위해 온 몸에 은빛 실타래를 감고 있지만 실제로 날지 못하는 누에의 '누에고치'로 다양하게 변용되어 나타나는 이 이미지는 솟아오르려는 욕망과 끝없이 현실로 가라앉히는 양면성 사이에서 무게 중심을 유지한다. 시인은 절망과 희망이 상생하는 듯한 이 배꼽의 공간을 긍정하려 한다. 그것은 아프락사스라는 신의 이미지와 연결되는데 양성적이고 원초적 신의 따스함, 남성 중심적인 배타의 신이 아니라 완전한 생명의 원형을 받아 줄 수 있는 존재로 통하는 긍정적 길의 의미가 더욱 강하게 배어 있다.

해 보면 다음과 같다.

부정적 의미항	긍정적 의미항
막혀버린 노래(침묵)	지랄 같은 발광
화농 흐르는 이마(화농)	왕관 같은 별빛
조각난 날개뼈 (날지 못함)	날개
쐐기풀	선녀의 날개옷
저주	자비

위와 같이 몸으로서의 은유는 부정적이고 대상화·타자화된 여성의 몸을 야성적이고 긍정적이고 주체적 몸으로 회복시키는 데 중요한 기능을 한다. 여기서 우리는 피학적이고 분열적인 모성이 아니라 적극적이고 창조적이면서 자신의 내적 욕망에 충실한 활력이 넘치는 모성성을 발견하게 된다. 그것은 침묵, 화농, 조각난 꿈, 쐐기풀 등 여성의 실존을 규정해 온 부정적 조건들을 극복하고 긍정적이고 삶 본능의 에너지로 충만한 세계를 구축하면서 이루어진다. 적극적, 창조적 모성은 끊임없는 희생과 인내로 표구화되고 정물화되어 가는 조화(造花)로서의 삶이 아니라 지랄 발광 같은 포효가 있고 조각난 날개뼈를 맞추어 하늘을 나는 야생조의 세계로 야성적 생명력과 변용의 에너지로 충만한 새로운 모성에 관한 담론을 열어 준다.

7. 데미테르 — 창조성과 기쁨의 잠재태

모성성은 오랫동안 여성에게 생득적 자질로 간주되어 왔다. 그래서 모성성의 결여나 결핍은 '부정한 여자', '악한 어머니'의 징표가 되어 왔다.

여성 시인들은 이렇듯 당연시되어 온 모성 이데올로기가 한 인간으로서의 여성의 삶에 기쁨과 창조의 원천이 되기 보다는 고통과 희생이 되어 왔다는 점에 주목한다.

모성성은 전통적으로 가족 공동체를 위한 여성의 인내와 희생을 강조한다. '여자는 약하지만 어머니는 강하다' 는 말은 각박한 세상을 살아가는 우리에게 사랑과 힘을 주지만 어머니로서는 독립된 존재의 삶을 잃어야 하는 비극을 전제하고 있기도 하다. 평생을 남편과 자식을 위해 살아온 중년 여성들은 인생의 어느 시점에 와서는 '빈 둥지 체험' 을 한다. 이는 자신의 일생이 아무런 의미가 없었다는 뼈아픈 상실감과 결락감으로 나타난다. 이렇듯 여성이 자아 정체성을 상실한 데서 이루어지는 가족의 행복은 완전할 수 없다. 한 인간으로서의 성숙한 삶, 생생력(生生力)과 함께 모성이 주는 풍부한 창조성과 기쁨의 잠재력이 조화될 때 진정한 모성성은 실현될 수 있을 것이다.

여성 시인들은 시를 통해서 억압적 현실의 징후를 담아내면서 그것을 견디고 때로는 저항하기도 한다. 모성성과 자아 정체성의 갈등은 여성 시에서 중요한 주제가 되어 왔다. 둘 간의 갈등은 하나의 시 텍스트 안에 다양한 발화 양식으로 나타난다. 여성시의 텍스트 내에는 세 가지 층위의 말이 복합적으로 얽혀 있다. 상이한 언술 양식들은 서로 부대끼고 어긋나면서 새로운 담론을 창출한다.

먼저 억압을 내면화하는 말을 들 수 있다. 그것은 명령형으로 제시되는 남성의 말, 지배와 규제의 말을 그대로 받아들여 '―해야 한다' 라는 당위적 진술로 나타난다. 둘째, 순응의 말을 들 수 있다. 이 발화는 겉으로는 움츠려 좌절과 한탄의 어조로 나타나지만 내면적으로는 끝없이 치솟아 오르려는 욕망이 꿈틀대기 때문에 둘 사이에 팽팽한 긴장이 형성된다. 지배 이데올로기를 내면화하면서도 무의식의 저변에서는 그것을 온전히 받아들일 수 없는 여성 의식을 가장 잘 보여 주는 말이다. 공적 언술로 나아가지 못하고 독백과 중얼거림의 형태, 한탄의 어조로 나타난다. 셋째, 저항의 말이다. 여기서는 절규하고 고함을 지르고 비속어나 욕설까지도 사용한다. 이는 남성 중심적 언어/이념을 파괴하려는 전복적 상상력에서 비롯된 것이라 할 수 있다. 그러나 하나의 새로운 권력을 형성하려는 욕망이 내면에서 꿈틀거리고 있다는 점, 남성 언어의 폭력성을 여과없이 받아들이고 있다는 점에서 문제를 지닌다.

모성성은 여성에게 굴레이면서 동시에 창조성과 기쁨의 잠재태이다. 여성 시인들은 여성적 공간과 몸의 은유를 통해서 모성성을 비판적으로 성찰해 나간다. 김승희의 시에서는 '어두운 콩깍지', '상자곽', '닫힌 방', '달걀' 등과 같은 밀폐와 감금의 공간이 나타나며 이러한 박제화된 삶으로부터 뛰쳐 나오려는 노력은 '차가운 알 속에서도 쉼없이 부화를 꿈꾸는' 것으로 그려진다. 또한 최승자는 풍요와 관능의 상징이었던 여성의 몸이 황폐하고 비극적 세계에서 불모성의 공간이 됨을 인식하면서 오염된 세계의 전복을 꿈꾸기도 한다. 절망을 딛고 일어서는 이러한 노력들은 모두 여성의 신체성과 연관된 분만의 상상력으로 정리할 수 있겠다. 공포, 불안, 고통 속에서 여성적 생산성은 억압적 현실을 이겨내고 나아가서는 여성 존재의 재탄생을 가능케 하는 힘이 된다.

순응과 저항, 침묵과 절규, 안정과 혼란 속에서 끊임없이 갈등하면서 여성은 가부장제 사회에서 당연하게 부과되어 온 생물학적 모성 이데올로기에서 벗어나 건강한 여성적 생산성을 찾아가고 창조적 모성성을 삶으로 체득해 나간다. 그것은 현실의 삶에서 아직도 많은 한계를 노정하고 있지만 종국적으로 여성을 부재에서 현존으로, 수동적이고 피학적인 존재에서 적극적이고 삶 본능의 에너지로 충만한 의식의 확장과 존재의 발견으로 이끌어 나갈 것이다.

육체, 그 불화와 화해의 시학

이 은 정[*]

1. 허구화된 몸, 도구로서의 몸

"권력이 행사되는 첫번째 장은 인간의 육신이다. 권력은 육신을 조작하고 그 형태를 재조정하며 단련시켜 복종하게 한다. 이 전략에 의해 온순한(docile) 육체가 탄생하게 된다." (Foucault)[1]

육체와 성은 남녀의 권력 관계를 결정짓는 중요한 요인이자[2] 가부장제 이데올로기를 재생산하는 가장 가시적인 변수로 작용해 왔다. 이에 여성은 자신의 육체를 열등하고 부정한 것으로 인식하도록 의식화되어 왔다. 수태하지 못한 여성의 몸은 결핍된 신체라는 점에서 부정한 몸으로, 임신

---

[*] 이화여대 국문과 졸업. 동대학원 국문과 문학박사. 이화여대 국문과 강사. 「김춘수와 김수영 시학의 대비적 연구」, 「처용과 역사, 그 불화와 화해의 시학」, 「한국문학과 여성 1 – 한국 여성시의 존재 탐구와 언술 구조」 등의 논문이 있다.

1) 김혜숙, 「포스트모더니즘과 페미니즘 : 유교적 욕망과 푸코의 권력」, 『포스트모더니즘과 철학』(서울 : 이대출판부), 278-279쪽. 푸코가 말하는 권력은 남성,여성의 관계를 중심으로 하는 것만은 아니다. 그가 논하는 권력은 개인적 경험과 그 정치성을 이야기하기 위한 것이지만, 그 개념이 전통적 성적 담화를 해체하는 동시에 남성과 여성의 문제를 통해 가장 잘 드러나기에 성의 담론을 다루는 글에 자주 인용될 수밖에 없다.

2) M. Foucault(1976), 『성의 역사 1』, 이규현 (역), (서울:나남출판사), 51-53쪽.

한 몸은 임신한 몸인 대로 도구화된 몸, 성교와 출산 고통의 상상이 뒤얽힌 부정적인 몸으로 인식되어 온 것이다.[3] 여성의 가슴과 둥근 배와 자궁의 아름다움을 예찬하는 것은 남성 중심적 시각 아래 여성의 몸을 생산적인 도구로 바라본 때문이거나 신성한 모성, 성적인 매력을 강조하기 위한 것이어 왔다. 여성의 성욕망 또한 제도화된 성의 각본 속에서 암묵 중에 침묵을 강요당하거나, 가장 왜곡되고 일그러진 욕망의 모습이 되어 왔음도 주지의 사실이다. 이에 따라 여성은 자기 육체를 자기 소유로 볼 수 없었으며 육체에 대한 애정을 가질 겨를 없이 부정하게 되었고 성욕이나 생래적 성의 희열과 쾌감을 오히려 불결한 욕망으로 억압해 왔다. 즉, 그간 여성의 몸은 사물로서의 몸 혹은 도구화된 몸으로 강요되어 온 것이다.

과연 여성은 육체적 존재로서 정신적 존재인 남성보다 열등하며, 또 여성은 육체 안에서도 남성에 비해 결핍된 육체를 가졌는가. 남성 중심의 사유틀 안에서 여성은 남성에 비해 정신의 열등함은 물론, 육체적인 존재로서의 결핍성도 부각되어 왔다. 인간의 몸이 정신으로서의 몸과 사물로서의 몸, 이 두 가지로 기능하게 된다면, 여성의 몸은 그간 흔히 사물로서의 몸 혹은 도구화된 몸으로 인식되어 온 것이다. 그러므로 여성의 욕망은 자연스러운 것으로 인정받지 못해 왔음은 물론, 침묵 속에 감금당해 왔으며, 성욕의 많은 부분은 모성으로 대체되어 온 것이 사실이다.

이에 대해 많은 여성 시인들은 여성의 육체를 새로운 관심과 시선으로 주목하며 비유의 상상 구조의 체계 자체를 육체에서 빌어오고 있다. 임신, 출산, 수유, 월경을 비롯해 빈혈, 탈수, 구토, 멍, 생리통, 식욕 부진, 배설 및 성충동과 성욕 등이 그것이다. 이러한 생리 현상은 생래적인 것인 동시에 사회적으로 구성된 것이기에 유의미하다.[4]

---

3) 김애령(1995), '지배받는 몸, 자유로운 몸', 《여성과 사회》 제 6호, 307쪽.
4) 헬레나 미키(1987), 『페미니스트 시학』, 김경수 역, (서울:고려원). 이 글은 여성의 신체와 성욕, 그에 대한 비유적 표현에 대한 해석을 통해 사회 역사적인 맥락에서 성 이데올로기를

이렇게 여성 시인들이 상상 구조의 근간으로 몸을 택하게 되는 것은 어째서일까? 물론 남성이 머리와 성기 중심의 육체인데 비해 여성의 육체는 다감각하게 모든 부분이 열려 있는 신체 구조로 이루어진 때문이라는 견해에도 기댈 수 있다.[5] 또 다른 견해로, 우리가 몸을 의식할 때에는 공교롭게도 몸이 우리의 의식에 걸릴 때라는 점을 들 수 있다. 즉 몸은 몸인데 그것이 우리에게 자연스럽거나 편안하게 느껴지지 않을 때라는 점이다.[6] 무엇보다도 여성들은 여성 고유의 독특한 생리 외에도, 내 몸이 타인에 의해 억압을 당하거나 스스로의 욕망을 거스른 잦은 경험 때문에 그만큼 육체를 자주 떠올리게 된다. 월경이나 임신은 물론 갖가지 폭력의 위협, 성적 욕망의 억압, 물신화된 현대 사회가 요구하는 상품화된 성적 매력들이 모두 여성들로 하여금 자신의 몸을 부자연스럽게 의식하게 하는 걸림돌들이 되고 있다. 그리고, 이와 같은 문제들을 제기하면서, 내 것이지만 내 것 아닌 거짓 욕망으로 부추겨진 허구화된 몸, 그런 몸을 거부하기 위해 자해(自害)와 가사(假死)로 저항하는 몸, 나아가 황폐한 시대와 역사의 통증을 앓는 비유 공간으로서의 훼손된 몸, 그리고 마녀(魔女)되기와 체형을 감수하면서도 자신의 진정한 욕망을 꿈꿀 수 있는 자유로운 몸으로 화해해가는 과정들로 여성시에 있어서 육체의 시학[7]은 이루어진다.

해석하고 있다.

5) 이 부분에서는 이리가레이의 견해가 대표적이다. Toril Moi(1985). 『성과 텍스트의 정치학』, 임옥희(외역), (서울:한신문화사), 169-170쪽 참고.

6) 몸에 대한 우리의 인식은, 흔히 방치되거나 잊혀져 있다가도 병이나 어떤 억압에 의해서야 새삼 의식 위로 떠오르게 되는 그런 경험으로 다가온다. 김애령(1995), 앞의 책 참조.

7) 여성의 육체를 통해, 육체를 빌어, 육체를 말하는 이 장에서 여성적 글쓰기의 특징이 잘 드러나며, 여성 자신의 몸과 글(말)을 텍스트화하는 '몸으로 글쓰기' '여성을 새겨넣는 글쓰기'가 가능하다. 엘렌 씩수는 여성적 글쓰기가 남성적 글쓰기와 가장 다른 점은 '육체적 즐거움'의 차이에서 온다고 말하고 있다. 엘렌 씩수(1975), '메두사의 웃음' 『포스트모더니즘과 철학』, 김혜숙 편, (서울:이대출판부) 343-371쪽. 참고.

무엇보다도 여성의 몸은, 남성 중심의 사고와 가부장제 등 여러 견고한 이데올로기에 의해 자유로운 몸이나 주체로서의 몸이라기보다는 허구화된 몸, 사회적으로 구성된 몸으로 인식되고 있다. 가족 제도 안에서는 아내와 어머니라는 이름으로, 사회에서는 여성의 성적 매력이 강조되는 통념에 의해 지배받아온 이른바 사물로서의 몸이었다.[8] 즉 지배받는 결핍된 육체, 성적 폭력 아래 놓인 몸, 출산의 도구로서의 몸, 성적 매력이 거세된 열등한 몸, 모성의 현현체로서의 몸 등으로 드러난다. 육체는 정신보다 열등하다는 오랜 편견과 더불어 여성이 자신의 몸을 자기 소유로 생각하거나 몸의 욕망을 인정한다는 것 자체가 불가능한 상황에서, 여성 시인들은 여성의 몸에 대한 새로운 눈뜸, 그리고 그 인식의 성장 과정을 그릴 것을 시도하고 있다.

우선 여성의 육체를 갇힌 몸, 욕망[9]을 틀어쥔 몸으로 인식하는 시부터 읽어 본다. 시인은 자신의 욕망을 온통 끌어안고 있는 몸에 대한 사유를 통해 끊임없이 탈출을 기도하지만 포기 또한 거듭한다.

터질 듯한 물풍선을

---

8) 여성을 흔히 '육체적인 존재'라고 부르는 것은 바로 이러한 일반화된 사고, 즉 여성의 몸은 도구이고 사물이며 정신이 거세된 대상물이라는 견고한 생각에서 비롯된 것이다. 대표적으로는 미리암 그렌스펜(1983), 『우리 속에 숨어있는 힘』 고석주(역), (서울:또하나의 문화, 1995) 193-201쪽 참조.

9) 여기서 욕망은 주요 개념 중의 하나인데 물론 성적 욕망에 국한된 것만을 일컫는 것은 아니다. 라깡은, 욕망은 무의식에 의해 대치, 전이되며 기존의 권력과 이데올로기에 의해 조장되거나 유인되지 않는다고 말한다. 또한 모자람이 없는 곳에 욕망이 있을 수 없다는 그의 말에 비추어 보면 여성의 욕망은 무궁무진하다고 할 수 있다. 씩수는 자신의 감각, 자신의 역사, 자신의 몸에 도달하고 싶은 의지를 욕망이라 정의하고 있다. 복받쳐오르는 홍수 같고 폭발하는 이것, 부모-남편-남근 이성중심적 완력에 의해 암흑과 자기 경멸 속에서 꼼짝 못하는 여성들이 갖고 있는 끓는 힘, 소란스러운 충동, 노래하고 글쓰고 그 무엇인가 새로운 것을 끄집어 내려는 것, 씩수는 이를 욕망이라 일컫는다. 이 글에서 말하는 욕망은 이같이 욕망을 둘러싼 정신적, 심리적, 육체적 정의를 모두 포함하고 있다.

머리 위에 올려 놓고
두 손으로 꼭지를 틀어쥔 채
비 오는 거리를 걸어가는 것
속옷은 다 젖고
속살이 지천으로 다 아픈데
두 눈을 껌뻑거리며
필사적으로 부푸는
물풍선을 틀어쥐는 것

내 육체의 완벽한 구조 안에
슬픈 내용을 넘치도록 담아들고
터질세라
물샐세라
조심조심 태엽을 풀며 걸어가는 것
- 김혜순, 「시체는 슬픔 때문에 썩는다」 일부

시적 자아의 몸은 '터질 듯' '부푸는' 자신의 욕망으로 흘러넘칠 듯하다. 그러나 그 욕망은 '틀어 쥔' 자신의 다른 손에 의해 늘 억눌려 왔다. 이미 비오는 거리이고 속옷까지 다 젖어 더 젖어도 그만이련만 물꼭지를 놓을 수는 없다. 지천으로 아픈 속살은 그 제어의 고통이다. 이성적이고 지적인 '머리' 위에 거머쥔 '물풍선'은 곧 '필사적으로 부푸는' 생래적인 욕망이다. 언제 떨어져 터질지 불안한 머리 위의 물풍선, 그 때문에 균형을 잃어서는 안 되는 불안한 몸짓들은 곧 여성 자신들의 모습인 것이다. 풍선은 몸의 껍질, 그 안에 담긴 물은 곧 그득한 슬픔이기에 육체의 구조가 아무리 '완벽'하다 해도 그것은 이미 내 몸이 아닌 육체, '슬픈 내용'만을 넘치도록 담아든 사물일 뿐이다. 이렇게 터질 듯한 물풍선은 곧 '태엽'이 감긴 시한폭탄으로 연상된다. 물풍선같이 얇은 육체의 껍질을 뚫고 터져나올 시한폭탄 같은 내 욕망을 누르기 위해 나는 물꼭지를 틀어쥐고 누군가 오래전부터 감아 놓았을 태엽을 조심조심 풀어가며 '시체'처럼 살아갈 수밖에 없는 것이다.

> 너무 오랫동안 안전벨트를 묶고 있어서인가
> 뼈가 펴지지 않는다
> 이 몸은 나의 몸이 아니다.
> 안전벨트의 안전 속에
> 구속당한 몸.
> 안전의 골방 속에 너무 깊이 묶여 있으면
> 안전의 골병이 생긴다.
>
> 어떤 격랑 속에서도 안전벨트를 묶고 앉아 있는
> 오너 드라이버. 그가 묶은 것은 무엇이고
> 그에게 묶인 것인 무엇인가?
>
> — 김승희, 「안전벨트를 맨 사람」 일부

위의 시는 안정되고 평화로운 '달걀' 속과도 같은 삶의 공간을 '안전벨트'에 묶인 삶으로 표현하고 있다. 여성은 안정과 평화의 수호신이라는 거짓 욕망에 부추겨져 내 몸을 잃고 진정한 나 아닌 다른 몸, 뼈가 펴지지 않는 몸으로 살아온 '구속당한 몸'임을 새삼 절감한다. 나는 스스로의 힘으로 인생을 운전해 나가는 주체여야 하지만 자기 손으로 몸을 묶은 안전벨트에 길들여져 치유하기 어려운 '안전의 골병'이 들고 말았다. 그가 묶은 것은 자신의 육신이지만 그로 인해 더불어 묶인 것은 자신의 꿈과 이상일 것이다. 삶의 격랑 속에서 안전을 위해 묶은 안전벨트, 그것이 이제 오히려 그를 퇴화시킨 것이었음을 뒤늦게 발견한다. 그렇다면, 이렇게 갇히우고 묶이운 여성의 몸 속에는 대체 무엇이 들어 있을까.

나 오늘 숨을 들이마시면서

몸 안에 푸른 콩들을 가둔다
나 오늘 숨을 내쉴 때
청어 한 마리 튀어나오려
가슴을 탕탕 친다

나 자꾸 가둔다
뿔뿔이 흩어지려는 튀는 생명을
숨 크게 들이마시며
날마다 몸 속에 가둔다
나 죽으면
천갈래 만갈래 춤추듯 찢어져
흩어질 생물들을
– 김혜순「들숨, 날숨」일부

나는 내 몸에 꼭 맞는 유치장을 갖고 있다.
붉은 병을
프로이드식으로 남성의 상징이라 하지 마시길
제발 성욕도 잡숩지 마시길
어떻게 내가 여자만인가
당신의 곧고 환한 마음을 들여다보는
등잔이면 안 되는가
이 눈 이 얼굴 이 가슴의 트럼펫
제대로 되먹은 인간이고 싶은 고뇌를 불고 있다
수 세대에 걸쳐 이브와 아담의 칼을 쓰고 있다
인간은 인간이란 기호는
엽총에 장전된 총탄,
당신이 건드리기만 하면 순식간에 날아가 버린다
– 신현림, 「bottle woman」 일부

시 「들숨 날숨」에서 '푸른 콩' 과 '청어' 는 곧 튀어오르는 생명체, 춤추듯 흩어져 오르려는 내 몸 속 자아들이다. 갇힌 만큼 자유를 희구하는 그것은 모두 푸른 빛이다. 가두어진 푸른 콩은 몸 속에서 청어로 살아나 내 가슴을 탕탕 치며 솟아오르지만, 오히려 난 숨 크게 들이쉬며 날마다 몸 속에 가두기에만 열중할 수밖에 없다. 들숨 날숨의 숨쉬기 같은 익숙한 호흡을 통해 매일 '가둔다' 를 반복하는 여성의 일상적인 길들여짐인 것이다. 내 몸은 내가 죽어서야 '춤추듯 찢어' 져 살아오를 꿈과 욕망의 생명을 가두고 있는 몸이다.

'병' 과 '총' 은 남성 성기의 대표적인 상징이다. 시 「bottle woman」에서 병은 '붉은 술' 로 총은 '장전된 총탄' 으로 채워지면서 남성만이길 그치고 '인간이란 기호' 가 되고 있다. 여기서 '유치장' 과 '병' 은 여성의 몸을 가두는 한계 상황들이다. 그러나 그녀는 '어떻게 내가 여자만인가' 라고 항변한다. 물과 침묵이 여성의 일반적인 상징인데 반해, 위의 시에서 '등잔' 은 물 아닌 불을, '트럼펫' 은 침묵 아닌 소리를 희구하는 상징들이다. '이브와 아담의 칼을 벗어 버리고', 또 '프로이드식' 고착된 성의 이미지를 벗어나 '인간이고 싶은' 고뇌를 온몸으로 불고 싶은 트럼펫, 언제 어떻게 발사될지 모르는 총탄을 가두고 있는 몸이다.

여성의 육체가 사회적 가치관에 의해 구성된 사물로서 인격이 거세된 몸일 때, 그것은 숱한 폭력 아래에 놓인다. 유무형의 억압과 사회적인 통념에 의해 자유로울 수 없는 여성의 몸에 가해지는 다중의 폭력, 성에 대해 여성들이 갖는 피해 의식으로 구성된 의식들이 드러나는 것이다. 다음 두 편의 시는 낙태 혹은 강제된 성의 은유를 통해 '낯선 사내' 로 상징되는 기존의 남성 중심 세계와 현실 상황 등 갖가지 억압 기제들에 의해 사산되는 여성의 꿈들을 그리고 있다.

내 애인은 태평양처럼 누워 있다.
내 애인의 눈동자 속으로

한 낯선 사내가 걸어 들어간다.
그녀의 홍채가 휘황한 꽃잎처럼
벌어졌다 접히고
일순 나의 일평생이 조용히 닫혀진다
닫혀진 문 안에서 그들이 나를
씹고 또 씹는 소리가 들린다.
내 몸에서 육즙이 뚝뚝 떨어지고
그들은 멀리에서 입술 쓱 닦고
남은 내 뼈다귀들을 창 밖 쓰레기통에 내던진다.
　　　　　　　　　　－최승자, 「S를 위하여」 일부

이윽고 잠, 닫혀진 회색 강철 바다,
속으로 한 사내의 그림자가 숨어들어
내 꿈의 뒷전을 어지러이 배회하고
환각처럼 흔들리는 창가에서, 누구시죠?
내게 희미한 두통과 고통을 흘려 붓는, 누구시죠?
내 死産의 침상에 낮게 가라앉아,
누구시죠? 누구 누구 누……?

밤부엉이가 밤새 내 지붕을 파 먹었어.
아침엔 날이 흐렸고
벌어진 큰골 속으로 빗물이 뚝뚝 흘러들었어
이미 죽은 내 몸뚱이 위에
누군가 줄기차게 오줌을 깔기고,
휘파람을 불며 유유히 떠나갔어.
　　　　　　　　　　－최승자, 「밤부엉이」 일부

　「S를 위하여」와 「밤부엉이」에서 ‘나’는 사산의 침상에 누운 여인이자
막 낙태된 아이이고 또, 정신으로서의 나와 몸으로서의 나인 이중적 자아

이기도 하며, '내 애인'은 자신이 가장 사랑하는 자아이다. '태평양' 같이 누워 '꽃잎' 같이 휘황했던 내 애인인 그녀는 '낯선 사내'에 의해 씹히고 씹힌 채 육즙을 흘리며 뼈다귀로 쓰레기통에 내던져진다. '입술 쓱 닦고' '줄기차게 오줌을 깔기는' 무자비한 폭력들은 단순히 폭군적인 남성을 넘어서서 여성을 열등한 몸, 이타적인 몸, 지배받는 몸으로 인식하는 통념 전반을 의미한다. '태평양'과도 같은 여성의 공간을 '쓰레기통' '회색 강철 바다' '死産의 침상'으로 만드는 것은 '닫혀진 문 안'에서이다. 문 안과 문 밖의 공간, 그 사이는 여성의 꿈과 폭력적 현실이 자리바꾸는 곳이며 동시에 내 몸 구석구석을 헤집어 열어 보는 '밤부엉이'와 같은 시선의 폭력, 깔긴 오줌과 휘파람 같은 성적 폭력들이 자리하는 곳이다. 다음 시 역시 꿈과 현실의 교차 속에서 폭력 아래 놓여진 여성의 몸, 남성적 폭력에 내놓아진 여성의 몸을 드러내고 있다.

　　암매장 소리. 잠 속으로 삽이 파고들었어 창틀이 뼈다귀로 변하고 잠옷이 찢겨져 나가고 내 유방에 원반칼이 제트기처럼 스쳐갔어 검붉은 선혈 찢어진 잠옷을 밟고 방을 나왔어 같은 방이었어 (중략) 벌거벗긴 채 학살당하는 유태인들처럼 또 어디론가 끌려가는 나 또 찜통이었나 봐 빨래를 삶는 신형 세탁기 속 말야 빠른 속도로 회전하는 나는 오븐 속에서 알고 보니 오븐 속에서 뺑글뺑글 난 뻥튀기. 뻥.

– 박서원, 「악몽」 일부

　　나에게 찬물을 끼얹고는
　　두 주먹으로 가슴을 움켜들고 다니다가,
　　홍두깨로 사지를 좌악 밀어넣고는
　　아스팔트 위에 내동댕이도 쳐보다가,
　　그 위로 버스도 구르고, 탱크도 구르게
　　하다가, 또 싫증나면
　　밀가루 같은 것을 솔솔 뿌려

얼굴도 토닥거려 주다가,
시퍼런 칼을 들고 나타나서는
머릿속을 쫑쫑 누비고 다니다가도
끓는 물 속에 풀썩 팽개쳐 버리는,
하얗게 세어 버린 내 머리카락을
물 속에 흔들어 건진 다음
양념에 무쳐 맛있게도 냠냠 칼국수를
말아먹는,
여름 한낮의

너.

-김혜순, 「너」 전문

시 「악몽」에서 무형의 폭력들이 가시화된 '삽', '원반칼' 들로 훼손당한 그녀는 잔인하게 학살당한 유태인들에 비유되고 있다. 찢어진 잠옷, 검붉은 선혈을 흘리는 유방은 훼손된 여성의 몸이며 폭력에 드러난 몸이다. '찜통' '세탁기' '오븐'은 여성의 일상적 삶을 둘러싼 사물들이지만 그녀는 오히려 그것들 안에 갇혀 뜨거움과 빠른 회전으로 '뺑글뺑글' 돌려지고 변형되며 증발되고 있다. 세탁기 속의 빨래, 오븐 속의 음식처럼 휘둘려지던 그녀는 결국 뺑튀기처럼 터져 버리고 만다. 낭자한 선혈, 숨가쁜 회전 속에서 '나'는 꿈이며 희망, 자신의 모습들을 놓치고 잃어버린 채 육적 대상으로만 존재한다. 그녀는 잠과 일상이라는 비현실과 현실 사이에서 암매장당하고 압사당하는 자신을 환청, 환각, 환상 속에 보게 되는 것이다.

김혜순의 시에서 '너'와 '나'는 밀가루를 반죽해 칼국수를 만드는 주체와 대상이자 먹고 먹히는 관계이다. 좌악 밀어넣고 내동댕이치고 칼로 누비고 풀썩 내팽개쳐 버리는 그 관계는 결코 화해롭지 않다. 나의 육체는 너에 의해 철저히 '홍두깨' '아스팔트' '버스' '탱크' '시퍼런 칼' '끓는 물' 의 난폭함과 횡포 앞에 놓이는데, 네가 자행하는 갖가지 폭력으로 '머리가 하얗게 세어 버린' 나는 칼국수로 말아져 끝내 네게 '맛있게도 냠냠' 먹혀 버리고 만다. 여성을 요리하는 남성의 행동은 가학적이지만 느긋하며 그런 행위를 즐기는 듯조차 보인다. 인격이며 인간으로서의 가치는 거세된 채 몸뚱아리로만 남아 삼켜져 버린 나와 그 주체인 너는 여성/남성, 음식/탐식가, 피지배자/지배자라는 약육강식의 먹이 역사를 재연하고 있다.[10]

이처럼 지배받는 몸, 사물화된 여성으로서의 몸은 성적 매력이 요구되는 강요된 여성성에 의해 다시 억압받는다. 여성으로서 응당(?) 지녀야 한다는 육체의 외적 아름다움에 대한 강박관념을 넘어서지 못하는 생각들은 아직 반성적 모색, 통념의 타파와 극복보다는 회의섞인 푸념과 자조적인 한탄으로 나타난다. '두부가 되기 싫은 나' '울면서 하는 화장' '뻣뻣해지는 것이 두려운 아줌마'[11] 등 다소 직설적인 표현으로 드러나기도 한다.

내가 내가 아니었어도 아무렇지도 않았을 테지 그러면서 나는 이 끔찍한 서른 몇 살의 팅팅 불은 두부를 바라본다.
    (중략)

나는 푹푹 찍어바르고, 분칠을 하고 법석을 떤다. 화장하는 두부, 아 웃기는

---

10) 김혜순의 시에서 이같은 비유는 큰 부분을 차지한다. 시 「엄마의 식사준비」 「프레베르의 아침 식사에 대한 나의 저녁 식사」 「우리 배추와 무우들은」 등. 김옥순(1996)은 '김혜순의 페미니스트적 상상력' 이란 글에서 김혜순 시의 이런 특징을 '인체의 카니발리즘' 으로 해석하고 있다. 『한국 페미니즘 시학』, (서울 : 동화서적), 228-244쪽 참조.
11) 김정란의 시 「오월, 기억」 일부. '아이구, 아줌마, 사실은 우리는/ 당신이 걱정스럽다구요, 뻣뻣해 갖고는,/ 그게 사뭇 질긴 건 줄 안다니까, 제일/ 훌렁훌렁한 껍데기에 싸인 주제에/ 그게…… 아유 딱해라…… 지속되는 거라고/ 안전한 거라구 믿고 있다니……'

일이지.

- 김정란, 「화장」 일부

나는 날마다 화장을 한다
　　　(중략)

거울 속의 내가 울고 있구나
거울 밖의 나는
모래처럼 바싹바싹 흩날리는데
거울 속의 나는 호수 위에 내려앉은
꽃잎같구나

나는 날마다 화장을 한다
세상에 믿을 것은 거울뿐인가
나와 내가 마주앉아 벗겨내는
운명의 껍질이
새빨간 입술 끝에 그늘을 만들고
- 김상미, 「화장」 일부

'화장' 한 '나'는 맨 얼굴 아닌 덧칠한 얼굴이다. 거부할 수 없는 성적 매력의 강요 때문에 해야 하는 화장이란 우울한 일일 수밖에 없으며, 서른 몇 살의 '팅팅 불은 두부'[12]로 '내가 아니고 싶어서 아무렇게나' 되어 버린 나를 화장시키는 것은 자조섞인 '웃기는 일' 임을 알고 있다. 이렇게 화장하는 나는 '거울 속의 나'와 '거울 밖의 나'로 이분되어 아름다운 '꽃잎' 과 바싹 흩날려 버릴 위태로운 '모래' 로 대비된다. '날마다 화장'

---

12) 김승희도 중년 이후의 여성을 '넋도 뼈도 없이 희끄므레한 면적으로만 존재하는 퍼들퍼들한 살' 을 디자인하는 '두부 디자이너' 라 표현하고 있다.

하는 것은 얼굴에 한겹한겹 덧씌우는 일이지만 그것은 동시에 내 삶의 목
적지에 이르기 위하여 운명의 껍질을 한풀한풀 벗기는 일이기도 하다. 따
라서 일견 아름다운 듯 치장한 나는 진정한 나가 아니기에 결국 거울[13]을
마주한 거짓된 나로 울고 있다. 거짓 욕망으로 부추겨진 소비적인 몸,
'새빨간 입술'의 그녀는 껍질을 벗겨내면서도 또 덧칠을 하는 무의미한
반복을 진저리치며 되풀이하고 있는 것이다.

여성 육체의 사물화와 상품화와 더불은 칭송과 찬미는 여성을 중심으
로 하는 담론을 형성하는 듯 하지만 실은 여성을 철저히 소외시켜 왔다.
그것은 여성의 주체적인 자발적인 욕망 위에서 이루어진 것이 아니라 사
회의 지배적인 사고 – 즉 자본주의가 배태한 통념들, 물화된 성이며 사랑
이데올로기 등 – 에 의해 만들어진 것이기 때문이다. 따라서 같은 여성
안에서도 아름다움과 생산성을 잃은 여성의 육체는 존재 의미가 철저히
거세된 무용한 사물에 지나지 않는다.

> 쑥향과 유황향과 치자향과 인삼향,
> 장미향과 발삼향과 박하향과 오이향,
> 올리브향, 우유향, 계란향의 안개를 뚫고
> 한 노파가 걸어들어 온다.
> 네 개의 욕조를 가득 채우고
> 천장까지 활짝 핀 물 속에서

---

13) 여성의 육체를 객체로 구축하는 가운데 '거울은 아마도 칼보다도 강했을 것이다'라는
Robin Morgan의 말은 시사적이다. 물론 이같은 예에서 거울은 자기 반성을 촉구하는 매개
물이라기보다는 전통적 성역할을 재생산하고 타자의 욕망을 복제하는 부정적 의미의 거울
이다. 한편, 한 여성이 하루종일 자신의 얼굴을 화장하고 찡그리고 그것을 다시 지워내며
앉아있는 장면을 행위예술로 보여준 바 있다고 한다. 이 경우 그녀의 얼굴과 신체는, 사회
가 통제하기 위해 투쟁해야 하는 대상으로 지시된 것이다. 이는 여성의 제물화와 객관화를
그리려 했다는 시도에서 논리적이고 극렬한 극단으로 취급받았다. 헬레나 미키, 『페미니즘
시학』, 김경수(역), (서울 : 고려원), 199쪽 참조.

엉거주춤,
저 가뭄! 영원히 해갈될 수 없는 대가뭄.
       (중략)

그의 늙음은 가히 주술적이다 (잿빛
상고머리와 수건이 든 비닐 봉지로 위장하고 있지만)
뙤약볕의 개구리처럼
끔찍하게 마른 사지, 오그라든 젖통이
눈꺼풀은 돌비늘, 눈알을 덮고
나무 옹이 같은 입.
       (중략)

―이런 노인을 혼자 욕탕에 보내다니……
팔둘레에 빈 거품을 레이스처럼 단
왼쪽 자리의 여자가 중얼거리고
노파는 찔꺽찔꺽 물을 끼얹는다
       – 황인숙, 「몽환극」 일부

　여성성이 거세된 늙은 여인은 생산성을 잃은 존재에 지나지 않는다. 시인은 한 노파의 육체를 통해 여성 삶의 서글픈 흔적과 여성 육체의 도구적 가치를 다시 보게 된다. 위의 시에서 불모와 거세의 메마르고 시든 여성의 늙음은 갖은 요사스런 향과 욕탕에 가득 찬 '활짝 핀' 물의 이미지와 대비되고 있다. 여성이 갖는 물의 이미지와 재생의 의미가 철저히 거세된 그 '대가뭄'의 노파는 옆자리의 젊음마저 빨아들일 것 같이 주술적이지만 실은 전연 무용한 존재이다. '끔찍하게 마른' '오그라든 젖통' '돌비늘' '나무 옹이'의 육체는 그 자체가 뙤약볕을 연상시키는 불모의 몸이며 생산 불가능한 이미 죽은 몸이다. '레이스처럼 비누거품'을 풍기는 옆자리의 화사한 여자는, 지금은 고작 '찔꺽찔꺽' 물을 끼얹고 있는

노파의 예전 모습일 것이다. 생산력과 젊음을 잃어버린, 도구성마저 상실
된 여성의 몸을 엿보는 어두운 단상이다.

　이렇게 여성의 허구화된 욕망과 도구로서의 여성 육체를 강조하는 경
우는 무엇보다도 생산성과 모성의 현현체로서의 몸일 때이다. 여기서 여
성의 육체는 모성 이데올로기에 대한 거부와 찬송이 뒤얽힌 이타적인 몸
으로 드러난다.

〔어머니는 위대하다
　지상의 에미들은 생의 경전이다〕
　　　　　(중략)

무엇이 한스럽고 그리웠길래 저리 흉가가 되었는가
왕릉 곳곳에 뚫린 구멍으로부터
잊혀진 여인들의 냄새는 지독하다
여인에겐 감추는 것이 미덕인 세상에서
고단한 숨구멍마다 자식들은 들꽃을 꽂으며 위로했겠지
남아도는 성욕과 식욕에 남몰래 날뛰다
몸에 숭숭 뚫린 구멍을, 그 습습한 골짜기를
살아서는 빨래감으로도 틀어막아야 했겠지
차마 가리지 못한 깊고 슬픈 에미의 골짜기엔
뜨거운 달 한덩이씩 맘껏 밀어넣고 통근하는 지에비들
　　　　　　　　　　　　　－ 신현림, 「에미 왕릉」 일부

　'구멍' '골짜기'는 여성 육체의 상징이다. 그러나 자신의 진정한 욕망
으로 채워지지 못하고 비어있던 그곳들은 이제 '잊혀진' '감춰진' 육체
의 악취만을 내뿜는 곳이 되어 버렸다. 성욕과 식욕으로 채워야 할 '숨구
멍'은 자식들이 꽂은 들꽃이나 빨래감으로 틀어막히고, 여성으로서의 성
적 욕구를 상징하는 '골짜기'는 지에비들의 뜨거운 욕정으로 채워질 뿐

이다. 자신의 한과 그리움, 남아도는 성욕과 식욕의 충족으로 메우지 못
해 비어 있는 부분들, 부재의 공간은 늘 다른 것들로만 틀어막아져 왔던
것이다. 따라서 '위로' 와 '맘껏' 이 지에비와 자식의 행위라면 '고단한' 과
'깊고 슬픈' 은 에미들의 몫이다. 소통이나 환기, 충족되지 못한 에미들의
살아서의 육체는 이제 '왕릉' 으로 거대하게 남았을지언정 그것은 허울뿐
인 이름이며 '흉가' 이다. '위대한 어머니' '생의 경전인 에미' 들은 허구
화되고 구성된 대표적인 여성의 몸일 뿐이기 때문이다. 숱한 '에미 왕릉'
들은 스스로 숨죽이며 억눌러온 '남몰래 날뛰' 는 욕망들로 뒤늦게 부풀
어오른 대지에 지나지 않기 때문이다.

2. 자해와 가사(假死)로 저항하는 몸

거짓 욕망에 부추겨진 몸, 내 것이 아닌 내 몸에 대한 인식은 허구화되
고 도구화된 기존의 여성 육체를 거부하는 것으로 전개된다. 많은 시에서
저항하는 몸에 대한 상상이 변주되는데 이 부분은 자신의 육체에 대한 부
정적 인식과 긍정적 인식이 교차하는 곳이기에 그만큼 혼란을 보이기도
하고 극단적이기도 하다. 그것은 우선 타자의 시선과 의도에 의해 구성된
지금의 몸을 비우려는 '빈혈' '탈수' '구토' '배설' 을 비롯해, 육체가 스
스로 반란을 일으키는 '부풀어오르는 살' 로 드러난다. 보다 적극적으로
는, 육체를 자해하거나 해체하는 제의적 죽음을 시도한다. 이 통과의례적
죽음은 이제까지의 남성 중심적 시각의 육체를 거부하는 한편, 그 기반
위에서 구성되어온 여성 육체를 소멸시킬 것을 전략으로 한다.

삼십삼 년 동안 두번째로 나는
나로부터 도망갈 결심을 한다.
우선 머리통을 떼내어

선반 위에 올려 놓는다
두 팔과 두 발을 벗어
책상 위에 올려 놓고
몸통을 떼내 의자에 앉힌다.
오직 삐걱거리는 무릎만으로 살며시 빠져 나와
필사적으로 달리기 시작한다
– 최승자, 「삼십삼 년 동안 두번째로」 일부

무릎 꿇고 여기 앉아!
싫어요!
무릎 꿇어!

못 꿇어요!
무릎 꿇으라니까!

난 보란 듯이 외과수술용 톱을 가지고 나와
종이인형의 사지를 가위로 오리듯이
내 무릎을 싹둑싹둑 오려 버린다,
무릎이 없으니, 둥둥, 오오, 나는 불현듯
날 수가 있다.
– 김승희, 「모순의 무릎」 일부

위의 두 시는 자신의 육체를 해체 또는 분절하는 자해를 가하면서도 기존의 질서에 굴복하려 하지 않는 몸짓들을 보여 준다. '무릎'은 현실로부터 달아나게 하는 다리가 되어 주는 동시에 무릎 꿇음의 굴종 또한 의미한다. 최승자의 시에서 '나'는 거짓된 나로부터 탈출하기 위해 머리통, 두 팔, 두 발, 몸통을 모두 분해해 여기저기 얹는다. 오직 도망가는 데에 필요한 '무릎만으로' 필사적으로 내닫는 것이다. 육체의 어느 부분도 진

정한 내가 아니었기에 나는 그 육체들을 철저히 거부한다. 김승희의 시에
서 '나'는 '무릎'을 잃은 대신 자유의 '날개'를 얻는다. 무릎 꿇을 것을
명령하는 세 개의 명령문은 순종을 넘어서 굴종을 강요하므로 난 '보란
듯이' 그것을 거부할 수밖에 없다. '가위로 오리듯' '싹둑싹둑' 잘린 훼
손된 몸으로의 저항, 이는 모두 새로운 존재로 분연히 거듭나기 위한 상
상 속의 의식 행위이다.

> 한밤중 흐릿한 불빛 속에
> 책상 위에 놓인 송곳이
> 내 두개골의 살의처럼 빛난다.
> 고독한 이빨을 갈고 있는 살의,
> 아니 그것은 사랑.
>
> 칼날이 허공에서 빛난다.
> 내 모가지를 향해 내려오는
> 그러나 순간순간 영원히 멈춰있는.
>
> 쳐라 쳐라 내 목을 쳐라.
> 내 모가지가 땅바닥에 덩그렁
> 떨어지는 소리를, 땅바닥에 떨어진
> 내 모가지의 귀로 듣고 싶고
> 그리고서야 땅바닥에 떨어진
> 나의 눈은 눈감을 것이다.
> — 최승자, 「사랑 혹은 살의랄까 자폭」 전문

　최승자는 자신의 몸을 '사산의 자궁'으로 생각하는 한편 일종의 가사
상태와 의사 죽음에 자기 몸을 자주 몰아넣는다. 자기 자신에 대한 치열
한 '사랑'은 '살의'에 버금가는 것이기에 그 사랑이 이루어지지 않을 때

사랑의 방식은 '자폭'이라는 외양으로 드러난다. 남성적 질서의 삶으로
부터 일탈을 꿈꾸고 또 그 일방적 질서에서 해방되기 위해서 허구화된 자
신의 몸을 상징적으로 분해하는 것이다.[14] 빛나는 '송곳'과 '칼날'은 내
목을 치는 도구들이지만 또 이렇게 육체의 해체, 분해를 거듭하게 하는
무형의 억압과 그 실체를 떠올리게 한다. 그 억압은 나로 하여금 자신에
대한 진정한 사랑에 이르지 못하게 하는 것 — 여성으로서의 성적 정체성
의 부재, 남성 중심의 사고, 사회의 정치적 억압들, 그리고 시대와 역사에
대한 부정적 인식까지 — 모두를 담고 있다.

> 밤새 세포가 바뀌었어요.
> 내 핏톨 속에 뭔가가 침입했어요.
> (의사는 환멸스런 표정을 한다.)
> 어떤 모양인지
> 어디를 흘기는지 모르겠지만
> 확실히 피돌기가 느려졌어요
> 심장이 늪이에요.
> 내게 깨끗하게 날이 선 손도끼가 있다면
> (가혹하지만, 정말!)
> 내 목 바로 밑을
> 가볍게 찍어보고 싶어요, 딱
> 한 번만.
>
> — 황인숙, 「여섯 조각의 프롤로그」 일부

---

14) 실비아 플러스의 시에서도 이 같은 시도는 '자기 변형의 과감한 형태'로 이해된다. 여성시
에서 이런 육체적인 파괴는 쾌락이나 고통으로 체험되는데, 이런 제의적 전략을 통해 소생
해 다시 살고자 하는 욕망 생성을 위한 죽음의 충동이란 점에서 여성시의 유사한 상상과 그
변용을 발견하게 된다. 존 로젠블렛, '실비아 플라스: 이니시에이션의 드라마' 『페미니즘과
문학』, 김열규(외 공역), (서울:문예출판사, 1988), 204-206쪽 참조.

바싹 마른 여자가 살찐 남자를 먹어치운다. 발톱 하나 남기지 않고 깨끗이 먹어치운다. 먹으면 먹을수록 마른 여자는 더욱 마른다. (중략) 다음엔 제 가슴도 잘라 먹고 제 몸뚱아리도 잘라 먹는다, 눈동자도 빼 먹고 제 白骨도 아드득 아드득 깨물어 먹는다.

- 김혜순, 「먹이의 역사」 일부

황인숙의 시에서도 '나'는 날선 도끼로 내 목을 가볍게 찍어보고 싶어한다. 밤새 세포가 바뀌어 '뭔가'가 내 몸 속에 침입해 들어온 나는 이전의 나일 수 없게 되었기 때문이다. 내 안에 들어와 내 몸을 흐르는 그 '뭔가'는 나를 달라지게 했다. '의사'는 법과 질서와 아버지를 상징하는 존재로서 이런 나에게 환멸을 느낄 뿐 한번도 나를 제대로 진단하지 못하는데, 아마 진단할 수조차 없을 것이다. 지금까지의 삶을 끌어온 피돌기가 바뀌어 그 질서에서 이탈할 수 있게 된 나는, 깨끗하게 날선 손도끼로 스스로 내 목을 찍고 싶은 열망을 갖는다. '딱 한 번만'으로 그칠 수밖에 없는 이 열망을 이루지는 못하지만, 그리고 결국 그 긴장 때문에 축축해진 '손바닥에 끈적이는 땀을 닦고' 나는 일상으로 돌아오게 되지만, 이런 의식 속의 죽음을 통해 나는 이제 이전의 나가 아닌 새로운 '나'로 거듭나게 된다.

김혜순의 시는 살육과 식육의 모티브를 수용해 먹이사슬과도 같은 권력의 사슬을 보여 준다. 기존의 먹이사슬 관계가 뒤바뀐 것 같은 이 시에서, 마른 여자의 식욕[15]은 끝없는 기아처럼 채워지지 않는다. 끝내 여자가 자기 몸까지 '아드득 아드득' 먹어치우는 극단적인 자해와 육체의 소멸, 그리고 죽음의 모습은 「먹이의 역사」 자체를 소멸시키면서 새로운 역

---

15) 여성의 왕성한 식욕은 그 자체가 반란이다. (성적 매력이나 여성다움이 요구되는 여성들은 아주 조금 먹거나 거의 먹지 않았기 때문이다. 이는 곧 성욕의 금기나 절제, 나아가 침묵과 순종과도 연관된다.) 그러므로 이 식욕에 전제되는 여성의 배고픔은 충족되지 못한 성욕, 말과 글 - 즉 여성의 역사쓰기 - 에 대한 욕구로까지 확대해 생각할 수 있다.

사를 요구하는 것으로 이어진다. 기존의 질서와 먹이사슬의 담론에 종속되기를 거부하고 새로운 질서를 세워 그에 편입하려는 의지, 즉 여성 육체를 통해 보다 적극적이고 의식적인 방법을 드러내려는 이 같은 시들은 새롭다. 비리얼리즘적이고 환상적인 상상에 그칠지라도 그 통렬함은 억압의 깊이를 새삼 깨닫게 해 주기 때문이다.

이렇게 자해와 가사로 기존 육체를 거부하려는 보다 적극적인 몸짓들 외에, 비어있는 육체, 비우려는 육체를 저항하는 몸이라는 같은 층위에서 읽을 수 있다.

마른 꽃대궁처럼
눈물이 빠져나간 몸에
다른 눈물이 차오르기를
기다릴 때
춤을 춥니다
— 이상희, 「춤」 일부

가르쳐주지 않아도
열려진 입술은 젖을 찾아낸다
그리곤 내 몸 속에서 단물을 빼내간다
금방 먹어도 또 빨아먹으려고 한다
제일 처음
내 입 안에서 침이 마른다
두 눈에서 눈물이 사라지고
혈관이 말라붙는다 (중략)
마침내 온몸이 텅 비어
마른 뼈와 가죽이 남을 때까지
천궁이 갈라지고
은하수 길이 부서져 내릴 때까지

아무런 생각도 떠오르지 않고
영혼마저 말라 죽을 때까지
　　　　－ 김혜순, 「껍질의 노래」 일부

　여성의 '마른 몸'과 더불어 '빈혈' '구토' '탈수' '어지럼' '배설'과 같
은 모티브들은 비어있는 육체의 예들이다. 지금의 몸을 버리거나 비우고
싶은 바람, 채워지지 않는 욕구로 인해 늘 비어있는 몸, 빨려나간 육체로
인해 빈 몸들이다. 이상희는 여러 편의 시에서 빈혈과 구토와 탈수를 얘
기한다. '난 텅빈 동굴 「비밀」 '변기를 끌어안고 구토하는 「구토」 '오,
빈혈만 아니라면 「쉬고 있는 권투사」 그리고 '마른 꽃대궁이처럼 눈물이
다 빠져나간 몸 「춤」' 등의 빈 몸은 기존의 육체를 버리고 새롭게 채워지
길 기대하는 몸이다. 때로 빈혈이 심해질 때 시인은 '송곳니를 번쩍이며/
저는 지금 가야해요/빈혈이거든요 「드라큐라」' 처럼 '드라큐라'를 꿈꾸기
도 하고, 다른 눈물이 차오르기를 기다리며 탈진의 춤을 추기도 한다.
　시 「껍질의 노래」에서의 여성의 육체 역시 껍질로만 남은 말라 버린 여
성의 몸, 강요된 모성의 도구로서의 몸이다. '내 몸 속의 단물'이 다 빨린
후 나의 물인 '젖' '침' '눈물' '피'는 다 사라져 버려 빈혈과 탈수의 마
른 몸으로 남았다. 마른 뼈와 가죽으로 남은 '껍질' 뿐인 내 몸은 이제 '영
혼마저 말라 죽을' 위기만을 기다릴 뿐이다. 입, 눈, 혈관은 물론 여성 육
체의 빈 오목한 부분들조차 모두 부재하는 육체들이다. 엄마가 아이에게
젖을 빨리는 모습은 물론 행복하고 정겨운 장면이어야 할 테지만 '너희
들의 열려진 입술'은 내 존재를, 그리고 절대적이어야 하는 모성을 시험
하는 공격적인 대상으로 전이된다. 그리고 그것은 곧 내 몸 속의 것이 다
빨려나가는 듯한 공포, 내 삶이 흔적없이 증발할 것 같은 두려움으로 이
어지는 것이다.
　이렇게 육체가 신체의 분해 및 절단, 그리고 의사 죽음이라는 환상적인

상상을 통해 새롭게 거듭나려는 제의적 죽음과 비운 몸의 상징적인 시들
이 있다면, 보다 가시적으로 저항하는 몸들을 보여 주는 시들이 있다. 묶
여 있던 몸들이 온통 '부풀어오르'거나 '가려움'으로 일어서며 반란하는
것이다.

이제야 돌아와
원피스
슬립
스타킹
거들
브래지어
팬티를 벗고
인형극의 인형처럼 조종하던 얼굴을 지우고
삶의 체액이 끈적하게 묻은 오늘을
럭스비누로 씻어 개수구로 흘려보내고
전신거울 앞에 서면
벗어던진 것들이 조였던 부분의 살은 일제히
빨갛게 부풀어 오른다
— 양선희, 「억압에 관한 명상」 전문

몸이, 나의 의지를 전면적으로 부정하기 시작했다.
부풀어올라 하룻밤 지난 밀가루 반죽덩이마냥 된 살이
내가 마사지하고 크림을 발랐던 그 살이라고
말하지 않으리, 긁을수록 가려워지고
긁다보면 피가 맺히는 赤軍派 같은 살을.
          (중략)
한때 자랑이었던 하얗고 부드러웠던 피부,
드러내 놓고 다녔던 윤기 있는 살.
지금 긴팔 셔츠에 가리워진 살들을

나는 어떻게 긍정할 수 있을까.
무엇을 걸고 이 삶의 변화를 기원할까.
　　　　　- 정은숙, 「몸으로 이루는 혁신」 일부

　시 「억압에 관한 명상」은 온종일 자신을 '여성'으로 조였던 겉껍질과 속껍질들을 벗어 버리자 몸의 살들이 빨갛게 부풀어오르며 일어서는 장면을 보여 준다. 여성의 육체와 피부를 조이는 원피스, 슬립, 스타킹, 거들, 브래지어, 팬티 등 여성의 육체를 묶고 조여 만드는 옷가지들을 모두 벗어던지고 인형극의 분장 같은 화장도 지우고 끈적한 삶의 체액들을 씻은 후 바라본 거울 속의 나. 그제서야 나는 인형이 아닌, 억압으로 눌린 속에 숨은 자신 본연의 모습이자 '일제히 빨갛게 부풀어오르는' 살의 주인으로 돌아온다. 부풀어오른 살의 흔적을 통해 여성 육체의 조임이 곧 삶 자체의 억압으로 '명상'되는 장면을 보여 주고 있다.

　「몸으로 이루는 혁신」에서도 '희고 부드럽고 윤기 있던' 여자의 살들은 이제 부풀어오르고 또 긁을수록 가려운 반란의 살들로 일어서며 지금까지의 나를 전면 부정한다. 마사지 크림을 발랐던 살은 이제는 피가 맺히고 드러내놓을 수조차 없어 긴팔옷으로 가리워야 할 밀가루 반죽덩이 같이 흉하게 일그러졌다. '여자'로서의 살이기를 거부하고 나약한 나의 의지를 부정하면서 '적군파'처럼 반항하고 일어서며 전의를 다지는 나의 이 몸, 그러나 나는 이제 '긍정'하려 한다. '무엇'을 걸고 이 변화를 기원해야 할지, 아직은 남은 의문으로 그 물음을 맺고 있지만 그것은 이미 '몸으로 이루는 혁신', 쾌감 섞인 확신을 가진 변화인 것이다.

　물론 반란하는 몸과 저항하는 몸이 늘 어떤 의지와 확신을 동반한 몸짓일 수만은 없다. 지나치게 억압받아온 몸은 때로 그 자유로운 욕망 실현의 방향을 잃은 채 생경한 반항이나 비틀린 육체, 왜곡된 성충동으로 이어지기도 한다.

날마다 그녀는 성욕에 시달리고
햇빛 속을 달리는
자전거 바퀴살만 보아도
온몸에
화상을 입었다

어느 날
그녀는 진찰실 문을 밀고 들어가
삽시간에 의사를 덮쳐 버렸다

정말 예민한
프로이트 요법이었다.
                — 김상미, 「그녀와 프로이트 요법」 일부

　위의 시에서 일어서는 몸의 욕망은 그녀의 성욕이다. 여성에게 가해지는 성 이데올로기에 의해 억압받아온 그녀는 '날마다 시달리는 환각' 속에 살면서 빛 받으며 달리는 자전거 바퀴살의 움직임만 보아도 성적 충동을 자제하지 못할 만큼 억압된 '성욕에 시달리고' 있다. 물론 그녀는 여성으로 성장하며 세뇌되어온 대로 '메타피직한' 자기 제어를 실천하지만, 프로이트의 맹목적인 추종자이자 맹신자이며 기존의 법과 질서를 상징하는 '의사'의 남성 중심적이고 폭력적인 처방에 의해 늘 이중으로 상처를 입는다. 결국 수위를 넘어선 그녀의 욕망은 또 다른 폭력의 양태로 드러나 '의사를 덮치는' 행위에 이르고 만다. 이 시는 여성에게 잠재된 성적 욕망을 적극적으로 또 거침없이 드러낸 점에서 새로우며 또 의사라는 가부장적 남성적 질서를 덮쳐 그에 도전한 점에서 의미 있게 읽힐 수 있다. 그러나 이 욕망 충족의 행위는 남성적 질서의 부정성과 성을 모방하고 답습하고 있으며 폭력을 닮아 있어 자유로운 몸이 꿈꾸는 아름다운 욕망의 실현으로는 성취되지 못하고 있다. 이때 그녀의 욕망은 비틀린 욕망으로 남는다.

이렇게 자기 안에서 터져 나오는 욕망을 방향 감각 없이 충동적으로 충족시키려 한 시도는 일종의 과도기적 증후이다. 남성적 성충동을 모방하는 외에 여성의 욕망을 비틀린 육체로 드러내는 또 다른 은유는 '간음'과 '근친상간'이다. 이는 실제적인 간음이기보다는 규정되고 제한된 것을 벗어나 다른 꿈을 꾸고 싶은 일탈의 표현이며, '근친상간'의 모티브 역시 '아버지'라는 견고한 상징을 해체하고 싶은 욕망의 표현이다.

넘름거리는 혀로
네 간을 파먹고
네 피를 말리고
천천히 문득, 뼈와 살이 타들어가
삼 가르듯
껍질뿐인 널 말아 먹으리라

네 몸 안엔 이미 다른 피가 고여
녀석과 간음할 생각으로
뱃속이 부글부글 끓어오를 때

칼이 칼집에 익숙해지듯
자기 안의 욕망에 익숙해지듯
네 안의 어둠에 너 또한 익숙해지리라
　　　　　　　　　　　- 최영미, 「어떤 게릴라」 일부

그 자식의 머리통은 냉장고처럼 잔뜩 저장해 놓은 음식물로
가득 차
젊어도 고장난 따발총처럼 착한 생식기의 소유주

나도 석유로 가득 들어찬 주유소 같은 머리통

(중략)

여인들이여, 이젠 때가 왔노니, 간음하라
코 푼 휴지처럼 구겨진 나를 용서하고
울부짖음, 문전에 칠한 양의 피를 지워라. 엉겅퀴가 진흙 속에서
피를 토하듯 몰려 피리니
　　　　　　　　　　　　　　　　　　　　－박서원, 「간음」 일부

위의 두 시는 일상적 궤도나 규범을 이탈하려는 여성들의 반란적 꿈과 행위를 간음으로 표현하고 있다. 여성의 순종이며 순결을 거부하게 하는 ‘다른 피’가 고여 있게 된 것 자체가 간음이다. 최영미의 시에서 ‘너’는 곧 ‘나’이다. 자기 스스로 간과 피, 뼈와 살을 말아먹고 ‘뱃속이 부글부글 끓어오’르는 것은 모두 앞의 시들에서 본 바와 같이, 일종의 가사(假死)와 같은 기존 육체의 해체, 부풀어오르는 몸의 반란과 같은 의지이자 행동이다. ‘껍질뿐인’ 나이지만 정체 없는 ‘어떤 게릴라’를 회피하거나 그에게 굴복하는 것이 아니라 새로 고인 ‘이미 다른 피’로 스스로 또 다른 모의를 꿈꾼다. ‘녀석’은 물론 남성적 지배 질서일 수 있고 강압적인 사회 체제일 수도 있으며 내 안의 이길 수 없는 욕망일 수도 있다. 내 안에 잠입해 들어와 나를 전복시키려는 그 게릴라, 그것을 피하거나 그에 굴복하지 않는 방법으로 그 녀석과의 ‘간음’을 생각한다. 게릴라처럼 내게 급습해 들어온 녀석과의 간음을 통해 내 안의 욕망과 어둠에 익숙해지는 한편 모색해 온 일탈과 반란을 체화하는 것이다.

시 「간음」은 난폭하고 섬뜩한 비어와 선동적인 문장들로 이루어졌다. ‘그 자식의 머리통’은 식욕과 성욕으로 그득하다. 그는 ‘음식물’로 가득 차 있으며 언제 어떻게 발사될지 모르는 ‘고장난 따발총’인 ‘생식기의 소유주’이다. ‘나’는 소유주라는 말을 뒤집어 놓은 ‘주유소’, 언제 폭발할지 알 수 없는 석유로 그득하다. 한때 ‘저항하지 않는 것이야말로 내 최

고의 매력이자 무기'였으나 이젠 그 모두에 적극적으로 저항하려 한다. 총 한 발의 폭력으로 드러눕는 존재이길 거부하고 오히려 그 총 한 발로 폭발되는 기름통 같은 존재로 변화하려는 것이다. 적극적인 몸의 저항과 의지는 '울부짖음'의 소리들, 간음을 속죄하는 '양의 피'를 지우고 '피 토하듯 몰려 핀 엉겅퀴'로 이루어진다. 이 시에서 '여인들이여, 간음하라'는 구절은 '여인들이여, 다른 꿈을 꾸라'로 바꾸어 읽을 수 있을 것이다.

진지한 욕망의 정체는 미처 찾지도 드러내지도 못한 채 욕망의 진정한 대상이 아닌 것으로 몸을 던지는 행위와 꿈은 의미 없는 탈출에 그칠 수 있다. 그러나 자신의 본래적 욕망을 들여다보지 못해 왜곡된 욕망만을 그러안고 있는 몸, 내면에서 추구한 정체성을 체화하지 못한 채 일탈부터 감행하는 꿈 역시 자유롭고 주체적인 욕망으로 성장해가는 과정들일 것이다. 그러므로 육체의 자해와 가사를 통한 제의적 죽음, 아직은 비틀린 욕망으로의 저항은, 기존의 여성 육체를 거부하고 소멸, 전복시킴으로써 새로운 육체로 거듭나려는 시적 상상과 동궤에 놓이게 된다.

3. 훼손된 몸 — 황폐한 시대의 통증 공간

생산성이 결핍된 여성의 몸, 황폐한 몸, 닫힌 몸과 앓는 몸은 흔히 현대의 삭막한 도시화와 산업화의 공간, 또는 역사의 상흔을 앓고 있는 공간의 은유가 된다. 현대사의 통증이 육체적 상상을 통해 여성 몸의 생리와 감각 기관으로 표출되는 것이다. 이는 여성의 몸 자체가 삶의 공간 – 서울과 고향, 자연과 도시, 나아가 세계와 우주까지 – 을 상징한다는 상상에 기초를 둔다. 또한 여성의 몸이 겪을 수 있는 통증들인 생리통, 흘러터진 양수, 사산의 고통들은 곧 시대의 통증들로 겹쳐진다. 이는 여성의 훼손된 몸이 시대와 역사를 앓는 통증의 공간으로 비유되는 시들로 드러난다. 여성의 몸에 관한 시학이 갖는 고유한 영역이라 할 수 있다.

　여성의 몸이 황폐한 시대 인식과 통증의 공간으로 드러나는 것은 둘로 나누어 볼 수 있다. 하나는 현대의 기계 문명과 피폐한 도시 공간, 나아가 불모의 세계에 대한 인식으로서의 여성 육체이며, 다른 하나는 우리의 현대사 중 역사의 상흔을 드러내는 비유로서의 육체 이미지이다.

> 오늘 또 그가 나타났다.
> 네거리 한복판에
> 입술이 없는 입을 벌리며
> 그는 우뚝 섰다.
> 거만하게 손을 내밀었다.
> 굵은 쇠스랑이 달린
> 골리앗 같은 손을.
> 　　(중략)
>
> 승천하길 기다렸다.
> 이제 그는
> 축축한 뒷골목으로 간다. 입술이 없는 입을
> 쓰윽쓰윽
> 지상에 가득한 흙으로 문지르면서
>
> 납작한 우리의 등을 찍는다
> 햇볕 따듯한 오후.
> 　　　－ 강은교, 「포크레인을 위하여」 일부

> 도시의 불룩한 유방인
> 빌딩과 빌딩 사이로
> 개울이 흐른다
> 밤인 도시가

나체인 온 가슴을 벌리고
비를 맞는다.

쭉 뻗은
시체처럼
아무 사념없이.

쌔앵쌩 부는 바람에
부는 대로 패이고
씻긴다.
　　　　　　　　　　　　－ 황인숙, 「!비!!!」 일부

　위의 두 편의 시는 기계 문명과 도시화에 의해 훼손되는 여성의 육체를 드러내고 있다. 강은교의 시에서 기계는 남성과 문명을 상징하는 물질적 도구이면서 동시에 자연을 훼손하는 폭력이다. '그'로 지칭된 '포크레인'은 '우뚝' '거만하게' '굵은 쇠스랑'의 육체인 데다가, '입술이 없는 입'을 지녀 소통조차 불가능한 위협적 상징이다. 그에 의해 파헤쳐진 '흙'은 내리찍힌 '납짝한 우리의 등'이자 기계 문명에 의해 파헤쳐진 자연이며, 남성적 상징에 의해 '엎드'려진 여성(대지)이다.[16] 육체화된 땅은 저항할 수 없어 승천만을 기다리며 기계에 의해 '쓰윽쓰윽' 건조하고 황량한 문지름을 당할 뿐이다. '햇볕 따듯한 오후'에 자행되는 어느 날의 삭막한 풍경은 문명의 이름으로 피폐해지는 익숙해진 한 풍경을 여성 육체의 훼손을 통해 그려내고 있다.

---

16) 이와 같은 인식은 에코페미니즘으로 체계화되었다. 즉 자연과 여성은 남성(적 상징)에 의해 정복되는 객체이자 대상으로만 인식된다는 점에서 동일시되어 자연 파괴와 여성 억압을 동치에 놓는 사고이다. 이는 자연(흙)의 회복과 여성의 평등적 수용을 동등한 층위에서 함께 성취해내야 할 것으로 주장하고 있다.

시「!비!!!」에서 도시는 여체의 '불룩한 유방' 같은 빌딩들을 가진 '나체' 공간이다. 그러나 그 도시는 '개울'과 '비'라는 물에 의해서조차 살아날 수도 재생될 수도 없는 '쭉 뻗은 시체'와 같다. 불룩한 빌딩으로 가득한 도시는 여성의 몸으로 겹쳐 떠오르지만 그 몸은 바람부는 대로 패이고 씻길 뿐인 이미 죽은 몸, 아무 사념 없는 사체처럼 풍요가 거세된 여체일 뿐이다. '벌리고' '쭉 뻗은' 신체 행위는 대낮의 화려함을 잃고 썰물처럼 모두 다 빠져나간 어두운 밤을 지키는 도시의 황량한 몸을 드러낸다.

유리문을 밀고 들어가면 또 유리문이 나온다. 유리문 안쪽엔 출구라고 씌어 있지만 그러나 나가든 들어가든 언제나 너는 어떤 몸의 내부에 속해 있다. 마치, 난자를 만난 정자가 그녀의 집에 영원히 체포되듯 너는 거기에 속해 있다. (중략) 어떤 유리문을 열면 거기 매맞은 얼굴들이 한 방 가득 들어 있고, 어떤 유리문을 열면 죽은 네 어머니가 웬일이냐 돌아앉으신다. 어떤 유리문을 열면 길 잃은 파리가 윙윙거리는 방안에 허벅지를 드러낸 여자들이 뒤엉켜 누워 있고, 어떤 방문을 열면 네 시신 위로 구더기들이 한없이 쏟아져 나온다. (중략) 이 몸을 깨뜨리고 어떻게 밖으로 나가지? 내 몸 밖에서 누가 나를 아직도 부르고 있는데……

– 김혜순, 「서울」 일부

시「서울」은 서울을 '유리로 만들어진 폐쇄 공간'과 '여성의 몸'이라는 이중적인 비유의 공간으로 상정하고 있다. '유리'는 투명하지만 가로막는, 즉 소통과 폐쇄가 공존하는 사물이다. 그것은 마치 '서울'이라는 공간이 원하면 들어가고 자유로이 나올 수도 있을 것 같지만 소통과 출입이 자유롭지 않은 불가해한 공간임을 강조한다. 서울에 들어가는 행위는 '난자를 만난 정자가 영원히 체포'된 것처럼 빨아들여지는 마력에 빠지는 것과 같다. 바로 이 서울이라는 공간의 속은 곧 여성의 몸 속이다. 그 안은 '매맞은 얼굴' '죽은 어머니' '허벅지를 드러낸 여자들' '시신 위의 구더기'로 가득하다. 이들은 모두 내 속에 있을 여자의 여러 모습들이면서 동시에, 난무하는 폭력과 타락한 성문화의 대상, 억압적 모성으로 살다간 숱한 어머니들, 죽은 것과 다름없이 시신처럼 무감각하게 사는 현대인의 모습들이다. 입구와 출구가 모두 있으나 들어가면 막상 나올 수는 없는 거대한 공간, 감옥 같은 공간이 곧 서울이자 도시라는 점에서, 이는 마치 내가 벗어나고 싶어하면서도 결코 벗어날 수 없는 나의 몸과 같다. 상처로 채워진 밀폐된 공간, 그러면서 유리로 되어 있어 끊임없이 바깥을 꿈꾸게 하는 공간, 이것이 서울과 내 몸의 공통항인 것이다. 거부할 수 없는 내 몸, 몸 밖의 내가 아무리 나를 불러내도 나갈 수 없는 내 몸, 훼손된 채 유폐된 공간으로서의 서울이 여성의 육체로 그려지고 있다.

헤이, 아가씨, 오늘 나랑 같이 갈까
고향 오래비처럼 안아줄게 꽃 한 송이
사줄까 밥 한끼 먹여줄까 겁내지 마
그리고 제발 울지 마.
　　　(중략)

볼에 따스한 입술을 대어줄게 그 브래지어끈 좀
안으로 집어넣어 그 슈미즈도 치마 속으로 넣고
날 울리지 마 제발, 철새같은 이농의 경부선같은 날 울리지 마
제발 다리를 오므리고 울어 오줌 눌래?
자 이리 와 여기쯤 와서 내가 지켜줄게
그리고 어디 기차가 지나는 곳쯤 방을 잡고 나는 너를
재우고, 고향 오래비처럼 오줌을 누고 싶어
오줌 줄기의 포물선, 포물선의 고요함, 그리고
쓰러져 잠 속의 시름
　　　　　　　　　　　- 허수경, 「도시의 등불」 일부

59번 좌석버스 타고 가고 있는데
내 배꼽으로부터 그대 목소리 탯줄처럼
올라와 갑자기 귀에 리시버를 끼웁니다
나는 갑자기 늙은 胎兒처럼
그대 목소리 胎膜을 쓰고
고부라진 주먹을 쪽쪽 빨면서
붕 떠올라 완전히 180도 돌아
달리는 공중에 웅크립니다
배 들어오면 거기 함께…… 버스 안에 갑자기
양수가 차오르고 나는 그대의 배가 되고 싶어
여기 배 들어왔어요 나는 떠지지 않는 눈으로
펴지지 않는 팔다리를 돛처럼 펴려고 안간힘을 쓰는데
이 개새끼야 어딜 끼어들어와!
(기우뚱! 급정거하는 버스!)
털난 주먹이 태막을 쑥 뚫고 들어옵니다
(중략) 터진 양수처럼 내 안의
바닷물이 한꺼번에 흘러내립니다.
- 김혜순,「新派로 가는 길 2」일부

이 두 편의 시 또한 '도시'라는 공간의 부정적인 생리를 여성 육체의 훼손으로 그리고 있다. 시「도시의 등불」은 도시화와 산업화에 떠밀려 온 뿌리뽑힌 삶을 살게 된 '아가씨'와 그녀를 자기 욕망의 대상으로 삼으려 는 한 남자의 이야기이다. 그는 '헤이'라는 불량스런 말과 함께 '꽃 한 송 이' '밥 한 끼'로 그녀를 유인하는데, 그녀는 이미 도시의 냉정한 생리에 희생되어 흘러내린 브래지어와 치마 밖으로 삐죽 나온 속치마, 벌려진 다 리로 울고 있다. 그녀를 통해 고향의 한 자락을 느끼면서 '철새 같은' 자 신을 발견한 그 남자 역시 도시화가 빚은 희생양일 것이다. 따라서 그의 '오줌'은 욕정의 발산이지만 그것은 욕구 충족이라기보다는 '고요함'과

'잠 속의 시름'으로 떨어지는 곤핍한 자의 그것이 되며, 그녀를 탐하는 욕망은 자연과 고향을 '지켜 주'고 싶은 바람이기도 하다. 그러나 도시 안에서 그는 폭력이자 남성일 뿐 그녀를 지켜 주는 '고향 오래비'로 돌아갈 수는 없다. 여성의 몸은 고향을 대신해 주는 고향 같은 그리움의 공간이지만 실상 그마저 온전한 고향일 수 없는, '다리 벌려진' 채 '울음 우는' 소외된 고향일 뿐이기 때문이다.

김혜순의 시에서는 사산의 모티브가 도시의 폭력에 의한 것으로 드러난다. 도시와 버스는, 양수가 차오르듯 품어진 태아의 생명을 밀어낸다. 양수 속의 태아는 급정거하는 버스의 '이 개새끼야 어딜 끼어들어와'라는 폭언으로 이 세상에 '끼어들'지 못한 채 세계로의 편입을 거부당하고 있다. '털난 주먹'은 고부라진 주먹을 쪽쪽 빨며 '웅크린' 태막 속에 있는 태아인 '나'를 거칠게 세상 밖으로 밀어낸 자, 얼굴 없는 폭력의 주체이다. '배'는 인체의 배이면서 또한 바다의 격랑을 헤쳐나가게 해 주는 배의 의미이기도 한데, '그대의 배가 되고 싶어' 하던 '나'의 꿈은 도시의 일상적인 폭력으로 사산되고 만다. 생명의 물이 되지 못한 채 흘러터진 양수와 찢어진 태막 속의 태아, 이는 메마른 도시에서 위태로운 버스에 실려가는 우리 모두의 모습일 것이다.

이상과 같이 상실되고 훼손된 여성 육체를 통해 서울과 도시 공간을 피폐하고 삭막한 곳으로 그리는 육체적 상상은 더 나아가 인간의 몸 자체를 사랑이며 아름다움 혹은 욕망 등과 철저히 갈라내어 단지 물화된 것 혹은 생명도 가치도 없는 사물로 드러내고 있다. 이는 비인간화되어 가는 현대인들의 인식, 기계화된 인간에 잠재된 무의식적 욕구를 반영한다. 더 이상 성을 신비화하지 않는 물화된 육체의 인식과 인격이 철저히 거세된 몰가치를 드러내는 매개체로서의 몸일 뿐이다.

이 가죽 트렁크

이렇게 질겨빠진, 이렇게 팅팅 불은, 이렇게 무거운

지퍼를 열면
몸뚱어리 전체가 아가리가 되어 벌어지는

수취 거부로
반송되어져 온
토막난 추억이 비닐에 싸인 채 쑤셔박혀 있는, 이렇게

코를 찌르는, 이렇게
엽기적인

– 김언희, 「트렁크」 전문

두드릴 필요 없는 문

열면, 열리는
냉장고 속에는
탱탱한 비닐 정조막을 덮어쓰고
비늘 친 알몸으로 당신의
식욕을
기다린다

– 김언희, 「거두절미」 일부

「트렁크」와 「거두절미」, 두 편의 시는 이 시대에 사물화된 육신을 적나라하게 보여 주고 있다. 황폐해진 몰가치한 시대 아래 물화되어 버린 육신은, 신비도 훈기도 없이 이것저것 잔뜩 채우고 있는 '가죽 트렁크', '비닐 정조막'을 덮어쓴 채 누군가를 기다리는 생선의 '알몸' 같은 육체에 지나지 않는다. 따라서 그녀의 시에서 육체는 온통 '고깃덩이' '분뇨의 회로' '트렁크'일 뿐으로 성적 묘사와 몸의 이미지를 통해 우울하게 비틀린 생각과 황폐한 내면을 일관되게 드러내고 있다. 인간의 몸을 '가죽 트렁크'로, 처녀막을 의미하는 정조막을 '비닐'로 표현하고 있음은 속화되고 물화된 인식의 표본이라 할 수 있을 것이다.

　타락이라는 말조차 무색하게 하는 이런 '엽기적'인 인식의 시들은 욕망의 대상도 없고 일탈을 굳이 꿈꾸지도 않은 채 일상과 가치를 거부한다. 시인은 삶과 현실을 모두 성적 상상력을 통해 바꾸어 읽고 있으나 그의 시에서 섹스나 오르가즘 등은 성의 쾌락이 아니라 현실을 '씹어 버리고' '뱉어 버리는' 하나의 과정이며 행위이다. 잦은 식육 모티브, 근친상간, 끈끈한 성, 성에 대한 모독 등도 같은 맥락이다. 이 같은 시는 광폭한 현대의 흐름 속에서 인간과 몸의 가치가 전복되고 그 의미를 잃어가는 쓰라림과 함께, 그 자리에 들어선 무의식과 부추겨진 거짓 욕망들로 앓고 있는 몸을 고발하고 있다. 이러한 시각은 자연과 세계, 우주라는 공간으로 확대되어가면서 불가항력적인 황폐함과 불모성을 드러내는 것으로 확대되어 전개된다.

　　무덤은 여기
　　가슴에 매달린 두 개의 봉분
　　이 아래 몇 세기 전의 사람들이 아직 묻혀
　　숨 들이키고 있는 곳 무덤은 여기
　　바다에 달 뜨고 달 지듯
　　두 개의 무덤 아래
　　죽은 자들이 모여 살면서
　　망망대해를 펼치고 오므리는
　　달을 건져 올리고 끌어당기는
　　여자의 깊은 몸 구중궁궐
　　또 한 세상.
　　　　　　　　　－ 김혜순, 「어느 별의 지옥」 전문

텅빈 아시아 대륙
황량한 사막 위로 모래바람이 불어 가고
마지막으로, 실패한 한 남자 곁에
한사코, 실패한 한 여자가 눕는다.
어디선가 붉은 양수가 질펀하게
새어 흐르기 시작하고
　　　　　　　　　　　– 최승자, 「문명」 일부

열려진 자궁으로부터 병약하고 창백한 아이들이
바다의 햇빛이 눈이 부셔 비틀거리며 쏟아져 나왔다
그들은 파도의 포말을 타고
오대주 육대양으로 흩어져 갔다
죽은 여자는 흐물흐물한 빈 껍데기로 남아
비닐처럼 떠돌고 있었다
세계 각처로 뿔뿔이 흩어져 간 아이들은(중략)
야밤을 틈타 매독을 퍼뜨리고 사생아를 낳으면서
간혹 너무도 길고 지루한 밤에는 혁명을 일으킬 것이다.
언제나 불발의 혁명을.
겨울에 바다에 갔었다.
(오염된 바다)
　　　　　　　　　　– 최승자, 「겨울에 바다에 갔었다」 일부

　이 시들은 모두 피폐한 세계를 '무덤 같은 가슴의 봉분' '질펀하게 새어흐르는 붉은 양수' '오염된 자궁' 에 비유하고 있다. '지옥' '문명' '겨울 바다' 라는 제목으로도 암시되는 우울한 세계인식과 그에 기반한 현대의 단면을 불모의 여성 신체로 드러낸다. 가슴에 매달린 두 젖가슴도 무덤이며, '몇 세기 전의 사람들' 과 '죽은 자들' 을 끌어안고 있는 자궁 또한 무덤이다. 게다가 '오염된 자궁' 에서 태어난 아이들은 병약하고 창백하고 비틀거리면서 '매독'과 '사생아'를 퍼뜨리는 우울한 존재들뿐이다. 젖과 생명이라는 창조력을 잃은 불모의 '황량한 사막' '텅빈 아시아 대륙' '오염된 바다'의 육체는, 흐물흐물 비닐 껍데기만 남아 떠도는 '죽은 여자' '실패한 여자'의 몸으로 드러나고 있다.

그러나 '달'이 망망대해를 끌어당기고 미는 인력을 지닌 것처럼, 또 '바다'가 끊임없는 재생과 탄생의 공간인 것처럼, 위의 시들에는 '여자의 깊은 몸 구중궁궐'에 내재되어 있는 생명의 치유력과 오염되지 않은 자궁이 지닌 힘에 대한 믿음이 숨어 있다. 황폐하고 메마른 세계에 대한 인식, 이는 생산력을 잃은 여성의 몸에 비유되고 있지만, 이 거대한 삶의 공간 ─ 도시에서부터 아시아와 사막을 거쳐 세계와 우주에 이르기까지 ─ 을 달과 바다를 품은 여성의 육체에 비유한 것은 결국 그 치유력과 재생을 믿는 애증섞인 확신 때문일 것이다.

이처럼 여성의 훼손된 육체를 통해 현실 공간을 황량한 도시와 불모의 세계로 드러낸 시들과 더불어, 현대사라는 현실 시간의 통증과 상흔을 여성의 신체적 아픔과 생리에 비유한 일련의 시들이 있다. 이는 지금까지 역사라는 시공을 인식하는 데 지배적이었던 남근적 시선을 거부하고 있다.

"목련 같은 자태를 원수의 총앞에 던지시고
 이 민족을 위해 돌아가신 분(영부인)"

선생님은 얘기했어. 우리는 죄지은 사람처럼 고개를
숙여야 했어. 아, 배가 아파.
아랫도리에 불덩이가 치밀고 뭔지 모를 통증이
머리칼까지 곤두서게 했어.
이게 뭐지, 이게.

아내는 팥밥을 짓고 광목개짐을 내놓았다.
비릿한 핏내를 담은 채
막무가내 도리질하던 딸이
잠자리에 들 즈음

아버지는 보았다
처녀좌의 별들이 딸의 머리맡에 내려앉는 것을
그것 참

시대여 그대는 얼마나 수상하냐
딸은 성년이 되었고 그대가 기웃거려 주지 않을 동안
계절은 수없이 다녀갔다. 별. 활화산.
                    - 허수경, 「아버지와 얘기를 나눌 만큼」 일부

조선 산천이 궁기로 허덕였을 때에도
어머니는 아리따운 처녀 아버지는
어머니의 젊음 속에 당신의 젊음을 더해
피로 엉긴 나를 세웠으나

발바닥까지 시대의 통증을 아로새겨 놓고
그녀의 아랫도리 삭신을 갉아먹은
아버지와 나는 공범자이다.
                  - 허수경, 「우리는 같은 지붕 아래 사는가 4」 일부

시 「아버지와 얘기를 나눌 만큼」에서는 역사의 상흔을 월경과 그 통증으로 겪어내는 여성의 몸이 그려지고 있다. 생리를 시작한 딸의 개인적 역사가 영부인 저격이라는 역사적 사건과 맞물리고 있다. '원수의 총앞' '민족을 위해 돌아가신' 등 다소 과장된 표현의 역사적 상처 앞에서 딸은 '여성'으로 새로 거듭난 것에 대한 축복감보다는 죄의식을 느껴야 하는

것으로 성년을 시작한다. 묵념으로 고개를 '숙여야' 하는 행위가 아랫배
의 불덩이가 '치밀어오르는' 통증과 대비되는데 '숙여야 하다'에 대항하
는 '치밀어오르다'의 행위는 그녀의 이유 없는 죄의식과 반발을 의미한
다. 딸의 새로운 탄생을 위해 팥밥을 짓고 처녀좌의 별이 내려 앉는 광경
을 바라보는 엄마 아빠와, 묵념을 강조하는 선생님 또한 대비된다. 딸의
성년은 '수상한 시대' 앞에서 지은 죄없이 고개를 숙이며 시작되는데 여
기서 역사의 통증은 곧 딸의 생리통증으로, 딸의 성년식은 곧 다른 시대
가 시작되는 서막으로 겹쳐진다. 딸은 아름다운 처녀좌의 '별'처럼, 때로
는 불덩이의 '활화산'처럼 성장해 갈 것이고 역사의 여러 흐름과 혼재되
어갈 것이다.

　　허수경의 다른 시 「우리는 같은 지붕 아래 사는가 4」에서 어머니의 몸
은 '허덕이는 궁기'와 '시대의 통증'을 육화하고 있는 조선 산천이다. 즉
궁기는 조선이 처한 궁핍이자 젊은 아버지의 충족되지 않는 욕망이며, 산
천은 어머니의 젊고 아리따운 몸이다. 그 사이에서 피로 엉겨 세워진
'나' 또한 어머니에게 통증을 아로새기고 아랫도리 삭신까지 갉아먹은
점에서 어머니의 처녀를 범한 아버지와 함께 '공범자'이다. 궁기로 허덕
이며 시대의 통증까지 앓는 조선의 산천은 아버지와 자식에 의해 삭신을
갉아먹힌 어머니의 육체에 비유되고 있다. 역사적인 상흔과 시대의 통증
으로 인해 젊은 남녀의 성적 욕망과 새생명의 탄생은 아름다운 것이 되지
못한다. 단지 앓는 조국 산천과 훼손된 여성의 육체만이 각인되고 있다.

　　전태일의 꿈.
　　윤상원의 꿈.
　　나혜석의 꿈.
　　그것들은 유사하지도 않고
　　나의 일상과 무슨 물리적 맥락이 있다고도 (없다고도) 말할 수 없지만

어쩐지, 나 그날 밤, 그것들을, 꼭, 내가,
사산시켜 버린 것만 같은,(중략)

그 태아들을 핏덩이로 쏟아버리고
물끄러미 그 변기 속을 들여다보던
새벽녘의 부끄러움.
- 김승희, 「사산의 시대」 일부

(심한 생리통을 참으면서) 상경하신 아버지를 모시고 서울의 봄 구경을 나갔다. 덧칠을 새로 끝낸 회색 건물들 사이로 언뜻언뜻 보이는 꽃빛에 반해 마음을 다 주고 있는데, 아버지가 캑캑 기침을 하신다. 택시 창문을 닫아드려도 줄줄 눈물을 흘리신다. 건네 드린 손수건과 물휴지도 다 무용지물이다. 면역이 생길 만큼 생긴 나는, 아버지 보기가 민망하다. 한참을 망설이고 망설이다 나는, 착용감이 좋아 기분이 상쾌하고 흡수력이 기적적인 생리대 뉴 후리덤을 꺼내서, 아버지 얼굴을 덮어드렸다. 스타일은 좀 구기지만 그래도 이것 덕분에 위기를 넘기겠다고, 아버지는 허허 웃으신다. 쥐구멍에라도 들고픈 시간 곁에 서 있는 신호등은 여전히 붉은 색이다
- 양선희, 「노상에서의 휴일」 일부

김승희의 시 「사산의 시대」는 시대적 인물들의 때이른 아까운 죽음을 '사산(死産)'으로 그리고 있다. '전태일, 윤상원, 나혜석'은 그 이름만으로도 신화적인 인물들이다. 이룰 수 없는 꿈을 꾸고 또 죽음으로써 시대에 저항한 그들의 문제적인 죽음은 시인에게 있어 낳아 보지도 못한 채 사산시켜 버린 태아들과 같다. 2연에서 쉼표의 잦은 사용은 그들에 대한 죄의식의 표출이며 그 죽음에 대한 안타까움과 숨막힘의 표현이다. 물론 그들의 죽음이 나의 일상과 표면적으로는 '맥락'이 없을지도 모르지만 내가 이루지 못할 꿈을 꿀 때마다 그들의 죽음은 내 몸으로 들어와 사산된 태아, 쏟아 버린 핏덩이가 된다. 그리고 이루지 못했던 그들의 꿈은 지

금도 여전히 이루어지기 불가능하기에 이곳 현실은 '사산의 시대'이며 모든 것을 빨아들여 버리는 '변기'와도 같은 곳이다. '핏덩이'로 쏟은 채 물을 틀어 저 어둠의 심연 속으로 흘려보내게 되고 말 그들의 꿈, 그것은 우리 모두가 사산시켜 버린 한 시대의 꿈이자 '부끄러움'이다. 역사적 통증을 몸이 겪어내는 고통으로 상상하는 시, 아름다운 인물들을 사산해 버린 이 시대를 여성의 앓는 자궁과 사산으로 그리고 있다.

「노상에서의 휴일」, 이 시에는 심한 생리통을 참는 '나'와 지독한 최루탄에 휩싸인 '서울'이 함께 앓고 있다. '서울의 봄'은 꽃구경을 즐기기 어려운 '회색' 공간이 되어버린 지 오래이며, 봄은 '꽃빛'보다는 현대사의 상흔을 되살리는 상징적 시간이다. 시위를 막는 지독한 최루탄으로 인해 심한 기침과 눈물을 쏟던 아버지가 딸의 생리대로 그 위기를 모면하면서 아버지의 권위와 딸의 부끄러움은 치환된다. '흡수력이 기적적인' 생리대만이 서울의 매운 내음을 빨아들여 '기분이 상쾌하'게 만드는 매개가 되는 것이다. 역사와 폭력의 현실 세계를 막아줄 수 있는 것을 여성의 전유물인 생리대로 표현한 것은 '허허 웃'게 만드는 아이러니이이다. 심한 생리통, '줄줄 눈물을 흘리'게 하는 최루탄, 생리대로 얼굴을 덮으신 아버지를 뵙는 면구스러움들이 뒤얽힌 이 현실에서 시선을 떼냈을 때 신호등조차 여전히 금지의 '붉은 색'이다. 서울이 앓는 역사적 상흔의 통증이 견디기 어려운 최루탄과 뒤섞인 여성 육체의 심한 생리통으로 겹쳐지고 있다.

아침상 오른 굴비 한 마리
발르다 나는 보았네
마침내 드러난 육신의 비밀
파헤쳐진 오장육부, 산산이 부서진 살점들
진실이란 이런 것인가
한꺼풀 벗기면 뼈와 살로만 수습돼

그날 밤 음부처럼 무섭도록 단순해지는 사연
죽은 살 찢으며 나는 알았네
상처도 산 자만이 걸치는 옷
더 이상 아프지 않겠다는 약속

그런 사랑 여러 번 했네
찬란한 비늘, 겹겹이 구름 걷히자
우수수 쏟아지던 아침햇살
그 투명함에 놀라 껍질째 오그라들던 너와 나
누가 먼저 없이, 주섬주섬 온몸에
차가운 비늘을 꽂았지
살아서 팔딱이던 말들
살아서 고프던 몸짓
모두 잃고 나는 씹었네
입안 가득 고여오는
마지막 섹스의 추억
    – 최영미, 「마지막 섹스의 추억」 전문

　최영미의 시는 성에 대한 솔직하고 거침없는 표현이 그 특징으로 자주
언급된 바 있다. 물론 대담한 성적 묘사나 여성의 자연스러운 성욕을 드
러낸 시로도 나름의 의의를 지닌다. 시인은 추상적 혹은 관념적으로 빠지
기 쉬운 것들에 육체를 입혀 구체적인 형상으로 표현하는데 이것이 시를
육체로 살아 있게 만든다.
　위의 시에서 시인은 아침밥상에 놓인 굴비를 먹으려 살을 발르다 그 육
신이 한낱 껍질로 가리워진 살점뿐임을 바라보면서 그것을 자신의 육체
로 옮겨 생각하게 된다. 즉 지금 자신의 육신은 '진실'과 '상처' 조차 불가
능한 죽은 살에 지나지 않음을 깨닫는 것이다. 여러 번의 욕정은 매번 사
랑의 행위로 이어졌지만 그 '팔딱이던 말들'과 '고프던 몸짓'을 이미 잃

었기에 나는 그것을 추억으로만 곱씹을 수 있을 뿐이다. 햇살이 투명하게 비추일 때 남겨져 있는 육체는 사랑과 진실이 거세된 추하게 오그라진 몸 뚱아리일 뿐이어서 주섬주섬 가리워야 하듯, 다 파헤쳐진 채 진실이 거두어져 가 버린 현실은 이미 상처조차 기억하지 못하는 죽은 살과 같음을 아프게 깨닫는 것이다.

따라서 이 시에서 '입안 가득 고여 오는 마지막 섹스의 추억'은 한 남자와 맺은 육체적 사랑의 행위를 기억하는 것일 수도 있으나, 한편으론 자신이 투신했던 사랑, 나와 나의 신념이 합일했던 사랑을 반추하는 것이기도 하다. 지금은 끝났지만 누군가 다시 불밝혀 시작하리라 기대하는 '잔치'에의 기억이(시 「서른, 잔치는 끝났다」) 곧 내가 그것 – 치열했던 신념이나 이념 – 과 진정 하나되었던 마지막 섹스의 추억인 것이다. 따라서 최영미 시의 적극적인 성적 표현과 그에 따른 상처 및 추억은 '잔치'를 벌였던 시대에 대한 사랑과 뗄 수 없는 은유적인 표현들이다. 최영미 시에서 '섹스'는 시대를 품고 시대의 통증까지 끌어안아 하나되려는 치열한 몸짓이기 때문이다. 그녀의 사랑은 시대와 몸을 섞는 것과 결코 멀지 않다.

4. 자유로운 욕망, 주체로 서는 몸

여성시에서 여성들은 자신의 개인사뿐 아니라 세계와 역사에 대한 인식까지 몸을 통한 상상으로 겪어내고 있다. 허구화된 몸, 도구로서의 몸으로 여성의 육체를 인식하던 것에서 벗어나 자해와 가사를 통한 제의적 죽음과 비틀린 육체로 기존의 몸을 거부하고 저항하며, 역사의 통증을 몸의 통증으로 앓는다. 그리고 이같이 몸의 역사를 거치는 과정을 통해 여성 시인들은 지배받는 몸에서 스스로 해방되어 새로운 눈을 뜨게 되고,

또 자기 육체와의 불화 관계를 벗어나 소망스런 관계를 모색하기에 이른
다.

　물론 이러한 노정은 평탄치만은 않으며 여러 갈래의 길 위에 서게 한
다. 우선, 이타적인 몸이 아닌 자기 내면의 '마녀'[17]적 본능을 받아들이고
자기 몸에 체형을 가하는 새로운 통과의례를 즐거이 겪어내려는 의지이
다. 이를 통해 성에 대한 잃어버렸던 언어와 성적 욕망을 되찾고 자기 몸
을 도구가 아닌 새로운 창조를 꿈꾸는 육체로 받아들이면서 타자 아닌 주
체, 자유로운 몸으로 서게 되는 것이다.

　　　이제 와서 천사의 흉내를 내겠는가
　　　나에게 맞지 않는 기성복들을 진심으로 철폐하고
　　　아, 이 육체에 잘못 들어온 영혼이여
　　　이 영혼에 잘못 짝지워진 육체여
　　　서로 잘못 만난 영혼과 육체를 방면해주고
　　　육체여, 나 너에게 평생의 노비 문서를 내 주겠으니
　　　찢거나 불사르거라 너의 마음대로

　　　지금 나에게 소망이 있다면
　　　악마의 젖꼭지를 만나 주린 젖을 흠뻑 먹고 싶구나
　　　단군신화에서 쫓겨난 어머니 호랑이
　　　이글이글 털투성이 젖가슴에 얼굴을 비비고
　　　길들여지지 않은 원시의 황금빛 불길을 먹어
　　　그대로 펄펄 넘치는 훨훨 호랑나비의
　　　검고 노란 화려한 줄무늬를 살결에 입고 싶어
　　　　　　　　　　　　－김승희, 「호랑이 젖꼭지」 일부

---

17) '마녀'는 가부장제의 순종적이고 현실적인 역할을 거부하며 자신의 주체성에 따라 행동하
　　는 여성의 대표적인 상징이다. Toril Moi, 68쪽 참조.

기존의 몸 즉 모성과 성녀, 천사로 대표되어온 몸을 벗어 버리고 거부하는 것은 우선 '마녀'라는 질타를 통과해야 한다. 기실 여성이 자신의 욕망과 합일해 주체로 서려는 소망은 가부장제의 인식을 거부하는 것이기 때문이다. 여성시에서 그것은 성녀를 거부하는 마녀, 천사를 거부하는 악녀, 정절녀를 거부하는 창녀, 성모 마리아 아닌 막달라 마리아, 웅녀이길 거부하는 호랑이 등으로 변용된다.

시 「호랑이 젖꼭지」는 '천사' '기성복'을 벗어던지고 자기 내부의 원시적 열정을 살고 싶은 바람을 드러낸다. 길들여진 영혼의 '노비'와도 같은 육체에게 '노비 문서'를 되돌려 줌으로써 그를 해방시켜 자신의 순정한 욕망에 충실하려 한다. 먼저 '나'는 주려 온 육체를 흠뻑 채울 수 있는 젖을 갈구한다. 물론 그것은 천사 아닌 '악마의 젖꼭지'와 '어머니 호랑이'에게서이다. 인내와 순종의 체제 순응적인 곰을 거부하고, 굴을 뛰쳐나올 수밖에 없었던 길들여지지 않은 호랑이를 어머니로 삼고 싶은 열망을 태운다.[18] '이글이글' '원시의 황금빛 불길' '펄펄' '훨훨' '화려한'의 수식들은 천사나 웅녀의 것이 아닌 '악마'와 호랑이의 것이며 자신의 진정한 육체를 방면해 주는 것들이다. 욕망에 충실하려는 몸, 스스로 깨어나려는 몸에 대한 원망(願望)의 표출인 것이다.

> 저는 고요히 불타는 구두를 신은 여자가 좋습니다
> 실존의 화면을 꽉 채우는 여자 뭔가 대륙적인 여자
> 전혜린, 바흐만, 섹스턴, 베아트리체 달, 아자니, 『적 그리고 사랑이야기』의
> 레나올린, 제니스 조플린, 프리다 칼로, 그리고 익명의 불타버린 여자…
> 묘지로 가기 전의 흐뭇한 식사죠 대리 만족의 기쁨
> 덧없을지라도 각성을 줍니다

---

18) 여성에게는 실제 야성적인 자아가 내재되어 있으나 억압받아오는 가운데 상실되었다고할 수 있다. 이는 씩수의 '메두사', 위띠그의 '게릴라', 또 '(다락방의) 미친 여자' '늑대와 함께 달리는 여인들' 등으로 표현되고 있다.

그들의 마력은 빙판에서 자란 초목 같지요
그들의 운명 그들의 영화는 왜 비극으로 끝나나요
        – 신현림, 「지루한 세상에 불타는 구두를 던져라」 일부

신발은 곧 자기 존재를 담는 그릇, 자기 몸을 받치는 근거이기에 '새 구두'에 대한 욕망은 자신의 본래적 욕망을 돌이켜 보게 하는 매개가 된다.[19] 이 시에서도 '불타는 구두'는 열정적이고 '대륙적인' 여자의 상징물이다. 열정을 불태운, 그래서 그 불에 자신을 모두 소진시켜 버린 여자들의 삶을 통해 '대리 만족'의 기쁨과 함께 '각성'을 느낀다. 이제까지의 나를 벗어나게 하는 '구두'라는 매개를 통해 물이 아닌 불로 타는 여성, '빙판' 같은 현실적 조건 위에서 풀과 나무를 키워낸 '그들의 마력'을 그린다. 그 마력은 기존의 것을 거부하는 마녀의 것이며, 그녀들의 실제 삶도 그 같은 편견 속에서 이루어져 왔다. 결국 그 뜨거움으로 빙판 같은 삶에서 초목을 키워낼 수 있음은 그들 삶이 당위적 아닌 '실존'적 삶의 화면으로 채워졌기 때문일 것이다. '익명의 불타 버린 여자'라고 짙은 글자로 강조하여 표기한 것은 비록 그 이름이 기억되지 않을지라도 자신의 열망을 불태우고 애태웠을 많고 많은 여자들의 이름을 대신한 표현이다. '묘지로 가기 전' 내가 맛본 '흐뭇한 식사'가 되어준 그들의 삶, 그들의 운명은 성녀나 웅녀의 그것이 아니었기에 '비극'으로 끝났을지언정 만족과 각성을 준 그만큼 값진 것이라 할 수 있다. 그녀들은 비극의 운명을 두려워 하지 않고 자기 삶 속에서 '고요히' 그러나 '불타는' 욕망을 체화해

---

19) 많은 여성 시인들은 '발'이나 '구두'를 통해 자기가 선 곳과 갈 곳에 대한 심경을 드러내고 있다. "꿈이여, 잠시 잠시만 더, 그래도, 이 가죽부대같은 신발 안에/ 뭉쳐있지 않겠니? 신발을 들고 날아가는 저 눈부신 태고의 날개가/ 하얀 자갈밭에서 알을 깨치고 날아가는/ 태양빛의 뜨거운 새처럼/ 고요히 중심의 원시신화 속으로 솟구쳐 오를 때까지(김승희, 「모든 신발을 수상하다」)" "나는 욕망한다/ 새 구두를 신고 싶다// 아무런 주름도 잡히지 않은 새 구두에게/ 나는 남은 내 생을 물으리(정은숙, 「구두에게 묻는 생」)" 등이 있다.

나갔기 때문이다.

> 어느 날 자세히 보니
> 나는 새들은 두 손바닥을 활짝 펴서
> 한 번은 따귀를 한 번은 볼기를 치면서
> 따귀-볼기 따귀-볼기를 신나게 번갈아 치면서
> 쩡쩡 날아가고 있었다
> 나는 것이 고통이라는 것을 알았지만
> 저렇게까지 체형을 가하는 것이었다니!
>   (중략)
> 얼어붙은 겨울하늘을 쩡쩡 울리며
> 날아가는 겨울새들은
> 어쩌면 자기 몸 속의 두려움의 얼음을 깨기 위해
> 그렇게 따귀를 치며 볼기를 치며
> 날아가는 것인지도 모른다, 모른다고
> 생각하자
> 미미는 온몸이 떨리며 불안해졌다
>   - 김승희, 「인형의 시대 2」 일부

> 나는 사람, 나는 보이지 않는 사람
> 네 가까이서 멍이 들라고
> 내가 좋아하는 푸른색 멍이 들라고
> 사지를 흔들며 벽에 부딪치곤 하지
> 붉은 피가 차마 터져 나오지 못하고
> 멍이 되어 살 밑을 번져 갈 때
> 비로소 나는 모독을 받아들이고
> 모독은 번져 가네
> 옷을 벗지 않으면 볼 수 없는 적의,
> 욕탕 문을 열고 살 속에 만개한 푸른 꽃들에

물을 주자.

그러나 마른 번개처럼 머리 위로 지나간 숱한 손바닥에서 어머니를 보았다
면, 마음이 마음을 어루만지는 소리를 들었다면, 나는 그때 너무 자라 버린 것
일까. 이제 누구도 때려 주지 않는 나이가 되어 밤길에 서서 스스로 뺨을 쳐
볼 때가 있다. 내 안의 어머니를 너무 많이 맞게 했다.

스스로 마녀되기를 서슴지 않는 외에, 체형이나 체벌을 감수하면서도
자유를 향해 발돋음하려는 몸짓들을 읽을 수 있다. 시 「인형의 시대 2」에
서는 자유로운 몸으로 비상하기 위해 날고 있는 새의 고통을 자기 것으로
'신나게' '활짝' '쩡쩡' 받아들이는 의지를 엿볼 수 있다. 안락한 '인형의
집' 주인인 '미미'에게 있어서 '따귀와 볼기'를 번갈아 쳐대는 새의 그
모든 '체형'들은 불안하고 두려운 장면이지만, 그녀가 자기 몸 속 진정한
두려움의 얼음을 깨고 '인형의 시대'를 벗어나기 위해서는, 그래서 새처
럼 자유로운 몸이 되기 위해서는 기꺼이 행하고 받아들여야 할 노라의 체
형으로 깨닫고 있는 것이다.

시 「모독」에서 '푸른색 멍'은 내 몸 속을 번져가는 모독의 흔적이다.
'사지를 흔들며 벽에 부딪' 쳐 나 스스로 행한 체벌은 붉은 피로 터져 나
오는 대신 살밑에서 푸른 멍으로 번져간다. 그 멍은 모든 옷을 벗고 본래
적 자아에게 솔직해져야 진심으로 들여다 볼 수 있는 상흔이며 이제까지
옷을 입은 사회적 자아로서 받아온 모독에 대한 '적의'이기도 하다. 이제
나는 지금까지의 편견과 사회적 통념들에 맞서기 위해 일어선 내 육체의
멍들을 '푸른 꽃'이라 부른다. 그것은 육체적 상흔이지만 동시에 나 스스
로 깨어 있기 위해 가하는 체벌의 방법이다. 그래서 그 멍은 오히려 '물
을 주' 어 더욱더 푸르게 길러야 할, 그리고 벗은 몸으로 내 자신을 들여

다 볼 때 한층 의미있는 흔적으로 다가오는 육체의 소중한 한 부분이 된다.

나희덕의 시 「너무 많이」의 '나'는 내 머리와 뺨을 치고 간 '숱한 손바닥'들에서 자신과 '어머니'의 끈을 찾아 잇고 있다. 머리 위로 스쳐간 숱한 손바닥들 중에서 '나'를 스스로 서게 하는 채찍의 손인 어머니의 손길을 떠올린다. 애달픈 어머니의 삶과 내 성장에 대한 반추는 밤길을 걷다가 선 채 자기 스스로 뺨을 쳐 보는 행위로 이어진다. 자기 스스로 뺨을 쳐 보는 체벌의 행위를 통해 너무 많이 맞은 자기 안의 어머니를 만나고 또 그 소리들에서 '마음이 마음을 어루만지는 소리'를 듣기에 이른다.

이같이 진정한 자신의 육체와 욕망의 모습에 이르기 위해 마녀되기와 체벌, 체형을 감수하는 의지는 새로운 모색의 시로 전개된다. 자기 몸을 섬세하고 구체적인 감각과 애정어린 시선으로 들여다보고 인정하며 또 그 욕망을 직시하는 것이다.

그르릉 그르릉거리며 변기는
잦은 배설물을 삼킨다
한꺼번에 삼키기엔 제 명을 그르치는 많은 양인데도
그는 깜쪽같다, 봐라 그의 거만하게 빛나는 하얀 육체
불륜의 애인을 만나고 돌아와 다시 가족이 되는
저 처녀의 태연자약한 얼굴처럼
그는 어쩌다 저리도 당돌한 꿈을 꾸게 되었을까?
　　　(중략)
그럼에도 불구하고 나는
그 무엇과도 비할 수 없는 변기의 사랑스러움을 안다
더러운, 아니, 깔끔한, 변기의 인생관 그 눈물겨운 사기성을
나는 듣는다 그르렁 그르렁
제 가슴의 체적보다 큰 배설물을 단번에 삼키고
한동안 헐떡거리는 변기의 고통을

– 이선영, 「더러운, 아니, 깔끔한」 일부

이선영은 자신의 몸을 감각적으로 인식하고 곳곳을 매만지며 시를 쓴다. 자기 자신이 소유한 몸을 구체적인 감각과 사물을 통해 느끼면서 육체에 애정을 갖는다. 몸을 관념과 추상이 아닌 구체적인 대상으로 그리는 그녀의 시에서 육체는 중성적이자 양성적이다. 변기, 비눗갑, 수건, 틀어진 옷 등으로 표현되는 육체는 모두 자기 욕망을 그득 끌어안고 있는 대상이며, 시인은 그것들을 살가운 애정으로 드러내고 있다. 자기 몸을 실제적인 감각을 통해 느끼며 본능적 욕구 또한 육체를 가진 대상으로 형상화시키는 점들이 돋보인다.

위의 시에서 '변기'는 육체를 비유하고 있다. '나'는 아름답고 정결한 욕망만이 아니라 더럽고 추악한 욕망까지도 품어 그 어느 것 하나 버리지 못한다. '명을 그르치는 많은 양'의 욕망을 끌어안는 미련함도 보이기에 내 육체는 많은 배설물을 삼키고 그르렁거리며 헐떡거리는 변기와 같다. 그러면서도 가까스로 헐떡여 삼킨 다음 순간, 불륜의 애인을 만나고 돌아와 태연자약한 처녀처럼 거만하게 다시 빛나는 하얀 육체로 위장하고, 다음에 이어오는 당돌한 꿈들을 또다시 어느 하나 포기하지 않는다. 제 가슴의 체적보다 많은 배설물을 삼키고 헐떡거리는 변기의 고통은 '내 인생 위의 성찬을 모두 탐식하고 배설물로 가득한 살찐 아랫배를 움켜쥔(시 「살찐 아랫배 이야기」)' 나의 고통이기도 하다. 그래서 변기와 나는 같은 '인생관'을 실현하고 있는 육체이기에 사랑할 수밖에 없는 눈물겨운 사기성의 육체이자, 온갖 욕망을 그러담은 '더러운, 아니, 깔끔한' 나의 육체인 것이다.

차암, 낯뜨거운 날 창문 열고
나 한번 쳐다본 적 있으셨겠지요?
거 구름 한번 좋다 하셨겠지요?

마음과 몸을 잇는 구체적인 욕망, 몸을 나의 소유로 보며 내가 감각적으로 실감하는 성적 욕망을 드러내고 있다. 자유로운 몸이 꿈꾸는 생래적인 욕망이 육체적인 비유로 표현되고 있다. 치미는 여성의 성욕을 굳이 가누려 하지 않는 몸은 '젖다' '소용돌이치다' '뒹굴다' 로 그려진다. 햇빛이 부추기는 뜨거움으로 '나' 는 혼자 마구 젖고 또 두 다리를 싸안고 이리저리 뒹굴다가 결국엔 소용돌이치며 혼자 온몸 다 젖는 행위를 벌인다. 이 행위들은 모두 '혼자' 이루는 몸짓들이다. '나 한번 쳐다본 적 있으셨겠지요?' '보신 적 없다 말하진 않으시겠지요?' 라는 의문문의 대화체는 남성을 그 청자로 상정하고 있지만 상대는 그것을 철저히 놀라움으로만 훔쳐보는 자, '창문' 을 통해 관음적 시선으로 '낯뜨거운 날' 을 바라보는 자일 뿐이다. 온몸이 다 중심이자 성감대인 여성 육체에 흥건하게 고인 땀은 비로 내리지는 못한 채 하늘만 가득히 채운 구름의 소용돌이로 그려진다. 제 몸 속의 욕망에 겨워하며 그것을 고백체로 드러내는 시, 잠재된 몸의 일깨움이 드러나고 있다.

뱀이 유혹하자 나는 그것을 따먹었다
그리고는 푹푹 썩었다
썩으면서도 날아들어갔다
가장 밝고 뜨거운 불 속으로
이카로스처럼 찬란하게

                         － 김상미, 「자존심」 일부

나는 독을 가졌네
복숭아꽃 피면 독이 퍼져 내 가까이 아무도 오지 않네
충동을 억제하지 못해 단 한번 강으로 가서 사랑을 하고
바다로 돌아왔네 따스한 봄날 사랑은 그것으로 끝나 나는
다시 강에 나가지 못했네 다시는 사랑을 보지 못했네
복사꽃 바람 따스한 강물 그런 것만 남아 있네
                         － 안정옥, 「황복어」 일부

나는 오크통 속에서
꽈리처럼 익어간다
나무 옹이를 타고 오르는
빨간 플러스, 플러스
내 체온은 급상승중
몸 전체로 열꽃 같은
포도송이들이 주렁주렁 열리고
가끔 참다 못해 터진 열매들이
향내 나는 검붉은 피를 게운다
                    － 김혜순, 「복수」 일부

　　위의 시들은 자신의 욕망으로 가득한 여성의 몸을, 밀랍 날개가 녹아내
릴 것을 감수하며 태양으로 뛰어드는 '이카로스', 충동을 억제하지 못하
는 '독'을 가진 물고기, 오크통 속에서 익어가는 검붉은 '술'로 비유하고
있다. 이 욕망들은 성적 욕망이기도 하고 오랫동안 억압해 온 진정한 꿈
의 응집이기도 하다.
　　시 「자존심」에서 '나'는 유혹을 거부하지 않고 썩어들면서도 그것을
불태우려고 선악과를 따먹은 대신 부끄러움과 욕망을 짊어진다. 썩으면

서도 날아오르려는, 녹아내릴 것을 알면서도 날아오르려는 '나' 는 욕망 충족의 대가로 썩음과 소멸, 녹아내린 육체만을 남기겠지만, 단 한 번일 지라도 '밝고 뜨거운 불' 로 뛰어들어 자유로운 몸을 꿈꾸고 실현하는 이 카로스의 행복한 소진을 택하고 있다.

「황복어」에서 '나' 는 억제할 수 없는 충동의 독으로 사랑을 한 물고기 '황복어' 이다. 단 한 번 강에서 사랑을 하고 바다로 나온 물고기, 지느러 미와 온몸으로 물 속에서 부드럽게 유영하는 그 몸짓은 아름답지만 다시 는 강에 나갈 수도 사랑을 볼 수도 없는 그런 '독' 을 품은 몸이다. 봄이 와 복숭아꽃이 피면 독이 온몸에 퍼져 어찌할 줄 모르는 물고기, 그러나 그는 자기 몸에 퍼지는 욕망을 결코 억누르지 않을 것이다.

시 「복수」에서 욕망은 오크통 같은 육체에 욕망을 가두고 있는 숨은 발 광기를 지닌 '술' 에 비유되고 있다. 빨간 플러스로 급상승하는 체온과 열 꽃, 참다 못해 열매가 터지고 게우며 익어간 농익은 술은 내 육체 안의 달 아오르고 타오르는 검붉은 피이다. 감당하고 주체하지 못할 뜨거운 피의 몸으로 상대에게 스며들어 그를 뒤흔들어놓을 '복수' 를 꿈꾸는 붉은 술 은 여성의 육체 속에 흐르는 타오르는 물이다.

어젯밤
꿈 속에서
그대와 그것을 했다

그 모습 그리며
실실 웃다
오늘 아침 밥상머리
돌을 씹었다

그대에게 가는 마음 한끝

콱!
깨물며 태어난
눈물 한방울.
　　　　- 최영미, 「꿈 속의 꿈」 전문

　이 시는 성적 욕망에 대한 상상과 은밀한 바람을 꿈 속의 일로 되씹고 있다. 그대에게 가는 길이 순탄하지 않은 것처럼 꿈과 상상 속의 성행위와 욕망 충족도 쉽지는 않다. 사랑의 육체적 행위를 '그대와 그것을 했다'로 표현하고 그 상상을 떠올리고 즐거워하며 '실실 웃'다가 결국 밥속에 든 돌을 '콱' 씹고 행복에 겨운 이 모든 상상에서 깨어나는 장면이 자연스럽고 재치있게 그려지고 있다. 그 즐거운 상상이 깨진 끝에 태어난 '눈물 한 방울'은 고통의 눈물이 아니라 오히려 짓눌려온 여성의 성과 욕망의 무게를 덜어낸 마음의 결정체이다. 한층 자유로워진 성, 한결 편안하게 드러낼 수 있게 된 몸의 욕망을 읽을 수 있다.

　허구화된 자기 육체와의 불화를 벗어나려는 인식은 여러 우회로를 거치고 또 때로는 막다른 길에 맞닥뜨려지기도 해왔다. 부추겨진 욕망과 도구로만 받아들이던 여성의 육체를 스스로 체감하고 인정하며 또 자기 육체를 채우고 있는 욕망과 바람에 이렇게 겨워하는 것은 육체와의 불화를 넘어서 화해로 나아가려는 모색들이다. 이러한 성장 속에서 자기 육체와 소망스런 화해를 이루고 자신의 몸을 보다 주체적이고 창조적인 몸으로 인식하는 것은 어떻게 전개되는가. 이제 창조할 수 있는 여성의 고유한 육체를 도구로서의 몸이 아닌 축제 공간의 몸으로 인식하려는 시는 어떻게 그 길을 열어 보일 수 있을까.

　먼저, 생산할 수 있는 여성으로서의 자기 몸에 대한 인식을 새롭게 체화하는 것이다. '젖'과 '자궁'은 그것이 강요된 것이 아닐 때, 그리고 도구의 기능만을 갖는 것이 아닐 때 자신의 정체성을 깨닫게 하는 계기가 된다.

아기를 낳은 후 젖몸살을 앓았다
40도를 오르내리는 열과
수시로 찾아드는 오한 속에서
밤새 뜨거운 찜질로 젖망울 풀어 주시며
굳었던 내 가슴을 쓸어 주시며
기도하시던 어머니,
어머니의 땀이 나의 가슴을 흔들어 깨웠다
가장 깊은 속 완고했던 응어리들이 풀릴 때마다
뜨거운 눈물이 흘러내렸다
맺혔던 젖이 분수처럼 솟구쳤다

– 나희덕, 「해빙」 일부

달력 앞에서 날짜를 센다
(당신은 임신할 수 없어)
물론 그럴는지도 몰라. 난 허약하고
장기간 약물복용까지 했으니까
불모지임에 틀림없을 거야. 그런데
난 아이를 원하고 여자이고 싶거든.

    (중략)

그래, 내 자궁은 비 오길 기다리는 홈통이고
침잠하는 내일의 용설란이야. 밀려갔다 밀려오고
밀려오는 돛대. 얼었다가도 녹아내리는 고드름이야.
아이스크림이 되는 종유석이야. 메마른 숨결 뒤에
풀잎을 적시는 미풍이야. 불타는 언덕,
새롭게 燈을 밝히려는 절정의 깨끗한
정거장……

    (중략)

이제 난 급류처럼 범람하는 내 속의 양수를 굽어본다
물살을 가르며 번창하는 아이들

그래, 난 언제나 완벽한 여자였던 거야.
　　　　　　　　　　　　　　　　　－박서원, 「생리불순」 일부

시 「해빙」에서 '나' 는 출산이라는 의사 죽음에 이어 열과 오한의 젖몸
살을 앓고 있다. 출산의 진통에 잇따른 또 하나의 심한 고통 때문에 나는
생명 탄생의 기쁨보다는 가슴 속에 '완고한 응어리' 들을 품으며 나 밖의
세상에 대해 적대적인 감정을 갖게 된다. 어미 되는 것의 두려움, 죽음을
경험하게 한 출산, 끝없이 요구하는 새로운 존재의 출현, 미처 끝나지 않
은 육체의 고통들……. 이는 빠른 시간 안에 나를 급격히 잃어가는 과정
이기에 젖망울과 응어리로 몸 깊은 속에 맺힌다. 이는 사회적으로 구성되
어온 모성과는 다른 모습이다. 그런데 그 응어리가 어머니의 손길과 땀으
로 흔들어 일깨워지고 풀리게 되면서 '뜨거운 눈물' 과 '분수처럼 솟는
젖' [20] 으로 해빙된다. 풀리운 젖망울과 솟는 젖에서 이제 새로워져야 할
나의 모습을 찾게 되고 거듭난 존재로 자신을 느끼면서 또 하나의 정체성
과 역할 모델에 대한 인식을 생산적인 것으로 받아들이고 또 그것과 화해
해가는 것이다.

　시 「생리불순」에서 내 자궁은 '아이를 원하고 여자이고 싶은' 나의 몸
이다. 임신 앞에서 나의 자궁은 비를 기다리는 홈통, 불모의 사막 위에 핀
용설란, 나갔다 돌아오는 돛대, 얼음이기를 거부하는 고드름, 미풍, 깨끗
한 정거장들과 같다. 임신과 생산[21]을 나의 몸을 통해 겪어내고 싶은 열

---

20) 여성은 자신만의 순환주기(월경)를 가지고 생의 순환성(임신, 출산)을 경험하고 그 후에
　　는 모유의 방출을 통해 생명을 유지하는데, 이로써 여성의 육체는 닫힌 육체가 아니라 생명
　　과 쾌감을 발산시키는 육체가 된다. 김미현(1996), 『한국여성소설과 페미니즘』, (서울 : 신
　　구문화사), 88-89쪽 참조. 씩수도 '여성의 몸에는 최소한의 어머니의 젖이 존재한다. 그녀
　　는 하얀 잉크로 글을 쓴다' 고 여성 글쓰기의 원천을 말한 바 있다.
21) "여성의 임신은 생의 디오니소스적 축제이며 여성의 육체는 바로 이 축제의 장소이다 여
　　성의 생리, 임신, 출산, 수유 등 모든 생리는 결국 이 쾌락의 향유를 위한 것이다." 안니 르
　　끌렉이 말한 (이후 이리거레이와 씩수 등 프랑스 여성비평가들의 업적과 더불어) 여성적

망은 '급류처럼 범람하는 양수'가 되어 나를 넘쳐 흐른다. 그러므로 이 시의 '난 언제나 완벽한 여자'라는 표현은 고유한 여성성을 통해 자기 존재를 확인하고 싶은 외침이다. 물살을 가르며 번창하는 건강한 아이들을 잉태하고 길러낼 수 있는 환희의 공간, 축복의 공간으로 여성의 몸과 자궁의 신비한 힘을 인식하고 있는 것이다.

이렇게 여성들은 자신의 열린 몸과 자신의 성적 정체성을 통해 월경, 임신, 출산, 수유가 결코 열등한 육체의 특징이 아님은 물론 도구로서의 육체를 넘어서는 여성 육체의 고유한 지평임을 체득하게 된다. 이러한 인식은 여성들 마음에 내재한 '불씨'로 간직되고 여성들 몸 속을 같은 '물'로 흘러, 그들로 하여금 앞으로 달리게 하고 또 현실을 견디게 하는 연대감과 자매애로 성장한다.

> 불은 맨 처음
> 어머니 가슴에 나고
> 그 다음에
> 내 가슴에 나리
>   (중략)
> 불은 숨는 법 없이
> 나무를 오르며
> 담장을 따라 달리리
>   (중략)
> 그러면 정말
> 옛날 이야기 같이 감쪽같이
> 콩알같이 작아져 가는 불, 의, 씨, 의,

글쓰기, 몸으로 글쓰기는 고유한 여성성을 포착해 그 의미와 가치를 밝힌 점에서 의미를 지닌다. 안니 르끌렉(1974), 「이제 여성도 말하기 시작한다」, 정을미(역), (서울:열음사, 1990).

하지만 다시 해 떠오르면
불은 맨 처음
어머니 가슴에 나고
그 다음에
내 가슴에 나리

　　　　　　　　　　　　　– 이진명, 「불」 일부

　어머니와 딸의 가슴에 돋아나 이어지는 소중한 불씨, 그것은 여성의 온
갖 욕망을 응축한 씨앗이다. 잠깐 가물거려도 결코 죽지 않고 다시 살아
나는 불씨, 언제든 지펴지기만 하면 활활 타오르는 불씨인 것이다. 여성
들 내면에 숨어 있는 '나무를 오르'려는 치솟는 열망과 '담장을 따라 달
리'며 내닫는 열정을 담은 이 불의 씨앗은 감쪽같이 작아지기도 하지만
해만 떠오르면 매일매일 다시 살아나는 불멸의 씨앗이다. 어머니에서 딸
로 이어져 내려오며 자기 자신의 몸과 마음을 스스로 이해하고 화해하게
하는 불씨가 존재하는 공간은 바로 여성들의 가슴 속이다.

사막을 견디는 낙타의 흔한 상징처럼
여자는 그 상징을 느낀다, 바라본다.
여자의 가슴에서 쏟아져 내리는 모래가 산을 이루고
여자의 발자국은 지워진다.
모래 바람이 분다.
등에 혹을 지니지 못한 여자의 꿈은
기름진 음식이 아니다.
모래 바람을 적실 물이다.
가슴 속 끓는 물은 조용한 노랫소리를 낸다.
싸우는 자들은 결코 물을 나눠 마시지 않는다.
서로 견디는 자들이 나눠 마시는 한 잔의 물.
문득 여자의 눈에서 맑은 물이 고인다.

그것은 우리를 살아내게 하는 힘.
  - 정은숙, 「낙타에게 길 묻기」 일부

　여자들 앞에 놓여진 길고 긴 사막과 남은 많은 싸움 앞에서 시인은 '낙타' 라는 '흔한 상징' 을 떠올린다. 사막의 낙타는 힘이 되어줄 기름진 음식의 혹을 그 등에 지니고 있지만 여자들에게는 그마저 없다. 오로지 '물' 만이 여자들의 끓는 가슴에서 나와 '조용한 노랫소리' 가 되어 메마른 것을 적시는 재생과 치유력을 갖는다. '싸우는 자' 들은 결코 나눠 마시지 않지만 '견디는 자' 들 여자들은 나눠 마시는 한 잔의 물, 그것은 여성들 '눈에 고인 맑은' 눈물이기도 하고 여자들 몸 속을 흐르는 같은 피이기도 하다. '가슴에서 쏟아져 내리는 모래' 를 넘어서게 하고 지워진 '발자국' 을 아쉬워 하지 않게 하는 힘과 용기를 위해 온몸으로 빚은 결정체인 눈물이야말로 '우리를 살아내게 하는 힘' 인 것이다. 그 물을 빚어 담고 또 나누고 있는 곳 또한 여성들의 육체인 것이다.
　'불씨' 와 '물' 이라는 상반된 상징을 함께 담고 있는 육체, 이것은 바로 여성들의 몸이다. 스스로 불씨를 다독여 피워내고 또 맑게 고인 물을 나눠 마실 때, 여성은 나무를 오르고 담장을 따라 내달리며 자유로운 몸, 화해한 욕망과 만나게 될 것이다.

　　이 사람아
　　산 채로 껍질을 벗겨내고
　　속살을 한번 더 벗겨내고
　　그리고 새하얀 알몸으로 자네에게 가네
　　이 사람아
　　세상이 나를 제아무리 깊게 벗겨놓아도
　　결코 쪽밤은 아니라네
　　그곳에서 돌아온 나는

깜깜 어둠 속에서도 알밤인 나는
자네 입술에서 다시 한번
밤꽃 시절에 흐르던 눈물이 될 것이네
                    - 박라연, 「생밤 까주는 사람」 일부

깊은 냇가에서
희고 푸른 물 속 손 담가
진흙 팔다리 씻어내렸지요
굳은 팔꿈치 무릎 더 속속이 닦았고요
여린 잎줄기 흘러와 손등에 떠 감기고
이른 별이 뜨고
나도 옆구리에 무슨 둥두렷한 것 하나 내어놓고 싶습니다
쟁반이랄지
담으면 담을수록 자리 다함 없는 저 먼 사랑이랄지
                    - 이진명, 「깊은 냇가에서」 일부

　시 「생밤 까주는 사람」에서 껍질과 속살을 벗기운 '새하얀 알몸'은 내 순정한 욕망 그대로의 몸이자 마음이다. 상대를 '당신'이나 '그대'가 아닌 '자네' '이 사람아'라 칭한 것은 한결 동등하게 자유로워진 욕망, 한층 편안하게 말할 수 있게 된 욕망을 의미한다. 세상은 나를 깊게 벗기고 또 나를 분열시키고 갈라 놓으려 했지만 나는 그 세상으로부터 '쪽밤' 아닌 온전한 '알밤'으로 성장해왔다. 새하얀 알밤의 몸인 나는, 밤으로 익기 이전 밤꽃 시절의 당신 속으로 흘러스몄던 눈물 같이 '자네 입술'에 다시 눈물로 스미려 한다. 두꺼운 겉껍질과 얇은 속껍질을 벗겨 하얗게 깐 생밤을 입에 넣어 주는 그 사람과 마주 앉아 '새하얀 알몸'의 밤을 나누어 먹으며, 그것을 통해 나와 그대의 하나됨, 친밀하고 따뜻한 욕망의 교감을 느끼고 또 나누고 있는 것이다.
　시 「깊은 냇가에서」는 여성의 고유한 생리와 육체에 대한 예찬을 '둥두

렷한 것 하나 내어놓고 싶습니다'로 집약해 표현하고 있다. 깊은 냇가와 희푸른 물은 흙투성이의 몸을 씻기고 또 물이 갖는 생명력을 몸 속에 다시 채워 넣어 준다. 팔꿈치와 무릎의 굳은 살을 더 속속이 닦아내며 흐르는 물 따라 손등에 와 감기는 여린 잎줄기를 느끼는 시간들은 내가 내 몸을 만지고 느끼며 스스로 충만해지는 한 순간이다. 그리고 그 순간 떠오른 '이른 별'과 함께 나도 그 무엇, '빛나는' 그 어떤 것을 탄생시키고 싶은 욕망을 갖는다. 자궁이나 배가 아닌 '옆구리'로 낳고 싶음은 기존의 여성적 육체 공간을 탈피하려는 것이 아니라 새로운 여성 육체의 확장을 의미한다. 그 옆구리로 내어놓고 싶은 것은 '석가모니' '구슬' '쟁반'과 같은 것들, '담을수록 다함 없는 사랑'의 상징들이다. 그리고 '둥두렷한 것'은 완전과 원만을 지향하는 원, 살아 있음과 충만함을 의미하는 생명체인 것이다.

불모와 사산의 자궁이 회복될 때까지, 거짓 욕망으로 부추겨진 육체를 벗고 자유로운 몸으로 스스로 창조할 수 있는 기쁨을 체득할 때까지, '나도 옆구리에 무슨 둥두렷한 것 하나 내어 놓고 싶습니다'는 그 의미를 지닐 것이다.

5. 아름다움을 체득한 몸의 언어들

"여성의 욕망은, 자신의 감각, 자신의 역사, 그리고 자신의 몸에 도달하고 싶은 의지! 복받쳐오르는 홍수같고 폭발하는 것, 여성들이 갖고 있는 끓는 힘, 소란스러운 충동, 노래하고 글쓰고 그 무엇인가 새로운 것을 끄집어 내려는 것!"[22]

---

22) Helene Cixous & Catherine Clement(1975), *The Newly born woman*, Betsy Wing (Trans.), Univ. of Minnesota Press(1986). 90–91쪽.

여성 시인들의 시에서 여성들은 어머니와 아내, 그리고 여자라는 이름으로 구성된 여성의 몸을 거부한다. 그것은 자신의 진정한 몸이 아니라 허구화된 몸이기 때문이다. 거짓 욕망과 거품 같은 욕망으로 부추겨진 몸에 저항하기 위해 시인들은 육체에 대한 자해와 가사(假死), 통과의례적 죽음이라는 상징적 방법을 적극 끌어안는다. 자신의 몸을 자르고 분지르고 꺾어 버리며 아예 죽여 버리기를 서슴지 않는다. 이는 신성한 모체, 타자로서의 여성 육체를 깨기 위한 전략이자 자신에게조차 소외되고 있다는 의식의 비명이다. 이렇게 신체의 절단과 분해, 해체와 소멸을 극단적이고 파괴적이며 그로테스크한 어법을 통해 드러낸 일련의 여성시들은 여성에게 가해진 무형의 억압들을 반증으로 형상화한다. 동시에, 기존의 성/비속, 규범/본능 등 지배적 담론과 남성 중심적 시각의 육체를 뒤엎는 카니발리즘적 담화의 세계를 통해 중심 가치를 전복시키고 다른 가치 체계를 세울 것을 꿈꾼다.

여성의 몸을 통해 이루어지는 또 하나의 특징적 상상 체계는, 훼손된 여성의 몸이 곧 황폐한 시대와 역사의 통증을 앓는 공간으로 비유된다는 것이다. 오염된 자궁, 흘러터진 양수, 사산, 생리통들은 피폐한 현대의 시공간을 육화하고 있다. 불모의 세계에 대한 인식과 현대사의 상흔들이 여성의 앓는 몸으로 드러난다. 역사를 몸으로 겪어내는 여성 시인들의 상상은 역사에 대한 기존의 인식을 위반하는 한편, 여성의 몸이야말로 황폐함과 불모를 치유해 창조와 생산을 꿈꿀 수 있는 공간이라는 인식을 그 기반으로 하고 있다.

그리고 이제, 육체와 성에 대한 언어를 잃어버렸던 여성 시인들은 육체와 성과 욕망을 말하고 글쓰고 있다. 자신의 육체와 화해하며 성적 욕망 또한 자신의 자연스럽고 아름다운 한 부분임을 인정하려 한다. 자유로운 주체로 서고 싶음과 아름다운 욕망에 대한 희구가 자칫 모성과 여성성의 파괴, 혹은 여성의 창조성에 대한 경시로 이어져서는 안된다는 것도 알고

있다. 자유로운 주체로 서게 되면서 '불씨' 와 '물' 을 품고 있는 여성의 몸
이야말로 창조를 이룰 수 있는 공간, 행복하고 따뜻한 성을 나누는 축제
의 공간임을 인식하고 있는 것이다.

　여성의 몸은 아름답다. 그 아름다움이 여성을 배제한 남성 중심적 사유
틀과 제도화된 각본과 억압과 물신적 이념에 의해 사회적으로 구성된 것
임을 힘겹게 넘어설 때, 여성은 자기 스스로 주체적으로 체득한 아름다움
을 끌어안는다. 그 아름다움은 눈에 보이는 둥글고 완만한 몸의 선(線)에
서 오기도 하지만 여성에게 내재한 역동적인 힘, 생명을 품고 잉태해 우
리가 함께 하는 세계에 동참시키는 그 신이한 힘에서 비롯되기도 한다.
여성의 몸은 열등하고 부정적이며 이타적인 육체가 아니고, 여성의 육체
적 심리적 모든 욕망 또한 침묵 속에 가둬야 하는 불결하고 부끄러운 것
이 아니며, 자유로운 주체로 갖고 누릴 수 있는 바로 자신의 것이라는 이
당연한 깨달음에 뒤늦게 이르고 있는 것이다. 그 아름다움을 되찾기 위해
시인들은 오히려 그간 여성에게 금기시 되어온 극단 어법, 비속어와 욕
설, 배설욕과 신체 분해의 언술을 택해 부정과 위반의 사유를 표출하고
있다.

　이런 깨달음은 일견 여성들에게 내재된 본래적 생리와 역할로 돌아간
듯 보인다. 그러나 '허구화된 몸' 으로서의 자기 인식으로부터 '저항하는
몸' 을 거쳐 자유로운 욕망을 갖는 '주체로 서는 몸' 으로 나아가며 자신의
정체성을 체득하는 이 길은 분명 새로운 길이다. 남성/여성의 도식적이
고 치명적인 이항대립을 넘어서서 자기 정체성의 탐색과 병행하면서 그
정체성과 합일해 가는 몸, 주체적 인식 속에서 힘겹게 세워져가는 몸, 여
성 언어와 여성적 글쓰기의 근원으로서의 몸을 체화해나가고 있는 자취
들인 것이다. 이 모든 길들, 이 모든 미로들이 여성시에 드러난 육체의 불
화와 화해의 멀고도 긴 노정이자 시학이다.

　여성시에서 '여성' 을 읽어내려는 접근은 그 출발에서부터 난항에 부딪

칠 수밖에 없다. 어떤 주장도, 그 주장을 둘러싼 단단한 고정 관념과 남성 담론에 대한 대응에 지나지 않는다는 반박 등 갖가지 복병의 출현에 의해 위협받기 때문이다. 따라서 어떤 함정을 피하려고 다른 곳으로 논의의 발을 내딛는 순간, 이미 그것은 다른 진창에 발을 디딘 형국이 된다. 남성시와의 동등함이나 공통점을 밝혀내는 것은 결국 그들에 대한 섣부른 선망의 반증으로 읽힐 위험이 있기 때문에, 또 그 차이성을 면밀히 드러내려는 시도는 남성과 여성의 이분법적 대립을 다시 수용하고 재생산하는 결과가 되기 때문에, 그리고 여성만의 독특한 특질과 고유성을 주장하는 것은 과연 '여성성과 여성다움이라는 지뢰밭'[23]을 무사히 건너 여성 비평이 궁극적으로 지향하는 담론을 설득력 있게 형성할 가치를 갖는가 자문하게 하기 때문에[24], 여성시의 이해와 해독에 대한 좌표를 설정하기가 쉽지 않은 것이다. 육체의 시학이라는 주제로 더듬어본 이 글 역시 이 위험과 함정과 반박을 상정하고 있다. 그럼에도 불구하고 부재로부터 현존에 이르기 위해 갈구하는 여성 육체의 언어, 욕망의 언어로 짜여진 시와 함께 읽히기를 기대한다.

이제, 이 詩들을 넘어서 걸어나가야 하는 일이 남아 있다.

---

23) Toril Moi, 176쪽.

24) 육체라는 주제 아래 가능한, 여성이 놓인 현실적 조건들 즉 계급과 물적 조건과 사회적 존재로서의 자각 등에 대한 논의 여부와 타당성에 대한 관심 여부 등에 대한 고려를 들 수 있다.

성(性), 육체의 시학

황 도 경*

　케이트 밀레트는 남성과 여성의 관계 안에는 힘과 지배의 개념이 작용하고 있고 따라서 이를 정치에 비교할 수 있다고 주장한 바 있다. 한 집단의 인간이 다른 집단의 인간을 지배하는 권력 구조를 정치라고 할 때, 남녀 양성의 관계는 철저하게 이 정치 논리에 따르고 있다는 것이다. 그에 따르면 이와 같이 지배와 복종의 관계로 고착화된 남녀의 관계는 가부장권제를 통해 교묘히 이루어지고 있으며, 가부장권제는 어떠한 체제도 피지배자에 대하여 이와 같이 완전한 지배력을 행사해온 일이 없는, 유례없는 지배 이데올로기이다.[1] 그리고 이 때 이러한 권력이 행사되는 첫 번째 대상은 인간의 육체이다. 권력은 인간의 몸을 억압하고 고문함으로써 육신의 형태를 조작하고 재조절하며 이 치밀한 전략으로 '온순한(docile)' 육체를 탄생시킨다.[2]

---

* 이화여대 영문과 졸업. 동대학원 국문과 문학박사. 이화여대 국문과 강사.
　「이상의 소설 공간 연구」, 「빛과 어둠의 이중 문제」, 「생존의 말, 교신의 꿈」 등의 논문이 있다.

1) 케이트 밀레트, 『성의 정치학』, 정의숙, 조정호(공역)(현대사상사, 1979), 66쪽.
2) M. Foucault(1977), Discipline and Punish : The Birth of the Prison, tr. by A. Sheridan (Random House Inc.), 136쪽, 김혜숙, 「포스트 모더니즘과 페미니즘 : 유교적 욕망과 푸코의 권력」, 『포스트모더니즘과 철학』(이대출판부,1995), 278 - 279 쪽.

여성의 성과 몸은 바로 이러한 권력의 논리에 의해 만들어졌다. 오랫동안의 남성 이데올로기 속에서 여성의 성은 줄곧 억압과 착취의 대상이거나 불결하고 수치스러운 것으로 간주되어 왔고, 또 여성의 몸은 훼손된 남성, 즉 근본적으로 불완전하고 상처받은 것으로[3] 인식되어 오기도 했다. 여성들의 입과 눈, 귀, 손과 발의 움직임, 얼굴 표정을 비롯한 온갖 행동거지들의 형태들은 가부장적 권력이 자신의 모습을 드러내고 있는 것에 다름 아니며, 여성은 그 권력의 여러 장치에 의해 맨 먼저 둘러 싸인 몸이었던 것이다.[4] 따라서 여성의 성과 몸은 여성에게 가해진 억압의 형태와 편견을 가장 극명하게, 그리고 구체적으로 확인하게 하는 테마가 된다. 여성의 몸은 생명의 탄생과 죽음, 그에 따르는 고통, 희열 등 삶의 온갖 흔적을 담아내는 그릇이며, 여성으로서의 수치와 모멸, 열등 의식 등 묵시적으로 강요된 자기 비하의 출발점이다. 그러나 때로 여성의 몸은 그 상처를 통해 자신들에게 가해지는 억압과 폭력의 양상을 고발하고 저항하는 시발점이 되기도 한다.

요컨대 여성의 몸은 여성으로서의 절망와 희망이 교차하는, 그리고 여성의 어두운 과거와 실날 같은 밝은 미래에의 기대가 교차하는 현장이며, 따라서 여성에게 있어 가장 강렬한 상상력의 원동력이 되는 장이다. 여기에서는 근대 문학 이후 현재까지 여성 작가의 작품 속에 나타난 성과 몸의 인식을 살펴봄으로써, 여성 문학에 나타나는 성과 육체의 시학을 규명해보고 이와 함께 시대적인 흐름에 따른 성/몸의 인식상의 변화도 함께 살펴보려고 한다.

---

3) 원시인들은 여성 성기의 현상을 상처에 의한 것으로 설명한다. 새나 뱀이 달려들어 현재의 상태로 절단시켰고 그때의 상처로 인해 여성들은 지금까지도 출혈을 한다는 것이다. 케이트 밀레트(1979), 93쪽.
4) 김혜숙(1995), 282쪽.

1. 소외의 성과 구속의 몸

앞서 지적한대로 여성에게 있어 성은 근본적으로 억압의 영역이었다. 게다가 유교 문화의 풍토 속에서 뿌리깊게 자리잡은 처첩 문화, 남편의 정당화된 외도와는 달리 여성에게 강요되는 정절 이데올로기, 가난, 그리고 아들 선호 사상에서 연유한 조혼의 풍습 등으로 인해 근대 여성 문학에 나타난 성은 억압과 소외의 영역으로서의 성을 더욱 확연하게 보여준다. 뿐만 아니라 이러한 성 인식으로 인해 여성의 몸은 사고 파는 대상 혹은 약탈과 욕망 채우기의 대상 쯤으로 여겨지고 여성 스스로의 감정과 욕망은 애초부터 없거나 있더라도 불결하고 음탕한 것으로 간주, 무시되어졌다. 여성은 몸뚱아리로만 이루어진, 그리고 그 몸 안에 갇힌 하나의 사물, 도구에 불과한 것이 되었던 것이다.

> 그러다가도 깜짝깜짝 놀라질 때마다 자기 몸에 무슨 큰 부스럼이나 생기는 듯하게 근질근질도 하고 더러운 몸을 깎아 낼 수만 있으면 깎아 내고도 싶었다. 그 자를 물어뜯고 늘어져 보고도 싶었다. (중략) 그러나 이씨의 머리에는 이상하게도 그 날 밤 인상을 잊을 수가 없었다. 그 따뜻한 손, 그 다정한 눈, 생각할수록 눈앞에 똑똑히 나타나 보였다.
>
> ─ 나혜석 「원한」(《조선문단》, 1926. 4)

부자집 무남독녀로 김 승지 아들 철수와 결혼한 이씨는 23세 때 남편이 술독과 계집질로 몸을 망쳐 죽게 되어 홀몸이 되는데, 그 후 박 참판에게 겁탈을 당하게 된다. 처음에는 더러운 자신의 몸을 깎아내 버리고 싶을 정도로 분노와 수치심을 느끼지만 어느 새 자신의 몸에서 일어나는 욕정으로 오히려 그를 그리워 하는 자신을 발견하게 된다. 결국 그녀는 박 참판의 세번째 첩으로 들어가게 되는데, 그 이후에도 박 참판의 첩질이 계속되자 일 년만에 다시 그 집을 나와 쌀이나 콩 등을 팔러 다니는 신세가 된다. 냉골 작은 방으로 돌아온 그녀가 하루 종일 움직이느라 아픈 다리 때문에 신음하는 소리와 박 참판에 대해 원한하는 소리로 시작되고 끝나는 이 작품은, 당시의 여성에게 부여된 억압된 성의식과 남편의 정당화된 외도로 인해 가층 심해지는 소외된 성의 면모를 보여준다. 겁탈이라는 온당치 못한 과정을 통해 이루어지긴 한 것이긴 하지만 그것이 이씨에게 자신 안에 살아있는 성적 욕망을 인지하게 한 계기가 되었다든지, 그녀가 겁탈로 인해 자살을 하거나 극도의 수치와 분노로 일관하는 것으로 처리되고 있지 않다는 것은 여성의 性에 대한 작가의 보다 자유로운 의식에서 가능하다는 점에서 의미가 크다. 남성의 자유로운 성의식이나 행위와는 달리, 정부인이나 과부 혹은 첩 등 모든 여성에게 정절의 덕목이 요구되는 성의 이중적 가치 기준이 여성에게 성의 소외와 억압을 가중시키는 굴레로 기능하고 있음을 보여 주는 것이다. 그러나 이런 모순된 성 문화 자체에 대한 보다 깊은 성찰이나 문제제기라기 보다는 제목에서 드러나듯 박 첨지에 대한 개인적이고 일방적인 '원한'으로 처리되고 있어 한계를 드러내고 있기도 하다.

이처럼 남성에겐 자유로운 성이 여성에겐 불결하고 비도덕적인 것으로 간주되는 성에 대한 이중적 인식은 당시의 작품들에서 흔히 발견된다. 백신애의 「광인수기」(〈조선일보〉, 1938. 6. 25~7. 7)는 남편의 구박과 외도로 반미치광이가 되어 버린 여성이 비가 오는 다리 위에서 하늘을 향해 원망하며 혼자 지껄이는 내용으로 되어 있다. 곁에 와 앉아서는 '내 머리도 쓰다듬어 보고, 내 허리도 보듬아보고, 머리를 훔쳐내어 얼굴을 들여다 보고, 온갖 아양을 다 부리'던 남편과의 첫날밤의 광경에 대한 다음 묘사를 보자.

하느님, 당신 듣는가요? 참 재미있지요? 그래 그때 그래서 말이야 그이가 아주 눈이 발칵 뒤집혀 가지고 – 히히, 아주 숨쉬는 소리가 황소같더군. 제까짓 신랑 힘이 아무리 세다고 한들 내가 가슴을 꽉 껴안고 있으니 어디 내 옷을

벗길 수 있어야지…… 그렇지만 뺑손이를 치면 또 성을 낼까 봐 겁도 나고 그
뿐 아니라 옛날 신랑놈처럼 첫날밤에 신랑은 색시를 벗겨야 한다니까 어린 색
시의 껍질을 벗겨 놓더란 말도 생각나고 해서 슬그머니 못 이기는 체했더니
아, 그놈의 신랑놈이 그만…… 히히히 우습다.　　(중략)
　아이참 그이는 어쩌면 그렇게도 내 간장을 녹이려고 드는지, 아주 나는 그
놈의 신랑에게 그만 녹초가 되었지요 하하하 –

　첫날밤을 묘사하고 있는 이 대목에서 반 미쳐버린 여주인공을 지금까
지도 웃게 만드는 것은 성적인 욕망의 충족에서 환기되는 즐거움 때문이
아니다. 그것은 백년 천년을 변함없이 한마음 한뜻으로 살자던 남편의 사
랑이 주던 충족감이었고, 이런 점에서 위의 대목에서 주인공이 상기하는
장면은 마음과 몸이 같이 있는 것으로서의 이상적 부부관계를 드러내는
대목이라 할 수 있다. 그에게 자기 살을 베어 먹여도 아깝지 않을 것 같았
다는 고백도 그러한 심리적인 충족감 없이 성적인 욕망만으로는 해석될
수 없다. 그러나 외도를 하고 가정에 소홀해진 남편은 뒤에 그녀를 '밤이
면 야수 같은 본능만 아는 여편네'로 몰아붙인다. 여성의 성적 욕망을 불
결하고 비도덕적인 것으로 치부하는 것은 물론 자신의 필요에 따라 사랑
의 확인으로서의 성적 행위에 대한 아내의 욕망을 육체적 욕망만으로 몰
아가는 것이다. 이러한 남성중심적 사고와 억압이 결국 주인공을 미치광
이로 만들어버린 셈인데, 이 미친 여자의 절규를 통해 우리는 여성의 분
열된 몸, 깨어진 정신을 우울하게 바라보게 된다. 그녀가 온 몸으로 비를
맞으며 나와 앉아 있는 다리 아래, 그곳은 남성중심적 사회에 의해 밀려
나고 버려진 우리 여성들이 서 있는 현실적 공간에 다름아닐 것이기 때문
이다. 질서 안에 병존하지 않는 한 여성의 넋두리는 '미친년 넋두리'로
향해 갈 수밖에 없는가, 황무지에서 혼자 넋두리를 하고 있는 미친년들,
그 여자가 우리 곁에는 또 우리 속에는 없는가,[5] 라는 질문으로부터 우리
여성들은 자유로울 수 없는 것이다.[6]

성이 여성에게 폭력으로 인식되는 한 이유는 조혼의 풍습에도 기인한다. 백신애의 「복선이」(《신가정》, 1934.5)에서 복선이는 열네 살에 '최서방네'라는 새 이름을 얻게 된다. 아직 어린 아이의 티도 벗지 못한 그녀가 강제적으로 아내라는 위치에 서게 되는 것인데, 이는 특히 성적으로 미성숙한 그녀가 감당해 내기에는 너무나 벅찬 변화였다.

울타리 밑에서 동리 아이들 소꿉놀이에 서투른 어린 솜씨로 만든 '풀각시' 같은 복선이다. 갸름한 얼굴이라든지 호리호리한 몸맵시며 동글동글한 눈동자, 소복한 코 끝이며 다문다문이 꼭꼭 박힌 이빨, 모두가 어느 편으로 보아도 소꿉놀이에 나오는 각시 그대로였다.

복선이에 대한 이같은 묘사에서 강조되고 있는 것은 그녀의 미성숙함이다. 그녀는 시집가면 일도 많이 하지 않고 밥도 많이 먹을 수 있고 동생들 배도 채워 줄 수 있으리라는 생각뿐이었고, 시집가던 날에는 분 바르고 좋은 옷을 입게 되어 마냥 즐거워하기까지 한다. 그러던 그녀에게 한 가지 딱한 일이 생겼는데, 그것은 '나이 찬 남편이 밤이면 추근추근 굴어서 잠을 못자게 하는 것'이다. 그 일로 그녀는 굶주리더라도 동생들과 옹기종기 잠들 수 있었던 옛날을 그리워하게 되고 때로는 시어머니를 껴안고 잠들기도 한다. 아직 어린 소녀에 불과한 아이에게 가해지던 성적인 억압은 실로 폭력 그 자체라 할 수 있다. 그러나 이 작품은 그 폭력성에 문제를 제기하는 대신 결혼 후 서서히 성숙해 가는, 그리고 행복을 알아

---

5) 조주현(1992), "미친년 넋두리-백신애의 『광인수기』와 길만의 『노란 벽지』를 중심으로", 『여자로 말하기, 몸으로 글쓰기』, 《또하나의 문화》 제9호, 185쪽.

6) 산드라 길버트(Sandra Gilbert)와 수잔 거버(Susan Guber)는 그들의 공저인 『다락방의 미친 여자 The Madwoman in the Attic』에서 '미친 여자'는 가부장적 문화가 여성인 저자에게 부여한 자신의 모습으로 저자의 분노와 근심의 상징이 되며, 그의 폭력은 '남성의 집과 남성 텍스트'로부터 벗어나고자 하는 저자 자신의 욕구를 분출하고 있다고 설명한 바 있다. 김성곤, 『현대 영미 페미니즘과 〈여성중심비평〉』《외국문학》(1988 겨울), 21쪽.

가게 되는 복선이를 그려내는 것으로, 그리고 다시 남편의 죽음으로 인해 행복이 좌절되는 것으로 전개된다. 어린 여성에게 가해지는 성적인 폭력성의 문제를 제기하고 있으면서도 그것을 하나의 통과의례적인 과정으로 미화하고 있는 느낌을 주는 것이다.

「소독부」(《조광》, 1938. 7)에서 조혼으로 인한 여성의 성적 억압의 문제는 보다 심도 있게 그려진다.

　　색시는 지난해 봄, 지금으로부터 꼭 일 년 전인 삼월달에 열네 살의 어린 나이로 시집을 왔다. 키가 유달리 숙성하여 나이는 열네 살이라도 그리 꼬마 색시로는 보이지 않으나, 그래도 분홍 인조견 저고리에 검정물을 들인 당목 치마를 입은 허리는 한줌이나 되어 보이며 두 귓볼의 상큼한 모습이 말할 수 없이 어려 보였다. 그는 최 서방에게 시집오던 날부터 무섭고 괴롭고 하여 울며 이를 갈면서도 시집오면 으레 그런 것으로 알고 조금도 반항하지 않고 꼬박꼬박 아내 노릇을 해왔다.
　　스물일곱 살인 최 서방의 무시무시한 성욕을 반항없이 받아오던 색시의 가슴 속은 최 서방이 무섭고 다만 키 크다고 시집보내 준 그의 부모가 원망스러워졌다.

14세의 여성과 27세 남자의 성적 결합이라는 이와 같은 상황은 그야말로 성이 여성에게 하나의 폭력이 되고 있음을 단적으로 보여 준다. 주인공인 색시는 무섭고 슬프면서도 그러한 심정을 남편이 알게 되면 '당장 쫓아 보내든지 때리든지 할까 봐 겁이 나' 서 아무 말도 못한 채 점점 곯아지듯 말라간다. 그런데 이 작품에서 性은 단지 감당할 수 없는 폭력적 힘으로서만 제시되고 있지는 않다. 그녀가 점점 말라가고 괴로워하는 또 다른 이유는 그녀가 진실로 사랑하는 사람이 따로 있다는 사실에 있다. 남편에게서와는 달리 결혼전부터 알았던 갑술이의 열정에 대해서는 자신의 몸과 마음이 끌리고 있음을 느끼는데, 이는 남편인 최 서방의 접근에 대한 혐오와 두려움이라는 것이 단순히 성적인 무지에 의한 것이라기보다는 사랑이 전제되지 않은 성적 행위라는 점에 기인하고 있음을 보여 준다. 결국 갑술이가 사마귀 빼는 약으로 최 서방을 죽이게 되고 그녀는 갑술이와 함께 남편을 죽인 독부가 되어 끌려가는 것으로 끝나는 이 작품에서 우리는, 자신의 의사와는 무관하게 이루어지는 강요된 성의 현실과 사랑의 확인으로서의 성의 부재라는, 당시 여성의 성적 억압의 두 층위를 함께 확인할 수 있다.

최정희의 「산제」(《동아일보》, 1938. 4. 8~15)도 어린 나이에 시집온 여성이 겪는 성적인 어려움을 그리고 있는데, 여기에서 남녀 관계는 박해자와 피해자의 성격을 보다 강하게 드러낸다. 열네 살에 시집온 쪼깐이는 이름 그대로 월경도 치르지 않은 어린 소녀에 불과했고, 그녀가 첫날밤 보게 된 남편은 자신이 상상했던 '옥색 두루마기에 깜정 갓신을 신고 자그마한 키, 동글납작한 얼굴, 그리고 그 동글납작한 상냥스런 얼굴엔 항상 웃음을 띄우'고 있는 것이 아니라 '장성같이 구척이나 되는 키에 가슴이 떡 벌어지고 넓적한 상판에 얼른 봐도 눈에 뜨이는 시꺼멓게 푹 패어 들어간 눈과 범의 아가리같이 큰 입'을 한 인물이다. 이러한 인물의 묘사는 그녀에게 남편이 따뜻한 한 인간으로서라기 보다는 교미하기 위해 암컷에게 다가서는 위압적이고 거친 한 마리의 수컷으로 여겨지고 있음을 보여 주는 것이라 할 수 있는데, '쪼깐은 고양이 앞에 쥐처럼 꼼짝달싹 못하고 어둠 속에서 반기절을 한 채 사시나무 떨듯 떨기만 했다'는 그 다음의 묘사에서는 이들의 관계가 급기야 잡아 먹고 먹히는 관계로까지 비유되고 있다. 이것은 단지 과장된 비유에 그치는 것이 아니다. 남편을 피해 외양간 보릿짚 속이나 아궁지에까지 들어가 자곤 하던 쪼깐이가 산제 때 돼지를 잡는 남편의 모습에서 본 것은 바로 첫날밤 자신을 짓누르던 그 모습이었다.

그 피를 보자 곧 시집오던 날 밤의 일이 눈 앞에 번개같이 떠올랐던 까닭이
다. 더구나 서방이 도야지를 깔고 앉아서 목에 시퍼런 칼을 쿡 찔러 피를 콸콸
쏟게 하기까지의 광경과 또 씨근씨근 헐떡거리는 거며 도야지가 사지를 버둥
거리고 몸을 꿈틀거릴 때면 서방의 궁둥이가 들먹거리는 것은 숨이 꽉꽉 막힐
지경이었다. 쪼깐은 자기도 어느날 도야지처럼 피를 쏟고 죽을 것 같은 생각
이 들었다.

남편의 묘사에서도 드러났듯이 이 작품에서 남편은 야수적 본능과 사
납고 힘센 육체를 지닌 존재로 그려진다. 쪼깐이에 대한 그의 성욕이라는
것도 사랑과 같은 일체의 정신적인 것이 배제된, 철저하게 육체적인 본능
의 해결이라는 차원에서 그려지고 있고, 따라서 그와 쪼깐이에게 가해지
는 그의 성행위는 모두가 동물적으로 묘사된다. 이는 열네 살의 어린 소
녀에게 가해지는 성적 억압이라는 것의 비인간적이고 위압적인 정도를
강조하기 위한 것으로 보여진다. 그녀는 결국 서방의 방에 불을 지르고
그 죄로 감옥에 갇히게 되는데, 그 안에서도 남편이 자신의 몸을 짓누르
는 듯한 답답함에 도망가 문을 두드리는 꿈을 꾼다.

문이라 생각했던 까닭이다. 그러나 문이라 생각했던 데는 열번 스무번 두드
리고, 밀고, 흔들고, 차고 해야 옴짝하는 일도 없이 작은 두 주먹이 무슨 쇳덩
어리에 부딪치는 듯 아팠다. 쪼깐은 두 주먹을 통해오는 아픔을 전신에 느끼
자 밀고, 흔들고, 두드리고, 차는 것을 그만 두고 주먹을 거기 얹은 채 빤히 한
참 드려다 본다. 그러려니까 그것이 점점 시커먼 담벼락같이 변해지며 눈이
모자라게 가슴앞에 쭉 버텨서는 것이 아닌가. 쪼깐은 버텨서는 그 담벼락을
버텨서는 대로 좇았다. 그것은 고개가 바싹 재켜지도록 높이높이 자꾸만 올려
뻗쳤다.

그녀 앞을 가로막고 있는 감옥의 벽, 그것은 자신을 억누르는 남편의
성적인 위압의 벽일 뿐 아니라, 이처럼 여성에게 가해지는 남성의 일방적

인 성적 폭력을 용인해 주고 있는, 사회의 높디높은 인식의 벽에 다름 아니다. 그 이중의 벽 안에 여성들의 삶과 몸은 갇혀 있는 것이다.[7]

이와 같은 남성 이데올로기 속에서 여성의 몸은 폭력적 현실이 작용하는 대상이 되거나 저주와 원한, 자기 비하의 대상이 된다. 앞서 논의한 백신애의 「광인수기」에서도 '나'는 남편의 외도로 몸에 열이 나고 머리통이 쑤셔대며 남편이 바람피는 집에 찾아갔다가 몰매를 맞게 된다. 그녀는 자신의 소외된 삶의 고통을 몸으로 앓게 되는 것이다. 강경애의 「동정」(《청년조선》, 1934. 10)에서도 산월은 12살 때 팔려간 후 수양어미의 구박과 수양아비의 매질로 "얼굴이 푸석푸석 부은 듯했으며 오른 볼에는 퍼렇게 피진 자국이 뚜렷"했다. 그의 상처입은 몸, 구박받는 몸은 종국에 죽음으로 치닫게 되는데, 이는 버려진 삶, 버려진 존재로서의 여성의 운명을 비극적으로 돌아보게 하는 결말이다.

남성 원리로부터의 여성의 피해자 의식과 여성으로서의 보편적인 존재 확인에 대한 문제를[8] 부드럽고 섬세한 문체와 환상적인 비유를 통해 그리고 있는[9] 작가로 평가받고 있는 이선희의 경우에도 이 같은 훼손된 몸의 비유는 쉽게 발견된다. 「계산서」(《조광》, 1937. 3)에서 '나'는 사고로 뱃속의 아이와 다리 하나를 잃고 불구가 된 여성이다. 그야말로 '발랄하던 생명이 어디로 빠져 달아' 나 버린 몸이 된 것이다. 그러나 여기에서

---

7) 푸코에 따르면 부부를 단위로 하는 가정 안으로 성적 욕망이 들어가 버린 후 그것은 생식 기능의 중대함 속에 흡수되어 버리고, 그 범주에서 벗어난 자는 가정의 안락도 법의 보호도 기대할 수 없는 채로 추방되고 거부되며 침묵할 수 밖에 없는 궁지에 몰린다.(미셸 푸코, 《성의 역사 – 제1권 앎의 의지》, 이규현(역)(나남출판사, 1994, 24쪽) 그러나 이러한 지적은 적어도 우리나라의 경우 여성에게만 적용되는 것이 아니었나 싶다. 우리의 근대 여성 문학에 나타나는 추방의 모티브는 권력으로서의 성의 억압과 그에 순응하지 못한 여성들의 추방된 삶을 상징적으로 보여 주고 있다.
8) 이재선(1984), 《한국현대소설사》(홍성사), 440쪽
9) 윤홍로(1988), 「이선희, 현경준, 이근영의 문학사적 의미」, 《한국해금문학전집》 10 (삼성출판사) 해설, 387쪽 .

'나'는 아이의 상실이라는 어머니로서의 슬픔과 고통에 괴로워하기보다
여성으로서의 육체적 파괴로 인해 더 괴로워 한다. 거울 앞에 서서 초췌
한 자신의 모습과는 달리 너무도 두드러지게 완전한 남편의 모양을 대비
하며 괴로워하는 것이다.

> 나는 오랫동안 화장하기를 잊었다. 뿐만 아니라 그 여러 가지 화장품이 어
> 느 구석에 흐트러져 있는지도 알기가 귀찮았다.
> 나는 내 화장품을 남에게 보이기를 아주 싫어하는 성미었다. 그리고 화장품
> 에 쓰는 돈이 제일 아깝지 않고, 마음에 흐뭇했다.
> 어느 날 이웃집 복희라는 철나지 않은 계집애가 놀러왔다가 내 화장품 한
> 개를 집어갔다고 식모가 야단이다. 아마 떠드는 말을 들어보니 내가 마지막으
> 로 사들인 코티 입술 연지를 가져간 모양이다.
> 나는 파랗게 질리는 대신에 앉았던 자리에서 벽에 머리를 기대고 길게 하품
> 을 했다.

여기에서 화장하기는 남성 원리와 미적 가치에 순응하는, 덧씌워진 얼
굴/몸 만들기의 행위라 할 수 있다. 특히 입술 연지는 남성의 성적 욕망
을 부추기는 한 기호로서, 이러한 화장품에 대한 애착을 통해 이제껏 그
녀가 자신의 존재를 남성의 성적 대상 내지는 미적 향유물로 인지해 왔음
을 드러낸다. 그러나 다리 하나를 잃은 지금 그녀는 그토록 소중하게 생
각해 왔던 연지를 잃어버렸는데도 그저 하품만을 할 뿐이다. 이것은 더
이상 자신의 육체를 남성의 이데올로기 속에 스스로 구속시키지 않겠다
는 자아 인식에 의한 것이 아니라, 여성으로서 이미 자기의 존재 가치는
없어졌다는 체념에서 비롯된 반응이다. 결국 그녀는 남편의 외도로 괴로
워하며 자신의 삶이 교만하고 허위적인 그리고 본원적으로 어긋나는 것
이었음을[10] 깨닫게 되지만, 그 역시 철저한 자기 인식이나 자기 반성으로
나아가지는 못한 채 남편에 대한 살기어린 원망만으로 끝나고 있는 인상

을 주고 있다. 부부 생활을 끝내면서 그녀가 남편에게 받아야 할 것은 다리 하나가 아니라 남편의 목숨이라고 생각하며 이는 자신의 계산서뿐만 아니라 모든 아내된 자의 계산서라고 진술함으로써, 자신의 그릇된 삶의 방식과 가치관에 대해 자문을 던지기보다 가해자로서의 남성, 일방적인 피해자로서의 여성으로 관계를 도식화시켜 여성 문제에 감상적으로 대응하고 있는 것이다.

이에 비해 「매소부」(《여성》, 1938. 1)나 「도장」(《여성》, 1937. 1)에서 여성의 몸은 남성 이데올로기의 폭력에 의해 상처받고 고통받는 박해받는 몸으로 등장한다. 「도장」에서 여주인공은 항시 남편의 폭력에 시달린다. 그 이유는 그녀의 못난 외모 때문이다.

> 그야 입은 삐뚜려져도 말은 바로 하랬다고 저 집 맏동서의 생김생김이 활짝 피지 않아 세상 없으면 오죽한가. 그저 두말할 것 없이 두들겨 잡은 메주덩이랄 밖에.
> 광고 판 같은 얼굴 판이 왜 그리 붉으며 사철 두 입아귀가 침에 허옇게 붙어 있으니 그 주먹 같은 들창코하고 어느 모로 보든지 볼품은 없이 생겨 먹었다.

그러나 이 같은 그녀의 못난 얼굴에도 불구하고 그녀의 얼굴은 노상 활짝 피어 있고 입술 위에는 웃음이 처덕처덕 묻어 있다. 그러니 동네 여편네들이 수근거리며 하는 말처럼 '맘씨가 하 그리 착하니 후덕도 보련만

---

10) 작품 끝 부분에서 그녀는 "내 길지 않은 인생에서 나는 언제나 가장 교만했다. 내가 제일 이쁘고 내가 제일 귀염을 받고 내가 제일 재주가 많고 그러나 지금은 싸우기도 전에 저버리고 마는 나이다. 내 한쪽 다리가 내 몸뚱이를 받칠 수 없는 거와 같이 내 마음에도 버티어 나갈 아무 것도 없다."라고 고백함으로써 자신의 교만과 허위 의식을 깨닫게 됨을 보여 준다. 한편 남편과 자신, 그리고 인형의 세 식구로 구성되어 있는 자신의 가족이 각각 다른 세 개의 성과 이름으로 이루어져 있다든지, 쌀값보다 과자값이 많고 장난감을 많이 샀으며 그래서 그녀의 가정이 모조 가정, 소형 가정으로 불리워졌다든지 하는 것은 그녀의 가정이 처음부터 가짜의, 삐걱거리는 그것이었음을 암시하는 대목들이다.

서두'[11] 남편에게 있어 그녀는 못나고 귀찮은 존재일 뿐이다.

　　재작년에 와서 '도장'을 내어놓으라고 몸부림 칼부림을 해서 맏동서가 한 바탕 죽었다 살았지만 이번에는 암만 보아도 또 '도장' 때문에 온 눈치는 아니다.

　　"흥 귀엽기두 하다. 은장도 같으면 모가지를 매서 옥고름에 차고 다니겠다. 못난 게 국으로 가만히 있기나 하지."
　　"히히…… 나를 모가지를 매서 옷고름에 차고 다니겠대."

　　그랬더니 내 손을 끊어져라 하고 냅다 갈기는구먼. 이것 좀 보시유. 아직도 시퍼렇게 멍이 들었는데 손목만 부러져보지, 가만히 앉혀 놓고 먹여 살리라지.

　　그때도 남편이 가라고 하다 못해서 매질을 시작하여 하룻밤 하룻낮을 맞았다. 나중에는 장작으로 어디를 때렸는지 코피를 동이로 쏟고 머리채를 휘잡혀서 개새끼같이 대문 밖에 동댕이를 치었다. 그는 아프단 말 한마디 못 하고 남편이 볼까봐 정신없이 다시 기어 들어와서 행랑방에 숨어 있었다.

　　이것들은 모두 남편의 폭력에 시달리는 그녀의 몸을 보여 주는 대목들로서, 여성이 감내해야 하는 폭력적 현실이 그야말로 폭력 그 자체임을 보여준다. 이 때 그녀의 멍든 몸은 그녀의 멍든 삶의 한 비유이다. 어리석을 정도로 순진한 그녀의 성격이라든지, 집에서 쫓겨나지 않으려고 그런

-----

11) 이 작품의 서술자는 여성으로 암시되고 있고 따라서 기본적으로 여주인공에 대해 우호적인 입장에 있다. 뿐만 아니라 서술자는 여주인공이 남편에게서 맞았던 일들을 이야기할 때 그것을 들어주는 상대방 여인네의 목소리가 되어 나타나기도 하는데, 그것은 혼자만의 독백이 아니라 여성과 여성 사이의 교감 속에서 주인공의 심정이 전달되고 있다는 점에서 미미하나마 현실을 감내하게 하는 힘으로서 여성들 사이에 흐르는 자매애적 동질감을 엿볼 수 있기도 하다.

매질을 견디었던 그녀가 남편이 징역을 살지도 모른다는 속임수에 넘어가 이혼 도장을 찍게 됨으로써 결국에는 집에서 쫓겨나가게 된다는 것은 여성에게 있어 당시의 사회가 얼마나 폭력적이고 기만적이었나를 보여주는 대목이라 할 수 있다. 뿐만 아니라 그녀는 이런 남편의 매질이 아프기보다 오히려 남편의 손길이 너무나 오랜만에 와 닿았다는 것 때문에 좋았다는 고백까지 하고 있는데, 여기에서 우리는 여성의 상처난 몸뿐 아니라 여성의 소외된 성도 함께 엿볼 수 있다.

> 얼굴이 하도 꺼칠한 것 같아서 쪽집게로 눈썹의 잔털을 뽑으며 거울 속을 들여다보니 어젯밤 술을 과히 마신 탓도 있겠지만 두 눈이 쾌하고 입술이 말라들고 더구나 눈꼬리 옆으로 잔티가 까맣게 내솟아 볼 수 없이 못되었다.
> '내가 왜 이다지 꼴이 틀려간담.'
> 그는 가볍게 한숨을 쉬었다. 그리고 머리를 빗어 쪽을 찌려고 두 팔을 들어 뒤통수로 가져가니 치마가 쪽 흘러 내리면서 허리께가 드러나는데 하릴없이 양편 갈빗대가 미친 개뼈다귀같이 앙상하게 보인다.　　　　　　　　－「賣笑婦」

이 작품의 주인공인 채금이는 식구들을 먹여 살리기 위해 열여섯 살 때부터 기생으로 일해온 여성이다. 위에서 묘사된 그녀의 쾌한 눈과 마른 입술, 눈꼬리 옆의 잔티, 앙상한 몸은 남성들에 의해 그리고 가족을 부양해야 한다는 강요된 희생 윤리에 의해 짓눌리고 착취당한 몸이다. 더구나 그렇게 부양해온 가족들마저 그녀를 불쌍하게 여기거나 고맙게 여기는 것이 아니라 오히려 집안 체면을 생각하여 부끄럽고 난처하게만 여김으로써 그녀는 가족이나 가문의 체면이라는 또 다른 윤리에 의해 자신의 희생의 의미조차 찾을 수 없게 된다. 그녀의 몸은 단순히 생계를 책임지느라 상처받고 여윈 몸이 아니라 더럽고 수치스러운 몸인 것이다. 이와는 달리 그녀의 집에 놀러온 정 주사 패거리들은 하나같이 비계붙은 목덜미에 두꺼운 얼굴 가죽을 갖고 있으며, 그녀의 오래비는 기생 오래비라고 하기에는 천부당만부당하다 할 정도로 남달리 준수하고 깨끗한 품을 지녔다. 여기에서 남자들의 살찐 몸과 깨끗한 몸은 그녀의 몸을 빈약한 몸 그리고 더럽고 수치스러운 몸으로 만든 착취와 억압의 실체들이다.

그러나 이 같은 대조적인 몸이 남성 이데올로기에 의해 희생된 여성의 현실을 상징적으로 보여 주고 있으면서도 여성 의식이 이를 토대로 온당하고도 발전적인 자기 존재의 확인이나 현실 인식으로 나아가고 있지는 않다. 채금이는 가족들의 몰이해 속에 죽을 결심을 하고 함께 죽을 남자를 찾다가 자신에게 밤을 새워가며 카추사 얘기를 해 주던 폐병걸린 한 남자를 떠올린다. 그러나 그의 집으로 찾아갔을 때 그 옆에는 그를 따뜻하게 간호하는 아내가 있고, '여자로 태어나서는 남의 안해가 되고 정절 부인이 되는 것이 제일 유복한 팔자인가보다'며 길을 나서게 된다. 그녀가 혼자 죽기는 억울하니 남자와 함께 죽으려 한다는 것이나 점잖은 여염집 여편네를 가장 무시하고 미워한다는 것 등은 남성 이데올로기적 현실에 대한 그녀의 반응이 피해자로서의 일방적인 분노나 원한에 그치는 것이었음을 보여 주는 것이거니와 마지막에 이르러서는 그나마 현실 원리에 순응하고 체념하는 것으로 변화되고 있는 것이다. 그러나 이 체념이 끝내 벗어날 수 없는 여성의 막막한 현실을 더욱 강하게 확인하게 한다는 점에서 이 같은 결말은 여성의 현실에 대한 이선희의 비극적 인식을 드러내는 것이기도 하다. 창녀 채금이는 여성의 행복이 결국에는 한 남자의 평범한 아내가 되는 것이라고 체념적으로 생각하고 있지만, 작가는 그러한 체념을 통해 채금이의 끝간데 없는 황폐한 삶을 보여 주고 있기 때문이다.

서투른 길이고 마음도 무너진 탓인지 채금이는 길가 돌부리에 채여서 넘어졌다. 잠시 그 자리에 주저앉은 채 멍히 앞을 내다보니 밤이 몹시 캄캄하다.

이처럼 채금이는 작품 끝까지 현실에 의해 철저하게 상처받는다. 자신

의 어머니와 오래비, 그리고 폐병환자로부터의 멸시 끝에 나선 이 길 위
에서 그녀는 돌부리에 의해 채여 넘어진다. 그녀의 몸은 과거에 그랬듯이
앞으로도 남성 이데올로기의 사회 속에서 끝없이 넘어지고 부서지고 상
처받을 것이다. 그녀가 넘어진 채 내다보는 캄캄한 밤, 그것은 여전히 막
혀 있는 그녀/여성의 앞날의 모습에 다름 아니다.

백신애의 「食因」(《비판》, 1936. 7)에서 여성의 몸은 매맞는 몸과 임신
한 몸이라는 이중의 측면에서 고통을 겪고 있다. 이 작품은 돈을 내놓으
라는 남편으로부터 여주인공이 매질을 당하는 것으로 시작된다. 네번째
임신중인 그녀에게 '뱃대지를 푹 찔러 죽여 버릴 년'이란 욕설을 해대고
때리고 밟고 두들기는 남편의 폭력으로 그녀의 두 뺨은 시퍼렇게 멍이 들
었고, 세 번의 임신은 모두 아이의 죽음으로 끝났다. 그리고 겨우 무 하나
를 잎사귀도 남기지 않고 씹어먹고 낳은 네번째 아이도 결국은 남편의 발
길질로 죽고 만다. 그녀의 배와 자궁은 극도의 가난과 남편의 폭력으로
이미 산실의 기능을 박탈당한 것이다. 뿐만 아니라 임신은 남편에게 뿐
아니라 그녀 자신에게도 축복이 아닌 저주로 여겨진다.

"에이구, 이 원수놈의 씨야…… 도대체 이번에는 왜 낙태도 되지 않고 남의
속에 들어 앉어 나를 괴롭게 구노. 이렇게 배가 불러서 어떻게 그이를 대할
고……"

처녀 시절 애인이었던 남자를 생각하며 자신의 부른 배를 저주하고 뱃
속의 태아를 원수놈의 씨로 여기는 그녀의 이 같은 말에서 우리는 저주받
은 몸의 극단을 보는 듯하다. 게다가 이 작품은 그녀가 동리의 '상동식'
제사 음식에 손을 대었다가 마을 사람들로부터 뺨과 어깨, 가슴 등을 얻
어 맞는 것으로 끝나고 있는데, 이는 '제사 음식에 손대기'라는 전통적
유교 이념의 위반에 대한 처벌일 뿐 아니라 남성에게만 허용된 신성한 영
역을 침입한 데 대한 분노어린 추방식으로, 여성이 감당해야 하는 가부장

적 질서의 폭력적 현실을 상징적으로 보여 준다.

「적빈」(《개벽》 속간, 1934. 11) 역시 상처입고 저주받은 그리고 사산하는 여성의 몸을 통해 남성과 남성 중심적 문화 그리고 궁핍한 시대의 무게에 짓눌린 당시의 여성 현실을 담아내고 있는 작품이다.

> 당장에 입에 넣을 것이 없었으므로 벙어리를 두들기며 밥을 얻어 오라고 하는 것이었으나 벙어리는 이미 만삭이 된 커다란 배를 가리키면서 서럽다는 듯이 우는 것이었다. (중략) 벙어리는 태아가 꿈틀거릴 때마다 몸서리를 치며 무서워했다.
> "빌어먹을 년! 어린애가 그렇지 않나. 겁은 왜 내어."
> 하고 벼락같이 소리를 지르나 알아듣지도 못하고 끙끙하는 소리로 울며 자기 배를 쿡 쥐어박는 것이다.
>
> — 백신애, 「적빈」

당장 먹을 것도 없는 처지에 매촌댁의 두 며느리가 임신을 하고 있다는 것은 근심스런 일이다. 따라서 만삭의 배는 생산과 풍요의 상징이 아니라 더한 궁핍과 걱정거리의 상징일 뿐이고, 이 때문에 벙어리는 꿈틀대는 뱃속의 태아를 쥐어박는다. 만삭인 벙어리, 그녀는 가부장적 사회와 가난의 현실이라는 이중의 짐을 진 여성의 몸을 상징적으로 반영하고 있는 인물이다. 작품의 끝에서 매촌댁이 벙어리인 며느리와 그녀의 아이가 며칠이나 견딜 수 있을까 걱정하면서도 아기의 두 다리 사이에 있던 사나이 표적에 내심 희망을 가지는 장면이 나오는데, 그 절망적 상황 속에서도 사내 아이가 희망일 수 있다는 사실이 더욱 소외된 여성의 현실을 실감나게 하고 있어 흥미롭다.

강경애의 「소금」(《신가정》, 1934. 2~10)에서도 이와 같은 저주받은 몸으로서의 임신한 몸이 등장한다. 중국인 지주인 팡둥 집에 기거하던 봉식이 엄마는 팡둥의 애를 갖게 되자 아이를 유산시키려고 온갖 짓을 다해 본다.

배를 쥐어박아도 보고 일부러 칵 넘어지기도 하며 벽에다 배를 대고 탕탕 부딪쳐도 보았다. 그러고도 유산이 되지를 않아서 나중에는 양잿물을 마시려고 캄캄한 밤중에 그 몇 번이나 일어나 앉았던가.

그의 어머니는 한숨을 후 쉬며 어서 봉염이가 잠든 틈을 타서 나오면 얼른 죽여서 해란강에 띄우리라 결심하였다
그리고 배를 꾹꾹 눌렀다.

그러나 결국 한 헛간에서 아이를 낳게 되자 그녀는 "얼른 애기를 더듬어 그의 목을 꼭 쥐려 하였다". 더 이상 축복이 될 수 없는 임신과 출산, 그리고 그로 인해 저주의 대상이 되어 버린 여성의 배는 남성의 성적 폭력과 가난이라는 시대의 어둠이 만들어낸 슬픈 몸이다.

이와 같은 여성에 대한 억압된 성문화와 구속된 몸의 인식은 혼란과 동요의 성 의식을 보여 주던 50년대를 거쳐 점차 부권제적 성 규범에 대한 부정, 자유로운 감정의 표현으로서의 성 인식 등으로 나아가게 된다.[12] 그러나 그럼에도 불구하고 이들에게서 그 벽을 넘어갈 어떤 저항이나 방도도 아직 구체적으로 모색되고 있지는 않다. 따라서 여성에 대한 성과 몸에 대한 인식은 그 후에도 오랫동안 성에 대한 전통적 규범과 그것으로부터 벗어나려는 자유로운 욕망의 발현이라는 시각 사이에서 갈등하는 양상을 보여 주게 된다.

하얀 요가 방바닥에 펼쳐진다. 그녀는 문득 늙은 창녀와 같은 노골적인 욕

---

12) 전쟁 직후 여성 소설에 나타난 성의식의 변화에 대해서는 김주연(1985), 「사회변동과 여성 성의식의 변화 연구」(《아세아여성연구》 24)에서 부분적으로 언급되고 있다.

정이 상 밖으로 진땀처럼 진득이 배어나는 것을 느낀다. 베개가 놓여지고 파란 이불이 빈 요를 덮는다. 아줌마는 이제 벗어제친 남편의 잠옷을 집어 올리고 있다. (중략) 부인은 앉아서 남편의 잠옷을 천천히 음미하듯 개기 시작한다. 처음엔 상의부터 펼쳐서, 오른쪽 팔은 안쪽으로 접어놓고 다시 왼쪽 팔도 접다가 겨드랑이 밑이 타진 것을 발견한다. (중략) 부인은 실에 꿰인 바늘을 남편의 셔츠 속으로 깊숙이 밀어 넣는다. 그녀는 바늘을 한 땀 한 땀 떠 나갈 때마다 남편과 일체가 되는 기분 속으로 잠겨든다.   - 서영은, 「질투」

'70년대 발표된 이 작품에서 여주인공은 여전히 소외된 성의 자리에 있다. 폐경된 지 5년이나 되었고 척추를 다쳐 2년째 누워 있어 오줌조차 혼자서 해결하지 못하는 신세인 그녀와는 달리 남편은 체중이 늘고 전과 다름없이 혈기에 넘쳐 있다. 그녀는 남편이 허리운동을 하는 것을 보면서 자신의 끝나 버린 여성을 상기하고 남편의 옷을 꿰매면서 자신의 욕정을 달랜다. 더구나 남편이 집안일을 도와 주는 아줌마와 함께 잠자리에 드는 소리를 들으며 그녀가 끝내 오줌을 몸 밖으로 그냥 내보내게 됨으로써, 남편의 살아 있는 몸과 아내의 죽은 몸은 극명하게 대조된다. 여기에서 성은 단순히 몸의 욕망으로서가 아니라 생명의 원동력으로서의 의미와 연결되어 있고 따라서 주인공의 마비된 몸은 성의 소외뿐 아니라 삶으로부터의 소외를 보여 주는 한 상징이 되고 있다.

대체로 서영은 소설에서 성은 대담하고 도전적인 양상으로 나타나곤 하는데, 그것은 그녀에게 있어 성이 무의미하고 무료한 일상의 삶 속에서 야수적이고 본원적인 생명의 기운으로 기능하고 있기 때문이기도 하다. 「살과 뼈의 축제」에서 여주인공인 '내'가 보여 주는 성의식은 대담성을 넘어 실로 비상식적이기까지 하다.

그는 이제부터 섹스와 생활비이다. 그가 이것을 불쾌하게 여긴다면 나는 다른 대용품을 찾아야 할 것이다. 내겐 딱히 〈그〉이어야 할 까닭이 조금도 없다.

그가 들어오자 나는 옷을 받아 장롱 속에 건다. 그리고 목욕물, 술상, 전복 죽 따위를 신속하게 마련한다. 나는 될수록 섹스도 빨리 끝내고 그를 보낸 다음 나 혼자 조용히 쉬고 싶다.

그녀는 사랑과 섹스를 철저하게 분리시키고 한 남자를 단순히 섹스와 생활비의 의미로 단순화시킨다. 그리고는 결혼하자는 남자에게 자기 대신 딴 여자를 소개시켜 주겠다고 제안한다. 결혼이라는 제도 속에서만 가능했던 여성의 성 욕구의 발현이 여기에 오면 완전히 무너진다. 그녀는 결혼이라는 일상의 굴레로 들어가는 것을 거부하면서도 섹스의 욕구를 충족시키고자 한다. 성과 결혼, 뿐만 아니라 성과 사랑도 완전히 별개의 것이 되고 있는 것이다. 그녀는 '섹스가 피부 밖으로 튕겨져 나올 듯 충만해 있'을 때 그를 찾아갈 생각을 하기도 하는데, 그렇다고 위에 인용한 대목에서도 드러나듯이 '그'와의 관계가 철저하게 자신의 성적 욕구 충족을 위해 이루어지는 것 같지도 않다. 거기에서는 오히려 '그'와의 관계 자체가 관습적이고 일상화되어 있다. 뿐만 아니라 그녀가 보여 주는 태도는 주체적이거나 능동적이지도 않으며 오히려 종속적이고 피동적이다.

'그'와의 관계는 밥먹기, 일어나 이불개기, 옷 갈아입기 등에 대한 거부와 같은 선상에서 이루어지는, 도덕적이고 규범적인 질서로부터의 반항적 일탈이라는 다분히 유아적인 거부와 도전의 몸짓에 가깝다. 그것은 무료하고 무의미한 일상과 규범으로부터의 탈출의 시도라는 의미 부여에도 불구하고 성에 대한 자유롭고 성숙된 인식으로 이해되기는 어렵다. 작품의 끝에서 그녀는 갑작스레 일상으로의 회귀를 결심하는데, 이러한 심리적 변화의 근거도 희박하다. 이렇게 볼 때 이 작품에서 여주인공은 오랫동안 남성들에 의해 객체화되고 도구화되기만 했던 여성들의 성적 자결권을 주장하고 있는 듯 보이지만, 그녀가 보여 주는 자유로운 성에의 의지는 진정한 성의 자유와는 거리가 먼 성적 타락일 뿐이라는[13] 비난을

먼키 어렵다. 결국 여기에서 성은 자유도, 억압으로부터의 해방도, 존재확인의 중요한 매체로도 형상화되지 못하고 있는 것이다.

이경자의 경우에도 비슷한 점들이 지적될 수 있다. '성의 소외'라는 부제가 달려 있는 「빈털터리」, 「살아나는 시간」에서 그녀는 여성들이 일상의 삶에서 겪는 성적인 억압과 소외의 문제를 제기한 바 있다. 그러나 아들의 바이올린 가정교사와 관계를 가지면서 성의 소외를 보상받으려 하거나(「빈털터리」), 결혼 전의 애인과 만나 관계를 가진 후 처음으로 자기자신의 존재를 인식하고, 퇴근한 남편에게 "내일부터 옷은 당신이 걸어요!"를 외침으로써 주체적인 여성을 선언하는 것(「살아나는 시간」) 등은여성의 성의 소외라는 현실에 대한 적절한 고발도, 마땅한 대응도 되지못한다. 남자의 혼외 관계는 외도와 간음으로 표현하고 있으면서도 여성의 혼외 관계에 대해서는 '성의 소외'로 명명한다는 것은 중산층 여성의과오에 대한 자기 합리화에 불과한 것이다.[14] 뿐만 아니라 이들 작품에서여자 주인공들이 느끼는 공허감이나 소외감은 한가롭게 무위도식하는 중산층 여성의 허위 의식의 소산이며 그 속에 매몰되어 모든 문제를 남녀의성문제로 환원시키는 오류가 있다는[15] 비난으로부터 자유로울 수도 없다.

박완서의 『살아있는 날의 시작』에서도 어긋나는 성의 문제가 제기된다. 이 작품에서 주인공은 노망든 시어머니 때문에 남편과 잠자리를 하지못하는 처지에 있다. 그러나 그것이 그녀에겐 전혀 고통이 되지 않았고, 오히려 그녀가 고통스러워하지 않는다는 사실로 남편이 트집을 잡으며자신을 매력없는 여자로 몰아붙이는 것 때문에 곤란을 겪는다. "그래서

---

13) 송명희(1988), 「결혼을 거부한 성의 자유―서영은 소설」, 《여성해방과 문학》(지평), 105쪽.
14) 김영혜(1989), 「여성문제의 소설적 형상화」, 《창작과 비평》(1989 여름), 65쪽.
15) 이명호, 김희숙, 김양선(1990), 「여성해방문학론에서 본 80년대의 문학」, 《창작과 비평》(1990. 봄), 66 - 67쪽.

그 여자는 고통스러워하는 체하기 시작했다. 인철이 그 동안 충분히 매력적인 남성이었다는 것을 증명하기 위해 그 여자는 허기진 여자를 연기했다." 그래서 이루어진 것이 바로 주기적으로 이루어지는 이들의 '집 밖의 잠'이다. 그런데 남편의 허기에 맞추어 주기 위해 자신의 허기를 위장해야 하는 이렇게 부자연스러운 과정을 거쳐 여관방에 도착했을 때, 남편은 그 어느 때보다도 남편다워져 있고 가장다워져 있으며, 집에서 자고 싶다는 그녀의 신경질섞인 말과 태도를 성적 불만 탓으로 돌려 버린다. 그녀와 남편은 모든 게 엇갈리고 있다. 아니 엄밀히 말하자면 남편은 자신의 생각대로 그녀를 판단해 버린다. 그녀는 자신에게 덧씌워진 이러한 남성 중심의 의식의 허상을 이렇게 고백한다.

> 그리고 남자들 사이에서 신봉되고 있는 여자의 육체에 숨겨진 마성에 대한 수많은 미신에 대해 생각했다. 나의 몸속에도 그런 마성이 깃들여 있는 것일까?
> 그 여자는 소리없이 웃었다. 자신의 몸 속에 그런 마성이 숨겨져 있는 것이 아니라 반대로 자신의 몸이 마성의 허구 속에 갇혀있는 것처럼 느꼈다.

이는 성을 신비화함으로써 여성을 남성의 성적 도구로 만들어 버린 이데올로기의 허위 의식에 자신이 기만당하고 있음에 대한 인식이다.[16] 뿐만 아니라 그녀는 여성에게 덧씌워지는 이러한 성적 굴레 다음에는 어머니라는 신성이 자리잡고 있음을 함께 인식하게 되는데, 이는 이러한 신비화된 굴레들이 여성을 하나의 실체로서가 아니라 신비화된 이미지 속에 가두어 놓는 결과를 낳고 있음에 대한 깨달음이다. 이 작품은 성의 신비화라는 허울 속에 가리워진 여성의 성적 욕망과 실체에 대한 문제 제기라는 점에서, 소외와 억압의 성에 대한 문제에 보다 깊은 시각을 제시해 주

---

16) 송명희(1994), 『문학과 성의 이데올로기』(새미), 82 - 83쪽.

고 있다.

　김승희의 「성 브래지어, 1994년 7월9일」(《문학정신》,1994.8)에서는 이러한 구속된 몸으로서의 인식이 보다 구체적으로 그리고 직접적으로 드러난다. 이 작품은 브래지어를 하지 않고 등교하려다 아버지한테 뺨을 맞고 학교에 간 딸이 수업이 끝나고 피아노 렛슨을 받으러 가면서 자신의 브래지어와 책가방을 가져가라고 전화를 한 후 엄마인 '그녀'가 길을 나서면서 시작된다. 그 길에는 7월의 폭염이 이글거리고 있다.

　7월달의 화려한 폭양이 메마른 도시 위에서 이글거리고 있었다. 7월의 태양을 숫사자의 이글거리는 황금빛 갈기로 비유한 시인이 있었지. 여자는 그래서인지 한여름의 태양을 위대하긴 하나 조금 가혹하고 위용에 찬 남성적 원리로 느끼곤 하였다. 그래서 7월을 사자좌라고 하던가. 게다가 이상 가뭄, 살인 더위, 열대야까지. 그 폭양 아래의 모든 것은 메마르고 지쳐보였다. 가로수의 나뭇가지도 그 가지에 매달린 잎사귀들도 모두 기갈에 차서 헉헉거리고 있는 숨결들을 여자는 느낄 수 있었다. 그래, 오늘 같은 날의 모든 有는 헉헉거린다. 여자는 몸을 휘감고 있는 실오라기 하나도 힘겨운 기분이 들었다.

　작품의 제목이 되어 있는 '1994년 7월 9일'은 정치적으로는 김일성 사망 보도가 난 날이고, 사회적으로는 남편의 간통이라는 사실은 문제삼지 않은 채 단지 시댁 기피 만을 문제 삼아 그것이 이혼 사유가 된다는 판결이 보도된 날이며, 계절적으로는 사상 유래없는 더위와 가뭄에 시달려야 했던 날이다. 그것은 한편으로는 억압과 구속, 절대의 남성 원리의 시간적 복판이라 할 수 있고, 다른 한편으로는 남성적, 절대적 원리로부터의 해방을 자극하는 시간일 수도 있다. '그녀'는 브래지어를 하지 않으려는 딸아이로 인해 발생한 아침의 사건으로 인해 그 억압적 현실과 해방의 당연한 명제를 새롭게 떠올리게 된다. 여성들이 일정한 나이가 되면 늘 착용해야 하는 브래지어나 벗기 힘든 외씨버선과 가슴을 동여매는 치마말기로 이루어진 한복, 스칼렛 오하라가 허리를 조이며 입었던 파운데이션, 이는 모두 남성 중심적 가치가 전제된 구속의 구체적이고 상징적인 실체들이다. 따라서 '브래지어 벗기'란 여성에게 강요되는 묵시적인 억압에 대한 저항이자 자유에의 선언과 같다.

딸이 여성으로서 감내해야 하는 이러한 구속적 현실에 아직 적응되지 못한, 그래서 억압과 구속에의 저항이 더욱 강한 인물이라면, '그녀'는 위반과 금기, 탈출과 순응, 권력과 그 부정 사이에서 헤매이고 있는 보편적인 한국 여성이다.[17] 희랍에서 유학하던 시절 희랍 여인들처럼 강력하고 구속받지 않고 아름다운 생명력을 가지고 피어나라며 딸에게 이랑이라는 이름을 붙여 주었던 남편은 딸에게 구속의 굴레를 채우려는 폭군으로 변해 버렸고, 그녀는 그런 남편에게 아무 반응도 보이지 못하고 자신이 번역한 책이 남편 이름으로 출판되어도 문제 삼지 않는다. 그러나 7월의 폭염 속에서 그녀의 몸은 그 열기와 후끈거림을 못견뎌하고 괴로워한다. 브래지어로 꽁꽁 묶이어진 그녀의 몸이 꿈틀거리고 있는 것이다. 그녀는 '노 브라 = 제도권 밖의 여자 = 성적 유혹'이라는 등식 안에 내재된 단정한 가부장적 인식을 깨고 거기에서 나온 '제도권적 젖가슴 만들기'에 별 생각없이 동참했던 그 동안의 자신을 되돌아 보게 된다. 그녀는 가부장적 미의 기준이 만들어낸 이상적인 모습의 육체를 만들려다 기절까지 한 스칼렛 오하라와 브래지어를 벗고 가벼워진 몸으로 피아노를 칠 딸아이 사이에 있다. 스칼렛이 남성 원리와 가치에 부합하는 몸을 만들기 위해 스스로 자신의 육체를 구속하고 조이는 데 힘쓴 인물이라면, 딸 이

---

17) 이 작품이 일인칭 시점이 아닌 3인칭 시점으로 서술되고 있다는 것이나 고유명사를 사용하지 않고 있는 것 등은 여성 현실의 보편성, 일반성 확보를 위해 의도된 것으로 보인다. 오직 딸만이 이랑이라는 자기 고유의 이름을 가진 것으로 나타나고 있는데, 이것은 그녀가 기존의 고정된 관습이나 구속에 얽매이지 않은 자유로운 존재라는 사실과 깊은 연관을 갖고 있다.

랑이는 그와는 정반대로 자신의 육체를 풀어 놓고 가볍게 하는 인물이다. '그녀'는 구속의 몸을 인지한다는 점에서 스칼렛과 다르고 자신의 몸을 구속의 굴레로부터 풀어 놓지 못한다는 점에서 딸과도 다르다. 작품 서두와 말미가 모두 '그녀'가 붉은 신호등 앞에 서서 푸른 불이 들어오기를 기다리는 것으로 처리되고 있다는 것은, 이 같은 그녀의 중간적, 갈등적 위치를 드러내는 것이면서 동시에 여전히 푸른 신호등이 켜지지 않고 있는 수많은 '그녀'들의 현실을 암시하는 것이기도 하다. 이 작품은 여성이 감당해야 하는 남성 중심적 규율과 제약의 현실을 다소 생경하고 노골적인 서술자의 목소리로 드러내고 있기는 하지만, 가부장적 남성 원리와 신비화된 미의식의 허상 속에 갇힌 여성의 몸의 문제를 구체적인 상황과 비유를 통해 제기하고 있다는 점에서 주목된다.

2. 타락한 사회, 타락한 성/몸

여성의 몸이나 성은 때로 부패하고 모순된 현실을 담아내기도 한다. 특히 전쟁 직후의 미군 부대 주둔과 그로 인해 그 주변에 형성된 기지촌, 혹은 70년대 이후 가속화된 산업화의 흐름 속에 자리잡은 물질 만능의 잘못된 가치관, 속화된 일상의 풍경, 성의 상품화 등의 세태 속에서 여성은 그 타락을 자신의 몸으로 직접 경험하게 된다. 이때 이들의 몸의 상처, 병듦은 사회의 상처, 병듦이다.

강석경은 기지촌 여자들의 삶의 양상들을 그려내면서 그들의 성적 왜곡이 사회적 왜곡과 파행의 평행적 동반관계에 있음을 드러낸다.[18] 그에게 있어 성은 쾌락의 양상을 띠고 있지도 않으며 생명력에 관한 어떠한

---

18) 김주연(1985), 193쪽.

신비와 연관되어 있는 것도 아니다.[19] 그것은 철저하게 사회적인 성이다. 「낮과 꿈」에서 '나'는 미군 병사인 오브튼과 살림을 하다가 병에 걸려 몽키하우스 신세를 졌고, 순자는 미국에 가기 위해 동성애자인 바바라에게 접근하며, 「밤과 요람」에서 선희는 고교 미술 선생한테 강간 당한 후 기지촌에서 일하고 있고, 그녀와 살고 있는 마크는 성병을 앓고 있으며, 애니는 흑인과 살림을 하고 있다. 이들의 일탈된 성 관계는 그들의 가난, 미군 부대의 주둔과 기지촌의 형성 등과 같은 사회적인 배경에 그 근거를 두고 있다.

> "미군하고 실컷 놀다가 섹스도 찌꺼기로 주었다. 미군들 입던 옷이며 달러를 잘 주었지만 그것도 찌꺼기다, 그 년은 양놈 찌꺼기만 내게 갖다 주었다, 이랬대."
> "나쁜 새끼, 기둥 서방인 주제에 힘없는 여자 기둥 뽑으려 했어, 찌꺼기 먹은 게 어디 저 하나야? 대한민국 전체가 남의 나라 찌꺼기 먹고 살았는데."
> ─「낮과 꿈」

강석경의 소설에서 왜곡된 섹스는 이처럼 사회 전반의 타락상에서 나오는 하나의 부산물이다. 그것은 본질적으로 타락한 사회에 책임이 있는 것이며, 여성 개인들의 도덕 의식과는 무관하다. 그들은 남성의 성적 노예일 뿐 아니라 역사적, 사회적 모순과 타락이 빚어낸 희생자이기도 한 것이다. 뿐만 아니라 이들 여성들의 몸은 타락한 사회가 그 폭력적 힘을 발휘하는 가장 직접적인 대상이 되고 있다.

> "어제 새벽에 살해됐어. 한국남자가 죽였어. 기둥서방이야. 연탄집게로 거길 찔렀대. 한국놈들도 지독해."

---

19) 김치수(1983), 「고통의 기록과 절망의 표현」, 『밤과 요람』 해설(민음사), 281쪽.

　내가 피할 겨를도 없이 오브튼의 몸이 내 위로 덮쳤다. 오브튼은 침대 위에 풀어헤쳐진 내 머리를 한 손으로 누르고 한 손으론 내 목을 눌렀다. 머리를 움직일 수 없었으므로 나는 다리를 버둥거렸다. 이번엔 오브튼의 두 무릎이 내 둔부를 조였다.
－「낮과 꿈」

　미라는 입가에 묻은 샐러드를 혓바닥으로 핥고 있었다. 보조개를 지으며 웃고 있는 미라의 얼굴 위로 상처 같은 금이 그어져 있었다. 거울 속의 미라를 보고 선희는 섬뜩했다. 그것이 거울에 간 금이라는 것은 잠시 후에야 알았다.

　"애니가 방금 병원으로 갔어. 일이 생겼어. 살림하는 흑인이 있는데 애니가 바람을 피우다가 그에게 들켰거든. 그가 애니의 몸에 뜨거운 커피를 부었어. 음부에."

　선희는 그날 밤 낯선 곳으로 이끌려 갔다. 몸이 나른하고 자꾸만 까무러졌지만 남자가 제몸을 압박할 땐 눈을 흡뜨고 밀어냈다. 힘싸움엔 이내 지쳤고, 선희는 〈난 처녀야〉 애원하듯 말했다.
　남자의 손이 선희의 뺨으로 날아들었다. 〈거짓말 집어쳐!〉 선희는 충격으로 인해 얼굴뿐 아니라 머리까지 얼얼해졌다. 선희는 백지처럼 멍하니 누워 남자를 받아들였다. 삼년 전이었다.
－「밤과 요람」

성병을 앓는 몸, 층계에서 굴러 뇌파열로 깨어진 몸, 강간당한 몸, 억눌리는 몸, 상처난 몸, 더러운 몸, 이것은 그 타락한 사회의 폭거와 시대적 아픔을 그대로 환기시키는 몸의 비유이다. 특히 여성의 성기에 가해지는 폭력의 양태는 여성에게 있어 폭력이 되어 온 성의 현실은 물론, 여성의 생명의 몸을 죽음의 몸으로 바꾼 시대의 잔혹성을 더욱 실감하게 한다. 가장 비인간적인 우월감은 남자들의 여자들에 대한 우월감, 백인들의 유색 인종에 대한 우월감이라는 작중인물의 말도 있거니와, 강석경의 소설에서 기지촌 여성들을 통해 제기되는 성은 남자와 여자, 백인과 유색 인종 간의 비인간적 차별화, 개인과 개인, 국가와 국가 사이에서 일어나는 불평등적 관계를 복합적으로 드러내는 한 장치인다.

한편 이같이 기지촌 여성을 대상으로 한 경우는 아니지만 「맨발의 황제」에서 성은 보다 포괄적인 의미에서의 도시 산업 사회의 비인간성, 타락성과 연관된다. 자신이 전에 가르친 적이 있는 학생 윤도는 가출해서 임신한 여자와 함께 있고, 미친 여자가 중년 사내 무릎 위에 올라 앉는가 하면, 고교 진학을 앞에 두고 있던 때 자극적인 책들로 인해 성에 눈뜨기 시작했던 그는 어느 날 첫날 밤에 소박맞고 쫓겨난 미친 여자가 방둑에서 자신의 음부를 만지고 있는 것을 보기도 했다. 그런가 하면 머리를 풀어 헤친 한 여자가 치맛자락을 젖히며 세종로 한 가운데로 뛰어 나오기도 하는데,[20] 이들의 행위는 모두 가치의 혼란과 물질만능의 속화된 도시적 삶 속에서 어쩔 수 없이 감당해야 하는 개인의 소외와 상처를 보여 준다. 폐쇄된 삶 속에서 은밀하게 자라는 자신의 욕망과 그것이 실현될 수 없거나 꺾이는 데서 오는 상처의 흔적들이 이들 인물들의 빗나간 성적 행위로 표현되고 있는 것이다. 그리고 이 때 여자의 임신한 배, 음부는 생명과 미래에 연관된 것이 아니라 타락한 사회에서 훼손된, 그리하여 혼란과 타락의 현실을 그대로 드러내는 부끄러운 몸이 된다.

박완서에게 있어서도 성은 사회적 맥락 속에서 그 의미가 규명될 수 있다. 그의 처녀작인 「나목」을 통해 그녀의 문학에서 성이 어떤 맥락에서 접근되고 있는지 그 일단을 살펴보자. 다음 대목은 절망적인 자기 파멸에의 충동으로 찾아간 조의 여관방에서 처음으로 성적인 경험을 하게 되는 장면이다.

---

20) 앞서 언급한 백신애의 「광인수기」를 비롯하여 여성 문학에 빈번하게 나타나는 미친 여자들의 양상과 의미에 대한 검토 역시 여성 혹은 여성 문학에 접근하는 중요한 단서가 될 수 있으리라고 본다.

　　나는 조의 얼굴을 찾기 전에 핏빛으로 물들어 보이는 침대 시트를 보았다.
핏빛 시트…… 핏빛 시트. 오오 핏빛 시트……
　　　　(중 략)
　　어머니가 정성들여 다듬질한 순백의 호청을 붉게 물들인 처참한 핏빛과 무
참히 찢겨진 젊은 육체를. 얼마만큼 육체가 참담해지면 그 앳된 나이에 그 영
혼이 그 육체를 떠나지 않을 수 없나, 그 극한을 보여 주는 끔찍한 육신과, 그
육신이 한꺼번에 쏟아 놓은 아직도 뜨거운 선홍의 핏빛을 나는 본 것이다.

　　조와의 성적 관계에서 주인공이 보는 것은 혁이와 욱이 오빠의 죽음을
연상시키는 붉은 피와 그들의 해체된 몸이다. 피난온 큰댁 식구들 대신
오빠들을 더 안전할 것 같은 행랑채로 보내고 난 뒤 공교롭게도 그곳에
떨어진 폭탄에 죽어간 오빠들의 살덩어리와 피의 기억이 조와의 관계에
서 떠오르고 있는 것이다. 자기에게로 접근해 오는 조는 자기를 망가뜨릴
하나의 폭력적 힘으로 인식되고, 따라서 '돈 브레이크 미'라며 애걸하게
되는 것이다. 여기에서 성은 육체와 영혼을 분리시키는 참담한 현실에의
마주침이라는 의미를 지니게 되는 셈인데, 그 안에는 역사적 현실에의 인
식과 삶의 본원에의 인식이라는 맥락이 함께 있다. 사랑이나 자연스런 육
체의 성숙의 과정으로 인식되지 않고 자신을 파멸시킬 하나의 어둠의 힘
으로 인식되는 성, 그것은 전쟁으로 인한 사회적 폐허가 낳은 내면 세계
의 폐허라는 의미로 해석될 수 있을 것이다.
　「부끄러움을 가르칩니다」에서는 피난 시절의 가난하고 고달픈 삶 속에
서 어머니가 자신의 가슴을 풀어헤쳐 말라 비틀어진 젖꼭지를 내어 보이
면서 딸에게 양갈보짓이라도 할 것을 요구하는 장면이 나온다. 이 때 '시
들시들한 피부', '대추처럼 초라하니 말라 비틀어져' 있는 검은 젖꼭지
등은 가난과 궁핍의 신체적 비유이다. 이러한 절박한 가난과 생존의 문제
앞에서 성은 도덕적 논의의 차원을 떠난다. 팔고 사는 성의 도덕성 여부
는 차치하고 딸에 대한 어머니로서의 모성마저 무의미하게 만드는 생존

의 절박함이 너무나 엄청나게 자리잡고 있기 때문이다. 그러나 작가의 초점은 그토록 절박했던 당시의 궁핍했던 삶을 강조하는 데 있지 않다. 오히려 그는 이러한 절박함의 명분 속에서 우리가 잃어버린 부끄러움을 되찾고자 몸부림치고 있다. 따라서 어머니의 말라 비틀어진 몸은 가난이 아니라 부끄러움의 표상이며, 그것 때문에 비극적인 몸이다.

박완서에게 있어 빗나간 성은 항시 이 같은 우리들의 부끄러운 현실과 연결되어 있다. 「도둑맞은 가난」에서 '나'는 돈을 아끼기 위해서라며 상훈과 동거를 제의한다. 그러나 그 제안을 수락한 상훈에게서 듣고 싶었던 말은 '서로가 좋아하기 때문에' 함께 산다는 것이었다. 그런데 가난한 공장 직공인 줄 알았던 그는 사실은 부잣집 아들이었고 경험을 쌓기 위해 잠시 공장에서 일을 한 것이었으며, 자신을 떠나면서 '연탄을 아끼려고 남자를 끌어들이는 생활을 부끄러워' 하라고 충고한다. '나'에게 사랑이었던 것을 그는 단순한 육체의 본능으로서의 성으로, 그리고 생활 수단으로 변질시켜 놓는 것이다. 사랑의 확인으로서의 그녀의 성을 변질시키고 타락시킨 것은 그녀를 둘러싼 현실의 타락한 풍경인 것이다.

1)우리가 처음 뽀뽀하던 날, 그날도 우리는 밭이 끝나고 산이 시작되려는 둔덕 풀밭에 있었다. 우리는 같이 노래도 부르고 까불고 장난치고 했다. 나의 어머니 아버지는 사내놈은 그저 도둑놈으로 알라는 무지막지한 공갈로 나에 대한 성교육을 삼았지만 나는 그를 조금도 경계하지 않았다. 경계는 커녕 어린애 같은 천진한 장난에 열중하다가도 문득 그의 도둑놈에 대해 안타까운 궁금증을 느끼곤 했다. (중략)

나는 그에게 다가가 그 우스꽝스러운 콧수염을 뜯어내고 그의 부드럽고 따뜻한 입술에 뽀뽀를 해 주었다. 마침내 망설임과 부끄러움을 떨친 그의 뽀뽀는 길고 섬세했다. 나는 그가 좋아서 너무 좋아서 슬펐다. 그가 사랑한다고 그랬고, 결혼하자고 그랬고 나는 좋다고 했다. 그가 죽자고 해도 좋다고 했을 것이다.

2)내 이야기와 철이 엄마의 계란 파크는 거의 같이 끝났다. 뜨거운 물수건
으로 얼굴을 닦아낸 그녀는 흡사 표피가 뜨거운 물수건에 익어서 홀라당 벗겨
진 것처럼 징그럽고 붉게 이글거렸다. 그 여자는 그 위에 냄새가 짙은 화장수
를 처덕이며 부르르 몸서리를 치더니 음탕하게 웃으며 "우리 그 새끼 잔재미
라곤 없다우. 그 새끼 무지막지하고 억세기가 꼭 짐승이라니까. 아이 징그러."
했다. 그리곤 다시 건강하고 흰 이를 드러내고 씩 웃었다.

3)그의 섹스는 신경질적이고 허약한 주제에 가학적이다. 당하는 쪽의 기분
을 공중변소처럼 타락시킨다. 그의 속살은 쇠붙이에서 풍기는 것 같은, 사람
을 밀어 내는 기분 나쁜 냄새를 지니고 있다. 그런 모든 것이 내 남편과 너무
도 닮아 있다. 나는 내가 간음하고 있다는 느낌조차 가질 수 없다.

-「닮은 방들」

1)에서의 성과 2), 3)에서 드러나는 성의 묘사는 사뭇 대조적이다. 연
애할 때의 '그'와의 성적인 접촉을 묘사하고 있는 1)이 시종 어린애 같은
순진함과 천진스런 성적 호기심을 강조하고 있다면, 2)와 3)에서의 성은
정신적인 교류는 완전히 배제된 짐승 같은 육체만의 교접으로 강조되고
있다. 거기에는 사랑이나 망설임, 부끄러움 같은 일체의 정신적인 움직임
은 끼어들 여지가 없다. 오로지 암컷과 수컷만의 본능적 교접 행위만이
있는 것인데, 이같이 무의미한 관습적 행위로서의 성이란 결국 획일화,
속물화된 현실의 한 반영인 것이다.

일요일 아침의 남편은 한층 행복하다. 마치 그 〈몸뚱이가 좋은 여자〉의 몸
뚱이를 구석구석 싫도록 주물러댄 경험이라도 있는 것처럼 그 방면에 도통한
듯한 음탕하고 권태롭고 느글느글한 웃음을 흘리면서 기지개를 늘어지게 한
다. 나에게 아무 일도 안 일어나고 만 것이다. 다만 면로라도 간음하고 난 척
하는 남편이 아니꼬우면 나도 그 동안 서방질이라도 한 척 능글스러울 수도
있을 것이다.

　　침실에 일요일 아침 시간이 늪처럼 고이고, 음습하고 권태로운 욕망이 수초처럼 흐늘흐늘 흐느적대며 몸에 감긴다. 나는 남편에게 익숙하게 붙잡힌다. 나에게 그의 먼로가 돼 달라는 눈치다. 나는 그의 먼로가 된 채 내가 짜낸 이태우 선생의 비명을, 신음을 생각한다.
　　〈날 놔 줘〉, 〈제발 날 살려 줘〉 그건 어떤 소리 빛깔을 하고 있었을까. 지렁이 울음소리 같았을까, 몰라. 그 신음을 육성으로 들어보지 못한 건 참 분하다.

-「지렁이 울음소리」

　　여기에서도 성은 분노도 욕설도 모두 감춘 채 현실에 순응하며 살아가고 있는 우리의 속물화된 삶의 한 풍경으로 등장한다. TV 채널을 이리저리 돌리거나 육체파 여배우의 몸뚱아리에나 관심을 쏟는 남편에게 아무 비명도, 외침도 내지 못하고 붙잡히고 마는 권태롭고 속화된 일상의 풍경 속에는 역시 속물화되고 일상화된 성이 자리잡고 있다. "날 놔 줘, 날 살려 줘"라고 외치는 ‘나’의 외침은 「나목」에서 주인공이 조에게 부르짖었던 "돈 브레이크 미"의 절규를 그대로 닮아 있다. 폐허의 현실 속에서 혹은 속화된 일상의 늪 속에서 여성의 몸과 성이 허우적대고 있는 것이다.

　　그러나 박완서의 경우 성은 이처럼 단순히 타락한 현실의 반영물로만 나타나고 있지는 않다. 그에게 성 혹은 몸은 근원적으로 생명을 낳는 신성한 사랑의 현장이다. 따라서 그녀가 문제삼고 있는 것은 여성의 성과 몸이 그러한 생명 현장으로서의 의미를 상실하고 있다는 사실이다. 속화된 성의 형태에 대한 성찰은 항시 불모성의 현실에 대한 냉철한 인식을 전제로 하고 있다. 「울음소리」에서 ‘나’와 남편은 첫 아이의 죽음 이후 피임 기구 없이는 관계를 갖지 않는 묵계를 지키고 있다. 그들 사이에 이루어지는 성적인 관계란 생명의 탄생과는 철저하게 차단된 몸만의 욕망, 몸짓에 그치고 있는 것이다. 더구나 얘기좀 하자는 ‘나’의 말에 남편이 ‘그놈의 게 떨어졌거든’이라고 대꾸한다는 것은 그나마도 습관적이고 의무

적으로 이루어지고 있음을 보여 준다. 이들 사이의 부자연스러운 관계의
근원에는 앞서 지적한 대로 아이의 죽음이 놓여 있다. 뿐만 아니라 이들
사이에 놓인 또 하나의 장벽인 노망난 시어머니 역시 그 죽음의 징후를
더욱 강화시키는 한 몫을 하고 있다. 그녀는 여름이나 겨울이나 아랫도리
를 벗어던지고 자신의 치부를 드러내며 지낸다. 그녀의 드러난 치부는 생
명력을 상실한, 그래서 이제는 치욕과 혐오감만을 불러일으키는 곳이다.

> 그러나 벌거벗은 배는 주글주글 몇 겹의 굵은 주름과 수많은 작은 균열로
> 푹 꺼지고 늘어진 게, 마치 함부로 도굴하고 메꾸어버린 무덤자국 같았다. 저
> 배가 한때 쉴새없이 자식을 배고 기르느라 풍만하게 부풀었을 생명감 넘치는
> 고장이었다는 걸 누가 알까?

한때는 생명의 산실이었을 그녀의 배는 이제는 죽음을 환기시키는 무
덤이 되어 버렸다. 생명의 몸이 죽음의 몸이 되어버린 것, 이것은 단지 시
어머니의 몸뿐만이 아니라 '나'의 몸에서도 끝없이 확인해야 하는 현실
이다. 따라서 생명이 아닌 죽음을 만들어내고 있다는 두려움 속에서 '나'
와 남편의 성은 삐걱거리고 차단되어 있다. 그래서

> 그녀는 자신있게 남편의 뿌리가 입고 있는 그 흉칙한 이물질을 벗겨냈다.
> 정욕보다도 훨씬 집요하고 세찬, 생명에의 갈구가 그녀를 무자비하게 비틀
> 었다.

라고 작품이 끝날 때, 우리는 여기에서 성이 생명의 부재, 불모성의 현실
을 반영하는 것인 동시에 그것을 다시 생명에 연결시키는 매체가 되고 있
음을 확인할 수 있다. 이들의 성 행위는 작가의 입을 빌어 정욕보다 더 강
한 '생명에의 갈구'로 그 의미를 직접적으로 드러내고 있는 것이다.
「저녁의 해후」와 「유실」에서도 이러한 점은 그대로 다시 확인된다. 「저

녁의 해후」에서 주인공의 남편은 반신불수이고 「유실」에서 '그'는 당뇨
병 환자이다. 이들 인물들의 병든 몸은 생명력을 상실한 죽은 몸이자, 인
물들이 서 있는 생명 부재의 현실을 나타낸다. 「유실」에서 당뇨를 앓고
있는 주인공의 몸은 밥 한 숟가락의 잉여도 숨겨두지 못하는 병든 몸이
다. 그러나 주사를 맞을 때 느껴지는 살의 생생한 거부의 몸짓처럼 그의
몸은 완전히 죽은 것도 아니다. 그의 병든 몸 안에서 여전히 꿈틀대고 있
는 생명의 기운, 죽음에 저항하는 힘, 그것은 술이 취한 상태에서 밤새도
록 자신을 괴롭혔다는 술집 여자의 믿기 어려운 말 속에서 희미하게 살아
있다. 그가 그 술집 여자를 쫓아다니다시피 하면서 찾고자 했던 것은 자
신이 밤새도록 '가죽방아를' 찧었었다는 사실에 대한 확인이었고, 그것
은 결국 자신의 죽은 몸에서 생명의 기운을 확인하고픈 욕구에 다름 아니
었다.

한편 「저녁의 해후」에서 '나'의 남편은 반신불수이고 집에서 키우는
금붕어는 계속 죽어간다. 그녀의 집에는 죽음의 징후만이 가득하며, 그녀
자신은 이러한 현실을 끔찍하게 여길 뿐 그 죽음의 징후들을 정면으로 응
시하거나 대응하고 있지도 않다. 그러던 중 그녀는 조카의 선보는 자리에
나갔다가 젊은 시절 한때 애인이었던 조 선생을 만나게 되고, 지난 시절
이 '웬 놈의 불뎅이 같은 게 허구헌 날' 지랄같이 치밀던 '용광로 같은 시
절'이었다는 그의 말에 외설스런 욕정을 연상하기도 한다. 그러나 그를
따라 고향인 송도를 멀리서나마 바라보기 위해 임진각을 다녀온 후 그녀
는 자신과 남편, 그리고 조 선생이 잃어버린, 돌아갈 수 없는 고향 송도와
젊은 시절을 슬프게 떠올리며 아직 잃어버리지 않은 것의 소중함을 새롭
게 깨닫게 된다. 그리하여 그녀는 자신의 몸에 닿기만 해도 몸서리를 쳤
던, '영락없이 죽은 사람' 같은 남편의 몸을 주무르기 시작한다.

그 불수의 반신이나마 있음으로 해서 그가 살아있다는 사실이 새삼 눈물겨
웠다.

　　조 노인으로부터 받아들이길 한사코 거부한 잃어버린 것, 부재하는 것에 대한 슬프디슬픈 사랑법이 어느 틈에 나에게 옮아붙은 것처럼 느꼈지만 그게 그닥 기분 나쁘지 않았다.

　　좌절된 성적 욕망의 대상으로 나타나는 듯하던 반신불수의 몸은 이렇게 잃어버린 것, 부재하는 것에 대한 사랑의 대상으로 그 의미가 바뀌어진다. 뿐만 아니라 그 쇠락과 소멸의 징후에도 불구하고 그것에서 조금의 생명의 기운이라도 되찾아내려는 강렬한 생명에의 욕구를 실현해 낸다. 그것이 죽음과 불모의 몸/성에서 일구어내는 박완서의 생명주의의 한 모습이기도 하다. 이렇게 볼 때 박완서 문학에서 성은 강석경의 경우처럼 타락한 사회와 권태롭고 속물화된 일상의 삶을 담아내고 있을 뿐 아니라, 현대 산업 사회의 물신적 획일주의에 대한 대항적 요소로서의 기능도[21] 담당하고 있다고 할 수 있을 것이다. 그 대항의 대상은 때로는 속물화된 현대 사회의 일상의 삶이기도 하고 때로는 분단이라는 모순적 역사 현실이기도 하다. 특히 위의 작품에서 반신불수가 된 남편의 몸은 남북으로 갈라져 서로 오갈 수도 없게 되어 버린 우리의 현실에 대한 알레고리로 읽히기도 하는데, 이렇게 볼 때 마비된 몸에는 개인과 사회, 역사의 불모성이라는 중층의 의미가 겹쳐져 있음을 알 수 있다. 속물화된 일상에 대한 비판 의식과 함께 박완서의 또 하나의 큰 주제인 분단과 통일에의 열망을 담을 때도 몸은 그 절망과 기대를 동시에 함축하는 중요한 장이 되는 것이다.

　　어머니는 눈물로 범벅된 얼굴로 이를 갈았다. 틀니를 빼 놓아 잇몸만으로 이를 가는 시늉을 하는 게 얼마나 처참한 것인지 나 말고 누가 또 본 사람이 있을까. 이게 꿈이었으면, 꿈이었으면. 어머니는 이 세상 소리가 아닌 기성을

---

21) 김주연(1985), 195쪽.

지르고 머리카락을 부득부득 쥐어뜯다가 오줌을 받아내는 호스도 다 뜯어내
버렸다. 피비린내가 내 정신을 혼미케 했다.   -「엄마의 말뚝2」

누구보다도 화평하고 아름답게 늙으신 어머니가 다리를 다쳐 수술을
하고 난 뒤 벌이는 이 같은 광란의 대목은 부러지고 일그러진 것이 비단
어머니의 몸뿐이 아님을 보여 준다. 어머니의 무의식 속에서 자신의 부러
진 다리는 그대로 죽은 아들이 되고, 그래서 그녀는 그 아들을 보호하고
살려내기 위해 온몸으로 저항한다. 어머니의 몸 속에는 아들의 죽음이라
는 상처와 그로 인한 분노가 그대로 생생하게 살아 있었던 것이다. 그녀
의 몸은 이데올로기의 대립과 분단이 빚어낸 우리 역사의 상처를 고스란
히 담아내고 있다. 그러나 또한 그것은 상처를 담는 것만으로 그치지 않
는다. 어머니는 자신이 죽으면 아들을 그랬던 것처럼 화장해서 고향인 개
풍 땅이 보이는 바닷가에 뿌려 달라고 당부한다. 어머니는 연기가 되고
한 줌의 가루가 될 자신의 살과 뼈로 마지막까지 분단이라는 괴물에 맞서
대항하고 그것을 넘어서고자 하는 것이다. 그녀의 몸은 생명과 통일로 다
가서는 부활의 몸이 되는 셈이다.

3. 뒤틀린 성과 몸의 해체

오정희의 소설에서 성은 삶에 대한 존재론적인 물음과 불모적 현실을
드러내는 중요한 장치로 등장한다. 특히 할아버지와 소년, 노파와 젊은
여성, 동성끼리의 성 관계, 불에 타거나 계단에서 굴러떨어져서 섬뜩하게
일그러진 얼굴과 몸, 죽은 아이, 익사체, 마을을 흐르는 개천이나 한적한
숲 속에서 서서히 썩어가고 있는 고양이와 개의 몸뚱아리 등 그의 소설에
서 그려지는 성과 몸은 다른 어느 작가에서 보다도 더 일그러지고 뒤틀리

고 섬뜩한 모습을 하고 있다. 오정희 소설은 여성인 '나'와 완구점 여인(「완구점 여인」), 남성인 '나'와 '그'(「주자」), 꼭두각시 인형극을 공연하는 '나'와 어린 소년(「산조」) 사이의 동성애적 관계를 담고 있거나, 시아버지와 며느리 사이(「관계」) 혹은 늙은 노인네와 젊은 가정부, 어린 소년 사이에서(「적요」) 성적 관계가 암시되고 있는 등 표면적으로는 거북스러울 정도로 뒤틀린 성적 관계를 보이고 있는데, 우리가 주목해야 할 점은 이들의 일탈된 성행위에 동생이나 어머니, 누나에 대한 애정과 분노, 그들의 부재(죽음이나 떠남 등에 기인한)로 인한 심한 허탈감과 죄의식 등이 자리잡고 있다는 사실이다.

사실 동성애나 근친 등 오정희 소설에 나타나는 뒤틀린 性의 저변에는 항시 동생이나 누나, 어머니, 혹은 아이의 죽음이 자리잡고 있다. 오정희 인물들의 기이하고 파격적인 성적 관계는 사실 죽은 이들과 닮은 등가물을 통해 그들에게로 돌아가려는 꿈을 담고 있다. 그들의 성관계를 묘사하는 대목들이 대개 물이나 달, 어머니 등의 모성 상징과 연결되어 나타나고 있다는 것도 이들의 뒤틀리고 일그러진 성관계를 단순히 성적 윤리의 파괴라는 차원에서 바라볼 수 없게 한다. 오정희 인물들은 일상적 관습과 윤리에 대항하고 있는 것이 아니라 그 속에서 확인하게 되는 죽음에 대항하고 있는 것이며, 이를 위해 성적 관계가 도입되고 있는 것이다. 이 때 性은 남녀의 성적 욕망의 결합으로서가 아니라 생명을 잉태하는 가장 강렬한 생명 현장으로서 그 의미를 부여받는다. 때문에 우리는 그녀의 소설에서 반윤리성이나 탈도덕성을 읽기보다는 생명 부재의 현실과 그에 비례해 더욱 커지는 강한 생명에의 욕구를 보게 되는 것이다.

이 생명 부재의 현실은 흔히 어머니의 부재와 연결된다. 오정희 소설에서 어머니는 죽었거나 자식을 버렸거나 의붓어머니이거나 혹은 아이를 낳지 못하는 어머니이다. 「散調」에서의 어머니는 돌아가셨고, 「木蓮草」에서의 어머니는 산욕을 앓은 뒤 앉은뱅이가 되었다가 불에 타서 죽었으며, 「안개의 둑」에서는 중풍으로 폐인이 된 어머니가 계시고, 「저녁의 게임」에서의 엄마는 미쳐서 아이를 죽이고 기도원에 끌려갔다. 그런가 하면 「燔祭」에서의 '나'는 태내의 아이를 죽인 죄책감으로 정신병원에 갇혀 있으면서 인형을 가지고 젖을 먹이려 하고, 「봄날」에서의 '나'나 「안개의 둑」에서의 아내도 태아를 지운 경험을 가지고 있다. 또 「未明」에서의 '나'는 보호소에서 아이를 낳고 아이 얼굴도 보지 못한 채 퉁퉁 부른 젖을 짜고 있다. 출산의 상징인 이 젖 역시 젖먹일 아이가 없다는 점에서, 이미 그 기능을 상실한 것일 수밖에 없다. 그런가 하면 「織女」에서의 '나'는 아이를 못낳는 어머니이다. 그녀에겐 애초부터 어머니가 되는 것이 불가능하다. 생명이 잉태되는 모성의 공간, 자궁을 환기시키는 개천을 건너오는 사내는 국민 주택으로 사라지고, 버스에서 내린 '당신'이 집까지 걸어오는 모습은 집들에 가리워 보이지 않는다. 집에서도 '당신' 방과 '내' 방은 마루를 사이에 두고 갈라져 있다. '당신'은 그 마루(다리)를 건너 '내' 방으로 건너오지 않는다.

한편 이렇게 아이를 낳지 못하는 어머니 반대편에는 쉴새없이 아이를 낳았던 다산하는 어머니가 있다. 「玩具店 女人」에서의 어머니는 줄곧 아이를 낳았고, 「중국인 거리」에서의 어머니는 일곱번째 아이를 배고 있으며, 「저녁의 게임」에서의 어머니는 다산 끝에 미쳐서 아이를 죽이고 기도원에 끌려간다. 그러나 이들의 경우 아이의 잉태는 생명의 힘과 연결되어 있는 것이 아니라 오히려 죽음과 연결되어 있다. 이들 어머니들의 자궁은 '오얏처럼 쭈그러들어'(「옛우물」) 있는 것이다. 「玩具店 女人」에서 어머니의 다산은 동생의 죽음에도 불구하고 아니 오히려 그것으로 인해 더욱 강렬해진, 가정부였던 여자의 혐오스런 생명력의 확인이 되어 있고, 「중국인 거리」나 「저녁의 게임」에서도 어머니의 다산은 생명을 잉태하는 행위가 아니라 습관적이고 일상적인 욕망의 결과로 나타나고 있을 뿐이다. 이때 고귀한 생명 현장으로서의 출산은 본능과 탐욕으로 살기만이 등등한 추악한 현장이 된다. 자기가 낳은 새끼를 쥐로 알고 잡아 먹은 어미 고양이의 피칠한 입, 그것은 아이를 낳아보지 못한 할머니 내부에서 그리고 날마다 자신을 때리며 나가 죽으라고 한다는 치옥이 계모의 내부에서 꿈틀거리는 反생명의 한 모습이라 할 수 있다. 한편 이 섬찍한 일화는 오빠가 칼에 맞아 죽은 고양이를 혁대에 매달아 메고 가서는 방죽 아래로 떨어뜨리는 이야기로 이어지는데, 이 또한 베란다에서 던져져 죽은 매기 언니의 이야기와 겹쳐진다. 쓰레기와 빈 병과 썩은 생선, 그리고 칼 맞은 고양이의 몸뚱아리가 함께 떠서 흘러가고 있는 어느 중국인 거리의 한 개천, 그것은 우리가 몸담고 있는 죽음 같은 일상의 삶인 것이다.

우리들 내부에 숨어 있는 殺氣를 확인하게 하는 이 같은 그로테스크한 장면은 「寂蓼」에서도 나타난다. '내' 가 놀이터에서 만나 데려온 아이에게는 장마 때 새끼를 낳은 개가 있었다. 이미 두 마리는 죽어 있었지만 그 아이는 그 개를 위해 먹을 걸 훔쳐다 주었는데, 마을 사람들이 복숭아를 주고는 그 개를 끌고 가 버렸다.

"큰 개는 모가지에 줄을 걸어 나무에 매달았지요, 개는 두 눈에 퍼렇게 불을 켜고 버둥대다가 그만 축 늘어졌어요. 사람들은 눈 안 뜬 강아지를 펄펄 끓는 물 속에 넣었어요, 그리고 내게는 복숭아를 세 개 주고 가라고 했어요. 그래서 나는 그걸 먹 –"

죽음의 비유로 가득 차 있던 어머니의 출산 장면 끝에서 초조의 경험을 하게 되는 「중국인 거리」에서도 확인되는 것이지만, 식욕과 성욕, 생존욕은 이렇듯 죽음의 기운을 전제로 한다. 아이가 베어 물은 복숭아의 분홍빛 속살은 단순히 밝은 생명의 색은 아니다. 거기에는 핏자국이 배어 있다. 그리고 이 때 "복숭아의 피처럼 선명한 속살이 눈을 쏘았다"는 진술의 숨은 뜻도 비로소 드러난다. 소년이 베어 물고 있는 선홍빛의 복숭아 속살은 나뭇가지에 매달려서 혹은 펄펄 끓는 물 속에서 해체되고 일그러질 개의 피빛 속살에 다름 아닌 것이다. 위에 인용한 대목이 우리에게 몸서리치게 다가오는 것은 그것이 삶과 죽음의 이 처연한 맞물림을 확인하게 하는 장면이기 때문이다. 복숭아의 선홍빛도 곧 시들고 베어 먹은 자리에는 수분이 말라가서 파리떼가 달라붙기 시작하듯, 우리의 생명 안에는 죽음이 함께 커 가고 있다. 뿐만 아니라 그 일그러진 모습처럼 우리의 삶의 모습 또한 흉칙하게 일그러져 있는 것이다.

이런 점에서 오정희 소설에서 흔히 만나게 되는 부서지고 일그러진 몸은 바로 우리들의 일그러진 삶의 한 비유로 읽힌다. 화재로 뒤통수가 짓물러 터진 채 죽은 아마오(「散調」), 잘린 다리로 돌아온 아들과(「關係」) 손과 몸이 마비된 늙은이(「關係」, 「寂寥」), 앉은뱅이(「木蓮草」), 중풍으로 폐인이 된 여자와 지팡이를 한 사내(「안개의 둑」), 휠체어를 탄 남녀(「玩具店 女人」), 해체되어 가는 노파(「未明」), 당뇨병인 아버지(「저녁의 게임」), 그리고 구걸하러 찾아온 문둥이들(「別辭」), 썩어가고 있는 동생의 몸(「새」), 연탄집게에 찔려 죽은 귀머거리 부부(「구부러진 길 저쪽」), 이들의 깨어지고 부서진 육체는 이미 우리들 내부에 진행중인 부패와 죽음의 징후를 섬뜩하게 확인하게 한다.

> 주머니 속의 것은 점점 작아지고 청회색 피크닉 주머니는 빛이 바래 남루하게 늘어졌다. 더이상 붉을 수도 푸를 수도 없이 퉁퉁하다거나 길다거나 형체를 말할 수 없이 해체되어 자루 속에서 악취가 풍기고 썩어가는 것은 고양이가 아니었다. 바로 자신의 내면에서 붕괴되고 부패해 가는 그 무엇이었다.
> —「破盧湖」

「중국인 거리」에서 방죽 아래로 던져진 고양이처럼, 여기에서 나뭇가지에 매달린 주머니 속에서 서서히 부패되어 갈 고양이는 바로 우리들 자신이다. 고양이의 더러움, 비루함, 처량함, 어리석음, 잔인함, 우리들 내부의 이 죽음의 목록들이 자루 속에서 혹은 개천 속에서 서서히 부패되어

가고 있는 것이다.

「불꽃놀이」에서 열어제쳐지고 훼손된 무덤 앞에서 눈에 흙을 담고 누워 있는 백골을 향해 '이게 인간이다'라고 말하던 관희 할아버지의 대사는 그러한 의식을 단적으로 표현하고 있다. 산고를 치루며 신음 속에 낳은 아이가 피투성이로 태어나듯이(「옛우물」), 우리의 삶은 죽음과 함께 태어난다. 오정희 소설에서 끊임없이 등장하는 부패의 이미지는 우리 안에 있는 그 죽음의 징후를 섬뜩하게 확인하게 한다. 그러나 동시에 그것은 고요와 평온 속에서 수동적으로 몸을 내어 맡긴 채 진행되는 파멸과 죽음의 과정이 아니라, 자기 내부의 죽음에 정면 대응하는 자기 소생에의 몸부림이라 할 수 있다. 기괴하고 때론 탈윤리적인 양상을 띠고 나타나는 뒤틀린 성적 관계나 부서지고 해체된 육체의 풍경, 그리고 끝없는 갈증은 훼손된 자궁, 훼손된 어머니로 비유되는 생명 부재의 현실을 확인하게 하는 절규이자 동시에 이를 넘어서고자 하는 꿈에 다름 아니다. 때문에 이 적극적인 자기 해체, 자기 죽이기의 끝에서 우리는 새로운 생명의 탄생을 기대해 보기도 하는 것이다.

「옛우물」에서 그 꿈은 나는 기능을 잃어 4백 년 전에 멸종된, 전설 속의 도도새에 대한 그리움으로 드러난다. 연당집이 사라지고, 자기만의 공간인 '작은 집'을 팔아야 하고, '그'가 사라지는 현재의 공간에서 끝없이 주인공이 떠올리는 것은 어린 시절 동네에 있던 옛우물과 그에 얽힌 금빛 잉어 이야기이다. 그곳은 두레박을 빠뜨린 정옥이가 매를 맞거나 밥을 굶고 찾아오던, 그리고 결국에는 그녀가 빠져 죽은 상처의 공간이지만, 우물에 빠진 금비녀가 금빛 잉어로 변해 살고 있다는 영원한 생명의 공간이기도 하다. 모든 것의 숙명적인 사라짐 속에서도 여전한 영원한 것에의 그리움, 그것이 자기 해체를 통한 재생의 꿈을 가능하게 하고 있는 것이고, 그것이 곧 '옛우물'에 대한 기억인 것이다.

　아아, 억눌린 비명이 터져나오고 나는 산산이 해체되어 흰빛의 다발로 흩어지는 듯한 짧은 희열을 느끼며 축 늘어졌다. 나는 조금 울었던가?

―「옛우물」

　그러나 지금 그 우물은 메워졌고 도도새와 금빛 잉어의 꿈도 그 안에 갇혀 버렸다. 오정희의 인물들은 그 안에 갇혀 여전히 일그러진 얼굴과 몸을 하고 있다.「구부러진 길 저쪽」의 인물들은 모두 '물에 갇힌 꿈'으로 인해 일그러진 삶을 살아간다. 작품 끝에서 만나게 되는 인자, 현우, 은영, 세 인물은 서로에게서 그 일그러진 몸을 확인한다. 머리 염색을 위해 뒤집어 쓴 비닐 밑으로 흐르는 염색약이 마치 피처럼 흘러내려 인자의 얼굴은 '이목구비 윤곽이 지워지고 뭉개진 얼굴'로 보이고, 창으로 인자와 은영을 들여다보는 현우의 얼굴은 '얼음에 갇힌 물고기의 몸부림 같은 숨막힐 듯한 가위눌림', 혹은 '형체없는 괴물'로 보인다. 뿐만 아니라 이들이 찾아온 존재의 근원지로서의 '원천' 역시 훼손되고 파헤쳐지고 있지 않은가. 이들의 일그러지고 뭉개진 몸에서 우리는 다시 한 번 우리 삶의 일그러진 풍경과 훼손된 생명의 풍경을 확인하게 되는 것이다.

　뒤틀린 성과 부서진 육체는 신경숙 소설에서 흔히 만나게 되는 한 풍경이기도 하다. 여성끼리의 동성애적 관계나 깨어지고 부서진 여성의 몸 등이 그녀의 소설 곳곳에 널려 있다. 뿐만 아니라 그녀의 소설에서 대개의 경우 여성으로 설정되어 있는 주인공들이 그리워하는 대상 역시 여성인 경우가 많다.「직녀들」에 등장하는 네 명의 여성들은 ― 늘 여기가 아닌 저기에 대한 말을 하는 P, 담배 피우는 C, 강아지를 안고 있는 S, 운전대를 잡고 있는 O ― 죽은 이숙을 그리워하며 여행을 떠나고,「해변의 의자」에서 '나'와 '너'는 바닷가로 함께 여행을 떠나며,「멀리, 끝없는 길 위에」에서 이숙은 '나'를 향해 이야기를 건네고 그리워하다 죽는다. 신경숙의 인물들은 여성들만의 세계 혹은 여성과 남성들 사이의 애정과 완전한 이해가 불가능한 세계 속에 산다. 그리고 그 때문에 그들은 더더욱 여성들만의 세계로 숨어든다. 이런 점에서 보면 신경숙의 여성 인물들은 기본적으로 동성애적 관계 속에 놓여 있는 것처럼 보인다.

그러려니 싶었던 너의 멍함이 해변에서는 측은해 보여서 나는 너의 뒤에서 널 품어안 듯이 발을 뻗고 앉아 너의 어깨에 내 얼굴을 얹었다.

너가 처음 나에게 왔을 때 나는 아주 어린 나이였다. 너는 빈집 그림자 속에 앉아 눈물을 글썽이고 있는 내 어깨를 툭 쳤다. 왜 울고 있니? 이가 아파. 이가? 저런! 너는 한없이 다정하게 잇몸이 부어올라 도도록한 내 뺨을 만져 주었다. 지금의 밀랍 박물관 같은 너의 얼굴에서 어떻게 그때의 모습을 찾아낼 수 있을까. 너는 너의 무릎에 나를 앉히고 속삭였다.
누워 있는 네 곁으로 다가가서 나는 걸터앉았다. ~ 그런 너의 모습이 아니라도 나는 너에게 언제나 순종하고 싶었다. ~ 너의 곁에서 잠들기란 늘 얼마나 어려운지. 그날 밤 깊은 한밤중에 너는 물어왔다. 자니? 나는 졸음을 참으며 대답했다. 안 자. 파도 소린 바다로부터 너와 내가 자는 방 문턱을 넘어오는 듯 쏴아 가깝게 들렸다. 얼마쯤 지나 너는 다시 물었다. 너, 자니? 나는 너를 놓치지 않으려 손을 뻗어 너의 이마를 쓰다듬으며 힘껏 대답했다. 안자. ~ 내가 이야기를 마쳤을 때 너는 울었다. 누워 있던 너가 일어나서 내 가슴에 얼굴을 묻고 몸을 너무 형편없이 구겨가며 울었기 때문에 흐릿한 내 의식은 다시 맑아져야 했다. 너는 내 귀에 대고 서럽게 속삭였다. 우리 오늘 밤 일은 잊지 말자. 다시 우는 너를 나는 껴안았다. 그 깊은 껴안음 끝에 남겨지던 슬픔이 지금 내 뺨에 묻어난다.　　　　　　　　　　　　　　　　　－「해변의 의자」

해변의 콘도에서 묵으며 한 여름을 보내는 '나'와 '너'는 위 예문에서 드러나듯 동성애적 관계에 있는 듯 보인다. 이들은 한 침대에서 함께 잠들고 서로의 몸을 어루만지고 서로의 무릎이나 가슴에 안기기도 한다. 그러나 이들 사이의 이상야릇한 관계를 성적인 차원에서 바라다 보려는 우리의 이해는 사진 속에서 사라진 '너'라는 또 다른 의미망 앞에서 수정될

수 밖에 없다. 이들 사이에 이루어진 관계, 아니 이들의 여행조차 현실의
영역으로부터 벗어나고 있기 때문이다. 이들의 관계는 위 예문에서도 확
인되듯이 서로에게 의지하고 위로하며 달래는, 그래서 서로가 서로에게
아이가 되고 혹은 엄마가 되는 듯한 모습을 보여 준다. 이들은 각기 '그'
로부터 버림받은 여성들이다. 이들의 떠남은 상처를 입힐 뿐인 '그'들의
세상으로부터 벗어나는 것을 의미한다. 이들이 어렵게 찾아든 해변의 콘
도는 더럽거나 시끄럽지 않고 문들이 너무 활짝 열려 있어 남자들의 기타
소리가 들려 오는 곳도 아니며 또 험상궂게 생긴 주인 남자도 없는, 외부
의 일상적이고 남성적인 세계로부터 독립된 여성들만의 공간이다.

　이 작품에서 일상의 세계는 항시 폭력적이고 남성적인 성격을 갖고 등
장한다. 그곳의 시계는 외부의 시간 질서와는 상관없이 시침 초침이 모두
멎어 있다. 이들은 그곳 해변에서 바닷물에 발을 담그고 푸른 파도와 흰
갈매기와 수평선을 바라본다. 이는 일상의 굴레와 위압적인 남성적 세계
로부터 벗어나려는 욕망의 몸짓이다. 그러나 해변 반대편에 '어둠에 휩
싸여 덩치 큰 짐승처럼' 보이는 산자락이 자리잡고 있듯이, 여기에서도
이들의 공간은 가스레인지 불로 대변되는 일상의 질서로부터 완전히 자
유롭지는 못하다. 푸른 바다는 뜨거운 태양과 그것에 의해 달궈진 모래를
함께 지니고 있으며, '태양 때문에 바닷물은 급속도로 더워진다'. 이때
푸른 바다가 탈일상의 여성적 세계를 나타낸다고 한다면 불과 열기, 모
래, 붉은 기운 등은 남성적인 일상의 세계를 나타낸다.

　결국 이들의 여행은 이 붉고 사나운 남성적 세계로부터 푸른 물의 세계
로 다가가는 여행이라 할 수 있다. '너'는 바닷물이 마당까지 들어와 풀
밭 같았던 집에서 태어난, 푸른 물의 세계에 속한 존재였다. 그래서 '나'
는 '너'를 위해 바다로 여행을 떠나고 또 콘도에서는 세면장 욕조에 물을
가득 받아 놓는다. 이렇게 보면 '너'가 자신이 태어난 곳을 닮아 마치 낙
원 같았던 파도굴을 찾아 바닷속으로 들어가 사라진 것은 자신이 속한 세

계로 돌아가는 귀향의 행동이라 할 수 있다. 그러나 사실 이때 '너'와 '나'는 분리된 실체가 아니다. '너'는 일상으로부터 벗어나고자 하는 '내' 안의 또 다른 '나'이다. 어차피 '너'를 위한 여행이었다든지 '너'에게 순종하고 싶었다는 진술은 이 여행이 철저하게 일상으로부터의 탈출의 의미를 가진 것임을 강조한다. 그러나 '나'는 '너'와 함께 바닷속 검은 바위까지 함께 가지는 못했다. 때문에 '너'가 사라진 후 '내'가 가스불을 잘 잠그고 전기세 날짜를 안 잊는, 완전히 일상에 귀환한 '내'가 되었을 때 사진 속의 '너'의 모습은 사라져 있게 된다. 이런 맥락에서 볼 때 여기에서 나타나는 동성애적 관계는 폭력이 난무하는 남성적 세계에 대응하는 평온과 애정의 여성적 세계를 나타낸다. 이들의 긴밀한 관계는 동성애적 관계라기보다는 '그'에 대응하는 자매애적 관계로 파악되어야 하는 것이다.

「배드민턴 치는 여자」에서도 남성적이고 관능적인 붉은 열기의 세계와 여성적이고 조용한 푸른 물의 세계가 서로 대응되면서, 그 안에서 동성애적 관계가 암시된다. 열기를 내뿜는 밖의 세계는 그녀로 하여금 관능적 욕망에 떨게 하는 곳이면서 동시에 화분을 밖으로 내놓는 그녀를 넘어지게 해서 무릎을 깨는, 공격적이고 위압적인 힘이 지배하는 곳이다. 그곳은 여성을 폭행하고 도주하는 오토바이 납치범들이 극성을 부리고, 갑작스레 그녀에게 사랑의 고백을 했던 '그'가 그녀를 기억조차 하지 못하며, 또 최가 그녀를 폭행하고 겁탈하는 곳이기도 하다. 공터에 자리잡고 있는 포클레인은 이러한 폭력과 파괴의 남성적 힘의 한 상징이다. 그러나 이 세계는 거칠고 공격적인 그리고 관능적인 힘으로 그녀를 유혹한다. 처음 '그'를 만났을 때 그녀가 입고 있던, 자줏빛 실크 블라우스와 흰 물방울이 그려진 연둣빛 치마는 푸른 세계와 붉은 관능적 욕망의 세계가 교차하는 어정쩡한 색조의 조합에 다름 아니다. 그 이후로 줄곧 그녀의 마음 속에는 이 같은 두 가지 색깔의 서로 다른 세계가 자리잡게 되었고, 올라오는 열기를 가라앉히고자 여름내 화원 유리창을 물걸레질하고 화원 앞 길목에 물을 뿌리거나, 혹은 수영장에 몸을 담그곤 하는 것이다. 그러나 그녀가 있는 화원은 '거리에 있어 직장에 나와 있으면서도 거리에 나와 앉은 기분'이 드는, 완전한 의미의 '안'의 공간이 되지 못하며, 수영장 역시 위 예문에서 보듯이 그녀만의 평화로운 공간이 되지 못한다.

그녀가 꿈꾸는 세계는 단지 어린 시절의 기억 속에 떠오르는 파란 미나리밭의 영상으로 남아 있다. 그곳에는 파란 미나리지들의 허리가 반쯤 물에 잠겨 있고(이는 「해변의 의자」에서의 파도굴과 흡사하다) 한여름의 따가운 햇살이 아니라 봄의 포근한 햇살이 있으며, '나'와 '그애'가 벌거벗고 함께 누워 있다. 동성애적 관계를 암시하는듯 보이는 이 장면은 기실 폭력적이고 위압적인 남성적 세계와는 대조되는, 따뜻함과 부드러움과 포근함으로 이루어지는 타인과의 완전한 합일의 세계로서의 여성 공간을 보여주는 대목이다. 그 푸른 영상을 떠올릴 때만 그녀는 말할 수 있다. '사랑이란 그런 것이다'라고. 그러나 또한 그 기억은 그녀로 하여금 사랑이란 근원적으로 불가능한 것임을 다시 한 번 상기시킨다. 그녀가 자기 자신보다도 더 사랑하리라고 마음먹었던 '그애'가 그녀의 뺨을 때리는 것으로 그 영상은 끝나고 있기 때문이다.

사랑의 본원적인 비극성을 확인시킴에도 불구하고 그곳은 그녀에게 있어 완전한 사랑과 평화의 공간으로 남아 있다. 어떤 점에서 그녀에게 있어 사랑이란 이 파란 미나리밭으로 가는 꿈을 의미한다. 그러나 '그'가 기자로 있는 잡지 「꽃세상」은 그녀가 일하고 있는 화원의 세계를 모방한 위장된 푸른 세계일 뿐이며, 최의 흰 와이셔츠에 묻어 있는 푸른 잉크 한 방울도 '그애'의 흰 등 위에 나 있던 푸른 점을 연상시키는, 거짓 모방된 영상일 뿐이다. 그녀는 이 거짓된 세계에 매달리고 있는 자신의 모습을, 미술관 앞 공터에서 짧은 스커트를 입고 배드민턴을 치는 여자들과 이들을 바라보고 있는 공사장 인부들을 통해 객관적으로 인식하게 된다. '그'

에게로의 이끌림이라는 것이 결국엔 관능과 열기의 남성적 세계에 몸을 맡기는, 그럼으로써 남성의 욕망을 자극하고 충족시키는 공터에서의 배드민턴 치기에 다름 아니었음을 깨닫게 되는 것이다.

신경숙 인물들은 대개 이 같은 외부의 폭력적 현실 – 남성적 세계로 파악된 – 에 무방비 상태로 내던져져 있다. 그리고 이런 점에서 그의 작품 곳곳에서 발견되는 훼손된 육체는 그 폭력적 현실을 반영하는 한 장치라 할 수 있다.

우린 결국 그 포장집 간이 의자에 앉게 되었고, 탁자엔 토막토막 갈라진 영덕게가 한 접시 놓였다. ~ 여자는 파마머리를 자꾸만 치켜올리며 뭐라고 남자에게 속삭였다. 얼핏 보면 남자에게 건네는 정겨운 사랑의 말 같았다. 그 여자의 속삭이는 말을 내가 알아들었을 때 너도 여자의 말을 알아들었는지 우리는 동시에 눈이 둥그래졌었다. 내 돈 내놔, 내 돈 내놔, 술 취한 여자가 남자에게 속삭이는 말은 내 돈 내놔, 였다. 나는 영덕게의 등 속에서 흰 살을 끄집어내 네 입 속에 넣어주었다. 너는 무심히 우물우물 깨물다가 도로 꺼내 탁자에 내려놓아 버렸다. ~ 여자는 성이 나서 소리를 버럭 지르고 싶어하는 것 같았지만 술이 너무 취해서 맥이 빠져 있었다. 마음과는 달리 입은 자꾸만 속삭이게 되는 것이었다. 내 돈 내놔. 여자 옆에 앉아 있는 남자는 점점 더 사나워졌다. 남자의 벌건 얼굴이 백열등 불빛을 받아 더 붉게 번들거렸다. ~ 이년이 보자보자 하니까. 남자는 들고 있던 맥주병을 여자의 파마머리에 내리쳤다. 펑. 나는 그렇게 들었다. 펑. 순식간에 피투성이가 된 여자의 머리채를 남자는 싸잡아 끌고 나갔다. 남자가 거머쥔 머리채의 힘에 여자의 무너진 몸 전체가 질질 끌려갔다. 떨고 있는 너를 데리고 도망치듯 포장집을 빠져나와 보니 사나운 남자는 바닷가 여관으로 통하는 계단으로 피투성이 여자를 끌고 가고 있었다.
–「해변의 의자」

이것은 '나/너'가 우연히 들어가게 된 해변가의 한 포장집에서 보게 된 광경을 묘사하고 있는 대목이다. 그곳은 그들이 지향하는 푸른 공간과는

성(性), 육체의 시학   157

대비되는 전형적인 남성적 공간이다. 거기에는 붉은 백열등 아래 삶아진 영덕게가 더운 김을 내며 쌓여 있고, 건너편 의자에는 자기 돈을 내놓으라고 속삭이고 있는 여자와 점점 사나워지며 얼굴이 더 붉게 번들거리는 남자가 앉아 있다. 그리고는 끝내 여자의 머리를 병으로 내리쳐 그녀의 머리를 피투성이로 만든다. 포장집 안의 풍경은 그야말로 열기와 붉은 기운, 억압과 폭력의 남성적 힘이 지배하는 공간이다. 그 안에서 '네'가 게살을 먹지 못하며 그곳을 못견뎌 했던 것은 너무나 당연한 반응이다. '토막토막 잘라진 영덕게', 그것은 폭력의 힘에 의해 훼손된 상처의 흔적에 다름아니기 때문이다. 뿐만 아니라 그 영상은 맥주병에 맞아 피투성이가 된 여자의 머리로 그대로 이어진다. 폭력과 위압적 힘에 의해 훼손되고 상처입은 이들의 몸은 비정한 현실 논리를 생생하게 드러내고 있는 대상들인 것이다. 신경숙 소설에 흔히 등장하는 인물들의 죽음 역시 폭력적 현실과 마주치면서 겪게 되는 꿈의 좌절과 상처를 몸을 통해 그려내는 것이라 할 수 있다. 「멀리, 끝없는 길 위에」에서 이숙은 외부의 것을 자신의 몸 안으로 받아들이지 못하는, 거식증이라는 이름의 병으로 죽어 가고, 자신들이 모두 불구로 살아왔다던 「직녀들」의 인물들은 차사고로 죽는다.

> 눈을 떴을 땐, 맑은 피냄새가, 아아, 맑은 피냄새가…… (중략) 엘비는 운전대가 폐에 박힌, 맥주를 마셨던 O를 지나, 뭉개진 얼굴들을 건너뛰고 건너뛰었다. 사랑하던 주인은, 산나리꽃이 피어 있는 벼랑 앞에 내팽겨쳐져 있었다. 해가 중천에 떠오를 때쯤이었을까. 공포에 질린 엘비가, 그들로부터 도망치기 전까지 하고 있었던 일은, 붉은 핏방울을 쪼아먹으려고 덤벼드는 부리가 긴 산새들을 쫓고 또 쫓아봤던 일이었다.
>   -「직녀들」

이들의 뭉개진 얼굴, 파헤쳐진 몸, 그리고 누군가에 의해 끝없이 쪼아먹히고 맞고 부서지는 몸은 모두 파괴적이고 비정한 현실의 힘과 그것에 의한 상처를 그대로 드러내는 장치이다. 그러나 「직녀들」에서 인물들의 죽음이 우연한 사고에 의해서가 아니라 그들의 자의에 의해 의도된 것이라는 희미한 여운을 생각할 때, 그들의 죽음, 해체된 몸은 단순히 폭력적 현실을 반영하는 데 그치지 않고 그에 대한 하나의 저항으로 읽힐 가능성을 갖고 있기도 하다. 그리고 그것은 다른 작품들에서 보다 강하게 드러난다. 예를 들어 「새야 새야」에서 작은 놈의 피묻은 상처, 큰 놈의 부서진 머리통, 썩어가는 개의 눈 등은 글이라는 공적 질서의 세계에 의해 훼손된 순수 세계의 모습이자 동시에 그에 대한 저항으로서의 적극적인 몸 해체의 의미를 지니고 있다. 작은 놈이 여자, 개와 함께 어머니 무덤 속으로 들어가는 마지막 장면은 사나운 바깥 세계에서의 헤매임을 끝내는, 그래서 안식처로 돌아가는 행위로 묘사되고 있기 때문이다.

그들의 몸은 이미 안에 들어와 있다. 밑으로 밑으로 한없이 아늑한 웅덩이다. 어딜 그렇게 헤매고 다녔던 것인지.

이와 같은 '매장하기'는 '말하기/글쓰기'와 함께 폭력적이고 권위적인 일상에 매몰되지 않기 위해 그리고 그것을 감당하고 이겨내기 위해 신경숙의 인물들이 시도하는 구체적인 대응 방식으로 보인다.[22] 그들은 스스로를 매장함으로써 혹은 끝없이 말을 하고 글을 씀으로써 새로운 존재로의 탄생을 시도하는 것이다. '그'에 대한 이끌림과 그리움, 그리고 그로 인한 자신의 행동들이 결국엔 공터에서의 배드민턴 치기에 다름 아니었음을 깨닫게 된 「배드민턴 치는 여자」의 주인공이 작품 끝에서 포클레인 위로 올라가 스스로를 매장하는 행위도 이런 점에서 부활을 위한 假死의 제의식이라 할 수 있다.

---

22) 신경숙 소설은 궁극적으로 '매장하기와 말하기'라는 큰 주제 속에서 검토될 수 있을 것으로 생각된다. '말하기/글쓰기'의 측면에 대해서는 마지막 장에서 따로 논의될 것이다.

그녀가 포클레인을 향해 천천히 걷는다. 그녀가 힘껏 손톱으로 포클레인 몸체를 긁어본다. 포클레인은 긁혀지지 않는다. 그래도 계속 긁어대니, 그녀 손톱이 부서져 달아난다. 그녀가 이제 포클레인 아무 곳이나 몸으로 밀어보고 있다. 미는 게 아니라 부딪쳐보고 있다는 표현이 맞을 것이다. 몇 발짝 떨어져서 힘껏 달려들어도 포클레인은 꿈쩍도 안 한다. 그녀는 어마어마한 곳을 쳐다보는 양, 포클레인 아가리를 오래 쳐다보더니, 신발을 팽개치고 끙끙대며 포클레인 위로 올라가기 시작한다. 정강이가 쇠붙이에 부딪혀 깨지는 소리가 났고, 기어가느라고 엎드린 몸을 펼 때는 포클레인 모서리에 그녀의 가슴살이 패여 찢겨진다. (중략) 최가 사납게 다루어 실밥이 뜯겨져 있던 치마의 호크가, 어디쯤에서 마저 뜯겨져, 치마가 주루룩 흘러내린다. 그 동안 간신히 그녀 목덜미에서 대롱거리던 방울 달린 머리끈도 풀어져나가, 그녀의 검은 머리채는 산발이 되어 있다. 그녀는 후욱, 숨을 몰아쉬며 그 흙 속에 두 발을 꼬옥 묻는다. 뭔가 안심이 된다는 표정이다. 자꾸만 흙을 퍼올려 자신의 무릎을 묻고 허벅지를 묻던 그녀는 무슨 생각이 났는지 호오, 웃기까지 한다. (중략) 가슴살이 찢겨나갈 때 스며든 피, 그 피비린내가 바싹 말라갔을 때쯤이었을까? 꼭 한 번 힘껏 눈을 떠보는 것도 같았다. 그리고 밤별이 질 무렵, 그녀가 겨우 한 일은, 꾸물꾸물 윗옷 주머니에서 노트를 꺼내 아무 장이나 펼치고서, 해사하게 웃기까지 하며, 뭔가 꾹꾹, 눌러 적어넣을 양을 하다가는, 힘이 팽기는지 눈물 젖은 얼굴을 푹, 수그리는 일이었다.

여기에서 찢겨진 몸은 화분을 내놓다 무릎이 깨지거나 최한테 붙잡혀 바둥거리다 그의 주먹으로 뺨을 맞을 때의 상처난 몸과는 그 의미가 완전히 다르다. 거대한 폭력적 현실의 힘을 상징하는 포클레인 위로 올라가 손톱이 부서지고 가슴살이 패이며 정강이가 깨지는 그녀의 부서진 몸은 피동적으로 당하는 상처의 몸이 아니라, 그녀 스스로 폭력적 현실에 대항하고 맞서고자 하는 적극적인 생존 의지를 담고 있는 몸이다. 뿐만 아니라 이 적극적인 매장의 행위는 끝에서 글쓰기의 행위로 이어지고 있는데, 이는 제의적인 죽음의 과정을 통한 자기 확인, 자기 선언을 확인하게 하는 결말이라 할 수 있다. 또한 이러한 결말에 와서 '그녀'의 글쓰기는 세상으로부터 숨어드는 방어적이고 도피적인 것이 아니라 처절한 생존 의지이자 주체적인 자아 확인으로 그 의미가 변화된다. 적절한 여성이 되기 위해서 여성들은 자신의 신체와 걸음걸이가 옥죄고, 갈라지고, 제한되어야 하는 몸의 고통을 경험해야 한다는[23] 논리와는 전혀 다른 맥락에서 '그녀'의 몸은 갈라지고 깨어지고 부서진다. 그것은 오히려 적절한 여성, 혹은 이른바 '온순한' 여성을 요구하는 남성적 현실 논리에 맞추어온 자신의 몸에 가하는 자기 체벌이며, 그러한 몸의 해체를 통해 새로운 몸으로 태어나고자 하는 적극적인 자기 실현의 몸짓인 것이다.

이상에서 살펴본 것처럼 신경숙의 뒤틀린 성과 부서진 몸의 비유는 남성적 세계로 파악된 폭력적 현실에 의한 상처를 반영하는 것이면서 동시에 적극적인 자기 해체, 제의적 죽음의 과정을 통해 자아 확인에 이르는 중요한 문학적 장치가 되고 있다. 오정희의 경우 그것이 훼손된 생명의 세계의 반영, 그리고 그에 대한 치열한 의식을 통해 우리의 삶과 존재에 대한 깊은 성찰을 이끌고 있는 것이라면, 신경숙의 경우 그것은 남성적 현실 원리에 대응하는 여성적 대응 논리로서 그 특성이 두드러진다 할 수 있다. 오정희의 경우와는 달리 남성끼리의 동성애적 관계 혹은 어른과 아이 사이의 성적 관계가 암시되는 예가 없다는 것도 신경숙의 현실 인식과 그것을 넘어서고자 하는 대응 방식이 철저하게 여성적인 것에서 출발하고 있음을 반영하는 것이라 할 수 있다.

23) 수잔 화이트, "갈라진 피부: 「인어공주」에 나타난 여성의 힘과 육체적 훼손", 김소영 책임 편집, 『시네-페미니즘, 대중영화 꼼꼼히 읽기』(과학과 사상, 1995), 152 - 159쪽 참조. 이 글에서는 「인어공주」에 나타난 육체적 훼손의 문제를 남성중심적 사회에서 여성으로 성장하기 위해 겪어야 하는 고통스런 과정으로 해석함으로써, 여성의 억압의 문제를 육체를 통해 설명하고 있다.

4. 일탈 혹은 일상의 성, 반란하는 몸

1990년대 이후 발표되는 최근의 소설들 중 이른바 신세대 문학이라 일컬어지는 작품들 속에서 성은 주제를 전달하는 중요한 매체일 뿐 아니라 주제 그 자체로 등장하는 예가 많다. 그들에게 성은 개인의 자유로운 욕망의 문제일 뿐이며, 결혼은 물론 사랑이라는 감정과도 긴밀하게 연결되지 않는다. 그들에게 성은 철저하게 육체가 만들어내는 언어일 뿐이다. 따라서 그들이 보여 주는 성 관념은 개방적이고 성 행위는 파행적이며 일면 반도덕적으로 보인다. 여성 작가의 경우에도 이 같은 성의식은 마찬가지이다. 아니 오히려 더 적극적이고 일탈적으로 나타난다. 이제 그들에게 성은 더 이상 여성으로서 감당해야 하는 어떤 종류의 억압이나 구속으로 인지되지 않는 것처럼 보인다. 과연 그러한가?

신이현의 『숨어 있기 좋은 방』의 여주인공은 집과 직장에서 나와 널따란 잎사귀를 한가롭게 흔들고 있는 오동나무에 이끌려 무작정 여관으로 들어온 뒤 3개월째 그 여관에 투숙중이던 태정과 함께 지내게 된다. 이들에게 그 여관방은 집이나 회사 등과 같은 일상의 공간과는 완전히 담을 쌓은, 철저하게 탈일상적이고 탈질서적인 공간이다. 이들이 그곳에서 하는 일이라곤 함께 먹고 자고 섹스를 하는 것뿐이다. 이들에게 섹스는 일상적이고 관습적인 일체의 것으로부터의 도피의 의미를 갖는다. 태정은 완전히 숨겨진 기분이 되기 때문에 침대 밑에 들어가서 잠을 잔다고 하거니와, 이들에게 섹스 역시 서로의 몸 속으로 숨어드는 철저한 일탈과 도피의 몸짓이 된다. 그리고 이때 기존의 성관념은 철저하게 무너지고 성역할은 전도된다.

나는 그 옆에 주저앉아 또 한대의 담배에 불을 붙이며 엎드려 누운 그의 등을 바라보았다. 젖은 머리카락에 슬쩍 가려진 흰 목덜미와 동그란 어깨, 날씬한 허리 아래 볼록 솟아오른 엉덩이, 그의 몸은 이제 막 성숙해지기 시작한 소녀의 몸처럼 보였다.

나는 그의 무릎 사이로 손을 집어 넣으며 말했다. 그는 쑥스러운 듯 담배 긴 손가락으로 머리카락을 툴툴 털었다. 나는 그에게로 다가가 그의 목덜미에 코를 문질렀다. 그의 목에서는 눅눅하게 젖은 낙엽 냄새 같은 것이 났다. 나는 태정의 허벅지 사이를 천천히 쓰다듬으며 그의 배를 만져 보았다. 축축하고 부드럽게 느껴졌다. (중략) 나는 쿡쿡 웃으며 두 팔을 치켜 든 태정의 윗도리를 벗겨냈다. 그리고 덜 익은 복숭아 같은 태정의 어깨를 콱 깨물었다.

태정은 침대 발치 쯤에서 있는 대로 꼬부리고 잠들어 있었다. 그는 급히 달려와 쓰러진 사람처럼 배를 할딱거렸다. 나는 오랫동안 그를 굽어 보았다. 그의 몸에는 어른스러운 티가 하나도 보이지 않았다. 허벅지나 가슴엔 한 오라기의 털도 없었고 다리와 팔은 아직 더 자라야 되는 풀처럼 여릿여릿해 보였다. 소년의 몸이었다.

기존의 성역할에서와는 달리 여기에서 이들의 성행위는 철저하게 여성의 주도하에 이루어진다. 여성의 몸에 대한 묘사 대신 남성의 육체에 대한 묘사로 일관되고 여성이 그의 몸을 바라보고 만지며 접근한다. 그러나 여성이 주체가 되고 적극적인 입장에서 이루어지는 이들 사이의 성행위는 여성의 성적 주체성을 나타내는 차원에서 도입된 것은 아니다. 태정의 몸에 대한 묘사에서 일관되는 것은 그의 미성숙성이다. 그는 소년 같고 혹은 소녀 같기도 한, 그래서 아직 남성도 여성도 아닌, 단지 어린아이일 뿐으로 묘사되고 있는 것이다. 이렇게 본다면 이들 사이에 이루어지는 섹스는 그 출발부터 남녀간의 성적 접촉으로서의 의미조차 가질 수 없게 되며, 육체적 접촉도 관능성의 의미를 갖지 못하게 된다. '나'와 '그'와의 육체적인 접촉은 어린아이끼리의 유희에 가깝다.[24] 이들은 자신들의 육

---

24) 엄밀히 말해 태정은 어린아이이고, 그에게 때로는 어머니처럼 때로는 아버지처럼 묘사되

체적 유희를 통해 어른들의 세계와 스스로를 차단시킨다. 이들에게 일상
의 현실과 어른의 세계는 동일한 것으로 인식된다. 이들에게 성적인 유희
란 거칠게 말해 어머니의 자궁으로 되돌아가려는 꿈의 한 반영일 뿐이다.

"이것 봐. 난 오늘 새로 태어났어. 네 몸 속에서 나오는 기분이야."
그는 내 가랑이 사이로 불쑥 몸을 일으켜 세우며 말했다. 이렇게 지저분하
게 태어나는 아이라니.

여기에서 태정은 아예 '내' 몸에서 태어나는 장면을 연출하고 있고, 소
년이었던 그는 갓난 아이가 되어 있다. 이때 '나'와 태정의 관계는 모자
사이의 그것으로 더 확연한 의미를 띤다. 이러한 상황은 작품 후반부에서
'나'와 태정의 입장만 바뀐 상태로 그대로 재연되는데, 이것은 이들의 성
적 접촉이 그에게 뿐 아니라 '나'에게 있어서도 궁극적으로 일상적 자아
에서 본래적 자아로의 회귀, 혹은 새로운 자아로의 탄생을 자신의 내부에
서 경험하고자 하는 꿈에 연결된 것임을 드러낸다. 일상과 탈일상, 어른
과 아이의 세계로 구분된 두 세계는 이 작품의 두 축이거니와, 이는 이들
이 묵고 있는 방과 그 옆 방의 대조적인 모습을 통해서도 암시된다.

i)내 손 끝이 그의 엉덩이에서 겨드랑이 속으로 들어가자 태정이 간지럼을
타며 폭소를 터뜨렸다. 침대가 울렁거리며 나를 흔들었다. (중략) 그의 몸을
만진 첫 느낌들을 하나도 기억할 수 없다니. 그는 생각에 잠긴 표정으로 나에
게서 약간 비켜났다. 나는 손등으로 뾰족해 보이는 그의 턱을 쓰다듬어 보았
다. 그는 슬쩍 고개를 꼬았다.
ii)예쁜이 일루 와…… 나는 그의 턱에서 손을 떼며 눈을 깜박거렸다. 이 방

기도 하는 '나'는 어린아이가 되고자 하는, 그래서 어른도 아이도 아닌 인물이라 할 수 있
다. 이렇게 볼 때 '나'에게 있어 태정과의 섹스는 어린 아이로 퇴행해 가려는 꿈의 반영이
라 할 수 있다.

이 아닌 다른 곳에서 들려오는 느릿한 남자의 목소리였다. 미친 새끼. 또 시작이야. 약간 날이 선 여자의 목소리가 뒤이어 들려왔다. 여보…… 내 예쁜이 일루 와 봐…… 남자는 술취한 것처럼 흥얼거렸다. 내 인생…… 넌 내 인생을, 나를 망쳐놨어. 불쌍한 내 새끼들. 가엾은 것들! 여자는 흐느끼듯이 한탄했다.

이들의 방과 '다른 방', 이것은 안과 밖의 세계를 대변한다. i)에서 여성인 '내'가 주체가 되고 있는 데 반해 ii)에서는 철저하게 남자가 주체가 되어 있고 여성은 수동적인 피해자가 되어 있다. 여자의 아우성 소리, 여자를 철썩 갈기는 소리, 여자를 달래는 남자의 웅얼거리는 소리, 남자의 거친 숨소리 등 남성의 폭력적이고 위압적인 태도와 그에 이어지는 성적 유린, 이것들이 여기에서 파악된 외부 현실의 모습이다. 이때 성은 여성에게 가해지는 위압과 폭력의 힘에 불과하다. 반면에 i)에서 그려지는 '나'와 태정 사이에 이루어지는 섹스는 서로 억압하거나 억압당하지도 않고 상호 협력적으로 맞추어가는 조화로운 성이다. "그의 섹스의 방법이 너무 마음에 들었다"는 '나'의 진술은 뒤에 "그의 키스의 방법이 싫어서 견딜 수가 없었다"는 휘종과의 섹스에 대한 진술과 대조를 보이는데, 이는 작가가 일상과 탈일상의 세계를 남녀 관계의 폭력성 여부로 파악하고 있음을 드러내는 것이기도 하다.[25] 이들에게 외부의 일상적 현실은 이처럼 폭력적이고 권태로우며 또 더러운 것으로 파악된다. 여관 담벽 옆에는 구토물 자국이 얼룩져 있고 이들은 쓰레기통에서 나온 재활용품으로

---

25) 작중 인물들의 일상으로부터의 도피, 본래적 자아로의 회귀 욕구 등은 작품이 진행되면서 폭력적인 여성 현실로부터의 일탈이라는 의미로 변질되는 느낌을 준다. 주인공인 이금이가 결혼을 하게 되는 과정이나 결혼 후의 상황들은 소외된 삶이나 존재 인식에 대한 천착과는 너무나 먼, 무책임한 도피적 행동이라는 혐의에서 벗어날 수 없다. 뿐만 아니라 결혼 후 겪는 여러 형태의 억압에 대해 그녀가 하는 일이라고는 집을 나가 여관방으로 들어가는 것 뿐이다. 그녀는 여성 현실에 대한 비판적 사유나 반성적 인식도 없이 단순히 '억압받고 있다'는 어리광만을 하고 있는 것이다.

음식을 만들며 그 세계를 조롱한다. 섹스는 이들에게 바로 이러한 현실을 잊게 하는 '수면제'와도 같았다.

한편 이들의 세계와 외부 현실과의 갈등은 이들의 몸을 통해 구체화된다. "내가 왜 이곳에 멍청이처럼 있는지 알 수 없다는 생각이 들기 시작"하면서 두통이 오고 "진작에 집으로 돌아가야 했다. 그랬더라면, 또 어떻게 생활은 되어갔을 것이다"라고 생각할 때 가슴 한 쪽이 찔린 것처럼 통증이 온다. 그 몸의 통증은 여관방 밖의 현실로 나가야 한다는 의식이 생길 때, 안의 세계와 밖의 세계 사이의 괴리와 부조화에서 오는 고통이다. 태정은 '내'가 떠날 것에 대한 두려움으로 그리고 자신들도 결국에는 다른 사람들처럼 일상의 흐름에 맞추어 살게 될 것이라는 두려움으로 재떨이를 던져 그 파편으로 스스로 손에 상처를 입히고 결국에는 자살을 하고 만다. 육교밑 철둑길에 널부러진 태정의 몸은 일상이라는 이름의 현실에 의해 부서져 버린 몸이다. 그와는 달리 죽지도 않고 시댁/일상으로 돌아간 '나' 이금은 아이를 낳고 미역국을 먹으며 구역질을 하고, 태정의 죽음을 확인하고 시댁에서 쫓겨나온 거리에서 한 여자와 함께 나란히 구토를 한다. 이때의 구토는 그토록 거부했던 일상의 세계에 자신이 묶이었다는 인식, 그리고 그 안에 서 있는 자신에 대한 혐오에서 나오는 몸의 거부와 반란에 다름 아니다.

그러나 일탈된 성 행위나 이와 같은 몸의 반란들은 단순한 거부와 도피의 수준에서 이루어지고 있다는 인상을 지울 수가 없다. 작중 인물들은 단순한 일탈과 파행적 성행위를 통해 현실 세계를 거부하고 있을 뿐, 거기에 전제되어야 할 반성적 사유는 전혀 보이지 않는다. 따라서 그것은 유아기적 삶으로의 퇴행이라는[26] 비판을 벗어날 수 없게 된다. 작품 끝에

---

26) 김경수, 「서른 살 사춘기의 여성문학」, 《동서문학》(1994 겨울), 304쪽.
　　이외에도 「성냥팔이 소녀」나 「어린 왕자」와 같은 작품들의 인용에서도 인물들의 유아적 성향을 엿볼 수 있다.

서 드러나는 세번째 남자와 이금의 모습은 예전에 옆방에서 들려오던 남녀의 관계를 그대로 닮아 있는데, 이러한 귀결을 현실의 폭력성에 의한 존재의 근원적인 소외로 파악하기에는 이금이라는 인물의 의식 자체가 드러내는 문제성이 너무나 크다.[27]

송경아의 경우에도 섹스는 도덕적 혹은 심리적 차원의 문제를 떠나 일상적인 삶으로부터의 도피나 그에 대한 반항의 의미를 지니고 있다. 그녀의 소설에서 남녀 사이의 성관계란 '피 뜨거운 청춘남녀가 서로 강간도 아니고 연애하다 같이 만나서 자는 일이야 태곳적부터 있던 얘긴데, 그거 갖구 법석을 떨 필요는 없'(「성교가 두 인간의 관계에 미치는 영향에 대한 문학적 고찰」 중 사례 연구 부분 인용)는 지극히 당연한 과정으로 인식된다. 뿐만 아니라 송경아의 성은 이처럼 단순히 개방적인 데 그치는 것이 아니라 탈선적인 경향이 농후하다. 「어느 여름의 휴가」에서는 주인공과 시동생, 그리고 딸아이와 조카 아이 사이의 근친상간적 관계가, 그리고 「송어와 은어」에서는 여성이나 남성끼리의 동성애가 암시되고 있다.

「어느 크리스마스」에서 기현은 한 카페에서 술 취한 낯선 여자를 만나 집으로 데리고 와서 성관계를 갖는다. 처음 만나는 이들이 아무 거리낌이나 어색함 없이 갖는 성관계는 도덕이나 사랑이 모두 배제된, 오로지 육체만의 행위이다.

"나, 토하고 싶어."
기현은 황급히 휴지통을 갖다 주었다. 이 좁은 방 안에 여자가 토하면 며칠 동안은 고생할 것이다. 여자는 휴지통 안에 뱃속에 든 것을 몽땅 토해냈다. 저

---

27) 돌아가고 싶다든지, 용서받고 싶다든지, 혹은 아이가 보고 싶다든지 하는 그녀의 대사는 너무나 갑작스러울 뿐 아니라, 결국에는 제도권 안으로 들어가지 못해 슬픈 여자의 모습처럼 보인다.

마른 몸 어디에 저게 들어가 있었을까 싶을 정도로 양은 많았지만, 다행이 조
준을 잘했다.　　　(중략)

　"이제 다시 시작해도 좋아."

　"아니, 이젠 괜찮아."

　이러한 상황은 이들의 성적 관계라는 것이 얼마나 기계적이고 즉물적
으로 이루어지는가를 단적으로 보여 준다.[28] 이들의 행위에는 감정이 끼
어들 틈이 없다. 대신 관계 후 이들 사이에는 서로에 대한 이해가 생겨난
다. 이들에겐 서로의 몸을 나누는 것과 마음을 나누는 것은 별개의 행위
이다. 관계를 가진 다음 날 아침 여자가 울고 있는 것을 보게 되었을 때,
기현은 그것을 커다랗고 하얀 새 날개의 퍼덕거림으로 생각한다. 그리고
서로의 삶에 대해 이야기하면서 서로가 닮아 있음을 확인한다. 그들은 무
언가를 제대로 해 본 일도 없고 그렇다고 제대로 망친 일도 없이 그저 무
난하게 살아온, 그리고 그것을 역겨워하고 있는 인물들이다. 위의 대목에
서 이들의 성행위는 여자의 구토로 끊어졌다 다시 이어지게 되는데, 구토
나 울음은 그와 같이 평범한 일상에 묻혀 버린 자신의 삶에서 느끼는 무
력감과 역겨움의 한 표현이다. 이들은 하늘을 날아가고자 날개를 퍼덕거
리고 있는, 그러나 지상에 묶인 새들이다. 이때 이들에게 날개란[29] 어떤
이상적 가치나 숭고한 정신과도 연결되지 않는, 결혼을 하고 비슷비슷한
집에서 그럭저럭 살아가는 일상의 삶으로부터 벗어나는 현실 일탈의 꿈

---

28) 그러나 이러한 성행위는 근대 문학에서 나타나는 일방적이고 폭력적인 성행위를 생각하
　면 오히려 상호협력적이고 우호적인 관계에서 이루어진다. 90년대의 젊은 여성 작가들의
　경우 결혼이라는 제도 안에서만 도덕적으로 용납되어 온 섹스나 남자에게 일방적으로 주어
　진 성적 자유의 관습 등은 아예 거론하고 반박할 여지조차 없는 문제가 되어 있는 듯 하다.
　따라서 이들의 성행위는 표면적으로는 사랑, 도덕, 관념 등 성을 둘러싼 기존의 논점들과는
　무관한, 인물 각각의 내면 세계와 연관된 문제가 된다.

29) '날개'는 「이카라」에서도 등장하는데, 그것은 자유로운 삶이라는 송경아의 주제를 드러내
　는 이미지이다.

그 자체이다. 이들에게 섹스는 그 일상의 현실을 다른 세계로 이어 주는 블랙홀과도 같다.

송경아 소설은 대개 휴가중에 일어난 일을 다루고 있는데, 이 역시 그의 인물들이 갖는 탈일상, 탈규범의 성향을 드러내는 것이라 할 수 있다. 기현과 어느 낯선 여자와의 관계를 다루고 있는 「어느 크리스마스 이브」는 크리스마스 이브에 일어난 이야기이고, 「이카라」는 가출을 시도했다 다시 돌아오기까지의 이야기이며, 「어느 여름의 휴가」는 휴가를 떠나 돌아오기까지의, 그리고 「송어와 은어」는 부영시로 일주일간의 휴가 여행을 떠났다 돌아오기까지의 이야기이다. 이들에게 여행, 휴가란 일상의 질서, 삶의 법칙으로부터 자유로워지는 시간을 의미한다. 「어느 여름의 휴가」에서 주인공은 딸아이를 데리고 시동생 가족이 있는 하조대로 휴가를 떠난다. 그곳에서 그녀는 시동생과 성관계를 가지며 딸아이는 조카와 몸을 섞는다. 그러나 다시 집으로 돌아오는 길에서 나흘 동안의 휴가에서 일어났던 그 모든 일들은 꿈처럼 여겨진다. 딸과 '나'의 여행은 회사일로 바빠 함께 오지 못한 남편과 아버지를 가진 두 여자가 그 결핍을 메꾸는 사랑을 경험하는 환상 속의 여행이라 할 수 있다. 여기에서 성은 일상의 현실에서 환상의 세계로, 억압과 결핍의 세계에서 자유와 충족의 세계로 가는 길목에 난 문과도 같다. 이 문을 통해 송경아의 인물들은 일상으로부터 벗어나는 것이다. 앞서 논의한 바 있듯이 이들에게 일상의 세계는 구토를 동반한 답답함과 어지럼증의 세계이다. 주인공은 하조대로 가는 버스를 탈 때와 다시 집으로 돌아가는 버스를 탈 때 딸아이에게 멀미약을 먹인다. 그리고 자신은 그 버스 안에서 구토 증세를 보인다.

"아줌마, 토하실래요?"
먹은 것이 없어서 토할 것도 없어요 – 하고 말을 하고 싶었으나, 입을 열면 그대로 계속 헛구역질을 할 것만 같아서 그녀는 그저 손을 내저을 뿐이었다.

이것은 하조대로 가는 버스 속에서 훤칠한 키의 시동생과 키가 작고 부드러운 살집을 가진 동서를 생각하며 주인공이 구토 증세를 보이는 장면이다. 자신과 남편과의 서걱거리는 관계와는 달리 훈훈하고 아늑하게 느껴지는 시동생 가족의 모습, 그리고 바다, 햇빛, 바람, 모래와 함께 떠오르는 그들의 모습은 일상의 규율과 도덕으로부터 벗어난 충만한 자유와 사랑의 실체로 다가온다. 따라서 그들에게로 다가갈 때와 그들로부터 나와 일상의 집으로 돌아갈 때 나오는 구토는 사실상 자신들을 향한 것이라 해야 할 것이다. 그들 옆에서 더욱 확인되는 일상의 무게와 구속 그리고 그 안에 속한 자신들에 대한 역겨움이 구토의 행위로 나타나고 있는 것이다. 그래서 이들이 일상의 집으로 돌아오는 길에는 그러한 어지럼증과 역겨움을 견뎌낼 멀미약이 필요한 것이다. 그런데 아이와는 달리 엄마인 주인공은 혹시나 물건이라도 도둑맞을까봐 그 멀미약도 먹지 못하고 혼자 깨어서 창백해진 얼굴로 어지러움과 뱃속의 흔들림을 감당해 내어야 하는 것이니, 그녀에게 일상은 비껴갈 수 없는 힘으로 구토만을 일으키고 있는 것이다.

「송어와 은어」의 경우 두 여자 사이의 동성애는 불평등하고 불완전한 현실 속의 남녀 관계와 대조되는, 완전하게 동등한 인간과 인간의 관계로서 제시된다. '나'는 박홍준과의 관계에서 어느 때보다도 따뜻함을 느끼며 여자들과의 관계 때 '여자들은 자기 자신의 여자로서의 역할과 나의 남자로서의 역할을 은연 중에 규정해 놓았'었다고 진술한다. 이것은 성역할이라는 것도 인위적으로 만들어진 규범과 관습에 불과한 것임을 강조하는 대사이다. 다시 말해 성이란 그것이 남녀간에 이루어지든 동성간에 이루어지든, 한 사람이 다른 한 사람에게 보내는 애타는 마음을 상대방이 받아 주고 진정시켜 줌으로써 서로가 느끼는 안온함에 초점이 놓여야 함을 보여 준다. 여기에서 송경아의 섹스는 사랑의 차원으로 넘어가게 된다. 자신을 좋아한다고 고백하는 박홍준을 밀어낸 '나'나 여자와 잔 적

이 있다고 은어를 버린 남자 친구의 이야기는 이들의 사랑과 대조를 보이
면서 사랑이 일상과 관습의 이름 아래에서만 허용된다는 논리의 모순성
을 드러내고 있다.

> 이미 한 차례 토하고 난 다음인 듯, 은어의 입에서는 술냄새와 쉰 듯한 냄새
> 가 아울러 나고 있었다. 은어가 울며 중얼거렸다.
> "나, 버림받았어."
> 그래서 어쩌란 말인가.
> 송어는 잠시 망연해 있었다. 그러나 생각을 가다듬을 틈도 없었다. 은어가
> 또 토하려고 했기 때문이다. 송어는 은어를 화장실로 질질 끌고 갔다. 두어 차
> 례 더 토하고 난 후, 은어의 옷을 벗기고 억지로 샤워를 시키고 나자 그제서야
> 은어도 정신을 조금 차리는 것 같았다.

어떤 과거도 다 받아 주겠다던 남자 친구가 동성애 경험을 가진 것을
용서할 수 없다며 자신을 버린 이야기를 하면서 은어는 구토를 한다. 그
녀의 구토는 관습과 질서에 대한, 그것이 휘두르는 편견과 폭력에 대한
거부감의 한 표현이다. 또한 이는 더러운 것은 동성 사이에 이루어지는
성행위가 아니라 단지 동성 사이의 성행위라 해서 그들을 인간적으로 모
멸하고 따돌리는 것이라는 작가의 비판적 시각에서 나오는 장면이다.
'나'는 숙부와 호텔 사장이 입을 맞추고 있고 승려들이 그 주위를 돌면서
구토와 오물의 축복을 내리는 장면이라든지 미친 목사가 나타나 '나'와
송어와 은어에게 저주를 퍼부으는 환영을 보기도 한다. 이때 승려나 목사
는 일상의 수호자와 같은 존재들이다. 불륜임을 내세워 퍼붓는 이들의 분
노와 저주의 감정이 과연 사랑과 용서의 신을 따르는 사제의 모습을 온당
하게 보여 주고 있는지, 송어와 은어, 혹은 '나'와 박홍준 사이의 부드럽
고 따뜻한 관계는 되묻고 있는 것이다. 이처럼 목사나 승려로 대변되는
일상의 질서에 밀려 어찌할 수 없이 살아가야 할 때 송경아의 인물들은

구토를 하고 미쳐 버린다.

> 지금은, 끝도 없이 하얀 물거품 속에 머리를 풀어헤치고 쭈그리고 앉아 넋을 잃고 미친 여자가 된 것만 같아. 아무데도 의지할 데 없고, 기댈 데가 없을 때, 절망적인 눈초리로 쳐다볼 곳마저 없을 때, 정말로 살그머니 미쳐버리지 않고는 견디지 못할 것 같아요.
> —「성교가 두 인간의 관계에 미치는 영향에 대한 문학적 고찰」 중 사례 연구 부분 인용

> 돌아오는 길에 나는 하늘의 달을 쳐다보았다. 밤안개 사이에 뿌옇게 묻히고 군데군데 구름 그림자가 낀 부영시의 달은 그 순간, 여기저기 찢어진 치마폭을 입고 애잔한 얼굴로 쓰러져 있는 미친 여인 같았다. 나는 머리를 부르르 흔들었다.
> —「송어와 은어」

송경아에게 있어 동성애나 근친상간 등 파격적인 성은 관습적이고 일상적이며 제도적인 일체의 것에 대한 거부와 도전을 함축하는 한 장치이다. 그것은 사실상 성과 관계되는 것이 아니라 성 너머의 문제, 예컨대 진정한 자유와 사랑이라는 고전적인 테마에 연결된다. 그녀에게 광기는 이러한 자유와 사랑이 허용되지 않는 출구 없는 현실 앞에서 느끼는 절망의 극한 상태이다.

송경아에게 성이 일상으로부터 벗어나 진정한 자유의 세계로 가는 입구에 있는 문이었다고 한다면 배수아의 경우에도 이와 비슷한 해석이 가능하다. 그러나 배수아의 경우 그 문은 더 굳건하게 닫혀 있는 것처럼 보인다. 그의 소설에서 일상은 대개 불화와 가난의 얼굴을 한 가정으로 나타나고 있고, 따라서 일상으로부터의 일탈은 가출의 형태로 나타나는 때가 많다. 「엘리제를 위하여」의 인물들에겐 집을 나간 아버지 혹은 엄마와 이혼한 아버지, 가끔씩 자신을 때리는 아버지가 있고,[30] 「푸른 사과가 있는 국도」에서 '나'의 집은 항시 다투는 엄마와 아버지, 그리고 항상 명령

하고 성내는 오빠가 있으며, 「여섯번째 여자 아이의 슬픔」에서 '나'는 이모집에서 기거하며 가장인 오빠가 보내 주는 돈을 받아 살아가고 있다. 이들의 꿈은 집을 떠나가는 것이다. 그리고 그것은 진정한 자유와 사랑을 찾아가는 꿈이기도 하다. 사랑하는 사람이 생겼다는 메모를 남기고 집을 나가는 것은(「푸른 사과가 있는 국도」) 이를 뒷받침한다. 그러나 사랑을 찾아가는 이들의 가출은 성공하지 않는다. 그들은 누군가가 자신을 좋아한다고 해서 자신의 아버지와 어머니, 동생이 바뀌는 것이 아님을, '언제나 시간이 되면 돌아와야 하는 집과 마찬가지로 현실은 거기에 그냥 있을 뿐'임을(「엘리제를 위하여」) 잘 알고 있다. 이들은 사랑의 기적을 믿을 만큼 어리석지도 않으며, 사랑이 일상을 바꾸어 놓을 수 없음을 알 만큼 지혜롭다. 따라서 배수아 소설에 나타나는 성적인 자유로움과 파격성은 사랑을 찾으려는 몸짓이자 동시에 그것의 불가능을 확인하는 절망의 몸짓이기도 하다.

'섹스하고 싶어서 미칠 것 같은 남자 아이'와 '애정 결핍으로 불치병에 걸린 여자 아이'(「푸른 사과가 있는 국도」)는 모두 사랑 없는 어른들의 집에서 자란, 그래서 '애정 속에서 질식하고 싶어서 미칠 것 같'은 아이들이다. 이들에게 사랑은 권태와 외로움뿐인 일상의 반대어이며, '오랜 시간이 지나도 변하지 않아 / 바람처럼 오랜 시간이 지난 뒤에도'라는 노래 가사에서 드러나듯 일시적이고 유한한 것에 대조되는 영원함의 표상이다. 그러나 배수아의 소설은 사실 그 사랑마저 자신들을 구제할 수 없다는 것을 깨달은 아이들의 이야기이다. 사랑의 영원함을 담은 노래를 따라부르던 남자는 얼마 후 애인이 생겼다고 전화하고, 미친 사람처럼 사랑의 열병을 앓고 결혼한 섭 오빠는 일 년 후 이혼을 한다. 탈일상의 꿈이자

---

30) 이러한 아버지의 부재는 이들의 집을 우울과 권태와 상처의 집으로 만든 근원적인 요소이다. 따라서 일상의 세계는 흔히 남성적 세계로 규정된다.

영원함의 표상인 사랑/성은 사랑은 없어지고 성(섹스)만 남아 이처럼 변질되고 퇴색한다. 결국 배수아 인물들에게 남은 섹스는 일상으로서의 그것뿐이다. 그것은 습관적으로 그리고 기계적으로 이루어진다. 어쩌면 그것은 배수아가 파악한 타락한 성일지도 모른다. 그리고 그것은 곧 타락한 삶의 동의어이다. 배수아의 인물들은 단지 한 때 일탈을 꿈꾸었던 그러나 지금은 일상에 뿌리박은, '사막에서 죽어가는 초록빛 도마뱀'과도 같은 존재들이다. 이들에게 이미 사랑은 없다.

'조용하고 무미건조한' 일상은 '언제나 아무런 일도 일어나지 않'으며 '소름끼치도록 잔잔하'기만(「천구백팔십팔 년의 어두운 방」) 하다. 그것은 사랑도, 섹스도, 그리고 죽음까지도 깜쪽같이 먹어치운다. 철희가 죽은 후에도 '그가 어딘가에 있거니' 생각되고, 철희의 애인이었던 미진도 독일로 건너가 독일인과 결혼하게 된다. 영원한 그 무언가가 있을 거라는 믿음, '사랑이 영원하기를, 청춘이 계속 아름답기를 그리고 사람들이 서로 잊지 말기를'(「인디언 레드의 지붕」) 바라는 갈구, 그것은 이제 이들에게 너무나 낯선 말들이 되어 버렸다. 이들은 권태롭고 우울한 일상 속에서 삐걱거리고 있을 뿐이다. 두통이나 미열, 관절염, 암, 심장병, 고혈압, 간질 등 배수아 인물들에게서 나타나는 병든 몸이나 상처난 몸은 그 같은 일상과의 절망적인 불화를 드러내는 한 장치이다.

배수아의 인물들은 거의가 모두 '항상 어딘가 아픈 것처럼'(「아멜리의 파스텔 그림」) 보인다. 이들의 몸은 일상에 묻힌 이들의 삶에서 끊임없이 일어나는 내부의 반란이다. 이들의 병든 몸은 일탈의 꿈과 그것의 좌절 사이에서 만들어진다. 몸은 일상에 묶이고 꿈은 안으로 숨은 채, 이들은 이 삐걱거리는 몸으로 하루하루를 살아간다. 따라서 먼지투성이인 국도에서 형편없는 푸른 사과[31]를 팔고 있는 늙은이, 이것은 배수아의 인물들

---

31) 배수아의 소설에서 푸른 색은 탈일상의 의미와 연결되어 있다. 그것은 때로 하늘이나 바다

에게 있어 어쩔 수 없는 자신들의 미래의 모습일 수밖에 없다. 그 일상에 갇힌 자신을 발견하면서 그녀의 인물들 역시 구토를 일으킨다. 구토는 자신이 어른들과 닮아 있다는 것에 대한, 그리고 자신의 사랑이라는 것도 일상의 하나에 불과하다는 것에 대한 자기 혐오의 한 몸짓이다.

또한 일상의 구속과 그것으로부터 자유로워지려는 꿈 사이에서 배수아 인물들은 때로 미쳐 버린다. 「엘리제를 위하여」에서 엄마는 남편 집안이 미치광이 투성이었다고 불평하고, 「천구백팔십팔 년의 어두운 방」에서 시인은 정신병원 신세를 진 적이 있으며, 「인디언 레드의 지붕」에서 연이의 남동생은 사춘기 시절 몽유병을 앓았고, 「아멜리의 파스텔 그림」에서 선영의 한 친구는 "미친 여자가 되어 머리를 풀어 히히 웃고 다니고 싶어. 너 아니? 이런 기분" 하고 묻는다. 이들의 광기 역시 꿈과 현실, 일탈과 일상 사이에서의 어긋남을 드러내는 병든 몸의 하나이다. 뿐만 아니라 미친 여자가 되고 싶다는 대사에서 우리는 이들의 광기가 푸코의 지적처럼 꿈과 오류가 만나는 데서 나오는 것임을, 그리고 이들이 광기와 꿈이 연결되고 분리되는 지점을 통과하고 있는[32] 인물들임을 확인하게 된다.

배수아에 의하면 일상의 세계는 절대적으로 부정적인 그래서 벗어나야 할 세계이며 동시에 그것으로부터의 일탈은 불가능하다. 영원히 화해할 수 없는 이 모순적 상황으로 인해 배수아의 소설은 근본적으로 비극적이다. 우울하고 권태로운 일상으로부터 벗어나는 것은 오로지 죽음을 통해서만이 가능하다. 그의 소설에 빈번하게 등장하는 죽음은 일상의 힘에 파괴된 인물들의 삶을 드러내는 것이겠지만, 때로 그것은 인물들 스스로의 선택으로 나타나기도 한다. 「천구백팔십팔 년의 어두운 방」의 마지막

혹은 자전거, 스웨터, 슬리퍼 등의 빛깔로 나타나면서, 인물들의 탈일상의 꿈을 암시하고 있다. 그러나 현실 속에서 배수아 인물들이 쥐게 되는 것은 '형편없는 푸른 사과' 뿐이다.
32) 미셸 푸코(1961), 『광기의 역사』, 김부용 역 (도서출판 인간사랑, 1993), 112쪽 참고.

대목에서 드러나듯 비도덕적이고 탈선적으로 보이는 성적 행위, 긴머리의 얽힘[33] 등은 은밀하게 죽음과 연결된다. 미진과 '내'가 서 있던 혹은 성 행위 속에서 다가가던, 깊고 검은 해초가 가득한 물 속에 빠져 철희가 죽음으로써, 성행위 광경과 죽음의 광경이 서로 닮아 있는 것이다. 요컨대 이들은 모두 죽음에 다가가고 있었던 것이다. 그리고 이때 죽음은 절망이나 슬픔으로서가 아니라 완벽한 희열과 유희 속에 다가온다. 이들에게 죽음은 일상으로부터의 완벽한 탈출인 것이다. 그러나 동시에 우리에게 그것은 안타까움이자 또 다른 절망이기도 하다. 자유는 죽음으로서만이 가능한가, 아니, 우리의 삶에서 자유는 그렇듯 불가능한가, 하는 절규로도 읽히기 때문이다.

근대 여성 문학에서 끊임없이 그리고 가장 오랫동안 나타나고 있는 성은 권력으로서의 성이다. 그것은 여성을 억압하는 성이며 동시에 여성 스스로에게는 억압된 성이다. 유교 문화 속에서 형성된 처첩제도, 남편의 정당화된 외도, 소유물로서의 여성에 대한 인식, 조혼의 풍습 등으로 인해 여성에게 성은 일방적으로 당하는 폭력이거나 드러낼 수 없는 금기의 대상이 되었다. 이러한 제도 안에 안주하지 않고 꿈틀거리기 시작할 때 여성은 매를 맞거나 쫓겨나거나 혹은 형벌의 대상이 된다. 이들의 몸은 조선 사회의 부덕한 아녀자들에게서 발견되는, 전통적 이데올로기에 순종하는 '온순한' 몸이 아니라, 적어도 그 폭력성을 인지하는 몸이다. 근대 여성 문학에서 종종 발견되는 매질과 추방, 광기 등의 테마는 남성 이데올로기의 질서에서 벗어난, 혹은 완전히 순응하지 못한 여성들이 감당해야 하는 징벌에 다름 아니었기 때문이다.

---

33) 배수아의 인물들은 흔히 긴 머리를 하고 있는데, 그것은 자유와 일탈의 꿈에 연결된다. 배수아 인물들의 외모, 의상 등은 모두 이러한 차원에서 해석될 수 있다.

한편 전쟁과 분단, 그리고 70년대 이후 가속화된 경제화의 배경 속에서 여성의 성/몸은 그러한 현실이 낳은 모순과 부조리를 감당하고 극복하는 상징적 실체로 등장하기도 한다. 거기에는 강석경의 경우처럼 미국에 의한 제2의 식민지적 현실이 혹은 박완서의 경우처럼 속물화된 도시의 삶이 담겨 있기도 한다. 두 경우 모두 이 타락한 성은 어두운 현실 인식의 소산이며, 이때 생명의 몸은 죽음의 몸으로 인식된다. 그러나 이 전도된 성/몸의 기능을 다시 생명의 그것으로 회복시키려는 박완서의 노력에서 우리는 꿈꾸는 성과 몸을 다시 만나게 된다. 한편 오정희나 신경숙의 경우 동성애적 관계, 죽음에의 강한 이끌림, 스스로 행하는 몸의 학대나 해체 등은 여성 혹은 인간 존재에 가해지는 억압의 징후가 보다 구체화되고 심화된 경우들이라 할 수 있다. 전대의 작품에서 나타나던 상처입은 몸이 남성 이데올로기에 의한 피해 의식을 반영하는 것이라면 이들에게서 나타나는 상처난 몸은 보다 적극적인 고발에 가깝다. 스스로에게 가하는 자해와 가사(假死), 동성끼리의 성관계, 그것은 저항의 전략으로서의 성/몸 인식을 보여 주고 있기 때문이다. 그것은 외부에 의해 만들어진 자신의 몸을 죽임으로써 새로운 존재로 태어나는 재생의 꿈과 연결되어 있다.

90년대 이후의 여성 소설에 오면 이전까지의 성과 몸에 대한 인식과는 판이한 새로운 인식을 엿볼 수 있다. 그들의 성은 표면적으로는 남성적 권력이나 이데올로기로부터 벗어나 있는 것처럼 보인다. 남녀의 성관계는 때로 전도되어 있기도 하고 동성애와 같은 일탈의 형태로 나타나기도 하지만, 여기에서 초점은 남녀의 문제가 아닌 일상과 일탈의 문제에 초점이 맞춰져 있으며 이때 남성적 세계는 이들이 떠나고자 하는 무미건조하고 폭력적인 일상적 삶을 표상하곤 한다. 그들에게 성은 관습화되고 일상화된 성, 그래서 무료하고 권태로운 삶을 끝없이 확인하게 하는 성이며, 동시에 그것으로부터의 일탈, 거부의 의미를 담은 몸짓이기도 하다. 그러나 싸움의 대상이 우리의 일상의 삶이 되어 버린 이들 세대들에게 있어 그 저항과 반란의 결말은 항시 죽음으로 끝난다. 따라서 이들의 성과 몸에 대한 인식은 근본적으로 권태롭고 허무적이며, 또 어느 시대의 그것보다도 더 비관적이다. 그러나 죽음은 권력의 한계이자 권력을 벗어나는 지점이며 자살은 삶에 행사되는 권력의 경계와 틈새에 개인적이고 사적인 죽을 권리를 출현시켰다는[34] 푸코의 지적을 상기한다면, 어떤 종류의 억압이나 구속으로부터도 자유로워지고자 하는 이들의 욕구가 죽음으로 (자살로) 끝나는 것은 권력에 대한 가장 강력하고도 완전한 저항일 수 있을 지도 모른다. 이들은 성과 몸을 둘러싼 일체의 관습을 온몸으로 부딪치며 뚫고 나가 종국에는 스스로의 몸을 지움으로써 억압으로부터 해방된다. 남성중심적 이데올로기에 의한 구속과 그에 대한 저항으로 몸부림쳐온 여성의 성과 육체는 이제 새로운 적 앞에 서 있는 것처럼 보인다. 그것은 일상이라는 이름의 벽이다.

---

34) 미셸 푸코, 『성의 역사』, 이규현 역 (나남출판사, 1994), 149쪽.

자아 정체성의 모색과 존재의 전환
- 여성 인물의 죽음을 중심으로 -

김 현 숙*

1. 죽음은 무엇인가

죽음은 무엇인가. 죽음은 인간에게 어떤 의미가 있는가. 죽음은 인간만
의 문제인가. 죽음이 자연의 한 현상이라고 한다면 인간을 포함하는 자연
세계에서의 죽음의 문제는 또 무엇을 말하는가. 우리는 흔히 죽음을 말하
기 위해서 삶을 이야기하고 삶을 말하기 위해서 죽음을 말한다. 그리고
흔히 죽음과 삶을 동전의 양면으로 비유하기도 한다. 과연 죽음과 삶은
동전의 양면과 같은가.

죽음을 관념적으로 설명한다면, 죽음은 삶과 더불어 이야기할 수 있을
것이다. 그리고 죽음을 객관적으로 바라본다면 동전의 한면과 같다고 말
할 수도 있을 것이다. 그러나, 과연 생의 시간이 얼마 남지 않은 사람에게
도 죽음은 객관화될 수 있을까. 죽음을 당면하고 있는 가족을 보고 있는
사람에게 죽음은 무엇으로 설명될 수 있는 것인가. 앞으로 남아 있는 생
에 삶보다 죽음의 무게가 더 많이 실려져 있는 사람 앞에서 죽음을 동전

---

* 이화여대 국문과 졸업. 동대학원 국문과 문학박사. 이화여대 국문과 부교수. 「이태준 소설
의 기호론적 연구」, 「현대소설문학과 모성」 등의 다수 논문과 저서 『문학 상상력과 공간』이
있다.

의 양면으로 이야기할 수 있을까.

그러나 분명히 말할 수 있는 것은 죽지 않았기에 죽음을 이야기할 수 있다는 것이다. 죽음을 이야기할 수 있는 것은 살아 있는 자들의 살아 있음의 의미이다. 그러나 이 세상의 삶 속에 있는 우리들이 말하는 죽음의 세계는 전혀 그 실체가 알려진 바 없으면서, 우리 주변의 모든 것은 태어남과 동시에 죽기에, 그리고 스스로 살아 있으면서 그것이 영원이라고 생각할 수 없기에 죽음의 세계에 관심을 갖는다. 그러면서도 죽음은 알 수 없는 실체이며, 일반 사람에게 죽음은 보편적이면서도 편안하게 받아들이기에는 가장 힘든 것이기도 하다. 이 힘들고 부자연스러움 또는 고통의 형식을 띠고 찾아오는 죽음에 대해 인간은 여러 모양으로 자신의 생각을 드러내 보인다.

기독교나 불교 등의 모든 종교들은 결국 사람들을 죽음의 두려움에서 벗어나게 하기 위해 죽음의 세계를 설명한다. 그리고 사람들은 죽음이라는 시간과 공간의 전환이 가져다 주는 변화에 대해 때로는 임사체험(臨死體驗)으로 말하기도 한다. 그러나 종교의 세계나, 개인의 체험은, 과학으로는 증명할 수 없는, 물리적으로는 보이지 않는 상상력으로 인해 형성된 세계임은 분명하다. 종교는 죽음에 직면해 있는 사람이나, 죽음에 직면한 가족과 이별해야 하는 상황에서 슬픔이나 고통을 어느 정도 줄여 줄 수 있는 한 단계 승화된 정신의 세계이다. 그러나 우리 나라 사람들의 의식의 기저에는 승화된 정신의 세계가 아니라 이 세상에 대한 집착이 훨씬 강하게 자리하고 있음을 "개똥밭에 굴러도 이승이 낫다"는 속담을 통해서 알 수 있다.

죽음은 물리적으로는 '없어짐' 즉, 존재의 무화(無化)이다. 살아서 점유하던 공간과 살아서 움직이던 시간의 소멸이며, 가장 구체적인 것은 육체의 소멸이며 가시적인 세계로부터의 떠남이다. 일반적으로 죽음을 말할 때 물리적이며 가시적인 세계로부터 소멸하는 육체적 죽음과 살아남은 자의 주변에 영혼으로 살아 있다고 보는 정신적 죽음으로 설명할 수밖에 없다. 이럴 때 정신적으로 죽음을 이야기하는 것이 종교의 세계라면 문학의 장에서 죽음의 세계는 상상력으로 말해진다.

본고에서는 문학에서는 죽음을 어떻게 표현하고 있는가. 죽음을 통해 무엇을 보고자 했는가. 죽음의 의미는 무엇인가. 특히 소설 내의 구성원인 인물들을 통해 보여 주는 죽음의 의미가 무엇인가. 등의 문제를 살피고자 한다.

2. 죽음의 주체와 대상과의 거리

문학에서 죽음을 인식하는 현상들은 현대 문학과 고전 문학이 다르다.

산문 특히 소설에 있어서는 근원적으로 죽음이 극도로 배제되어 있다. 조선시대 소설의 최대 공약수는 죽음이 외면된 문학이라고 한다. 조선시대의 소설 구조적 특성에서 비극적인 결말이 없는 것이 바로 이 까닭이다. 물론 김시습(金時習)의 금오신화(金鰲新話)에서처럼 삶의 세계와 죽음의 세계가 차단되지 않고 서로 교통하는 경우는 있다. 여기에서는 생자(生者)와 사자(死者)의 결혼은 물론 서로 만나 즐기기도 한다. 그리고 몇몇 소설에서는 죽음이 제시되기도 한다. 그것은 권선징악의 소설적인 합리성에서 도저히 용납되지 않을 최소 경우로 국한된다. 이처럼 조선시대의 소설은 죽음의 고찰을 도외시함으로써 현대 소설과는 강한 이질성을 보여 준다. 죽음이 만연하는 현대 소설과 조선시대의 소설이 구분되는 근거는 바로 이런 죽음에의 반응 여하에 있다. 조선시대의 소설에서 죽음이 배제된 현상은 현세 중심의 유교 사상을 그 정신의 바탕으로 한 사실과 무관하지 않다.[1]

과거 우리 나라 사람들은 죽음을 인정하고 받아들일 수 없었기 때문에, 죽음을 긍정도 부정도 하지 않았다. 또한 한 사람의 생애는 죽음으로 끝나는 것이 아니라, 단군이나 구운몽의 양소유처럼 인간은 가시(可視)의 세계로 부터 불가시의 세계로 존재를 전환하는 것으로 그려내었다. 공자가 '아직 삶도 모르면서 어찌 죽음을 알리오!' 했던 것처럼 죽음의 세계는 회피하고 싶은, 이생에서는 밀쳐 두고 싶은 불가지의 세계였던 것 같다.

그러나, 현대 문학에 드러나는 죽음의 양상은

첫째 죽음이 낭만적이고 심미적인 것으로 미화되거나 유미주의(唯美主義)적인 가치 관념에 의해서 수용된다. 나도향의 「벙어리 삼룡이」 그리고 김동인의 「광화사(狂畵師)」가 이에 해당된다. 「벙어리 삼룡이」는 앞에서도 지적했지만, 고뇌의 삶을 자기 희생으로 승화하는 이야기다. 죽음으로써 오히려 진정한 삶을 얻고, 단절의 벽을 허물어 버릴 수 있었던 벙어리의 죽음은 텍스트 이면적으로 볼 때 결코 비극적인 종말이라고 보기 어렵다.[2]

그리고 죽음이 문학의 주제로 드러나게 되는 경우에는 하나의 공통적인 양상을 보인다. 우리 나라는 말할 것도 없고, 동서양의 인물들 중에서 죽은 후에도 우리들 곁에 구체적인 고유명사로 남아 있는 사람들의 공통점은 관념화되어 있다는 점이다. 또한 관념화와 더불어 미화[3]된다는 것이다. 관념화와 미화된 죽음의 주인공들은 대부분 남성들이며, 이들의 공통점은 사회적인 명성과 교육적인 효과와 윤리성을 강조한다는 점이다. 그것은 정형화되고 다듬어져 하나의 틀로서 자리를 잡고 있다. 후손들은

---

1) 이재선(1986), 『우리 문학은 어디에서 왔는가』, 소설문학사, 266쪽.
2) 이재선(1986), 앞의 책,, 274-275쪽.
3) 소크라테스는 '악법도 법이다' 라는 소신을 가지고 독배를 마셨고, 그에 걸맞게 죽음에 임해 제자인 크리톤에게, 자기가 아스클레피오스에게 빚진 닭 한 마리를 꼭 갚아 줄 것을 부탁하고 죽었다. 또 우리 나라의 이순신 장군은 민족의 생존을 위해 원균의 모함에도 불구하고 자신을 돌보지 않고 왜군과 전투를 벌이다 장렬하게 전사한다.

그러한 죽음을 아름다움의 모델로서 기억하게 된다. 따라서 죽음은 의미 있는 죽음이며 "죽음은 사회 정의에 대한 공의로움"이라는 일종의 양식 (樣式)을 지니게 된다.

예를 들어 우리 나라 고전 소설 속의 인물들이나, 실명의 인물들이 중심적으로 등장하는 문학의 남성 주인공들은 모함에도 불구하고 자신을 돌보지 않고 적군과 전투를 벌이다 장렬하게 전사하여 지금까지도 민족 의식을 앙양시키는 교육에 한 몫을 담당하고 있다. 이들 죽음의 공통점은 사회적이고 교육적인 목적을 내포하며, 그것은 정형화되고 다듬어져 하나의 틀로, 후세인을 위한 하나의 모델로서의 죽음이 된다는 것이다. 그들의 죽음이 당시부터 모델로서의 정형화를 이루었던 것은 아니고, 시간이 흐르면서 다듬어졌을 것이다. 그러나, 이미 정형화된 영웅들의 죽음은 사람들의 마음 속에 죽은 자로서가 아니라 늘 살아 있는 호국영령으로 오랫동안 기억되어 오고 있는 것이다. 이것이 사회화된 남성 죽음의 정형화라고 볼 수 있겠다. 이러한 양식화된 죽음은 자신의 몸을 바다 가운데 던져 조국을 수호하는 호국령이 되고자 했다는 신라의 문무왕에 대한 기록으로부터 사육신의 순절과 일제하에서 독립 운동을 하다 순국한 애국지사들에 이르기까지 다양하게 나타난다.

현대 소설 중에도 이문열의 『英雄時代』와 같은 작품에서 주인공 동영은 근대의 큰 이념이었던 사회주의 이념을 위해 헌신하다가 죽는다. 그의 죽음은 민족에 대한 사랑, 사회주의 사상의 정의로움에 대한 공감, 사회주의 이론을 잡아나가는 지적인 능력, 이론이 가르친 것을 실천으로 옮기는 성실성에 의해 필연적일 수밖에 없음을 알게 한다.

그러나 죽음의 현상들이 모두 공의로움으로 정형화될 수 있는 건 아니다. 특히 사회 참여의 기회가 주어지지 않았던 여성들의 죽음은 남성들과는 다른 차원으로 접근해야 하며, 상이한 정형화를 보여 준다. 작품의 여성 주인공들이 맞이하는 죽음의 현상들, 작중 인물들은 어떻게 죽음에 이르는가. 그리고 죽음의 형태는 어떠한가. 그 죽음으로 얻는 것이 있다면 무엇인가. 죽은 자에 대한 인식은 어떻게 되는가가 이 글을 통해 궁극적으로 살펴보려는 것들이다.

1) 사회 규범과 여성의 죽음

서사 문학에서 여성의 죽음은 어떻게 나타나는가. 단적으로 말하면 남성의 죽음이 보여주는 양식화가 여성의 죽음에도 나타나는가. 가장 많은 죽음의 양상은 어떤 것이며 그 의미는 어떠한가를 50년대 작품인 박경리의 「剪刀」[4]와 80년대의 작품인 공지영의 『무소의 뿔처럼 혼자서 가라』를 통해서 먼저 고착해 보고자 한다.

박경리의 「剪刀」는 여성 인물인 숙혜가 "궤도를 돌다가 부딪친 유성처럼 나타나 만난" 피아노 선생과 사랑에 빠지게 되고, 그 행위 때문에 죽음에 이르게 되는 과정을 보여 준다. 여성 인물의 결혼, 삶, 불륜의 사랑, 이혼, 그리고 직장 생활을 통한 홀로서기의 실패, 그리고 가위에 찔려 죽임을 당하기까지 순차적으로 진행되는 소설의 내용은 다음과 같다.

여성 주인공 숙혜는 아들 경아에게 피아노를 가르치러 온 음악 선생과 사랑에 빠진다. 그러나, "서로가 손 한번 잡아보지 못한 그런 초보적인 연애지만" 조그마한 도시에서 그 사랑은 이루어질 수 없어 이혼하고 도피하듯 도회로 와서 은행직원으로 혼자 지내게 된다. 그곳에서 같은 은행 남자 직원이 자신의 과거를 파헤치는 데 견디지 못하고 사표를 쓴다. 직장을 그만두고 경제적으로 곤란해져 집세를 내지 못하자 자취하는 집 여주인의 기세가 드세어지고 그에 따르는 모멸과 함께 자기에게 가해지는 사람들의 부당한 대우를 안으로 삭히며 산다. 그러던 어느 날 밤에 여주

---

4) 박경리, 「剪刀」, 《현대문학》 27, 1957.3.

인이 가내 공장에서 일하다 도망간 여공을 잡으러 간 사이, 여주인의 남편이 숙혜의 방으로 들어온다. 숙혜는 '아무렇게나 목숨을 내던져 버리려는 심사'로 자신의 몸을 내어 준다. 자포자기로 인한 행동에서도 그녀는 "깊은 절망에 잠긴 명주 오라기처럼 들릴락 말락하는 숨소리"나 그러면서도 "오욕을 태워 버릴 듯이 타고 있는 눈동자"(56쪽) 라는 이중적 태도를 보여 주는데 이러한 숙혜의 태도에 남자는 참지 못하고 곁에 있던 가위를 들어 난자한다.

이 소설에서 여주인공 숙혜의 죽음은 이 세상에서 여성이 살아가기 위해서는 어떻게 해야 하는가를 암시해 준다. 여성들이 사회 윤리 규범을 벗어났을 때에는 목숨까지 잃어버릴 수 있는 극한 상황에 이르게 되며 그것은 사회 윤리의 규제를 어긴 행위에 대한 대가가 어떻다는 것을 보여 주는 상투적인 서사 전개이다. 여성들의 죽음은 남성들의 죽음처럼 대의명분을 위한 죽음도 아니고 그 죽음으로 인해 기대할 수 있는 교육적인 효과도 없다. 단지 여성의 탈선이 초래하는 것에 대한 결과론이다. 결혼한 여자가 갖는 사랑에 대한 본능과 욕망의 행위는 결혼이라는 장치와 사회적 통념의 규정 안에서만 가능할 뿐이다. 윤리, 규범을 벗어났을 때 여자의 앞날은 예측할 수 없이 험하고 힘들게 되며 결국 죽음만이 있을 뿐이다. 여주인공 숙혜는 남성 중심의 사회 구조가 양산하는 폭력의 희생물이다. 사랑마저도 용납하지 않는 당시 사회의 여건은, 그 과거를 아는 남자의 행위로서 한 여자의 일생을 파탄으로 몰고 갔으며, 그로 인해 그의 일생은 파괴되었고, 혼자 사는 여인은 그녀를 노린 한 비겁한 남자에 의해 살해당하고 만다. 그녀는 자살한 것은 아니나 상대방으로 하여금 자기를 죽이도록 유도한 것이다. 즉 그녀의 죽음은 표면적으로는 타의에 의한 소극적인 죽음이지만 궁극적으로는 살아온 삶의 무게 때문에 죽음까지 자산을 몰고 가는 자의적, 적극적 죽음이다.

납덩어리 같은 다리, 그냥 멈춰선 자리에 화산이라도 되어 버렸으면 하는 심사… 밤이 있고 내일이 있다는 것 한없이 괴롭기만 한 일이었다. 그러나, 더 한층 괴로운 것은 지난 날의 일이요, 오늘 하루에 짊어진 십자가의 무게다. 땅이 꺼지는 듯한 무게였었다. 산다는 극히 간단한 이유만으로 죄인이 될 수밖에 없었던 하루하루가 불그죽죽한 채색처럼 눈앞에 펼쳐진다. 눈앞이 아득해진다. 현기증이 일어나는 것이었다. 숙혜는 교차로 위로 질주하는 어느 차량 밑에 휘쓸려 들어갈 것만 같은 착각을 간신히 뿌리치고 자기의 육신을 가누어 본다. 어둠이 안개처럼 싸여 왔다.(앞의 책 39-40쪽)

대동아 전쟁 당시 열여덟 살 나이로 정신대에 끌려가지 않으려는 의도에서 부모가 골라 준 사람을 남편으로 맞은 숙혜는, 자신의 삶을 혐오하여 그 생활의 청산을 시도한다. 사랑하게 된 남자와는 손 한 번 잡아보지 못하고도 남편에게 이혼을 요구한다. 그 시대로서는 있을 수 없는 일이었을 것이다. 그것은 시대를 거스르고 그 당시의 윤리와 도덕을 저버리는 행위로 그녀에게는 '핏빛 같은 현실이 기다리고 있었고' 그녀는 삶을 송두리 채 던져 버렸다.

박경리 문학 작품속의 여성들은 대개 두 부류로 나뉜다. 『토지』를 예로 들어 본다면 윤씨 부인이나, 서희, 칠성댁과 같이 똑똑하고 이재에 밝으며, 남성과 맞겨룰 수 있는 여성들과, 『토지』의 월선이나 시장과 전장의 가화로 대표될 수 있는 어리석도록 유순하고 착한 전형적인 여성의 모습이다. 이 두 부류의 여성들은 항상 어느 작품에나 공존하고 있다. 이들 중 전자의 인물들은 강한 성격으로 사회의 규율과 제도에 대해 자신들의 능력을 남성 이상 발휘하므로 가부장적 사회에서 그 지위를 보장받고 그 규칙을 내면화해 나가는 인물들이다. 반면 후자의 인물들은 남성에게 기대어 살면서도 또 다른 창조의 세계를 이루어 나가는 인물들이다. 이들은 기존의 질서를 꼭 지켜야 할 의무를 지니기보다는 새로운 세계와 상상력의 창조자들이다. 그러면서도 독자들에게 인간다움과 따뜻함을 느끼게 하는 인물들이다.

「剪刀」의 주인공 숙혜에게는 이 두 인물 유형의 성격이 함께 내재해 있다. 다시 말하면 남성들의 사회에서 자기 능력의 탁월함으로, 주어진 제도에 대해 과감하게 도전하고 파괴하며 극복해서 새로운 세계로 이행하고자 하는 의지를 지니고 있다. 그러나, 사회의 규범은 그것을 허용하지 않았고, 여러 가지 여건은 여주인공 숙혜로 하여금 죽을 수밖에 없는 지경으로 몰고 가고 있는 것이다.

이 세상은 여성과 남성들로 구성되어 있다. 그러나, 여성은 자신들의 내적 감정을 남성들이 마련한 규범에 의해 통제당하며 살아왔다. 다시 말하면, 세상은 남성들이 만든 법률과 규율로 여성을 지배한다. 이 규율에 승복하지 않을 때 여성은 살 공간을 잃는다. 따라서 숙혜는 자신의 사랑을 이룰 공간을 마련할 수 없고 혼자 살 작은 방마저도 마련하기 어렵게 된다.

이 작품에서 우리는 또 다른 문제에 접근할 수 있다. 숙혜를 사랑하고도 세상의 눈이 무서워서 그녀를 버린 남자나, 한 여인의 과거를 알고 괴롭히는 은행의 유능한 사원이나, 혼자 사는 여성을 겁탈하고 살해한 그 남자들은 세상에 계속 살게 하고 여성은 잘못을 저질렀다는 이유로 죽음으로 몰고 가는 세상의 질서는 진정으로 정당한가 라는 문제점들이다. 이 소설의 내용이 창작 당시(1957년)의 전근대적인 사고의 유형처럼 느껴질 수도 있으나, 현재 시점에서도 여성이 탈선이나 부정을 저질렀을 경우 똑같은 행위를 한 남성이 누리는만큼의 관대함을 사회나 가정으로부터 기대할 수 있을까.

오늘 날 주체적 삶을 살고자 하는 숙혜와 같은 여성들은 어떻게 살기를 원하는가. 자신의 의지적 행위가 사회적 규범에 받아들여지지 않을 때마다 여성들은 죽음을 당해야 마땅한가, 아마 그렇지는 않을 것이다. 그러나, 여성들에 대한 사회적인 시선은 여전히 남성 위주로 되어 있음은 분명하다.

80년대 여성 작가들의 죽음 문제를 공지영의 작품『무소의 뿔처럼 혼자서 가라』를 통해 보고자 한다. 이 글의 갈등도 여성에 대한 불평등에서 시작된다. 인물, 공간, 시간의 사건 전개에 있어 남성과 여성의 관계는 직선적이고 대립적인 관계를 보여 준다.

인물들은 혜완, 경혜, 영선을 하나로 하는 여성 세계와 결혼 가정, 남편으로 묶을 수 있는 남성 세계와를 중심으로 대립 양상을 띠고 있다. 이들은 결혼하기 전부터 가까웠던 관계로서 과거와는 다른 삶의 경험을 갖고 지금 다시 만난 사이들이다. 이들은 각각 살아가는 방법이 다른데, 혜완은 자신의 일을 갖고 있는 이혼녀이고, 경혜는 남성 세계와 적당한 타협을 보면서 남편과 자신의 외도를 적당히 가려 가며 가정을 유지한다. 영선은 가정, 남편에게 헌신하고 희생하는 인물이다. 그녀는 결국 알코올 중독, 우울증에 걸리게 되고 자살하기에 이른다. 그들의 선택은 포기를 동반한 것이다. 혜완은 가정을, 경혜는 행복을, 영선은 자아와 삶을 포기한다. 이러한 세 가지의 삶의 방식과 변화를 공간과 시간의 직선적인 흐름의 서술로서 이 작품은 보여 주고 있는 것이다.

50년대 여인들과는 달리 이들은 경제적 자립이 가능한 세대들이기 때문에 남편들이나 가족, 가정과 쉽게 분리될 수 있다. 그들 중 죽음을 택하는 인물인 영선은 가정이라는 울타리 속에서 당해온 가족으로부터의 소외를 이겨내지 못하여 스스로 목숨을 끊는다. 영선의 죽음은 남성 위주의 사회에서 당한 희생으로, 자아 상실의 상황에서 어쩔 수 없이 이르게 되는 필연적인 귀결이며 삶의 포기이다. 이러한 사실은 다음의 지문에서 확인해 볼 수 있다.

'안돼. 머리가 꼭 녹이라도 슨 것처럼 빡빡해. 글이 안된다는 걸 생각하면 가슴이 뛰는 거야… 뭔가 내 가슴 속에서 무언가가 빠져나간 것처럼 허망해. 난 어디 갔나, 반대하는 결혼을 의기양양하게 하고 불란서에서 영화공부를 하고 한국 최초의 당당한 여성감독이 되어 보겠다. 그런 것들을 꿈꾸던 나는 어디로 갔을까… 그런 생각이 들면 참을 수가 없어.'

'한국에 오자마자 아이가 생겼어. 그는 성공하기 시작했지… 나는 그저 그가 잘 되는 게 좋아서 입을 해벌리고 아이를 둘씩이나 낳았어… 그는 점점 더 유능해지고 그는 점점 더 바빠졌어. 나는 집에서 아이들하고 씨름을 한 거고…'

'그러는 동안 세월이 갔어. 잘도 흘러가더구나… 어느 날엔가 드디어 나는 완벽하게 포기를 했어. 그래 우선은 아이들을 잘 키우자… 그리고 나자 마음이 편했어…

…그리고 그와 동시에 술을 마시기 시작한 거야… 불안의 정체를 나도 알지 못했어. 어쨌든 그는 늘 늦었고 늘 촬영이었고'

'이제 나는 그에게 쓸모가 없었어. 그는 너무 바빴어. 어느 날 문득 돌아보니 나는 어느덧 알코올 중독에 우울증 환자가 되어 있었어.'

영선의 죽음은 남성 지배 사회에 적응하지 못하는 여성이 선택할 수 있는 죽음의 한 양상이다. 이와 마찬가지로 혜완과 경혜도 사회 적응에 실패한다. 여기에서 혜완의 죽음은 아내, 그리고 어머니로서의 죽음이다. 그녀는 이혼을 통해 가족과도 그리고 사회에서도 격리된다. 경혜의 죽음은 인간으로서의 죽음이다. 그녀에겐 삶에 대한 미련이 없다. 따라서 애착도 결여되어 있다.

공지영의 소설이 박경리의 소설과 다른 점이 있다면, 정절이나 순결에 대한 여성 주인공들의 생각이다. 50년대 당시 여성들에게는 정절이 가장 중요한 것으로 강요되었다. 그래서 단순한 연애조차도 불륜으로 여겨 금기로 여기도록 했고 여성들로서는 감당하기 어려운 경제력 때문에 삶을 포기하는 것이 당연한 것이었다. 그러나, 80년대의 여성들은 주어진 규범에 대해 무조건 피하고 손드는 것이 아니라 뛰어넘을 수 있는 가능성의 벽을 가늠해 보는 것이다. 50년대의 숙혜는 스스로 벗어날 수 없는 사회 규범의 벽 때문에 인생을 포기할 수밖에 없었고 죽임을 당했다. 그러나

80년대의 여성들이 부딪치는 문제는 다양하다. 또한 문제에 부딪쳤을 때 해결하는 방법도 각기 다른 자신의 길을 찾으려고 애쓰는 모습을 보여주고 있다. 그중 혜완과 같은 여성들은 글쓰기를 통해 과거의 슬픔과 고통을 스스로 받아들이고 그 속에서 살아내려는 자아 구축의 길을 가고 있는 것이다.

이와 더불어 이 글은 여성 의식의 문제점을 제시하고 있다. 그 한 가지는 영선이 자신의 안락, 성공을 대신해 주고 보호해 주는 완벽한 남자를 원했듯 누구보다 독립적이고 여성 해방을 주장하던 혜완조차 남성에게는 지나치게 의존적인 태도를 보이고 있다는 점이다. 또 한 가지는 남녀의 관계를 불완전하게 보아 서로에게 보완이 필요함을 암시하고 있다. 그러나, 시대적으로 변해가는 여성 의식과 더불어 80년대부터 강조되기 시작한 여성해방의 문제는 이제 보편화되어 표면화되고 있다. 흔히 80년대의 여성해방을 논할 때, 제일 먼저 제기되는 문제가 가정으로부터의 일탈이다. 여성도 사회의 일원이고 가정은 사회를 이루어나가는 절대적인 최소의 단위이다. 여성은 가정에서의 역할 때문에 남성의 배제는 사실상 불가능하다. 그러나, 여성들의 불평등을 남성 지배 이데올로기로만 보게 되는 경우, 여성을 지나치게 절대화·이상화시키는 오류를 범할 수 있다. 여성 문학이 대결의 장으로서가 아니라 남성과 사회에 대한 포용력을 가지고 여성 글쓰기의 다양한 변화를 보여주려면 사회의 모든 것에 대한 적극적 수용이 필요하리라 본다.

문학이란 인간의 상상력에 의해 있을 수 있는 이야기를 서술하는 것이다. 지금까지의 역사와 사회는 남성의 세계이기에 남성들에 의해 이루어져 온 규범화된 역사와 사회를 논할 수밖에 없었다. 그러므로 역사와 사회는 그것들로부터 타자였던 여성들의 이야기가 아니다. 이러한 점에서 여성적 세계의 구축은 필수불가결한 것이고 그러한 여성의 세계에서 자신의 소리를 내는 것이 바로 여성 문학인 것이다. 이때 여성 문학이 내세우는 미학은, 자서전적 텍스트로 치유의 글쓰기를 통해 기존의 남성 문화 및 언어에 대한 거부의 몸짓을 드러내 보자는 것이다. 여성적 글쓰기는 무의식 속에 남아 있는 억압되고 축출된 소망을 회고하는 것이다. 원시 이전의 무의식 세계, 예술 생산성의 근원으로서의 모성의 세계가 바로 그 것이다.

여성의 죽음이 남성의 죽음과 달리 비양식적인 이유도 같은 연유에서 이다. 남성은 자신들의 세계를 만들었기 때문에 그 세계는 여성에게는 불 리하도록 되어 있다. 그렇게 남성들에 의해 만들어진 세계는 질서정연하 고 규율적이며 고정된 것이다. 여성의 세계는 불확정의 세계이고, 혼돈의 세계이며, 생명을 낳고 기르는 창조의 세계이다.

이러한 생각은 여성들의 입장을 '여성도 인간이다' 라는 명제로서 생각 하게 했고 여성 존재의 규명을 생각하게 했다. 인간의 삶을 서사의 양식 으로 펼쳐 놓는 문학, 특히 소설에서는 여성들의 사회에서의 입장, 위치 를 이제는 남성들의 시각에서 보는 것이 아니라, 여성들의 입장에서 새롭 게 보자는 페미니즘이 하나의 측정치로서 포스트모더니즘 경향과 함께 표면화되었다. 포스트모던의 징후가 중심에 대한 거부라면 남성 중심의 사회에서 생존을 위협받는 여성의 세계에 대한 인식은 분명 포스트모던 이다. 중심은 항상 고정되고 체계화되어 있지만 주변은 중심의 중심됨을 파괴하고 주변도 모두 중심이 될 수 있음을 주장한다. 그러기 위해서는 중심주의의 시각을 버리고 다원주의적 사고로 전환해야 하며 그러한 경 향은 분명 여성에게 세계의 한 자리를 내어 주어 여성이 여성 자신의 삶 을 살 수 있도록 해 줄 것이다. 이러한 점들이 여성 문학 연구에서 중요한 것이다.

50년대와 마찬가지로 80년대의 여성의 죽음도, 일반적으로 명분화되 어 있는 남성들의 죽음에 비해 비양식적이다. 그러나, 80년대 여성들은 자신들을 찾기 위한 다양한 노력들과 치유 방법들로 세상을 살기 위한 몸부림을 하고 있다. 남자들이 보기에는 하찮고 무의미한 것들이지만 이들에게는 가장 소중한 생명의 문제인 것이다. 그것을 지키기 위한 몸부림이 지켜지지 않을 때 그들은 스스로 목숨을 끊는다.

'여성 죽음'을 만들어 내는 문학에서 공통적인 구조화는 가능할 수 있는가. 그럴 때 우리는 페미니즘에 관심을 가질 수 있을 것이다. 그러나 여기서 우리는 여성문학을 통한 여성 삶의 연구가 대 남성적인 대결의 구도로서 체계화되고 고정될 때, 페미니즘이 또다른 이데올로기의 폭력이 될 수 있다는 점에 유념해야 할 것이다.

공지영의 소설 〈사랑하는 당신께〉는 한 여인이 한 남자를 사회 규범과 윤리를 무시하고 사랑하다 죽어가는 이야기이다. 유부남을 사랑하는 한 젊은 여성이 유서 형식으로 자신의 절대적 사랑의 시작과 결말을 조심스럽게 써내려가고 있다. 이 소설은 사랑을 주제로 한 고전적인 이야기에서나 등장할 법한 여주인공의 모습을 보여준다. 지방도시의 잡화점에서 근무하던 스물한 살의 처녀가 우연히 그곳으로 출장 온 유부남과의 만남을 통해 서울로 상경하게 되고 그 남자와 사랑에 빠져 살림을 차리고, 몇번의 중절수술 끝에 남자의 애정이 식어지고 버림받게 된다. 정신적 육체적으로 망가져 결국엔 여자가 자살하는 것으로 끝맺는다.

유부남인줄 알면서도 자신의 생활을 버리고, 한 남자를 따라 낯선 곳에서 시작하는 동거생활은 결과적으로 죽음의 행위였던 것이다.

화자는 낯선 유부남의 전화번호 하나만 달랑 들고 서울로 올라와 '탯줄'처럼 느껴지는 '꼬불거리는' 전화를 세 번씩이나 하고 남자가 피곤하다는 말에 그를 피곤하게 하는 자신을 미워하고 마지막까지 그를 위한 빨래를 하는 등의 일들을 당연하게 한다. 그녀는 자신이 할 수 있는 모든 노력을 하는 것이 사랑의 표현이라고 생각한다. 그리고 그렇게 최대한의 노력을 할 수 있었던 것은 그가 '좋은 사람'이라는 친구들의 말 한마디 때문이었다. 그러나 그 뒤 자신의 집에 발걸음이 점점 뜸해진 남자를 찾아

갔을 때 그가 딴 여자와 함께 있는 것을 목격하게 되고 '좋은 사람'에 대한 좌절을 경험하기 시작한다.

그녀가 남자에게서 들을 수 있었던 말은 다음과 같은 것이다.

> 남자는 달라. 마음이 없어도 여자를 만나고 이빨을 쑤시고 그리고 잠을 잘 수 있어.…그럴 때 남자들은 좋은 줄 알아? 남자도 괴롭다구… 하지만 그게 남자야. 여자들은 그럴 수 없지… 그게 남녀의 차이야.

이때 여자는 처음으로 '사랑하는 사람이 아니면 자지 않는' 여자들의 속성이 남자들과 다름을 인식하고 여자를 가르켜 '좋은 여자'라고 하는 것과 남자를 가리켜 '좋은 남자'라고 하는 것의 의미의 차이를 발견하게 된다. 그리고 여자와 남자의 속성에 대해 알게 된다.

그의 부인이 찾아와 그를 '악마'라고 말하는 것을 들으면서 그녀는 이른바, 남성들의 속성에 대해 절망하게 된다. 이때 그녀가 겪는 사랑의 갈등과 좌절은 더 이상 자신을 찾아오지 않는 남자에 대한 것이라기 보다 부도덕한 사랑의 행위들을 정당화시키는 그 '남자임'에 대한 것이라고 볼 수 있다. 그렇기 때문에 그녀가 택하는 죽음은 남자의 '남자됨'이라는 비인간적인 속성을 구제하기 위한 것이다.

"오래도록 생각했지만 제가 당신을 사랑할 수 있는 유일한 길은, 제가 당신의 괴로운 남자됨에서 당신을 구해 드릴 수 있는 길은 오직 이것뿐입니다." 라는 유서를 남기고 여자는 자살을 한다. 이 유서에서 보이듯이 여자의 능동적인 사랑과 인간성 확인은 남자적인 것의 공인된 비도덕성을 비난하는 것이다. 이것은 남자를 향한 사랑으로 순종적이고 헌신적이던 여자의 지극히 수동적인 것처럼 보이던 행위들이 궁극적으로는 능동성을 강화하기 위한 역설이었음을 짐작하게 한다. 그 여인의 행위는 이중적으로 되어 있어 독자들로 하여금 글의 행간의 의미를 읽도록 하고 있다.

여기에서 이 소설의 등장인물인 한 여성이 선택한 죽음의 의미는 무엇인가.

이 여인의 죽음은 50년대의 사회적 윤리적 규범이 아니다. 또한 자아 찾기와 소외, 모성의 문제가 아니다. 그것은 남성에 대한 일종의 경고이며 자신의 희생이다.

소설 속의 여자는 죽음으로써 '짓이겨진 채로 한줌 즙으로 화해 버린 검푸른 기운'으로 남자 곁에 남으려 하고 '푸릇푸릇하게 대기에 스며서' 사랑하는 남자를 지키려고 한다. 이때의 죽음은 결코 존재의 종말이 아니라 자기 존재의 확인이다. 정체성이란 남성적인 것을 극복해 낼 수 있는 여성적인 것의 자각, 비인간적인 것으로부터 지켜질 수 있는 인간적인 자각이다.

남성적 세계 안에 함몰된 일상적 삶의 진부한 공간으로부터의 해방, 비생명적인 남성적 질서에 대항하는 방법으로 이해되는 여성의 죽음은 적어도 목적 의식적이다. 다시 말해서, 제의적인 의미의 죽음이다.

공지영 소설의 시간은 과거를 향해 있다. 여자가 남자의 '남자됨'을 부정하고 그를 그것으로부터 구해 내려고 했을 때 그녀가 돌아가고자 했던 곳은 분명히 그녀가 사회에서 인정받는 '남성임'의 의미를 의식하기 전, 사랑만이 전부였던 때이다.

그때는 그녀가 '좋은 남자'라는 말을 알기 전으로, '좋은 사람'이라는 말을 신뢰했던 때이며 '좋은 남자'와 '좋은 여자'를 구별하지 않던 때이기도 하다. 그것은 의식의 분화가 있기 전에 있었던 합일의 상태를 의미하며 남성의 지배 질서 속에서 여성성을 회복하고자 하는 전략인 것이다.

따라서 이 소설에서 해석해 낼 수 있는 여성의 죽음은 육체의 소멸을 통해 죽음과 탄생, 자아와 타자, 선과 악을 일종의 자궁 속 어둠으로 병합해내고 그곳으로 회귀하려는 모성 회복의 적극적인 의미를 지닌다고 볼 수 있다.

앞의 두 소설이 사회 규범의 벽에 무너져 내리는 여성을 형상화하고 있는 것이라면, 이 소설은 모든 것이 허용되는 '남성'의 만용에 도전하는 것이라 할 수 있겠다. 「사랑하는 당신께」는 사랑이라는 묵인하에 권력의 횡포에 희생되는 피지배자로서의 여성의 문제를 제기하고 있다. 주인공의 글쓰기 행각은 고통과 슬픔에 대한 반추이다. 여성 문학은 항상 현실에 처한 스스로의 한계점을 벗어나려는 데 절박함이 지닌다. 그러면서 그들은 늘 남성과 분리된 혼자임을 강조한다. 여기서 "혼자서"란 사회와 떨어진 혼자가 아니다. 자아 각성 주체로서의, 남녀 대립이 아닌 약점을 지닌 보완의 존재로서 혼자인 것이다.

우리 나라는 조선시대 때부터 여성들을 규제하는 모든 제도와 규범이 엄격했다. 그리고 여성들에게 그러한 것들을 지키도록 강요해 왔다. 사회의 규범은 항상 남성들에게는 열려 있고, 여성들에게는 지켜야 할 필수적인 것이었다. 그러한 것들을 지키지 않았을 때 남성들에게는 일시적으로 있을 수 있는 남성됨으로 용서되었지만, 똑같은 행위를 한 여성에게는 엄격하게 그 대가를 요구했다. 조선시대 여성들에게 요구한 대가는 쫓겨남이었다. 그 시절 '여성의 쫓겨남'의 의미는 여성에게 있어서는 죽음과 같은 것이었고, 실제로 쫓겨난 삶을 감당하지 못하는 여성들은 죽을 수밖에 없었다.

그러나 오늘 날의 여성들도 조선시대와 의식면에서는 크게 달라진 것이 없다. 그래도 조금 달라진 것이 있다면, 여성들 스스로의 목소리 내기와 사회 규범에 대한 도전, 살아남기 위한 몸부림, 사회 시선을 의식하지 않는 과감한 행위들이다. 그러나, 사회와 가족들에게는 여전히 소외되고 이들의 소외는 결국 죽음으로 일단락된다.

2) 대상화된 죽음, 산자들의 이야기

죽음은 어느 시대에도 변하지 않는 인간 삶의 보편적인 주제인 만큼 문
학 역시 끊임없이 죽음에 반응하는 모습을 보인다. 죽음과 탄생은 자연
질서의 한 부분이지만 문학에서 드러나는 죽음에 따른 인식의 문제는 그
의미를 달리하면서 특수한 형태로 문학에 반영되기 마련이다.

우리 나라 사람들의 죽음에 대한 인식을 가장 소박하게 보여 주고 있는
작품이 한말숙의 「순자네」이다. 이 작품은 한국인들의 의식 깊이 자리하
고 있는 삶과 죽음의 문제를 보여 주는데, 죽음은 생의 종말이기 때문에
산자들에게 경고를 줄 수 있는 무기가 된다. 아내의 죽음에 죄책감을 느
끼는 남편은 따라서 죽고, 그 죽음 앞에서 남은 가족들은 자신들의 불행
을 죽은 자의 몫으로 돌린다.

'순자네' 라는 고유명사로 되어 있는 이 작품 제목의 의미는 순자라는
고유명사를 지닌 한 아이의 집안 이야기가 그 내용이다. 순자네라고 불리
는 순자의 어머니는 순자라는 아이를 데리고 홍식이라는 사람과 재혼을
한다. 새로이 형성된 순자네 집은 극빈한 환경 속에서 열 명의 식구가 살
고 있다. 여든세 살의 증조할머니와, 중풍 때문에 순자가 뒷시중까지 들
어야 하는 할아버지, 과거에는 성실했으나 장사에 한 번 망하고는 알코올
중독자가 된 새아버지 홍식, 불법 외래품 장사를 하며 살아보려 애쓰는
큰고모, 작은고모, 순자의 이복언니 영숙, 껌팔이를 하며 적은 돈이나마
벌어오는 여섯 살짜리 태호, 막내동생 기호, 그리고 순자의 어머니가 이
집의 식구들이다. 이들의 삶은 말할 수 없이 가난하다. 어머니는 불법인
줄 알면서도 외래품 장사를 해서 어려운 살림을 꾸려 가려 한다. 하지만
새아버지 홍식은 술만 마시고 주정을 하며, 돈을 내놓지 않는다고 어머니
를 손찌검한다. 그러나, 어머니는 남편의 주정을 다 받아 주며 참고 살아
간다. 어느 날, 어머니는 술집을 하는 부자 이모에게 돈을 꾸러 갔는데,

이모에게서 거짓으로 죽은 척해서 남편의 나쁜 버릇을 고치라는 충고를 듣는다. 어머니는 죽지 않을 정도의 수면제를 먹고 죽는 체하려 했지만 수면제 과다 복용으로 정말 죽게 된다. 그러자 새아버지 홍식도 양심의 가책을 느껴 목을 매 자살한다. 순자의 어머니와 새아버지 홍식의 죽음을 놓고 고모들은 두 부부의 죽음을 일종의 액땜이라 생각하고 두부장수 할머니가 데려온 무당을 시켜 굿을 하며 앞으로는 좋은 일이 있기만을 바란다. 그러나 굿을 하는 도중 경찰에게 적발되어 무당과 함께 잡혀 간다.

문학의 효용성에는 교육적 목적도 있다. 작가들은 그 방법을 나름대로 다양한 장치로서 제시한다. 죽음도 하나의 장치라고 생각한다. 흔히 작가들이 죽음을 통해 주위 사람들에게 무엇인가를 일깨워 경종을 울릴 것을 목적으로 하거나, 그것을 통하여 다른 세계로 나아가는 것을 목적으로 한다고 한다면, 전자의 경우는 현실에 더 비중을 둔 것이며, 후자는 막다른 골목에서 도피처로 나아가는 것이거나, 재생을 통한 더 나은 세계로의 전환을 꿈꾸는 것일 것이다.

순자네는 주정뱅이 남편에게 손찌검까지 당하며 가난하게 살지만 남편에게 싫은 소리 한 번 못하고 남성에게 종속되어 사는 여성이다. 그녀는 사회적으로는 단속을 피해 다니는 불법 외래품 장사이고, 가정내 부부 사이에서도 자기의 입장과 발언을 갖지 못한 여성이다. 그런 중에도 어떻게든 살아보려 애쓰지만 버는 돈에 비해 가족이 워낙 많기 때문에 가난을 벗어날 수가 없다. 순자네는 가난과 남편의 학대라는 이중적 고통에 시달린다. 그녀는 가난에 대해서는 그리 비관적으로 생각하지 않는다. 그리고 꽤 오랜 기간 남편의 학대도 잘 견디어 낸다. 그런데 술집을 하는 동생의 충고에 따라 남편 버릇을 고치려는 목적으로 복용한 수면제 때문에 죽게 된다. 이 여인은 정말로 죽으려는 의도는 없었지만 결과적으로 죽었고, 남편은 이에 가책을 느껴 자신도 자살한다. 순자네의 죽음은 일종의 경종을 울리는 목적이었을 뿐 애초에 죽음에 대한 인식이 있었던 것은 아니

다. 이 여인에게 있어 죽음의 모방 행위는 또 어제와 다른 오늘을 시작하
는 고리 역할이었으며 죽음을 모방하는 행위가 끝났을 때 질적인 삶의 전
환을 바랐을 것이다. 그러나 그녀는 실제로 죽었고 여기에서의 죽음은 현
실적이며, 물질적인 모든 것의 끝이며, 한 인간의 종말이다. 그러나, 남아
있는 가족들은 그 죽음을 자신들의 남아 있는 생에 이용한다. 그들은 죽
음의 대상화를 통해 죽은 자에 대한 슬픔이나, 애도의 마음보다, 모든 불
행한 것을 죽은 이들에게 실어보내고 살아 있는 자들이 더 잘 살 수 있기
를 바라는 마음에 더 비중을 둔다. 더구나, 살아 있는 할아버지까지 빨리
죽기를 바라는 심사는 물질적인 작은 것마저도 움켜쥐고 싶어하는 이기
심의 표현일 뿐이다. 가난한 살림에 비좁은 공간에서 생활을 해나가던 사
람들은 병자를 간호해야 한다는 현실적인 물질과 공간의 부담스러움으로
부터 해방되고 싶다는 마음만이 팽배해 있는 것이다. 좀더 비약한다면,
수입없이 식량을 축내기만 하는 사람은 비록 가족이라 하더라도 더 이상
함께 살 수 없다는 생각이다.

　가난하지만 어떠한 수단 방법으로라도 잘 살아보고 싶어하던 순자네
는 모방적인 죽음을 통한 경종의 방법을 써서 남편의 마음을 바꾸어 지금
보다 조금 잘 살고 싶어했지만 본인의 의사와 다르게 죽었고, 남아 있는
가족들에게 죽음은 떠나보내야 할 불행의 찌꺼기쯤 되는 것이다. 모방으
로서의 죽음은 물리적 현상의 끝이며 죽음을 삶의 마지막으로 인식하고
있는 이들에게 죽음은 불행을 담아 보내는 하나의 도구로서 인식될 뿐이
다. 또한 나와 가까운 혈육의 죽음이라도 나의 행복에 도움이 될 수 있는
것이라면 사람들은 그것을 이용하려 한다. 여기에서 죽음은 살아있는 자
들을 위한 타자의 것이며 대상화이다.

　이경자의 「늪의 뜨내기」에서도 술집 접대부였던 가난한 여성 인숙은
야비한 성격을 지닌 배상태를 만나 결혼하여 여관을 경영하는 시어머니
와 남편의 구박 속에 살아간다. 그는 남편과의 성적인 관계 속에서도 단

지 남편 욕구를 해결해 주는 대상일 뿐이다. 사회적으로나 경제적으로 천하고 가난한 술집 접대부였다는 결점을 가졌기 때문이다.

그녀는 결국 가정 내에서의 학대를 견디다 못해 미국으로 떠나가나 남편의 설득 끝에 다시 돌아온다. 그러나 그후에도 계속되는 남편과 시어머니의 학대는 끝나지 않는다. 어느 날 아픈 아이를 데리고 도피하는 심정으로 친정에 다녀오던 인숙은 옛 정취를 느끼게 하는 육교를 오르다가 굴러 떨어져 죽고 만다. 남편 배상태는 돌아오지 않는 아내를 찾아 그녀의 친정으로 가서 '내가 누구를 위해 살았는데… 내가 자기한테 얼마나 잘해 줬는데 그걸 모르고…' 하며 푸념한다.

이 소설은 결국 단일하고 평범한 구성으로 한 여인의 불행한 종말을 보여 주고 있다. 그녀는 술집 접대부였다는 이유 때문에 사회적, 가정적으로 불행했고 세상 어느 공간에도 안주할 수 없었다. 남편과 시어머니로부터 희생된 여성의 삶을 살아가야만 했던 것이다.

한말숙의 「순자네」와 마찬가지로 이경자의 「늪의 뜨내기」의 여인들도 삶의 힘든 질곡을 견뎌 내지 못하고 결국엔 무너져 죽음에 이르게 된다. 이 여인들은 가족이라는 울타리에서 버티지 못하고 밀려난다. 모진 삶에서 헤어나오지 못하다가 결국 죽음으로 가는 것이다. 그러나 이들의 죽음은 남겨진 가족들에게는 아무런 영향이나 상처를 주지 못한다. 단지 죽음은 죽은 자의 것일 뿐이며 영원한 타자들의 것일 뿐이다.

3. 자아 정체성 모색과 죽음의 세계

1) 삶 속의 죽음, 죽음 속의 삶

오정희의 소설들은 여성의 일상적 삶과 내부에서 흔들리는 미세한 감정의 양상을 세밀한 시선으로 보여 주는 작품이다. 그 흔들림의 관심은 특히 여성적 삶으로부터, 더 나아가 존재론적 자각에 다다르는 과정이 가장 중요한 주제로 표출되고 있다. 그의 문체나 묘사적 문장에서 기인하는 독특성과 여성적인 따뜻함, 포용성 등은 이 주제를 잘 형상화하고 있다. 오정희가 그의 소설들에서 끈질기게 추구하는 문학의 주제는 삶과 죽음의 문제[5]이다. 그 삶과 죽음의 문제는 살아있지만 죽음의 시간으로 함몰되어가는 것, 그러면서도 현존의 차원인 현재로 돌아올 수밖에 없는 이야기로 되어 있다.

오정희의 이러한 사상은 "삶은 죽음을 내포하고 (生卽死), 죽음은 삶을 내포하고 있으므로 죽음을 내포하고 있는 이 삶의 진실을 이해하는 것은 곧 죽음을 극복하는 것이 된다(死卽生)는[6] 불교적인 사상을 바탕으로 하고 있다. 종교적인 사고가 바탕을 이룬 죽음의 문제는 관념화될 수밖에 없다. 불교는 죽음을 인생의 마지막으로 보는 것이 아니라, 죽고 난 후에도 인연에 의한 윤회(輪回)의 움직임으로 보고 있기 때문에 지금의 생은 과거로 부터 온 것이며, 다시 미래의 삶을 이루게 될 업의 현장이다. 이러한 불교적인 사고가 바탕을 이룬 소설이 「別辭」이다. 이 글은 삶과 죽음의 문제가 고도의 시간 기법으로 표출되고 있는 작품이다.

「別辭」는 삶의 일상성에 대한 회의와 현실적인 감각에 대한 혐오를, 갑작스런 장면의 전환과 의식의 흐름에 기인한 환상을 동시에 보여 주는 기법으로 드러내고 있다.

이 작품의 실제 시간은 여성 주인공인 정옥이 P시에서 친정인 서울로 올라와서 어머니와 함께 묘자리를 보러 가는 하루 동안과 또 하나의 인물인 '그'의 여정이 주축을 이루며, 두 인물의 여정은 평행을 이루고 있다. 작품 내의 실제 공간과 시간은 P시의 집과 서울의 친정집, 그리고 부모님

---

5) 김치수, '전율, 그리고 사랑', 오정희(1981), 「유년의 뜰」, 문학과 지성사, 213쪽.
6) 정승석, '죽음은 곧 삶이요, 열반 「죽음이란 무엇인가」, (1992), 도서출판 窓, 99쪽.

을 위해 마련해 놓은 묘자리가 있는 묘원이다. 그러나 그 시간과 공간은 자유 연상 작용에 의해 현재, 과거, 미래 그리고 의식의 세계로 무한대로 확산되고 있다. 화자인 '나'의 내면 의식의 연상 작용은 시간상으로 과거, 현재 및 상상의 시간을 모두 수용하고 공간적으로도 현실의 장소와 의식 세계의 공간까지 확대되고 있다.

작품 속의 화자는 주인공 정옥의 행위의 시간과 공간 그리고, 의식의 세계를 따라다닌다. 화자의 서술에서, 부모님을 합장할 묘를 답사하기 위해서 친정집에서 어머니와 아이를 동반하고 나온 정옥의 의식의 흐름과 남편인 그가 움직이는 여정은 중첩되어 진행된다. 그러다가 화자는 정옥의 의식에서 빠져나와 '그'의 의식의 흐름과 행위를 쫓는다. 그리고 '정옥의 여정'과 '그의 여행' 중 계속 촉발되는 의식의 흐름이 복합적으로 얽히고 있다. 그들 여정은 죽음의 탐색이다. 이러한 죽음에의 탐색은 '정옥'과 '그'의 여행에 의해 동시다발적으로 행하여진다. 이들 여로의 종착점은 부모가 합장될 공원 묘원과 낚시간 남편이 홍수로 불어난 물로 실종된 저수지로 되어 있다. 이 두 공간은 모두 죽음을 의미하고 있다. 그 중 소설의 주인공인 정옥에게 죽음과 관련되어 있는 곳들이 여행지가 되고 있다. 그러나 그곳은 실제로 죽은 이를 위한 곳이 아니라 현재는 살아 있는 자의 미래의 죽음의 자리이다. 현재라는 시간과 공간 속에 들어 있는 미래인, 어느 땐가 맞이할 죽음의 자리인 것이다.

아침 식사를 하면서 어머니가 지나가는 말처럼 묘원에 가 볼래 했을 때, 뜨거운 날씨에 아이를 이끌고 나설 일이 엄두가 나지 않으면서도 쉽게 고개를 끄덕였던 것은 죽은 자의 절대적 평화와 외로움을 만나리라는 환상 때문이었던가.

묘원에 도착해서 "음료수 병의 마개를 따자 간힌 탄산가스들이 작은 기포가 되어 방울방울 흘러내렸다. 끓어오르는 거품 소리만 무심히 들릴

뿐 죽은 듯한 정적이었다." 정옥에게 있어 묘지는 "이제껏 경험한 적이 없는 다른 빛깔, 냄새, 형태의 고요로움을 감지"할 수 있는 곳이다. 그곳에서 정옥은 망자들의 세계와 떠도는 혼들을 보려 했고 죽은 자의 절대적 평화와 만나리라는 환상에 빠진다. 그러나 살아 있는 사람의 죽음에로의 완전한 침잠은 불가능하다는 것을 깨닫게 된다. 죽은 사람들의 장소인 묘지로 향하는 길에 나타난 '죽은 녹빛'의 옷을 입은 군인들의 행군을 보고 그렇게 지극하고 끝나지 않을 듯하게 느끼는 것은 무엇을 의미하는가? 그것은 죽음을 향해 다가가고 있는 인생의 지루함과도 같은 것이다. 생기 있는 존재로서 미래를 상정하는 것이 아니라 이미 반쯤은 죽은 상태에서 죽음을 향해 다가가는 것이다. 그러나 살아 있는 자에게는 죽은 자의 절대적 평화를 만난다는 것, 즉 죽음의 깊이를 탐색한다는 것은 불가능한 일이다.

이곳은 어디지? 죽은 사람들이 묻힌 곳이란다. 죽은 사람? 죽은 게 뭔데?" 아, 정말 죽은 사람이란 무엇인가. 한 시대, 같은 사건을 함께 겪은 사람, 언젠가 어느 길목에서 무심히 스쳤을지도, 가볍게 눈이 마주쳤을지도 모를 사람들. 아침이면 일어나고 밤되면 잠들어 햇빛, 바람, 눈과 비를 함께 경험한 사람들, 그들 생애의 어느 순간 자신은 태어났으며, 그리고 자신의 생의 어느 순간 그들은 겸손하게 떠나갔다. 한 시대를 나누어 가졌던 엄청난 우연성에도 불구하고 그들 죽음의 어떤 조그만, 보잘 것 없는 예감과 징후조차 자신에게 있었던가.

두 인물의 다른 여정 이야기가 하나로 묶인 「別辭」는 소설의 처음부터 산자들과 죽은자들의 관계와 공간이 묘자리라는 하나의 단서로 죽음을 연상하게 하며, 묘지, 저수지, 군인, 까치들의 이미지로 표현되고 있다.

이 소설은 시작에서부터 삶과 죽음이 공존하고 있는데, 그 양상을 인물, 시간으로 보여 주고 있다. 소설의 서두에 '저녁 시간에 구걸하러 온 문둥이'에게 동전을 손에 닿지 않게 떨어뜨려 주는 장면이 나온다. 여기에서 문둥이는 살아 있으되 일상인이 아니며, 사회로부터 유리되어 살고 있는 사람들이다. 저녁 시간은 어둠을 향해 가는 삶과 죽음이 어우러져 있는 시간이다. 주인공 '정옥'은 여행을 통한 죽음에로의 침잠을 꿈꾸게 한다. 그러나 침잠의 과정을 거친 후 정옥은 다시 일상으로 돌아오나, 그는 유토피아적 공간 '하늘재 신들네'라는 초월적 시간과 공간 속에 존재하게 된다. 현실에서는 실종으로 드러난다.

「別辭」에서 중심을 이루고 있는 삶과 죽음이라는 양면성을 주인공 정옥은 지니고 있다. 부모님은 현재는 살아 계시되 죽음을 향해 가는 저녁 시간의 인물들이며, 이미 실종된 남편은 체취로 남아 있어 현존하지 않으면서 존재하는 인물이다.

낮잠 자는 아이를 집에 남겨 놓은 채 세탁물을 찾아들고 집에 돌아왔을 때, 그 집안에는 변하고 달라진 것이 아무것도 없었다. 그러나 집안에 희미하게 남아 있는 담배 냄새를 느끼고 그의 존재를 느낀다. 모든 사람들에게는 익사해 죽은 사람으로 되어 있으나, 그를 죽음의 세계로 보내 버릴 수 없는 정옥은 그의 행적의 자취로 그가 살아 있음을 확인한다.

> 혼곤히 잠든 아이의 뺨에 남아있는 분명한 그의 입맞춤을 보았을 때 정옥은 더 이상의 추리와 탐색이 부질 없는 짓임을 깨달았다.
> 그는 아주 가 버린 것이다. 하룻밤의 폭우로 감쪽같이 사라져 버린 사구에 그의 껍질만 남기고 숨어 버렸듯 옷만 갈아입고는 사라져 버린 것이다. 고작 이십 분 시간이지만 그 어느 긴 시간보다도 멀리 갈 수 있는 시간이기도 했다.(「別辭」189쪽)

그녀의 남편에게 있어 현실은 항상 도망가고 싶은 공간이었다. 그는 주말이면 '하늘재 신들네'라는 가상의 공간을 찾아 늘 잡을 필요가 없는 고기를 낚기 위해 낚시질을 간다. 그의 의식 세계는 일상에 머무는 것이 아니라, 가상의 공간에 머문다. 그것을 정옥은 '보이지 않는 손, 보이지 않는 힘'으로 생각하고 있다.

주인공은 이런 이원적 세계 속에서 변증법적 갈등을 겪는다. 삶과 죽음 어느 것 하나만을 궁극적으로 선택할 수 없는 상황, 존재하는 것은 현재와 보이지 않는 과거와 미래의 짜임에서이며 그것은 삶 속의 죽음이고, 죽음에로의 여행을 거쳐 다시 현실로 되돌아와 현재 속에 다시 서는 죽음 속의 삶인 것이다.

소설의 서두가 죽음의 여로로 시작했듯 소설의 결말도 죽음과 관련되어 끝을 맺고 있다. 부모님의 묘원으로 부터 돌아오는 길은 "우란 분재, 망자(亡者)의 날인 백중이다. 또한 정옥의 남편이 저수지를 찾아가는 길에 들린 가게집에서 점심으로 시킨 국수를 기다리면서 그날이 백중이란 걸 알게 되고, 저수지에서 빠져 죽은 남편 49제의 불사를 올리기 위해 절을 찾아가는 소복한 아낙네와 아이를 만난다. 이렇게 소설은 살아 있음을 죽은자들과의 관계를 통해서 확인해 내고 있다. 살아 있지만 영원히 오지 않을 남자. 가족들에게는 하늘재 신들내로 가 버린 사람, 정옥은 남편이 가는 곳을 하늘재 신들네라고 말하고 떠나고 난 뒤 지도를 샅샅이 뒤져 시, 읍, 면 단위의 세부도까지 찾아 뒤져 보았지만, 어디에도 그런 곳은 없었다.

> 그에게서 그 지명을 들었을 때의, 새벽의 푸르름 때문일가. 정옥은 손댈 곳 없이 깍아지른 벼랑, 그 위에 한번도 열어 보인 적이 없는 벽공(碧空), 열목어(熱目魚)가 붉게 달아오른 눈을 식히기 위해 차갑고 시린 물을 찾아 모여든다는 벽곡(碧谷)을 생각했었다.(「別辭」186쪽)

한 사회에서 살고 있으면서도 법적으로 모든 활동이 금지되어 있는 사람, 금치산자로 한가족이되 같이 살 수 없는 사람이며, 살아 있으되 만날 수 없는 사람이며, 냄새와 느낌과 흔적으로 살아 있는 사람(남편)과 의식 속에 함께 살고 있는 여자, 살아 있으면서 죽음을 준비하는 부모님들을 보면서 사는 여자 주인공. 오정희의 작품 속에 등장하는 인물들은 그렇게 현실과 의식 세계를 넘나들면서 살고 있는 이중적 사고를 지니는 인물들이다. 현실에서 안주하지 못하는 그들은 삶과 유리된 공간 속에 자신의 영역을 설정한다. 그리고 그 영역 안에서 일어나는 자신의 일을 꿈꾸며 이야기를 글로 쓴 것이 별사(別辭), 헤어짐의 이야기이다. 남편과 헤어졌고, 부모님과 헤어져야 하며, 모든 산자들과 헤어져야 하고, 종국에는 현재의 자기 자신과도 헤어져야 하는.

정옥이 미래라고 부르는, 자신이 죽은 뒤의 시간과 공간에 대해 생각하는 것은 그것이 아이가 살아갈 세상이기 때문이다. 세상과 함께 핏줄을 남겨 놓고 가기 때문이다.(「別辭」171쪽)

현재와 과거, 현재와 미래, 나와 나의 부모, 그리고 나의 부부와 나의 아이의 시간과 공간의 이야기가 어우러져 있는 「別辭」는 삶 속의 죽음, 죽음 속의 삶의 이야기인 것이다.

2) 죽음, 영원한 자유 세계로의 존재 전환

인간의 과거와 현재 그리고 미래는 산만큼의 크기로 정비례하지 않음을 보여 주는 작품이 『고등어』이다.

『고등어』는 80년대에 운동권 그룹에 속해 있다가 90년대에 접어들어 변화한 사회에 적응하는 30대의 이야기이다. 7년 전, 함께 학생 운동을 하던 은림과 명우는 서로가 서로를 원한다고 느끼고 함께 도망을 하기로 계획했으나, 명우는 아직 할 일이 많다는 이유로 일방적으로 약속을 깬다. 당시 은림은 함께 운동을 하고 사랑한다고 믿었던 건섭과 결혼을 한 상태였다. 후에 명우는 노동운동을 연대해서 추진하던 노동자 연숙과 결혼을 하나 이 두 쌍의 결혼은 모두 서로에게 만족스럽지 못한 것이었고, 은림과 명우는 헤어진 7년 동안에도 서로를 떨쳐 버릴 수가 없었다.

7년 후, 새로운 시대에 적응해 부르주아들의 자서전을 쓰면서 살아가는 명우가 다시 만난 은림은 철저하게 파멸된 상황에 있었으며, 약해져 있었으나 인간에 대한 신뢰 때문에 마지막까지 운동권에 남아 있었다. 은림은 여기서 운동권에 마지막까지 남은 등 푸른 고등어로 상징된다. "살아 있는 고등어떼를 본 일이 있니? 그것은 환희의 빛깔이야" 그러나 이렇게 자유로운 바다에서 푸른 등을 빛내며 힘차게 헤엄치던 고등어는 석쇠로 변해 버린 세상에 적응하지 못하고 죽어 간다. 그것은 운동할 당시에 얻은 폐결핵 때문이었다.

만약에 은림이 여성이 아니고 남성이었다 할지라도 그 당시 사회적 여건으로는 그의 죽음은 어쩔수 없는 것이었을 것이다. 작가 후기에서 '80년대를 아파한 모든 젊은이들은 영원히 젊을 수 있으리라고 말할 수 있겠다.'고 말한 의미는, 한국사에서 특별한 의미를 지니는 80년대가 90년대에 이르러 그 순수함이 희석되고 있기 때문이다.

은림이는 죽었지만 '과거라는 시간이 꼭 흘러가 사라져 버리지 않으리라는 것을 알았다.' 는 작가의 말처럼 그녀의 '등푸른 자유' 는 죽음으로서 호소력을 가지고 명우의 가슴과 독자의 가슴 속에 남는다. 은림의 죽음이나 또한 학생 운동을 하다가 교도소에 끌려가 감방 생활을 하고 있는 은림의 남편 건섭과 정신병원에 갇혀 있는 오빠 은철의 상징적인 죽음과 같은 맥락에서 볼 수 있다. 이렇게 은림을 둘러싼 이들의 상징적 죽음은 은림 혼자 짊어진 시대의 죽음이고 이데올로기의 죽음이다. 그러나, 왜 여성을 시대의 죽음의 대상으로 삼았는지 생각해 볼 필요가 있겠다. 과거로부터 여성을 희생의 대상으로 삼았을 때 얻을 수 있는 감정적인 효과가 작용했을 것이다.

투쟁의 일선에서 물러나고 시간이 흐른 후, 김명우는 노은림을 위시해서 서로 각기 다른 방식으로 각기 다른 개성과 특징을 가진 세 여자를 사랑한다. 노은림은 어린아이처럼 울음을 터뜨리는 한 남자를 사랑하였고, 죽기 전 그와의 마지막 여행을 하면서 그와 함께 있었고, 그에게 자신의 운동에 대한 믿음을 애기했으며, 이미 식어 버린 젊은 시절의 열정을 아파한다. 그러나 그보다도 자본가의 자서전을 써 주는 변절한 그를 보는 것이 더 괴롭다.

무엇보다, 이 땅에 대한 사랑이 깊었기에 열애 한 번 못해 보고, 테니스 하나 배우지 못했지만, 아픈 역사에 청춘을 바친, 힘찬 꼬리를 흔들어대며, 등 푸른 생선으로 죽어간 친구들의 죽음을 헛되어 부르지 말라며, 명우를 질책한다.

노은림과 명우를 보면서 역사의 단절을 느낀다. 은림은 병들었다. 그리고 각혈을 하며 죽어 간다. 명우 역시 병들었다. 심하게 맘에 병이 들어 있는 것이다. 그들의 실체는, 그들의 정체성은 그럼 어디에서 찾아볼 수 있을까. 은림의 죽음은 끝까지 맑은 정신으로 남고 싶은 자기 정체성의 추구로 볼 수 있다. 이는, 정체성의 싸움이며, 끊임없는 자신의 주장이었다. 자신의 몸을 마음대로 내두르고, 가혹하게 처신한 것은 등푸른 자유로 남아 있고 싶은 자유의 욕망인 것이다.

「… 가장 고통스러운 순간까지도 명료하게 깨어 있고 싶어.

그것이 나의 生이라면…

나는 언제나 그 한복판에 서 있으리라.

깨어 있고 싶어…」   -은림의 유고일기 中-

육체적으로나 정신적으로나 가장 고통스러운 순간까지도, 명료하게 깨어 있고 싶은 은림의 욕망이다.

그녀의 죽음 자체는 삶의 반란이며, 정체성의 확립과 존재 전환의 문제이나, 죽음의 배경에는 변해 버린 시대에 고여있는 썩은 물과, 동지 고등어들의 부재에 있다. 푸른 바다를 헤치며 유영하던 동지들이 세상 밖으로 나와, 인간에게 살점을 뜯기고 석쇠에 구어지는 한 마리 생선으로 변한 것이다. 그러나, 명우는 그 대표적인 경우로 그렇게 질시하던 부르주아 부류의 자서전을 대필해 주는 일을 하고 산다. 은림은 육체의 고통은 당하고 있으나, 영혼을 살인당한 명우는 더 가혹한 형벌 속에 살아가는 것일 것이다.

사랑을 해 본 사람이라면, 그리고 나서 그것이 끝나고 난 뒤의 무참함을 한 번이라도 느껴본 사람이라면 결코 이런 말 - 사랑을 하지 않고 상처도 받지 않는 것보다 사랑을 해보고 상처도 입는 편이 좋다 - 은 할 수 없을 테니까.
만일 누가 내게 묻는다면 나는 대답하리라. 생애 단 한번 허용된 사랑이라 해도 그 단 한번의 사랑이 무참히 끝나고 말것이라면 선택하지 않겠다고.
그저 사랑을 모르는 채로 남아 있겠다고

그녀의 사랑은 명우에 대한 사랑과 조국의 한 시대를 바르게 세우고 싶은 욕망의 실천인 운동에 대한 사랑뿐이었다. 그리고 명우에 대한 사랑의 결실이었던 7개월된 태아를 사산시킨뒤, 자신도 죽어가기 시작한다.
은림은 배신을 당한 뒤, 몸을 아무렇게나 한 것도 문제나, 상처입은 마음이 몸을 해친 것이다. 이러한 점들이 죽음으로 이르는 길이다. 그녀는 죽기 전 명우와 만나 아직 서로 사랑하고 있음을 확인하고, 자유의 여행을 떠난다. 그녀는 죽는 것이 아니라, 사회와 사랑이라는 굴레로부터 자유로운 영혼을 지니고 다시 고등어가 되어 바다로 떠난 것이다.
문학 작품은 어떠한 형태로든지 인물들 간의 관계의 이어짐과 그 속에서 일어나는 갈등을 사건으로 나타내는 것이다. 작품 속의 인물이 죽는다면 그 죽음에는 반드시 죽을 수밖에 없는 필연적인 원인과 그 과정이 있을 것이다. 그러나, 죽음에 이르게 하는 필연적인 원인은 인물 자신의 내적인 갈등과 인물과 세계와의 갈등으로 양분된다. 여기에서 인물과 세계는 사회일 수도 있고, 또다른 관계의 인물들일 수도 있다.

우리들의 삶은 生, 아니면 죽음이라는 양분된 방식을 취하고 있으므로, 삶 속에서 생명이 결여된 형태는 죽음일 텐데 문학 또한 인간의 삶을 반영하는 하나의 통로이므로, 문학에서 죽음이 드러나는 것은 극히 자연스러운 일이라 할 수 있겠다.

그 다른 세계로 나아가는 죽음은 자유로의 탈출, 도약, 비상을 의미하는 죽음과 막다른 골목에서 택할 수밖에 없는 마지막 출구로서의 죽음으로 구분할 수 있다. 이 자유로의 탈출, 재생, 승화의 의미를 지니는 죽음은 우리 나라 건국 신화인 '단군 탄생' 설화에서 단군의 어머니 웅녀가 한 여인으로 변화되기 전 곰으로 동굴로 들어가 곰으로의 육체가 소멸되고 한 여인으로 재생하는 이야기나, 심청이 선원들을 따라가 인당수에 빠지는 심청전의 이야기 등에서 나타난다. 이때 죽음은 몸의 해체를 통한 새로운 존재로의 재탄생을 함축한다. 이것은 죽어 없어지는 육체의 소멸이 아닌 것이다. 여성뿐만 아니라 모든 인간의 육체의 소멸은 죽음과 재탄생의 출발점으로 인식될 수 있다. 보편적으로 죽음은 통과제의적인데 죽음 위에서 탄생을 예비하는 모습은 바로 이 통과의례적인 장치로 작용한다.

이러한 생각이 보편적인 사고로 자리잡게 되는 데에는 한국적인 발상이 그 연원이 되었다기 보다는 서구식의 철학과 학문 방법에서 기인되었다고 볼 수 있다. '개똥 밭에 굴러도 이승이 낫다' 라는 현실 세계 중심의 죽음에 대한 우리 나라 전통 관념이 '불국토' 와 윤회라는 불교 사상과 접목되어, 죽음에 대한 의식을 쉽게 받아들인 것으로 여겨진다. 그 이후 서구 기독교 문화의 영향으로 죽음의 세계에 대한 환상적, 낙관적 의식이 뿌리내리게 된 것이 아닌가 한다. 특히, 이러한 재생적 의미를 지닌 죽음은 죽은 이의 의지적인 희망의 결과이어야 하기 때문에 자살일 경우 죽음의 세계는, 모든 것이 절망으로 끝나 버리는 종말이 아니라 현실에서 이룰 수 없었던 것을 풀어 놓을 수 있는 가능성으로 인식되고 있다.

4. 자기 공간 찾기와 현실 공간의 일탈

1) 여성의 죽음과 집, 공간의 함수 관계

여성들의 글쓰기는 자기 정체성을 찾으려는 시도이며, 찾아가는 행로이다. 여성 글쓰기에서는 현실 공간과 의식 공간이 이분법적 구도로 나타난다. 의식은 여성들의 구원의 장이며, 현실의 공간에서 얻을 수 없는 휴식을 얻는 공간이다. 여성들은 이 의식 공간에 담겨지는 자신의 이야기를 들여다 보며, 또 글로서 풀어 낸다. 그들이 써내는 이야기는 그래서 현실 공간의 이야기와 의식 공간의 이야기가 교차된다.

신경숙의 소설 「빈집」은 집이라는 공간의 비어짐을 통해 상징적인 죽음을 표현한 작품이다. 기타리스트인 남자와 귀머거리인 어린 소녀의 기이하고 비현실적인 만남과 사랑, 좌절 그리고 죽음을 상징적으로 다루고 있다. 실제로 등장인물들이 죽거나, 죽임을 당하는 것은 아니지만 죽음이라는 상징적인 현상을 거치게 된다.

그들은 운명적으로 만나 사랑을 했지만, 그 사랑도 운명적으로 잃어버리도록 설정되어 있다. '도저히 주거용 건물이 있을 것 같지 않은 시내의 한복판에 뭔가 비현실적으로 삐딱하게 서 있'는 스튜디오는 사람이 살 수 있을 것 같지 않은 공간으로 현실적인 삶의 공간인 가족 공간도 아니며, 상업적인 공간도 아니다. 내 공간이면서도 가족 공간이 아니듯 기타리스트와 귀머거리 소녀는 함께 살되 부부도 가족도 아니다. 그들이 잠시 만났다가 헤어져야 하는 관계임을 이제 곧 부수어 버려야 하는 건물로서 상징적으로 그려 내고 있다. 또한 비어 있는 건물의 상징은 비극성을 암시받는다. 그곳은 거위가 꽥꽥거리는 소리, 윗집의 망치 소리, 옆방의 TV 소리, 소독원의 노크 소리, 칼을 들고 쫓고 쫓기는 남녀의 고함과 비명 소리, 고양이의 울음소리, 생쥐의 찍찍거림 등의 온갖 소리들로 가득차 있다. 다만 귀머거리 소녀에게만이 그 집은 모든 소리들이 숨죽이고 있는 공허한 상실의 공간인 것이다.

'그'가 소란스런 세상의 잡다한 소리들로부터 "살아가고 싶은 욕망을 균열지게 할 거라고" 생각하게 된 것과 반대로 귀머거리 소녀는 그녀가 사랑하는 남자의 기타 소리를 들을 수 없음으로 인해 살고 싶은 욕망의 절망스러움을 알게 된다. 여자는 들을 수 없는 생쥐의 존재를 혼으로 느낀다. 남자가 느꼈던 외로움만큼 '깜깜한 귓속 칠흙의 외로움'이 여자에게는 있었다.

그러나 이 다가갈 수 없는 두 사람의 거리에서 느끼는 절망보다 더 큰 간극은 사랑에 대한 인식 자체에 있다. 6,7년의 세월을 늘 그래왔듯이 언제고 기타리스트로서 자신의 인생을 위해 스페인으로 떠날 것을 꿈꾸는 남자의 이기적 사랑 앞에서 느끼는 좌절과 절망이 여자의 순수한 사랑을 가로막았다. 이것은 어떠한 순수함에의 열망이며 원형 그대로 존재할 수 없는 현존적 삶에의 좌절이고 절망이다. 그리하여 여자는 편지를 남기고 그 집을, 그의 곁을 떠난다. 여자가 집을 떠나는 것은 상징적인 죽음이다. '언젠가 떠나왔던 곳으로' 돌아가기를 원했던 여자가 먼저 벗어나야 할 곳은 실존적인 실패를 경험하게 하는 그녀의 방으로부터 이다. 이 빈방이라는 상징적인 죽음은 작품의 끝부분에 암시적으로 장치해 놓은 고속도로 교통사고에서의 귀머거리 여자의 죽음을 통해 구체적으로 극화된다.

이 소설에서 여자의 죽음은 빈집과 떠나는 행위에서부터 시작되므로 능동적이라 할 수 있다. 이것은 스스로가 택한 자살이라는 죽음의 형식을 빌고 있는 것으로 해석해도 좋을 것이다.

작가는 소설의 첫머리에 기형도의 詩 「빈집」을 제사함으로써, '빈집'

의 의미를 정보로 주고 있다.

　　사랑을 잃고 나는 쓰네

　　잘 있거라, 짧았던 밤들아
　　창밖을 떠돌던 겨울 안개들아
　　아무것도 모르던 촛불들아, 잘 있거라
　　공포를 기다리던 흰 종이들아
　　망설임을 대신하던 눈물들아
　　잘 있거라, 더 이상 내 것이 아닌 열망들아
　　장님처럼 나 이제 더듬거리며 문을 잠그네
　　가엾은 내 사랑 빈집에 갇혔네

기형도 「빈집」[7]

　기형도의 시, 「빈집」에서 주는 의미를 신경숙은 자신의 소설 속에 그대로 받아들이면서 소설을 쓰고 있다. 기형도의 시에서와 마찬가지로 집을 떠남은 곧 죽음이다. 죽음은 현실적인 것을 변형시키고 초월시키는 아름다움을 가진다. 그러나 갇혀 있던 빈집의 좁은 방에서 스스로 탈출하므로써 대신 사랑을 가둬 놓을 수 있다. 그 사랑은 현실에서 불가능했던 원형으로서의 사랑, 그리움의 영원한 원천이 되는 사랑인 것이다. 그녀는 빈집에서 이미 나왔으므로 그 집은 물리적 의미의 빈집이 되지만 이제 그 속에 남은 것은 '짧은 밤'과 '창밖을 떠돌던 겨울 안개'와 '눈물', 그리고 '가엾은 내 사랑'이다. 이것은 인간의 정신적 고향으로부터 복원해 내려는 순수한 사랑의 원형, 그대로 보전된 사랑의 모습이다.

　여자의 죽음은 특히 여성의 죽음은 생명 없음, 더럽혀진 가치들, 비인간화들에 대한 도피로서가 아니라 역설적인 해체와 소멸의 과정을 통해

---

7) 김주연 (편), 『길이 끝난 곳에서 길은 다시 시작되고』, 문학과 지성사, 1990년.

새로운 형태의 삶을 제시하려는 작가의 의미론적 도구로서 기능하고 있다.

마찬가지로 신경숙의 『깊은 슬픔』에서도 그녀의 특성처럼 서사의 내용이 사건 위주로 되어 있는 것이 아니라, 의식과 무의식, 현재와 과거를 넘나들면서 이야기는 계속되고 있다. 그녀에게 있어 과거는 항상 현재에 투영되어 있다. 그녀의 갈등은 항상 과거와 맞물려 있으며 자신의 내부에서 일어나는 자신과의 갈등이다. 내적 독백에 의한 글쓰기가 자아를 찾아가는 길인 것이다. 이 글은 '과거의 상처'에서 오는 결핍과 불구의 상황에서 전개된다. 불구와 결핍은 욕구를 가져온다. 이 글에 등장하는 인물들의 욕구는 '절대적인 사랑'의 형태로 나타난다. 여기서 보이는 인물, 공간, 시간은 서로에게 상처를 주는 주체로서 혹은 욕구의 대상으로서 연결된다. 순환론적 구조를 띠고 있는 것이다.

인물들간의 관계를 살펴보면, 은서와 세, 은서와 완, 완과 세, 화연과 사촌들의 관계는 모두 불구의 관계이다. 이 불구의 관계는 고향 이슬어지에서 비롯된다. 세와 완, 은서는 서로, 정삼각형을 그려가면서 이슬어지라는 모천으로 돌아가고 싶어한다. 그러나 이슬어지는 그들에게 낙원임과 동시에 상실과 아픔의 장소이기도 하다. 이들은 기억의 힘으로, 그리움으로 과거를 향하여 살아간다. 하지만 이러한 회귀는 일방성을 가지고 있다. 다가가면 등을 돌리고, 다가오면 등을 돌리면서 은서와 세와 완의 가슴에 상처를 준다. 은서는 완 앞에서, 세는 은서 앞에서, 은서는 다시 세 앞에서, 그리고 완은 은서 앞에서 뒤늦은 각성을 이루며 스러진다.

공간에 있어선 앞에서 언급했듯, 완과 세, 은서가 하나였던 고향 이슬어지와 서로의 등만을 볼 수밖에 없는 서울이 그들의 상처와 사랑의 고리로 연결된다.

이 글의 시간은 봄에서 시작되 다음해 봄에서 끝난다. 시작의 봄이 은서가 완의 사랑에 괴로워했던 시기라면 그 다음 해의 봄은 세에 대한 사랑을 깨닫고 절망하여 죽음에 이르는 때이다. 봄이라는 시간에 은서가 자살을 한 것은 이야기의 갈등이 처음으로 시작되는 봄과 연결되어 생성의 순환론적 의미를 내재하고 있다.

이러한 점들로 볼 때 은서의 죽음이 '순환론적인 죽음'이라는 의미를 갖는다. 은서, 완, 세의 새로운 생성을 위한 순환의 극에 이른 것이다. 그러나 이미 앞에서 언급했던 여성 자아 각성에 의한 적극적 죽음과는 의미를 달리한다. 은서의 죽음은 다분히 운명론적인 색채가 강하다. 은서가 도달해야 하는 당연한 귀결이다. 극복하지 못한 삶에 대한 어쩔 수 없는 선택, 삶의 포기인 것이다. 여기서 극복하지 못한 삶이란 사랑과 의존의 상황을 의미한다. 은서가 자살에 이르기 전 불균형하게 살이 찌고, 거식증과 실어증, 머리가 빠지고 희어지는 증상은 그녀가 현실적인 삶의 공간을 체념하고 떠나 있음을 보여 준다. 이것은 완과 세가 사랑을 잃었을 때 보이던 태도와는 차이를 보인다. 그들은 은서를 뒤로하고 자신의 일에 전념한다. 이렇게 은서는 자기 의지의 허약성을 보인다. 그녀는 자신의 삶을 찾지 못했고 자아를 상실했다. 그녀는 유언에서

'나는 어디를 응시해야 할지를 모르겠구나'
'한 가지 것에 마음 붙이고 그 속으로 깊게 들어가 살고 싶었지. 그것에 의해 보호를 받고 싶었지. 내 마음이 가는 저이와 내가 한 사람이라고 느끼며 살고 싶었어. 늘 그렇게 못해서 무서웠다. 그 무서움을 대하며 그래도 날들을 보낼 수 있었던 건 그럴 수 있을 거란 믿음이 있어서였지. 하지만 이제 알겠어. 그건 내가 인생에 너무 욕심을 낸 거였어. 이런 깨달음은 나에게 아무런 힘을 주지 않는구나' '그래, 일이 잘못되었다. 나는 끊임없이 누군가 나를 지켜줄 거라고 생각했단다. 그 생각만이 인생을 생각하게 했어. 그 생각만이 내가 잃어버린 것들은 찾아 줄 것 같았어.'
'너는 너 이외의 다른 것에 닿으려고 하지 말아라. 오로지 너에게로 가는 일에 길을 내렴. 너를 믿고 살거라. 누군가를 사랑한다해도 그가 떠나기를 원하면 손을 놓아 주렴… 그건 처음부터 너의 것이 아니었다고 잊어버리며 살거

라…'

'이제는 나를 지킬 사람은 나 자신뿐이고, 힘을 얻어서 살아가야 한다고 내
게 속삭이고 속삭였단다. 하지만 너무 늦었구나.'

그녀의 죽음엔 극복의 의미가 결여되어 있다. 삶의 포기로서의 죽음인
것이다. 혼자 자신의 삶을 헤쳐 나가지 못한, 사랑에만 의존했던 여인이
선택할 수 있는 유일한 가능성이다. 그녀는 여성으로서 그리고 인간으로
서 자아 찾기에 실패했다. 사랑의 상처로 인한 자아 상실이다.
　삶에 실패한 여성에게 그 자신의 공간이 따로 있을 수가 없다. 현실의
공간도 의식의 공간도 그녀에게는 없다. 그녀는 죽음으로, 물리적이고 가
시적인 근원으로의 회귀가 아니라 다시 자신의 육체의 근원으로 되돌아
가는 것이며, 현실 공간으로 부터 일탈하는 것이다.

2) 자아 탐색과 현실 공간의 일탈

여성 작가들의 작품 속에 등장하는 의식 있는 여성들은 죽음을 스스로
택함으로써 부정적 현실에 몸으로 저항하거나 탈출하고자 한다. 강석경
의『숲 속의 방』의 소양이 그런 인물이다.
　『숲 속의 방』의 인물 중 초점화의 대상이 되고 있는 여주인공 소양은
80년대를 살아가는 젊은 세대들 중 하나이다. 우리 나라 역사에서 80년
대의 의미가 그 이전과 분명 다르듯이 이 시대를 살아온 젊은이들의 삶의
형태도 분명 그 이전과 다르다. 그들에게는 기존 질서에 대한 절대적인
순종이 없다. 그들이 추구하는 것은 관계 속에서가 아니라, 절대 진공 상
태의 자유인 것이다. 그러한 의식의 행위들은 경제적으로 아무런 부족함
이 없는 데도 술집에 나가기도 하고, 등록금으로 받은 돈으로 디스코 장
에도 가고, 낯선 중년의 남자와 아무렇게나 잠을 자기도 하고, 길거리에

드러눕기도 하고, 다방 계단에서 담배를 피우고, 기존의 윤리 도덕의 자로는 측정할 수 없는 행동으로 드러난다. 이러한 행위는 소양만이 그런 것이 아니라, 집단적인 행동으로 나타나며, 이들은 행위의 주 공간을 종로로 하여 거침없는 저항의 몸짓들을 한다.

그런데 소양의 저항은 단순한 기성 세대, 기성 사회에 대한 저항이기보다 자기 자신과 자신의 생명에 대한 거부이기도 하다. 그러한 점은 그녀가 가족들과 함께 살면서도 "나는 섬 같애. 쓸쓸한 파도만 부딪치는 섬 같애"(96쪽)라는 말로서 자신을 표현하고 있고, 그런 소양이를 화자이면서 소양의 언니인 나는

> "창백한 맨발과 팔을 늘어뜨린 채 엎드려 있는 모습이 버림받은 것 같애… 나는 너를 돕고 싶다, 말하려 했으나 입이 떨어지지 않았다. 소양의 외로움이 전류처럼 닿아 와 가슴이 아파왔으나 내일 함께 시내에 나가 영화도 보고 초밥도 먹고 기분 전환하러 다니자고 어린애 달래듯 말했다.(97쪽)

소양의 언니이면서도 젊은 세대의 발상이 아니라, 기성세대의 논리를 절대로 따르고 있는 소양의 언니는 소양을 이해해 보려는 시도는 하고 있으나, 늘 바라다보는 대상일 뿐 이해에 이르지는 못한다. 소양은 결국 찾을 수 없는 현실의 공간으로부터 벗어나기 위해 자살을 할 수밖에 없는 과정과 결과적으로 드러나는 죽음을 보여 주고 있다.

이 작품은 휴학한 소양이가 모든 것이 껍데기 같다고 하면서 사건의 발단이 시작된다. 그리고 자신은 '고도에 떠 있는 한 개의 섬'이라는 인식을 하고, 스스로를 평범한 사람이 아니라고 생각하며 주위 모든 사람들에게서 단절감을 느낀다. 또한 자신과 같은 또래 집단들과 데모에 참여하는 과정에서도 갈등하고 괴로워하며 소외감에서 헤어나지 못한다.

사회에 대한 이러한 부적응을 탈피하고자 소양이 찾은 곳이 바로 종로이다. 작품 속에서 종로는 젊은이들의 의식의 배출구이고, 기존의 질서가

존재하지 않는 곳이며, 혼돈이고 숨통이라고 표현되고 있다. 즉, 젊음의 자위 행위가 이루어지는 곳이다. 그러나 배출구인 종로에서의 탐색에서 소양이 느끼는 것은 육체에 대한 절망뿐이었다. 자신이 비상할 수 없는 것을 한계로 인식하는 소양은 날개는 없고 몸뚱이만 있는 척박한 땅인 이곳에서 땅을 전신으로 문지르고 다니는 뱀으로 자신을 표현한다. 그러나 이러한 몸부림 속에서도 소양은 결국 안식의 방을 찾지 못한다. 소양은 가족들과의 괴리, 기존 질서에 대한 반란, 자기 공간 탐색의 실패로 자살에 이른다.

소양의 죽음은 굳이 여성이기 때문에 겪어야 했던 죽음이라기 보다는 인간으로서 존재에 대한 회의, 살아 있음에 대한 끝없는 자기 탐색의 실패이다. 그러한 점에서는 여성의 죽음이라는 한계성을 지니는 것은 아니다. 그녀의 죽음은 인간이라는 점에서는 남성과 대등한 입장에서의 죽음이다.

가족 관계에서 보여 주는 재력을 지닌 할머니의 '퇴물 유한 계층' 적인 발상의 행위들을 보면서

> 퇴물 유한 계급, 자기 도취로 인한 생의 고독에서 도피하려 한다. 그 나이에 코르셋은 무어며 분홍색 레이스 양산은 뭐냐, 하긴 진실에 직면해도 그 나이에 자살은 못하겠지.

여기에서 진실에 직면한 소양이 자살할 수 있음이 기성 세대와 다른 점이라고 생각한다.

그리고 기성 세대를 대표하는 전형적인 인물인 아버지와 소양은 매사에 부딪치고 있다. 전쟁을 경험한 세대인 아버지는 물질적인 모든 것이 풍부한 딸들의 세대들이 벌이는 행위는 호강에 받친 철부지 짓으로, 소양을 위시한 데모하는 대학생들을 모두 사형시켜야 한다는 극단적인 감정의 표현으로 소양과 충돌을 일으킨다.

친구들과의 관계에서도 소양은 항상 외톨이다. 가장 가까이에서 대화를 나누었던 명주와 경옥은 가까운 것만큼 항상 거리를 느껴야 하는 관계들이다. 명주는 사회 정의를 위하여 자신의 모든 것을 받쳤다. 그녀가 하는 사회 정의의 모습은 민중 운동이다. 그녀의 그러한 의식을 소양은 '겉멋든 엘리트의식'이고 '오만'이며, '대항하는 체제만큼 비인간적이라고' 할 정도로 자신이 데모에는 참여하면서도 갈등을 느낀다. 또 한 명의 친구인 경옥은 명주와는 전혀 의식이 다른 친구이다. 그녀의 의식은 명주가 택한 삶의 현장이 공장이라면 경양식 집도 삶의 현장이라고 생각한다. 그녀는 경양식점에 나가서 돈을 벌고 그 돈으로 남자와 쉽게 잠을 자며, 기존의 윤리에 대한 거부를 한다.

현실에 대해 거부하는 두 친구들 사이에 소양은 중간자의 입장을 취한다. 소양의 입장에서는 마찬가지로 두 세계는 진실의 세계가 아니다. 그녀가 택한 진실의 세계는 전혀 다른 세계이며 현실의 탈출구로서 죽음의 공간이다. 진실을 찾아 방황하고 헤매는 한 인간의 죽음이다. 이러한 상황에 처해 있는 모든 사람들이 다 죽는 것은 아니다. 그러나, 소양은 여기에서 죽음을 택하고 있다.

어느 곳에서도 찾을 수 없는 자신의 방, 그런 좌절 끝에 선택한 죽음에 대해 언니인 화자는

> 바보같이 세상 밖에서 자신을 찾으려 하다니, 네가 적당히 타협하기만 한다면 땅에 온몸을 문지르고 다니며 피흘리지 않아도 좋을 텐데, 청춘은 쇠사슬이 아니라 날개일 텐데, 소양 끝내 안식의 방을 찾지 못했다. 숲에도 방이 없었다. 숲에는 혼란과 미로가 있을 뿐.(138쪽)

자신의 안식의 방을 찾아 소양은 현실의 공간을 떠났다. 그는 정의의 구현자도 아니고, 대단한 진리를 찾아 헤매는 철학자도 아니다. 한 연약한 여성일 뿐이다. 그러나, 그녀의 죽음은 일반적인 여자들이 삶의 굴레

에 견디지 못하고 택하는 죽음이 아니다. 모든 것이 너무 일상적이고, 모두 다 완벽하게 갖추어진 세계에서 자기들이 추구하는 진리, 기존 질서의 진리가 아니라, 자신이 숨쉬고 살 수 있는 공간을 갖지 못했다는 데 소양의 죽음이 있다. 그녀는 자신의 공간을 찾아 현실로 부터 떠나가는 것이다.

현실에 대한 부적응증이 현실을 버리게 하는 것이 아니다. 현실 속에서 찾을 수 없는 자신의 방, 즉, 삶의 목적이 현실을 버리게 하는 것이다. 삶의 목적이 없을 때 세상은 존재의 의미를 잃어버리게 한다. 이런 상황은 여성 인물에게만 나타나는 현상은 아닐 것이다. 그러나, 남성은 과거로부터 항상 용감함과 힘의 상징이고 제물로 받쳐진 연약한 여성의 생명을 구해 주는 입장이었다. 과거나 현재나 마찬가지이다. 만약 작품 안에서 똑같은 상황의 남자가 실제적인 죽음의 주체로 등장했다면 독자들은 아마 그를 사회 적응에 소극적이고 주체 의식이 결여된 남성으로 파악했을 것이며 이는 전체 작품 안에서 또 다른 의미를 찾게 했을 것이다.

결국 작품 속에 등장하는 여성 인물인 소양의 죽음은, 작가가 독자들에게 주인공의 자살을 통해 그 주인공을 자살로 이끈 사회적, 그리고 가정적 환경 요건들을 드러내고, 등장인물이 죽을 수밖에 없는 소외의 단절된 감정의 절박함을 전달하기 위함일 것이다. 그리고 '죽음' 이라는 가장 극단적이고 충격적인 방법을 작가가 택한 것은 죽음은 이생의 끝이며 또한 공포스러운 순간으로 인식하게 하고자 하는 의도 때문일 것이다.

페미니즘 문학에서 여주인공의 죽음은 여성의 입장을 대변하는 장치로 되어 있다. 그것이 수동적이든 능동적이든 종속적인 여성에 대한 사회의 억압에 의해 주인공은 불가피하게 죽음을 선택하게 된다. 이때의 죽음의 의미는 구속과 굴레로부터 열려진 다른 세계로 나감이며, 이겨 낼 수 없는 상황에 대한 자신의 의지의 표현이다. 이러한 죽음은 일상적인 사람들의 입장에서는 구원일 수 없다. 그러나, 삶에서 절박하게 통로를 찾아 헤매는 이들에게는 정신적인 구원이며, 육체의 저항에 대한 결과이다. 육체에 대한 저항은 진정 절대의 자유를 꿈꾸는 자들이 찾으려는 정신의 이상향이다. 이생을 벗어남은 일상인들에게는 인생의 끝이며 절망이다. 그러나, 그 절망보다 존재에 대한 더 큰 절망을 온몸과 마음으로 부딪치고 있는 이들에게 죽음은 현실의 한계를 벗어나게 하는 한 열려진 세계이다. 또한 자신만의 공간찾기인 것이다.

3) 이상 공간의 건설과 좌절

작가들은 현실에서 이룰 수 없는 이상에 대한 꿈이나, 현실의 비어 있는 것들을 문학이라는 장을 빌려 펼쳐 놓는다. 소설이라는 장르가 과거 로망스로부터 현대 문학으로 오기까지 추구해 온 것들은 인물과 사건의 뒤얽힘으로 인간의 끝없는 바람을 드러내는 것이다. 현실과 유리된 서사의 내용이나 이루어질 수 없고 있을 수 없는 환상의 이야기가 허용이 되는 것이 문학이다. 그러면서도 특히 소설은 있을 수 있는 일들을 써 놓은 것들이다.

양귀자의 소설 『나는 소망한다. 내게 금지된 것을』은 여성이라면, 그런 일도 있을 수 있겠다라는 생각으로 접근하게 하는 작품이다. 작품의 경향이나 구조는 사실적인 인물 설정도 아니고 상징적이고 신화적 · 초월적인 구성으로 되어 있다.

강민주라는 주인공의 설정과 주인공이 벌리는 독선적이며 편집증 환자와 같은 납치극으로 일단 우리에게 독특한 느낌을 준다. 사회적으로 당당하게 살고 있는 주인공 강민주는 백승하라는 영화배우에 대한 정보 수집에 몰두해 있고, 충실한 하인으로 그려지고 있는 남기와 함께 납치를 계획하고 성공한다. 그리고는 외부와는 철저하게 단절된 그녀의 아파트에서 이른바 백승하로 대표되는 '남성 사육' 내지는 '지배'가 시작되는 것이다.

이 소설은 스토리 설정 자체부터가 다분히 상징적이라고 할 수 있다. 권력과 부와 힘의 상징인 남성들에 의해서 저질러지는 여성 납치의 이야기는 많이 있어 왔지만 여성에 의해 납치된 남성, 그리고 여성에 의해서 사육되는 남성, 이런 경우 우리는 여성 영웅들인 아마조네스를 상상하게 된다.

역사적으로 계속되고 있는 남성 우월적인 사고와 그에 부응하고 있는 각종 제도와 관습, 그리고 그러한 역사의 토대 위에 굳건하게 형성된 자본주의 사회의 남성 중심 문화에서 여성은 알게 모르게 남성의 지배를 받고 남성에게 사육당해 왔다고 본다면, 이 소설의 기본 토대는 이러한 현실의 뒤집기이며, 다소 상징적이고 비현실적인, 심지어는 우스꽝스럽기까지한 강민주의 납치극을 자연스럽게 받아들이고 있는 현실에 대한 재인식의 계기를 제공하고, 여성들에게 신선한 충격을 가져다 준다.

강민주에게서 우리는 우선 생동감이 넘치며 개성 있고, 자신만만함을 찾아볼 수 있다. 보통 사람이 생각하기 쉽지 않은, 무모하고 의미 없어 보이는 계획을 세워 실천해 가는 그녀에게서 우리는 또한 의아함을 갖게 되는 한편, 과거 아마존의 여성들처럼 보이는 그녀의 행위는 우리에게 통쾌함을 주기도 한다. 우리 스스로 할 수 없는 행위, 그리고 현실적으로 불가능한 행위를 하는 강민주는 이미 한 소설의 주인공임을 떠나서 여성의 의식을 대변하고 있다. 소설이기 때문에 가능한 강민주의 독특한 삶, 그리고 책을 읽어나가는 독자들의 강민주와의 동일시를 통한 대리 만족은 『나는 소망한다 내게 금지된 것을』을 자세히 살펴볼 때 드러나게 되는 여러 가지 모순점들과 약간은 과장되고 비뚤어진 여성주의적 사고, 소설 내에 여전히 존재하는 남성 지배 문화적 요소가 이 소설을 관심갖고 보게 하는 계기를 만들어 준 것 같다.

예를 들어, 강민주가 가지고 있는 여성 문제에 대한 인식을 보자. 그녀는 사실 여성주의에 대해 다소 냉소적인 태도를 지니며, 납치 사건을 꾸미는 것도 세상의 모든 여성을 대신한다는 허울 좋은 사명감 아래에 이루어지고 있지만, 개인적이고 뚜렷한 의식은 결여되어 있다. 또한, 그녀는 성장 과정 자체에서도, 어렸을 때 어머니를 구타했던 아버지에 대한 기억으로 인해 갖게 된 남성에 대한 분노와 적개심 이외에는 여성으로서 억압받고 불이익을 경험했던 일이 별로 없다. 그러므로, 여성 문제에 대한 필연성과 절실함이 부족한 상태에서 벌린 납치사건은 공동체 차원의 고려나 여성 해방을 위한 행동으로 볼 수 없다. 그리고, 소설 곳곳에서 여성운동에 대한 비판의 의견을 나타내고 있으며 '여성운동은 반복 이외에 실천이 없다.' 라든가 '탁상공론뿐으로는 세상이 변할 수 없다.' 등 억압받는 자들에 대해 따뜻한 시선을 지니지 않은 채 자신의 삶을 우선적으로 고려하는 독선적인 인물임이 드러나고 있다.

한편, 강민주의 삶 자체를 볼 때에도 기존의 체제, 즉 남성 중심 체제에 반기를 들어 여성이 주도권을 쥔 삶의 공간을 창조하고 있지만, 그것은 남성과 여성의 역할이 바뀐 것일 뿐, 남성 중심의 지배 논리를 그대로 답습하는 것이라고밖에 볼 수 없다. '여성에 의한 남성 지배'는 경종을 울리는 하나의 사고임과 동시에 '눈에는 눈, 이에는 이'의 무분별한 복수극의 차원이며, 현실을 뒤집음으로써 순간적인 쾌감을 느끼는 것일 뿐, 진정한 대안 제시나 해결의 차원에서는 무의미한 일이다. 또한, 그녀에게서 보여지는 심경 변화 즉, 백승하에 대한 마음의 동요나 백승하 아이에게 보이는 점은 지극히 혼란을 야기하는 요소로 생각된다. 다시 말해서 이 소설은 지적이고 냉철한 주인공을 통해 여성 영웅을 창작해 내려 했지만, 단편적인 사고와 흥미에 영합하는 경향을 보이면서 오히려 반페미니즘적인 요소를 지니게 되었다고 볼 수 있다.

기존 사회의 지배 원리를 여성들도 똑같이 적용하므로 여성주의가 표방하는 힘없는 자에 대한 배려가 못되는 것이다.

그럼에도 불구하고 이 소설에 나타나는 강민주의 '여성 주도의 공간'과 강민주의 '죽음'에 대해 생각해 보고자 한다. 위에서도 말한 바와 같이 이 소설이 지닌 여러 가지 모순점에도 불구하고 이 소설은 구성 설정 자체가 독특하고 여성 주도의 현실 뒤집기를 시도했다는 점에서 여성의 공감과 죽음의 문제를 살펴볼 수 있겠다.

이 소설의 전개는 대부분 현실과 철저하게 유리된 것으로 설정되어 있으며, 강민주라는 한 씩씩한 여성에 의해 만들어진 그녀의 아파트에서 이루어진다. 그녀는 그녀 스스로 하나의 독립되고 특별한 그녀만의 공간을 설정했다. 그리고, 그곳에 백승하라는 남성 배우를 납치하여 그를 사육해 나간다. 강민주가 백승하라는 남성 배우를 납치하여 사육해 나가는 타당한 이유는 없다. 그렇기 때문에 이 소설 속에서 강민주라는 인물은 정신 병자의 편집증적인 증세를 보인다고 볼 수도 있다.

강민주의 납치극과 백승하를 '사육' 하는 과정은 기이하게 보인다. 그러나, 강민주는 자신의 행위에 만족하고 자신의 창조한 공간에서 자신 나름의 삶을 만들어 나가고 있다. 강민주에게는 낮과 밤의 두 공간이 있다. 낮에는 일상적인 일을 하며 사회적인 한 인간으로 기존의 제도 하에서 생활한다. 그러나 밤에는 그녀만의 공간으로 돌아와 여성으로서, 그녀의 개인적 삶을 만들고 영위하고 만족해 한다. 강민주의 '자기 삶 찾기'는 위에서도 여러 번 말했 듯이 그 동기 설정이 뚜렷하지 않지만, 기존 체제에 순응하지 않고 나름의 독특한 방법으로 자신을 찾아 나간다는 점에서, 그리고 기존 사회에 항거한다는 점에서 큰 의미를 지니고 있다고 본다. 그리고 이러한 관점으로 볼 때, 강민주가 백승하에 대해 느끼는 감정의 변화와 작품 내에서 잠깐씩 드러나는 모성은 전체 구조에서는 모순됨을 지니는 반면 강민주의 삶 찾기의 관점에서 볼 때는 나름대로 허용 가능하다. 강민주 개인에 초점을 맞출 때 사회적인 항거나 기존 체제에 반기를 드는 행위 자체보다는 그러한 행위를 통해 어떻게 자신을 찾아가며 스스로 만족을 얻느냐가 중요하기 때문이다. 백승하에 대한 감정 변화도 남성에 대해 무조건적으로 지닌 적개심과 자신에 대한 우월감 속에 사로잡혀 자아를 상실해 버렸다가 자신의 본연의 감정을 다시 찾은 것으로 볼 수 있다. 그리고 보통의 여성들이 그렇듯 여성으로서의 모성 또한 자연스럽게 회복되고 있는 것을 볼 수 있다. 그러므로 강민주는 자신 스스로 공간을 창조하고 그 공간에서 주체적으로 자신의 삶을 이끌어나가면서 성공적인 자아의 탐색을 이뤄 나가고 있는 것이다.

강민주의 공간에서 이루어지는 이오네스크 연극 연습과 연극 공연은 여성의 자아 탐색과 자기만의 상상의 세계 구축과 공간 추구의 측면에서 중요한 의미를 가진다. 연극 연습이 진행되는 동안 강민주는 자신의 그토록 증오하던 남성에 대해 환상을 갖게 되고 그것은 조금씩 커 나간다. 이는 강민주가 백승하를 납치하면서 세운 명분과 다르다. 그러나, 강민주 개인의 차원에서 보면 이 역시 자신을 찾아가는 과정이라고 볼 수 있고, 어쨌든 이 사회는 남성과 여성이 공존하며, 제도상으로는 남성에게 유리하게 되어 있지만 결국에는 둘의 화합이 요구되는 게 사실인 만큼 그녀가 지녔던 남성에 대한 왜곡된 사고를 극복한 것이라 할 수 있다. 강민주라는 한 여성이 자기 나름의 사고와 감정을 지니게 되는 점에 대해 옳고 그름을 따질 문제라기 보다는, 자발적인 삶찾기 자체를 바람직하게 보아야 하는 게 좋을 것 같다.

80년대 이후 여성 소설에서 끊임없이 자신의 공간찾기 작업이 이루어지고 있는 점을 감안할 때, 새로운 방법으로 자신의 공간찾기를 시도한 강민주는 성공적이라고 할 수 있다.

다음은 그녀의 '죽음'의 문제이다. 자기가 창조한 공간에서 맞이하게 되는 그녀의 죽음은 자기 의지와는 관계 없는 타살이다. 그것도 그녀의 충복이었던 남기에 의한, 그 동기 또한 '질투'라는 상투적인 소재를 택하고 있다. 이러한 점은 이 소설이 단순한 연애 소설의 구도를 지니고 있는 것과도 맥을 같이한다.

　자신의 공간을 창조하고 자신의 모습을 성공적으로 찾아 나갔던 그녀의 타살로 인한 종말을 여기에서 어떻게 보아야 할지 다소 난감한 것은 사실이다. 강민주의 죽음을 『숲 속의 방』에서 나타난 소양이의 죽음이나 『무소의 뿔처럼 혼자서 가라』의 인물들의 죽음과는 확실히 다른 차원의 죽음이다. 소양의 죽음은 현실에서 인식한 한계와 좌절로 인한 죽음이지만 스스로의 선택에 의한 것이고, 스스로 선택한 것이지만 패배보다는 엄숙하고 숙연한 느낌을 주는 온몸으로 행한 항거의 몸짓으로 볼 수 있다. 그러나 강민주의 죽음은 타의적인 것이었다. 예기치 않은 것이었으며, 그렇기 때문에 죽음 자체에 그녀의 의식이 내포되어 있지도 않고 의미를 찾아보기도 힘들다. 그런데, 그녀의 죽음이 일어나는 상황은 이오네스크의 연극을 공연하는 도중이다. 그녀는 그녀의 공간에서 백승하를 '사육' 하는 것의 다음 단계로 이오네스코의 연극 연습에 몰두하고, 그 안에서 그녀 자신도 의식하지 못한 채 잃어버렸었던 자신의 본질을 찾아 나간다. 그리고 연극 공연은 그녀에게 기대와 기쁨, 만족을 주는 일이었다. 연극 공연의 절정에서 죽어 가는 그녀는 남기의 총에 맞았다기 보다는 백승하의 칼에 찔렸다는 순간적인 착각에 빠질만큼 연극에 몰입되어 있다. 자신이 창조한 공간 속 삶에 만족하며 심취되어 있는 것이다. 심취의 순간, 그 절정에서 비록 타의적이지만 죽음을 맞이한다. 연극 속의 죽음과 현실의 죽음이 맞물려 있게 되는 것이다. 강민주는 자신이 스스로 찾아 낸 삶에 대한 회의나 실망을 느끼기 전에, 그 삶에 대해 가장 만족과 기쁨을 크게 느끼는 순간에 생을 마감하게 된 것으로, '죽음' 으로서 그녀의 성공적인 자신의 삶 탐색 작업을 효과적으로 마무리짓고 있는 것 같다. 회의나 체념으로 선택할 죽음보다는 타의적이지만 만족과 기쁨의 상태에서 죽음으로 이어졌다는 사실은 강민주 자신에게는 적어도 훨씬 다행스러운 일일 것이다. 그리고, 여기에서 우리는 여성의 죽음의 또 다른 형태를 보게 된다. 지금까지 보아 왔듯 강민주의 죽음의 형태는 사회 규범에 부딪쳐 몰락하는 처절한 죽음도 아니고, 자아 찾기나 자신의 공간을 찾아 헤매는 존재 전환의 죽음도 아니다.

일반적으로 소설은 여성의 자기 공간 찾기 과정 속에 이루어지는 다양한 갈등과 사건, 인물들과의 관계 속에서 이루어지는 자아 탐색 그리고 성공적인 삶의 마무리, 혹은 실패로서의 소설의 결말들을 보여 준다. 이럴 때 소설의 죽음은 바로 자아 탐색의 성공과 실패라는 이분법적 구도에 놓이게 된다. 양귀자의 『나는 소망한다. 내게 금지된 것을』의 강민주는 그 어떤 형태도 아닌 것이다. 강민주는 한 여성 개인에 초점을 맞추었을 때만 그 긍정성이 인정될 뿐, 좀더 시야를 확대해서 보면, 이 소설은 모순됨을 보여 주며, 여성주의적 관점에서 본다면 반페미니즘적 요소를 지닌 실패작에 불과하다. 그러나 소설 속 인물이 행하는 색다른 자신찾기 과정과 그 속에서 나름대로 본 모습을 찾아 나가는 것에서 주인공 나름의 공간창조 작업의 의미와 의미 있는 죽음을 이루었다고 보는 것이며 강민주가 행한 삶의 방식을 나름대로 우리에게 충격을 주고, 자신과 사회에 대해, 또한 무의식 속에 내재된 어떤 욕구와 충동에 대해 생각해 볼 계기를 마련해 주었다는 점에서 의미 있다고 생각하는 것이다.

강민주는 여신이나 여성 영웅 또는 아마조네스와 같은 초인적인 능력을 가진 여자이며, 남성과 대등한, 프로이드가 말하는 페니스를 가진 여성이다. 즉 강민주와 같은 성격의 여성 존재에 대해 의심을 지니게 할 정도로 인위적이고 강력한 힘을 가진 여성이다. 그는 어렸을 때부터 특별한 존재로 키워졌고, 부와 명예와 젊음을 모두 소유했다. 강민주는 자신이 창조한 폐쇄적 공간에 그의 충신인 남기의 도움을 받아 남성의 대표자로 지목된 영화배우 백승하를 통제하며 지배한다. 그러나 결국 강민주도 이 폐쇄적, 인위적 공간을 여성이 남성 위에 군림할 수 있는 공간으로 사회 전체로 확대시킬 수는 없었다. 오히려 그녀가 계획했던 일들은 시간이 감에 따라 자신의 감정 변화로 인해 점차 약화되어 갔으며 그녀는 결국 자신이 지배해 왔던 남기의 손에 죽음을 당한다.

즉, 현대 사회에서 남성보다 우위에 군림하고자 하는 여성은 결국 그 꿈을 실현시키지 못한 채 죽게 되는, 사회 현실상 여성이 남성 위에 군림한다는 것 자체가 불가능함을 의미한다. 여성들이 자신의 능력을 발휘할 수 있다면 그것은 폐쇄된 공간에서 일시적일 뿐 지속적으로 가능한 세계는 어디에도 없다. 사회 현실은 여성들을 가로막는 또 다른 기제이다. 그런 상황에 익숙한 여성들이 자연스럽게 자신의 능력을 발휘하지 못하듯 강민주는 자신의 폐쇄적, 인위적 공간을 사회 전체로 확장시키지 못한 채 죽을 수밖에 없었던 것이다.

5. 여성적 죽음과 존재의 전환

객관적으로 드러나는 죽음의 현상은 자살과 타살, 자연사와 병사의 네 가지이다. 죽음의 양상은 남성이나 여성이나 다를 것이 없지만 여성들의 죽음이 남성들의 죽음과 달리 '인식되고 기억될 만한 양식성을 보이지 않는 것'은 다르다고 할 수 있다. 남성들의 죽음이 개인의 죽음을 빙자한 사회적 교육적 보편성을 띠는 데 비해 여성의 죽음은 일회적이며 개인성 개별성을 띠는 경향이 있다고 말할 수 있다. 작품 속에 등장하는 여성 인물들의 죽음의 의미는 무엇인가. 소설이 세계의 횡포에 대한 끝없이 고립되고 패배하는 자아의 고발이고, 부족한 것을 충족시키기 위한 노력의 산물이라면, 여인들의 죽음은 바로 이런 것을 이루어내기 위한 결핍되어 있는 세계에 대한 고발이다.

문학이란 있을 수 있는 가상적 인간의 삶을 일어날 만한 사건으로 서술하는 것이다. 지금까지의 역사와 사회는 남성들에 의해 주도된 세계였고,

거기에서 형성된 사회와 역사이었다. 이러한 상황에서 여성은 역사와 주체에서 소외되어 왔다. 주체에서 제외되었던 여성들에게 스스로를 생각할 수 있는 기회가 주어졌을 때 타자인 여성들은 비로소 담고 있던 자신들의 이야기를 쏟아놓기 시작했고, 스스로의 목소리가 울려나오기 시작했다. 그것은 인간으로서, 남성과 동등한 인간으로서의 자리를 잡아가는 단계이다. 따라서 여성 자신들의 세계의 구축은 필수불가결한 것이고 그러한 여성의 세계에서 자신의 다양한 세계를 구축해가는 것이 바로 여성 문학인 것이다.

따라서 여성 문학은 역사에 여성들이 주체로서 등장하기 이전의 여성들의 체험까지도 스스로의 경험으로 체득하여 자신의 목소리 내기로부터 시작한다. 이들의 글쓰기는 자서전적 텍스트의 형식을 취한 치유의 글쓰기로서 기존의 남성 문화 및 언어에 대한 거부의 몸짓이다. 따라서 여성적 글쓰기는 무의식 속에 남아 있는 억압된 바람과 그 기대치에 대한 소망을 회고하는 것이다. 본래부터 지니고 있었던 무의식 세계 속에서 형성된, 예술 생산의 근원으로서의 여성적인 힘을 발산하는 원동력의 규명이 여성문학에서 찾아져야하는 문학적 세계의 양상이다.

여성들의 글쓰기 세계에서 죽음은 어떠한 양상으로 드러나며 어떠한 의미로 읽혀질 수 있는가를 살펴보았다. 인간에게 있어 삶은 生, 아니면 죽음이라는 양분된 방식을 취하고 있으므로, 삶 속에서 생명이 결여된 형태는 죽음일 텐데 문학 또한 인간의 삶을 반영하는 하나의 통로로, 문학에서 죽음이 드러나는 것은 극히 자연스러운 일이라 할 수 있다.

2장에서는 사회의 규범을 넘어서지 못해 죽을 수밖에 없는, 사회 윤리와 규범과 여성의 문제와 현실 세계에 살아 있는 사람들을 일깨우고, 경종을 울리기 위한 기능을 하는 죽음을 보았다. 한 작품 안에서 한 인물의 죽음은 그 작품 속에서 살아 남은 사람들과 독자로 하여금 놀라움, 충격, 슬픔, 동정심을 불러 일으키면서 죽음의 원인에 주목하게 하고, 그 문제에 대해 각성을 촉구하게 한다. 그러나 때로는 죽음은 죽은 자들의 것일 뿐 살아 남은 자들은 그 죽음을 이용해 자신의 삶을 풍요롭게 하려는 타자화된 죽음일 수도 있음을 보았다.

3장에서는 삶과 죽음의 세계가 열려 있는 그러므로 서로 넘나들 수 있는 의식을 지닌 여성들의 죽음을 보았다. 이 경우의 죽음은 관념화되어 있으므로 항상 삶 속에서 죽음을 예견하며 살아가는 이들의 죽음인 것이다. 그러므로 이들은 현실로부터 얻을 수 없는 영혼의 자유를 추구하며 죽음의 세계로 존재 전환을 이루는 사람들이다. 그러므로 죽음의 세계는 따로 있는 것이 아니라, 삶 속에 죽음이 죽음 속에 삶이 공존하고 있음을 드러내 주고 있다.

4장에서는 여성들의, 자신의 공간찾기의 시도와 과정 그리고 그 실패가 담겨져 있다. 이들은 끝없이 자신들이 누구인가를 묻고 있다. 그리고 자신들의 공간이 어디에 있는가 찾는 시도를 한다. 그러나, 그들에게 다가오는 이상의 공간은 어느 곳에도 없다. 등장 인물과 사건, 설정되어 있는 시간과 공간은 다르지만, 이들이 추구하는 것은 한결같이 자신이 누구인가 즉 정체성에 대한 질문이다.

여성 작가들이 여성 인물들을 설정해서 끝없이 묻고 있는 것은 바로 나는 누구이며 어디에 있는가라는 질문이다. 이것의 탐색 과정에서 찾지 못한 자신의 위치와 사회로부터의 소외의 결과로 문학 속에 드러난 것이, 본문에 나타난 여성 인물들의 죽음이다.

외출, 부재하는 공간을 찾아가는 기호

이 은 정

1. 안팎의 문턱에서

시인은 산책가이자 여행자, 끊임없이 '지금'의 '여기'를 벗어나고 싶은 존재이다. 물론 그 산책과 외출이 즐겁기만 한 것은 아니다. 그 외출은 때로 육체의 쓰라린 고통을 동반하는 시지프스의 끝없는 산행, 밀랍 날개가 태양에 녹아 내릴 것이 두려운 이카루스의 비상에 가깝다. 이 때, 지금의 여기를 벗어나고 싶어하는 여성들의 꿈과 몸짓은 산책과 여행, 탈출, 일탈, 도망, 전화와 편지의 교신, 유년과 꿈, 배회 등을 그 기표로 하는 외출의 시들로 드러난다.

이렇게 다양한 외출의 기호를 통해 여성들이 찾아든 곳은 '황무지'[1] 같

---

1) Elaine Showalter는 「황무지에 있는 페미니스트 비평」이라는 글에서 "황무지(the wild zone)는, 이에 상응하는 남성 영역은 갖지 않은 혁명적 여성 언어 즉 억압된 모든 것의 언어를 위한 공간이며 흰 잉크로 씌어진 여성의 공간이다. 여성들은 자발적으로 황무지로 들어감으로써 가부장적인 공간의 비좁은 한계에서 벗어나 자신의 방식으로 쓸 수 있다."고 말했다. Showalter의 황무지는 여성적 글쓰기를 공간화한 표현이다. 이 글에서는 비슷한 맥락이긴 하나 실제적인 공간의 의미로 빌어 썼는데, 개척하고 일구어 나아가야 할 여성들의 공간이라는 점에서는 유사하다. 김열규 외 공역, 『페미니즘과 문학』, (서울:문예출판사), 48-49쪽.

은 곳이다. 그러나, 황무지임에도 불구하고 여성들이 끊임없이 외출을 시도하는 것은 무엇 때문인가.

일상적이고 관습적이며 비주체적인 역할에 묶인, 강요된 모성과 도구로서의 육체 아래 '튀겨지고 볶아지는(김혜순, 「엄마의 식사 준비」)' 여성들은 갖가지 억압기제들로 인해 부재하게 되어 버린 자신만의 공간에 대한 그리움을 갖고 있다. 자신의 집과 가정 안에서는 오히려 자기 존재의 충일을 느낄 수 없고 상실해 갈 뿐이며 그런 공간을 가지는 것이 어쩌면 불가능하리란 것을 깨닫게 되면서, 외출을 통해 자신만의 공간 즉 '자기만의 방'을 찾아 자기 존재를 체감하고 싶은 열망을 갖게 되는 것이다.

그리고 이제, 규방과 부엌과 인형의 집에서 벗어나기까지 퍽이나 오랜 시간이 걸렸던 여성의 크고 작은 외출들은 여성의 가사(家事)만큼이나 일상적이 되었다. 잠재의식 속의 억압적 삶과 자신을 가두는 공간들에 대한 저항인 동시에 자기가 놓인 시공으로부터의 탈출이며 자기 공간의 부재에서 비롯된 배회이다. '지금'의 '여기'라는 공간은 여성으로 하여금 창조적 기쁨이 드믄 일상과 가사라는 굴레 속 존재로서, 한계적 존재인 인간으로서, 그리고 신산한 현대사의 공간에 순응할 수밖에 없는 자로서의 존재만을 늘 요구하고 있음을 인식하기 때문이다.

따라서 '외출'이라는 기호는 '모성'과 '육체'만큼이나 여성의 자기 정체성 찾기를 위한 의식의 변화와 성장, 그리고 지향점을 선명히 드러낸다. 즉 자아를 탐색하고 모색해 가는 여성시의 대표적인 플롯이자 여성의 경험을 총괄할 수 있는 공통 분모로서의 행위항이다. 여성에게 있어 집과 현실이라는 울타리는 결코 벗어날 수 없고 또 벗어나서도 안되는 금지의 선 안에 있는 공간이었기 때문에 자기 존재에 대한 반성과 모색은 규범화된 성적 경계의 침입과 기존의 것에 대한 저항과 반란에서 시작할 수밖에 없다. 그렇기에 여성들은 현실이라는 '안'의 공간과 그를 거부하는 '밖'의 공간 사이에서 끊임없이 안에서 밖을 꿈꾸며 탈출, 산책, 여행, 가출,

도망, 교신, 유년 회귀 등의 다양한 기표들로 외출을 감행하고 있다.[2]

우리 존재를 둘러싸고 있는 공간은 권력과 지위를 행사하는 힘을 지닌다. 어느 공간에 위치하는가에 따라 그의 영향력과 행동의 의미는 크게 달라지기 때문이다. 이런 맥락에서 전통적 의미의 집과 가정, 그리고 현실공간은 남성 중심적 이데올로기를 재생산하는 가장 구체적이며 현실적인 공간이 되어왔다. 집은 생물학적으로는 보호와 피호의 역할을 하지만 사회적 정치적으로는 여성을 억압하는 가장 핵심적인 장이 되어온 것이 사실이다. 따라서 집과 가정은 여성에게 있어 개인적이고 사회적인 정체성을 획득하게 하지만 더불어 상처와 억압 또한 겪게 하기에 긍정항인 동시에 부정항일 수밖에 없다. 이로 인해 자신의 집이 있음에도 불구하고 오히려 그 집에는 부재하는 '자기만의 방', 누구에게도 탐사되지 않은 자신의 공간을 찾기 위해 집을 나서는 꿈들을 갖게 되었으며 여성들은 이미 오래 전부터 이 꿈에 익숙해져 왔는지 모른다. 그래서 여성들은 자신이 몸두고 있는 곳에서는 분열되고 상실된 자아를 느낄 뿐 진정한 자아를 발견할 수 없다는 사실을 깨달으면서 빈 집 혹은 집 밖의 공간에서 자기 공간을 찾으려는 꿈을 갖는다. 이미 내면화되어 버린 가부장적 질서를 벗어던지고 자기 본래의 욕망[3]과 내면의 진실한 목소리를 새삼 들여다 볼 수 있게 하는 것은 다름 아닌 지금의 공간을 거부하고 벗어나려는 몸짓, 즉 외출을 통해서 가능할 수 있음을 깨닫게 된 것이다.

실상 여성이 맺는 관계 속의 역할들 – 어머니, 아내, 딸, 여자 등 – 로서의 정체성은 그 관계들 속에서 나 자신을 놓칠 것 같은 두려움과 더불어

---

2) 문학에 나타난 여성의 역사는 'walking의 역사' 라는 표현으로까지 집약되고 있다. 자신의 집을 찾기 위해 인형의 집을 나선 노라, 자기만의 방을 찾기 위해 나선 울프의 주인공은 낯익은 예이다. 김미현(1996)의 논문은 한국 근대 소설의 여성 성장 소설들을 논의하면서 정체성 탐색의 출발로 '여행' 의 의미를 살피고 있다. 이외에도 '외출' 을 테마로 하는 국내외 여성 소설은 그 예를 쉽게 찾아볼 수 있다.
3) '육체' 章의 '욕망' (각주 9) 부분 참고

만족과 기쁨, 박탈감과 희생 등 복합적인 감정을 맛보게 한다. 여성들의 공간 찾기 또한 안주와 안정을 거부해야 하는 것인 만큼 희열과 더불어 소외 의식과 미아 의식을 갖게 한다. 그럼에도 불구하고 여성들은 옛 여성의 '나'로부터 새 여성의 '나'를 해방시키기 위해 밖으로의 외출을 감행하며 안팎의 경계에 서 있다. 여러 시에서 여성들은 안팎의 문턱에서 한 발은 안에 또 한 발은 밖으로 내디딘 채 두 공간의 경계에서 망설인다. 그리고 힘겹게 탈출이나 외출, 혹은 산책들을 이루었을 때, 잃어버린 자기 존재의 편린들을 찾고 또 상실된 자아를 추스리게 되었을 때, 비록 마음 속의 혼돈을 흡족히 잠재우고 다스리지 못했을지라도 벗어나고픈 집은 돌아오고픈 집이 되기도 한다. 일상적 삶의 격랑에서 잠시 물러나 자신을 응시하고 또 진실한 삶의 비의 한 끝을 엿본 것으로 그 일상에 저항하고 또 일상을 헤쳐나갈 힘을 얻었기 때문일 것이다.

우선, 집이라는 공간을 구획하는 '門'은 집을 안정된 공간으로서 바깥 세계로부터 보호하는 울타리이기도 하지만 한편 자유로운 몸짓의 반경을 막는 것이기도 하다. 즉 안과 밖을 가르는 문이기에 외출을 이루기 위해서는 이 경계를 넘어서야 한다. 시에서 여성들은 쉽지 않은 외출을 이루어 내기 위해 아직은 문 안, 혹은 안팎의 문턱에서 한 발은 안에 한 발은 밖으로 내디딘 채 어정쩡하게 서 있다. 황인숙의 「두 개의 문」은 하나뿐인 '문'을 빌어 남성 중심과 가부장제의 상징인 '아버지'와의 불가능한 소통을 드러내면서 외출과 귀가, 안과 밖의 공간이 모두 자유로운 두 개의 문을 몽상하고 있다.

아버지, 그 집에
문이 두 개 있었다면
얼마나 좋았을까요?
당신의 문은 여닫힐 때
너무도 완강한 소리를 냈어요

선불리 바스락거릴 수 있는 건
나무들뿐인 것 같았어요.
방 안에 누워 나는
참 많은 문을 냈었지요.
당신의 귀가 미치지 못할
그 문을 절대로 꿈꾸었지요.
　　　　－ 황인숙,「두 개의 문」일부

　아버지 '당신의 문' 인 하나뿐인 '문' 은 늘 일방적이고 완강하며 고집스럽다. 역시 다양한 억압의 의미로 환원할 수 있을 '아버지', 그리고 어떤 소리도 붙잡아 낼 촉수를 세운 '당신의 귀' 는 하나뿐인 문이 되어 나를 가둔다. 만약 몰래 나갈 수도 들어올 수도 있는 문이 하나 더 있었다면 그 문으로 인해 열렸을 공간은 나의 온전한 공간이 될 수 있었을 것이다. 그러나 그것은 불가능한 일, 나는 외출과 귀가 모두 부딪치는 '너무도 완강한 소리' 를 아예 거부하고 있다. 갇힌 것과 다름없이 '방 안' 에 누워 수없는 몽상만을 되풀이하면서 상상 속에서만 '참 많은 문' 을 내며 탈출과 새로운 귀가를 꿈꾼다. 아버지가 듣지 못할 절대의 문을 마음 속에서만 수없이 내고 또 부수는 것이다. 들고나는 것을 내 의지대로 할 수 있을 그 때, '나' 는 하나뿐인 문 안에서 '두 개의 문' 을 꿈꾸지 않게 될 것이다.

문을 열다가
바람을 만났다.
바람은 바다로 가고 있었다.
내가 따라 가려고 하였을 때
누군가 뒤에서
내 이름을 불렀다.
그것은 맨발
흔들리는 모래의 宇宙

그리고 나는 門안에 있었다.
아무 것도
변한 것은 없었다.
- 강은교, 「窓의 이쪽」 일부

새장의 새를 보면
집 속의 여자가 보인다
날개는 퇴화하고 부리만 뾰족하다
사는 게 이게 아닌데
몰래 중얼거린다
도대체 하늘이 어디까지 갔기에
가도 가도 따라갈 수 없다 하는지
참을 수 없이 가볍게 날고 싶지만
삶이 덜컥, 새장을 열어젖히는 것 같아
솔직히 겁이 난다
시작이란 그래, 결코 쉬운 일이 아닐 테지
- 천양희, 「새에 대한 생각」 일부

강은교의 시에서 화자는 지금 문안과 문밖 사이 문턱에서 서성거리고 있다. 문 앞에서 만난 '바다로 가는 바람'은 나의 감각과 무의식에 숨은 욕망을 일깨운다. 그러나 어렵사리 문을 열고 문밖 세계를 좇으려 하는 순간, 늘 그렇듯 나가려는 내 의지를 붙드는 내 뒤의 부름을 듣는다. 뒤에서 부르는 '내 이름', 그것은 나를 둘러싼 전통적인 역할의 이름들에 다름 아니다. 그것은 '맨발'과 같은 고행과 순결, 흩날려 형체 없어질 '모래의 宇宙'와 같은 것인지 모른다. 문턱에 서서 겪은 짧은 회오리는 매우 강렬한 것이지만 결국 '나'는 여전히 '門 안'에 있다. 내 마음의 소용돌이 외에 '아무 것도 변한 것은 없었다.' 그러나 한 순간에 그쳤을지라도 '바다로 가는 바람'을 만난 흥분, '문을 열다 - 따라가려 하다 - 뒤돌아보다

- 머무르다' 의 서술어로 표출되는 행동은 고조된 갈등의 흔적을 그대로 보여주고 있다.

시 「새에 대한 생각」은 새장 밖으로 날아가고 싶은 새의 자유 의지와 '집 속의 여자' 인 내가 품은 욕망을 동일시하고 있다. 새장 안에 갇힌 새처럼 집에 갇힌 나 역시 자유를 위해 비상할 날개는 퇴화되었고 먹이를 찾는 부리만이 뾰족하게 선 변형된 모습이다. 지금의 삶을 벗어나 끝간 데 없는 나의 욕망과 하늘을 채우지 못하는 자유의 넓이를 따라 '참을 수 없이 가볍게 날' 도록 나 자신을 부추기지만, 실상 새장이 열어 젖혀질지 모른다고 생각할 때 그것은 두려움으로 다가온다. 퇴화된 날개로 날 수 있는 연습을 해본 적 없고 '가도 가도 따라갈 수 없' 는 그 하늘에 대한 막막함이 크게 들어서기 때문이다. 그래서 '사는 게 이게 아닌데' 를 되뇌이면서도 쉽사리 지금의 삶에서 벗어나 새로운 시작을 이루는 것이 '결코 쉬운 일이 아' 님을 절감한다. 새장 밖으로 날아가고 싶은 절박한 충동과 마음을 붙드는 시작의 두려움, 그 경계 위에 서 있다. 그러나, 이 벗어나고픈 집은 밖에서 바라볼 때 얼마나 따스하고 평화롭고 또 아름다운가.

일부일처제같이
조그만 세상 속에
벙어리 장갑만큼
작은 사랑

혜인이와 왕인이가 있고
그 옆 방바닥에 엎드려
책을 읽고 있는
나

그림엽서같이
목가적이다

부부싸움 끝에 쫓겨나
골목 밖 가로등 밑에서
우리집 등불을 훔쳐 볼 때.
　　　　　　－ 김승희, 「그림엽서」 전문

　가족과 가정과 집은 양가적 의미를 갖는다. 무거운 팔다리를 누일 수 있는 따뜻하고 편안한 공간인 동시에 나를 강요하고 억압하는 역할의 공간이기 때문이다. 그래서 '조그만', '벙어리 장갑', '작은' 들은 아늑하고 따듯한 가족 공간이지만 또한 현대 사회의 폐쇄된 가정과 가족 이기주의라는 이중적 의미를 함축한다. 조그만 세상의 틀인 '일부일처제'와 숱한 제제를 의심없이 받아들여야 하는 결혼 제도, 그 속에서 벙어리처럼 가정의 행복 외의 것에 대해서는 침묵하는 작은 사랑들, 이들을 배경으로 아이들과 함께 엎드려 누운 채 책을 읽는 '나'의 모습은 비현실적으로 아름답고 평화로운 모습을 담은 '그림엽서같이 목가적'인 풍경으로 상상된다. 안에서의 집과 밖에서 바라본 집은 이렇게도 다르다. 그러나 이같이 막상 집밖으로 쫓겨났을 때에야 감옥 같던 그 집이 목가적인 집으로 느껴지고 '우리집 등불'이 따스한 사랑의 결정체 모양으로 여겨지는 것은 우리 삶이 갖는 아이러니다.

　하지만 바로 이렇게 늘 밖에서 바라본 집의 추상적인 목가성 때문에, 그 안에 존재하는 일상적 상처와 폭력과 여성의 잃어버린 자아는 외면당하게 되는지 모른다. 밖에서 바라본 다른 집의 따스함과 목가적인 풍경에 취해 자기 집의 진정한 안을 들여다보지 못한 채 주술을 거는 것은 아닐지. 그래서 여성들의 집은 나올 수밖에 없지만 또 들어갈 수밖에 없는, 즉 외출과 귀가를 멈추지 않게 하는 그런 곳이 되고 있다.

자신이왜사는지도모르면서 육체는아침마다배고픈시계얼굴을하고 꺼내줘
어머니세상의어머니 안되면개복수술이라도해줘 말의창자속같은미로를 나는

걸어가고 너를부르면푸른이끼들이 고요히떨어져내리며 너는이미떠났다고대
답했다 좁고캄캄한길을 너는 가차화통처럼달렸다 기차보다앞서가는 기적처
럼달렸다. 어떻게하면 너를 만날수있을까 어떻게달려야 항구가있는바다가보
일까 어디까지가야 푸른하늘베고누운 바다가 있을까
-최승자, 「다시 태어나기 위하여」 일부

    전철을 타다가, 지하도의 계단을 올라가다가, 또는 미역국을 퍼먹다가, 갑
자기 대책없이, 이유도 모르는 채, 나는 내 밖으로 빠져나온다. 존재 ─ 이 망
연한 갈증…… 내 가슴속, 어디에 남아있었던 것인지 모르는 짐승들이 와와
가볍게 날갯짓하며, 여긴 좁아, 좁다니까, 풀어줘, 죽겠어, 라고 소리지른다.
그래, 정말 보인다. 아주 환히 들여다보인다, 그럴 때, 나를 칭칭 묶는 사슬들,
시간, 직업, 국적, 역할 등등, 염산에 닿은 쇠처럼 푸시시 녹아버리는 것. 그리
고 날개들, 와르르, 묶여있었던 만큼 더욱더 와르르, 한꺼번에 쏟아져나오는
것.
- 김정란, 「탈출」 일부

    새처럼 날아 '푸른 하늘 베고 누운 바다' 로 향하고 싶은 바람은 인간들
속에 공통적으로 내재해 있는 익숙한 욕망일 것이다. 위의 시 두 편은 그
런 탈출 직전 '대책없이' 격렬하게 일어나는 마음 속 동요를 드러내고 있
다. 시 「다시 태어나기 위하여」에서 내 자유롭고 진정한 자아인 '너' 를 찾
아가는 '나' 는, 밀폐된 공간인 '말의 창자 속 같은 미로' 에 갇혀 있다. 내
가 찾아갈 때마다 너는 늘 저만큼씩 앞서 달려가 버리기에 닿을 수조차
없다. 내 정신은 육신에 묶여 있어 푸른 하늘을 베고 누운 바다로 달려갔
을지언정, 내 몸이 놓인 현실적인 자리는 여전히 갑갑한 곳, '왜 사는지
모르는' 이곳이다. '좁고 캄캄한 길' 을 '기차화통' 처럼 '기적' 처럼 달려
가 한없이 벗어나고만 있는 너를 좇고픈 '나', 이 역시 진정한 내 모습을
찾기 위해 육신의 한계를 벗어나고픈 탈출의 시도이다.
    시 「탈출」에서 읽을 수 있는 외출 역시 아직은 상상 속의 파격적인 탈
출이다. 존재를 묶는 것이 비단 가족이나 전통적 이데올로기만은 아니다.

외출, 부재하는 공간을 찾아가는 기호 239

'나' 라는 존재가 버거울 때나 내 속의 내가 힘겨울 때에도 탈출을 꿈꾼다. 이 대책 없고 이유도 알 수 없는, 망연한 갈증을 동반한 탈출 욕구는 가슴 속에서 날갯짓하며 풀어 달라고 아우성친다. 일상 속에서 '나를 묶은 사슬들' 을 느낄 때 불현듯 나는 내 밖으로 빠져 나와 내 몸을 벗어나기를 간구하는 것이다. 유한한 '시간' 속에서 '직업' 이니 '역할' 이니 하는 내 모든 사회적 자아를 모두 녹여 버리고 와르르 쏟아져 나오는 날개들과의 탈출을 꿈꾼다. 그 분출은 묶여 있던 사슬의 힘만큼이나 격렬하게 쏟아져 나올 것이다.

이렇게 아직도 많은 시에서 여성들은 끊임없이 문 밖을 꿈꾸지만 또한 문 안이나 문턱에서 서성이는 존재에 머무르고 있다. 이때 나의 '몸' 은 곧 탈출하고픈 나를 가두는 문과 같다. 그래서 차마 열고 나가지 못한 채 안팎의 문턱에 서 있는 어정쩡한 나의 몸짓들은 '뒤뚱거리고만' 있는 몸으로 표현된다. 앞으로 나아가려 해도 나아가지지 않는 몸, 들어오지도 나가지도 못하는 부자연스런 몸은 곧 열고 나가지 못하는 '문' 의 무게와도 같이 나를 짓누른다. 이는 외출 전의 망설임과 주저함, 그리고 두려움 때문일 것이다.

벽에 갇히는 순간
영혼 혼자 달아났다
영혼은 산 나무 사이
떠돌다 돌아와
너울너울 손짓했다
버려버려 무게 같은 거
버려버려 있음 같은 거
자 나처럼 이렇게 훠얼훨
버려버려 너 같은 거
　　　　　　　-김혜순, 「딜레마」 일부

피할 수 없는 이 세계 위에서
나는 너무 오래 뒤뚱거리고만 있었다.

목구멍과 숨을 위해서는
動詞만으로 충분하고,
내 몸보다 그림자가 먼저 허덕일지라도
오냐 온몸 온정신으로
이 세상을 관통해보자
내가 더 이상 나를 죽일 수 없을 때
내가 더 이상 나를 죽일 수 없는 곳에서
혹 내가 피어나리라
　　　　　　　　　－ 최승자, 「이제 가야만 한다」 일부

영혼을 붙잡아 내리는 육신의 무게나 '목구멍과 숨'은 생존을 위한 것일 뿐, 진정 체화하고 싶은 삶과는 거리가 있다. 그래서 '너무 오래 뒤뚱거리고만' 있어온 나는 이제 '너울너울' '훠얼훨' 날아가고 싶다. 내가 더 이상 나를 죽일 수 없을 때에야, '무게'와 '있음' 같은 것 없이 부재만으로 나를 채울 때에야, 비로소 이 세상을 관통해 어디론가 달아날 수 있을 것이다. 그러나, 내가 나를 버리고 나에게로 간다는 것은, 즉 나의 육신을 버리고서야 나의 정신과 영혼을 향해 '이제 가야만 한다'는 것은 사실 얼마나 '딜레마'인가. 외출에 앞서 여성은 문 안팎에서 서성이는 것뿐 아니라 나 자신의 안팎에서도 끊임없이 머뭇거린다.

이렇게 달아나거나 벗어나려는 여성들의 외출은 모두 한계 상황에서 벗어나고픈 갈망의 몸짓들이자 금 밖으로 나가고 싶은 열망의 기호들이다. 이렇게 탈출과도 같은 외출을 지향하는 의식들은 또한 자기 존재뿐 아니라 자기 존재가 거주하는 '집'의 부정성을 극대화하는 것에서 드러난다.

없는 꿈과 있는 현실,
그 사이에서 바람 —
바람소리가 날 흔들어댄다

영원히 뿌리 없는
허공의 房, 허방의 집.

허망하고 허망하여
이 집을 파괴합니다
이 집을 복원하지 마십시오.
행여, 이 위에 기념 건물을 세우지 마십시오.
명실공히 이 집은 파괴의 집입니다.
– 최승자, 「파괴의 집」 일부

친구여, 나에겐 그런 예감이 있다네,
나혜석은 죽어서도 옳게 묻히지 못하여
구천을 떠돌다가
이제 나에게로 와서
내 가슴을 위패삼아 머물고 있으니
나 또한 미신처럼
그녀의 신위(神位)를 비밀히 모시고 있으니
여자는
왜
자신의 집을 짓기 위하여
자신을 천지사방 찢어버리지 않으면 안 되는가.
검정나비처럼 흰나비처럼
여자는 왜
자신의 집을 짓기 위하여선
항상 비명횡사를 생각해야 하는가.

시 「파괴의 집」의 '파괴의 집'과 「나혜석 컴플렉스」의 '자신의 집'은
서로 대조된다. 자신이 깃들일 수 있는 '집'은 지금 내가 몸담은, 그러나
파괴해야 할 '이 집'이 아니라 '자신의 집'이기 때문이다. 최승자의 시에
서 '집'은 '뿌리없음' '허공' '허방' '허망'의 공간이다. 없음과 있음으로
각기 존재하는 '꿈'과 '현실' 사이를 채우고 있는 것은 날 흔들어대는 형
체없는 '바람 소리', 한없이 확장되는 욕망의 '바람'이다. 내 존재는 그
바람과 허방에 뿌리내릴 수밖에 없으나 그 집은 허망한 곳이기에 뿌리내
리기를 거부하고 나 스스로 파괴할 것을 결행한다. 물론 여기서의 '집'의
의미는 가정이나 가족 공간의 단순한 의미를 넘어서는 것이며 또한 자신
을 생성시키기보다 소멸시키는 공간이다. 이 집은 그러므로 나로 하여금
파괴는 물론 탈출과 일탈을 감행하게 한다. 그곳은 '복원' '기념 건물' 등
으로 그 존재 근거와 가치의 당위성을 억지로 이어갈 그런 곳이 아니기
때문이다.

이에 비해 김승희 시에서 '자신의 집'은 자신을 위해 새로 지으려는 집
이다. 허울뿐인 집에서 찾지 못한 진정한 자기 존재를 찾기 위한 공간에
대한 갈망을 집약하고 있다. 그러나 자기 내면의 목소리를 충실히 듣기
위한 공간을 지으려는 그 꿈을 이루기 위해서는 마치 나혜석의 삶처럼 자
신을 '찢어 버리고' 또 '비명횡사'를 각오해야 한다. 자기 자신과 기존의
집을 천지사방 찢어 버리고 또 길바닥 위에 버려질지 모르는 죽음을 각오
한 그제서야 여자는 자신의 집을 지을 수 있을지 모르기 때문이다. 그래
서 이루지 못해 구천을 떠도는 나혜석의 꿈은 많은 여성들 가슴 속에 위
패처럼 신위처럼 자리잡게 된다.

내 존재를 담고 있는 집, 나를 가두어 파괴와 탈출을 꿈꾸게 하는 집,
몸은 두어도 영혼만이라도 벗어나고 싶은 집, 그러나 또 돌아보면 내게

붙여진 이름들 즐비해 떠날 수 없는 집. 그래서 들어오지도 나가지도 못한 채 자가당착에 빠진 여성들은 지금 안팎의 문턱과 문지방에 서 있다. 가슴 속 터질 듯한 꿈들을 부여안고 '비밀히' 여성들끼리의 꿈을 나누는 교신과 같은 시들은 여기서 비롯된다. '**자신**의 집'을 짓기 위해 '자신의 집'을 나선다는 역설이 의미를 얻게 되는 것이다. 순응의 흐름을 거부하는 여성들의 이 거슬러오름은 지난하지만 또한 비장하기에 역사(歷史)를 거스르는 역사(逆史)가 된다(김혜순, 「逆史」). 그리고 이제, 문 안과 문 밖, 안팎의 문턱에서 어렵사리 밖으로 발을 내딛은 여성의 외출들은 숱한 실패와 성공으로 완성된다.

2. 외출의 기표들

안팎의 문턱에 서서 소용돌이를 치르면서 문 밖의 공간으로 경사되는 여성의 몸과 마음의 외출은 어떤 기표들로 드러나는가. 첫째는 금 밖으로 탈출하거나 도망치는 행위로, 현실에 대한 부정과 위반이 두드러지는 가시적이고 직접적인 대응으로서의 외출이다. 둘째는 전화와 편지 등을 통해 밖으로 나가려는 외출이다. 셋째는 미궁과 미로 속에서 배회하는 양상인데 이는 소외 의식을 배가시키기도 하지만 또 한편 삶에서 비껴선 자로서의 객관적 시선과 한갓짐을 누리게 하기도 한다. 넷째는 시간적 층위에서의 일탈로 유년이나 신화적 시간, 꿈 혹은 잠에 빠져들어 지금의 시공을 벗어나려는 양상이다. 다섯째는 매일의 짧은 여행인 산책으로, 관조적으로 삶을 응시하거나 다른 이의 삶과 담장 안을 엿보며 새로운 존재로 거듭나 귀가를 꿈꾸는 몸짓이다.

1) 금 밖으로!

외출의 첫째 양상인 탈출은 자기 앞에 그어진 금 밖으로 나가려는 시도들이다. 자신을 가둔 금으로부터의 탈출은 도망하기, 줄행랑치기, 솟구쳐 오르기, 벗어나기, 건너가기, 비상하기, 방류시키기 등의 행위항으로 드러난다. 이는 모두 자신의 모습을 가두는 금지의 선 밖으로 벗어나려는 몸짓들이다.

> 엄마, 엄마, 크레파스가 금 밖으로
> 나가면 안되지? 그렇지?
> 아이의 상냥한 눈동자엔 겁이 흐른다.
> 온순하고 우아한 나의 아이는
> 책머리의 지시대로 종일 금 안에서만 칠한다
>
> 나, 이렇게, 말해 버리겠어.
> 금을 뭉개버려라, 랄라. 선 밖으로 북북 칠해라.
> 나비도 강물도 구름도 꽃도 모두 폭발하는 것이다.
> 살아 있는 것이다. 랄라.
> 선 밖으로 꿈틀꿈틀 뭉게뭉게 꽃피어나는 것이다
> 위반하는 것이다. 범하는 것이다. 랄라
> — 김승희, 「제도」 일부

김승희의 시는 금 밖으로 나가려는 치열한 몸짓들을 일관되게 보여 주고 있다. 그의 시에서 여성을 가두는 것들은 금, 괄호, 달걀, 그물, 담, 어항, 거미줄, 기차선로, 토끼장 등으로 변용되어 드러나며 「유목을 위하여」와 「솟구쳐 오르기」의 연작 시편을 통해 탈출을 지속적으로 시도하고 있다. 이런 시적 의도와 함께 여성 의식을 섬세하면서도 긴장감 있게 담은 시가 되게 하는 것은 그녀의 시에 공존하는 '바깥으로 나가려는 격렬

한 욕망과 안으로 가두어두려는 지평의 마수적 욕망' (시「유목을 위하여
7」) 때문이다.

　시「제도」에는 금 밖으로 벗어나려는 욕망이 구체적으로 드러나고 있
다. 여기서 '상냥' '겁' '온순' '우아' 의 대상인 '아이' 는 여성적 존재이
다. 권력의 그늘 아래 겁먹은 채 '나가면 안되지? 그렇지?' 를 되뇌이며
'종일 금 안' 에 머무르는 아이는 곧 여성을 투영하고 있다. 이는 '모서리
로 달아나면서 금 밖으로 나가지 않는' (김혜순의 시,「죽음 아저씨와의
재미있는 놀이」) 나의 모습이기도 하다. 여기서 '책머리의 지시' 와 '크레
파스 그림', '금 안' 과 '금 밖', '엄마' 와 '아이' 의 대립은 곧 '뭉개 버려
라' 로 일축된다. 모든 살아 있는 것을 금 안에 가둔 것은 폭력이며 그 안
에 갇혀 본 자들만이 금과 선에 대한 위반의 폭발을 점화시킬 수 있다. 이
렇게 해서 '폭발하는 것' 과 '살아 있는 것' 이 선 밖으로 북북 칠해져 나오
며 기존의 제도를 위반하고 범할지라도 꿈틀꿈틀 움직이며 뭉게뭉게 피
어 오르는 생명의 발현이 된다. 반복되는 '랄라' 는 이 파괴의 흥겨움을
배가시킨다. 이제 나비는 날아 오르고 강물은 흐르며 구름 피어 오르고
꽃 또한 만개할 것이다. 금과 선을 벗어나 '위반' 하고 '범' 하는 것은 이제
금 밖으로 발을 내딛는 외출과 탈출의 첫발인데, 이는 한층 다양하고 역
동적인 상상력으로 이어진다.

　　꼭 이렇게 살아야만 되는 건가?
　　산다는 것이 꼭 이것뿐인가?
　　그러자
　　갑자기 괄호가 열리면서
　　금 밖의 바깥이
　　이름 붙일 수 없는
　　하얀 조명을 콸콸 쏟고 있는 느낌이 들면서
　　바깥 — 미지 — 미래로 연결되는 격렬한

아름다운 밀물이
괄호 안의 세상을 수몰시키며
나를 괄호 밖으로
밖으로 둥둥 방류시키는 것이었다.
- 김승희, 「유목을 위하여 4」 일부

아, 삶이란 그런 장대 높이뛰기의 날개를
원하는 것이 아닐까,
상처의 그물을 피할 수도 없지만
상처의 그물 아래 갇혀 살 수도 없어

내 옆구리를 찌른 창을 장대로 삼아
장대 높이뛰기를 해 보았으면
억압을 악업을
그렇게 솟아 올라
아, 한번 푸르게 물리칠 수 있다면
- 김승희, 「솟구쳐 오르기 1」 일부

「유목을 위하여」에서 나를 둘러싼 금의 바깥은 '미지' 이자 '미래' 로 연결되는 격렬한 '아름다운 밀물' 의 세계이다. 삶을 제어하는 괄호와 금이 열리는 동시에 콸콸 쏟는 하얀 빛과 함께 미지의 세계로 방류되어 갈 것을 꿈꾼다. 발 붙힌 이곳의 정착된 삶을 수몰시키고 '둥둥' 떠돌며 살아가는 '유목' 의 삶을 그린다. 이같이 수평적 삶의 금을 넘어서려는 것은, 수직적인 높이의 선을 뛰어넘으려는 삶의 몸짓으로도 연상된다. 「솟구쳐 오르기 1」에서 '그물' 과 '창' 은 높이뛰기와 날개의 삶을 막아 일상 삶으로 얽어매는 올가미이다. '상처의 그물' 이나 '옆구리를 찌른 창' , 그리고 '억압' 과 '악업' 을 장대에 기대어서나마 푸르게 물리치며 솟구쳐 올라보는 것, 이는 '높이뛰기' 라는 날개 단 삶에 대한 염원의 표현이다. 이 시들은 본격적인 외출인 금 밖으로 나가려는 행동의 서막이 되고 있다.

> 부처를머리에이고집으로왔다. 책상위에올려놓고 곯아떨어졌다. 꿈인지생
> 시인지부처가다시웃는다. 웃는다. 그러나들여다보면묵묵잠잠. 6년전오늘미
> 칠것만같았다. 참을수없었다. 그누구라도참을수없었을거다. 나는정말견딜수
> 없어옷을몽땅벗고머리를빡빡밀고팔뚝을지지려고몸부림쳤다. 그러다가가족
> 들몰래오대산월정사로줄행랑을쳤다.
> 그망할놈의부처를피해서맹렬히.
>
>   – 김혜순, 「出家記」 일부

> 가슴에 칼을 품고 가출.
> 가출한 거리에 추적이는 비
>
> 비를 맞으며 언덕에 올라 담배 열아홉 개비 소비.
> 언덕을 내려오는데 아가씨 우리
> 어깨동무하고 보리밭에나 갈까 취한의 습격을 받고 줄행랑. 큰길에서 두 대
> 의 자동차로부터 흙탕물 세례 받음.
> 가슴의 칼을 꺼내어 삼라만상을 향해
> 힘껏. 그리고 욕설도 힘껏.
> 그 다음 하늘로부터 거룩한 거룩한 물 세례.
>
>   – 김혜순, 「殉葬」 일부

김혜순의 시에서 '금 밖으로!'는 '줄행랑'과 '가출'로 시작된다. '정말 견딜 수 없어' '가슴에 칼을 품고' 집을 나서지만 그 외출들이 순조롭지만은 않다. 길에서 주워 들게 된 '부처'는 나를 응시하는 자로 내 내면의 눈, 진실과 양심의 시선이다. 부처와 나의 관계는 '버려져 있다'–'줍지 않다'–'머리에 이고 오다'–'들여다 보다'–'피해 도망가다'로 이어지는데, 이는 곧 '대면할 수 없는 자신에 대한 방기 → 어쩔 수 없는 대면 → 그로부터의 도피'를 의미한다. 나는 '묵묵잠잠'한 돌부처의 시선과 '머리를

빡빡 밀고 팔뚝을 지'질 정도로 미치게 하는 몸부림을 견디지 못해 줄행랑쳐 '출가'를 하게 된다. 시 「殉葬」의 줄행랑은 '가출'에서 비롯된다. 가슴에 칼을 품은 비장한 가출은 그러나, 거리의 추적이는 비, 담배 열아홉 개비, 취한의 습격, 자동차의 흙탕물 세례, 힘껏 내뱉은 욕설로 이어져 성공적이지 못하다. 온통 나의 진지한 가출들을 가로막고 훼방놓는 것들뿐이다. 외출의 기표들을 시작하는 '금 밖으로!' 는 이렇게 시도되고 있다.

2) 교신으로 길 찾기

전화 걸기와 전화 받기, 전보 치기와 편지 쓰기 등은 모두 지금 이 순간에서 잠시나마 이탈하려는 심리적인 외출들이다. 타인과의 교신을 통해 지금의 여기를 벗어나 새로운 시공으로 이동한다. 제어하기 어려운 감정이 용솟음칠 때 집 밖으로 뛰쳐나가는 마음과 유사한 욕망, 아무에게나 번호를 꾹꾹 눌러 전화를 걸고 싶음, 수신과 발신 사이에서 흔들리는 섬(이사라, 「통화」)으로 건너감 등으로 표현되는 길찾기들이다. 나 아닌 다른 누군가와의 소통으로 이루는 나눔, 속삭임, 외침, 흐느낌은 모두 여성적 발화의 특징을 그대로 드러내고 있으며 이는 전화선을 통해 절박하게 전달되고 있다. 교신을 통해 '나'를 찾기 위한 길을 나서는 외출의 기표들 중 한 가지 양상이다.

　　……나야
　　으응! 아니 왜 자지 않고!
　　……잤었니
　　자긴, 왜 신랑 아직 안 들어왔어!
　　……자
　　애들은!
　　……자

으응! 그래!
······잠이 안 와
그래도 아침에 애들 밥   —신랑 출근—

이따금 한밤중의 비상벨이 울어 젖히듯 전화벨이 울어 젖힌다
낮 동안에는 들어본 적이 없는
다급하고 높은 범죄처럼 깊은
전화벨 소리 어둡고도 먼 정적이
송수화기를 잡는 손 언저리로 순간 집중한다
칠흑의 밤을 틈타 한 친구 어두운 강을 건너
보이지 않게 보이지 않게 다가왔다 결국
혼자 사는 친구인 나의 귓전까지
                    - 이진명, 「······나야」 일부

　잠든 남편과 잠든 아이들을 둔, 잠 안오는 '친구'는 한밤중에 전화를 걸어온다. 전화를 통해 친구가 건너온 길은 '칠흑의 밤'과 '어두운 강'이다. 애들 밥이며 신랑 출근 같은 일상사에서 떨어져 나와 자기만의 시공을 찾은 순간이다. '······나야'라는 첫마디부터 반복되는 말없음표는 많은 여성들을 감전시키는 무언의 말이다. 비어 있는 자신을 바라볼 수 있는 고즈넉한 시간, 쏟아내고 싶은 말이 많은 만큼 그것은 침묵으로 대치될 뿐이다. 이는 '비상벨' '다급하고 높은' '범죄처럼 깊은' '어둡고도 먼 정적' 같은 사연을 모두 끌어안고 있지만 그것은 말의 병목현상을 가져올 뿐 막상 말이 되어 나오는 소리는 침묵에 가깝다. 말없음표와 침묵 안에 녹아 있는 많은 생각과 말은 어쩌면 일상적인 언어로 풀어내기가 불가능할 것이다. 울림과 정적으로 가득한 가슴 뻐근한 말들은 여성 서로에게 '보이지 않게 보이지 않게 다가'와 말에 대한 여성들의 갈증을 침묵으로 흐르는 강으로 바꾸고 있다.

……아버지 기도원 가고 없다 ……말렸지 안 말렸네 그것도 하나님 뜻이다(중략) 명절은 뭐 언제 내가 명절 바라고 살 ……지금 그런 거 챙기고 살만 ……오빠들이 언제 명절이라고 ……며느리들 ……혼자 있지 그럼 ……울기는 누가 우냐 ……혼자 있다니까 그러……울기는 안 운다 ……일 없다 그런 짓 하지 마라 돈 필요없다 통장 번호도 내사 모르고 돈 있어도 그만 없어도 그만이다 ……우린 신경쓰지 마라 두 늙은이 어떻게든 못 살 …… 운……안 운다니까 얘가 자꾸 ……그만 끊어라(중략)

엄마는 먼 섬에서
명절 전날 혼자 울고
나는, 전화기에 엎드려 엉엉 풀어 버렸다.
　　　　　　– 김경미, 「통화」 일부

전화선을 통해 들려오는 늙으신 '엄마'의 말에는 완성된 문장이 없다. 더듬거리는 말, 맺지 못하는 말, 반복되는 말, 의미 없는 말들로 가득하다. 어렵게 이어지는 이 말들은 여성 발화의 특징을 보여 주는 동시에, 남편과 자식의 부재 속에 살아온 여성의 한 평생을 떠듬떠듬한 자취 그대로 보여 주고 있다. '명절'에도 모이기 어려운 가족, 그 가운데 엄마의 삶이 놓인 곳은 '먼 섬'일 뿐이다. '혼자 있다'를 반복하며 '안 운다'를 고집하는 엄마는, 비어 있는 집에서 딸과의 전화 통화만을 바깥과 소통할 수 있는 교신으로 삼고 있다. 제각기 전화기를 마주하고 앉아 자신의 울음을 쏟아 내고 있는 엄마와 딸은 여성사를 축약해 보여 준다. 완성되지 못한 말들과 쏟아 내는 울음은 일상적인 말로 정리할 수 없는 여성 삶의 서사이자 여성들만의 구술이다.[4]

---

4) 이 부분에 대해 가장 시사받은 글은 김성례(1992)의 글이다. '여성의 자기 진술의 양식과 문체의 발견을 위하여', 「여자로 말하기 몸으로 글쓰기」, (서울:또하나의 문화).

어떻게 내가 나를 좀 나가볼 수는
없을까???
누가 잠궈 놓은 문인지
나는 안 열리고
외출하고 싶어 ! 아아, 나는, 한번만,
외출하고 싶어!
            (중략)

친구여 나 너에게 전화를 했지
(나처럼 게으른 인간이 어떻게 다이얼
을 돌렸을까) 꿈처럼 생각이 안나고
너는 집에 없었어.
아마도 텅 빈 네 아파트를 윙윙 울려댈
전화벨 소리는, 너를 울리지 못하고
되돌아와, 두통으로 꽉 찬 내 두개골을
나찌의 가죽처럼 후려대고 있었고
거미줄을 지키고 앉은 거미가
답답하고 배고프면 무엇하는 줄 아니?
자기 몸을 좀 열어 보려고
자기 몸을 뜯어먹어 본다는구나, 글쎄
            - 김승희, 「붙들린 여자」 일부

　이 시에서 역시 전화 걸기는 1연에서 반복되는 '외출하고 싶어!'와 동
의어이다. 잠궈진 나를 내가 열고 나가는 하나의 길로 나는 친구에게 힘
겹게 다이얼을 돌려 전화를 걸지만 그 외출의 시도는 무산된다. 상대방이
받지 않는 전화 벨소리는 오히려 '가죽처럼' 나를 후려치는 소리로 되돌
아온다. 윙윙 울려대는 전화 벨소리와 두통으로 꽉찬 내 머리의 신경줄은
마치 먹이를 기다리려 쳐 놓은 촘촘한 거미줄의 모양과도 같다. 열리지

않는 몸을 열기 위해, 내가 내 밖으로 나가기 위해, 나는 쳐 놓은 거미줄에 유일하게 걸린 거미 같은 자신의 몸을 뜯어먹는 자해까지 꿈꾸고 있다. 만일 전화 통화가 이루어졌다면, 교신으로서의 외출이 순조로웠다면, 나는 잠겨진 문을 열고 나가볼 수 있었을 것이다. 그러나 현실의 모든 외출들이 순조롭지 않은 것처럼 교신으로 길을 찾으려는 외출도 쉽지만은 않다.

이렇게 가느다란 전화선에 기대어 자신을 말로 풀어 내고 밖을 호흡하고 싶어 하는 간절함은 전화 기다리기와 전화 걸기라는 두 행위로 드러난다. 먼저 전화 기다리기에 있어서 '결코 울리지 않는 전화통'과 '다시는 전화하지 않는 너'는 나의 외로움을 끝없이 증폭시키고 밖을 향한 열망을 차단해 다시 가둔다.

> 외로운 여자들은
> 결코 울리지 않는 전화통이 울리길 기다린다.
> 그보다 더 외로운 여자들은
> 결코 울리지 않던 전화통이
> 갑자기 울릴 때 자지러질듯 놀란다.
> 그보다 더 외로운 여자들은
> 결코 울리지 않던 전화통이 갑자기 울릴까봐,
> 그리고 그 순간에 자기 심장이 멈출까봐 두려워 한다.
> 그보다 더 외로운 여자들은
> 지상의 모든 애인들이
> 한꺼번에 전화할 때
> 잠든 체하고 있거나 잠들어 있다.
> — 최승자, 「외로운 여자들은」 전문

기억하는가
우리가 만났던 그날.

환희처럼 슬픔처럼
오래 큰물 내리던 그날.

네가 전화하지 않았으므로
나는 잠을 이루지 못했다.
네가 다시는 전화하지 않았으므로
나는 평생을 뒤척였다.
– 최승자, 「기억하는가」 전문

오늘은 전화를 받지 말아야지.
나 혼자 오롯이 지내 봐야지.(중략)
평생 전화기 근처를 서성일 나.
아무래도 전화를 반납해야 될까봐요.
이렇게 생각하니
오싹 세상이 추워지는군요.
비틀어진 탯줄인 전화선.
– 황인숙, 「어느 개인 가을날」 일부

  '전화를 기다리다'는 '전화를 걸다'에 비해 소극적이다. 하지만 바깥
세계와의 소통인 외출을 전화 기다리기에 바치고 있는 이들은 기다리고
또 기다린다. 끝없이 이어지는 그 기다림은 놀라움과 두려움으로 바뀌어
가면서 '여자'를, '나'를 절망하게 하고 소진케 한다. '갑자기 울리는 전
화통'과 '한꺼번에' 전화하는 무심한 애인들에 맞서는 '나'의 행동은 '잠
든 체' '잠이 듦' '잠을 이루지 못함' 등 모두 잠으로의 도피일 뿐이다.
'큰물 내리던 그날'의 환희와 슬픔을 기억하며 가사(假死)와 같은 잠으
로 빠져 들어가려 애쓰는 것, 이는 거부된 외출 앞에서 철저히 자신만의
세계로 침잠해 들어가는 행동이다. 사랑의 소통과 타인과의 교신을 기다
리는 그 시간들은 '심장이 멈' 추고 '평생을 뒤척일' 정도로 자기 존재, 혹

은 평생과 맞바꿀만한 무게를 지니는 것이기 때문이다. 그래서 이렇게 전화를 지나치게 기다리는 마음은 앞시「어느 개인 가을날」에서처럼 '전화 받지 말아야지' 라는 역설적인 다짐으로 드러나기도 한다. 전화선은 세상 밖으로 나를 낳아 놓을 탯줄, 그러나 '비틀어진 탯줄' 과 같으며, 전화를 기다리며 그 근처를 서성이는 모습은 안팎의 문턱에서 서성이는 모습과 너무도 닮아 있다.

> 문득 튀어 일어나
> 아무에게고 전화를 걸고 싶네
> 아무 번호나 눌러
> 아아아아아 끔찍해요!
> 그 목소리 외침일지, 속삭임일지
> 입을 열기도 지긋지긋해
> 짐승 같은 흐느낌일지.
> — 황인숙,「저 거울은 빛나건만」일부

> — 당신에게로 보낸 줄이
>   아직도 가고만 있는지
> —어디 어둡고 한적한
>   전봇대 발치쯤 감겨서
>   그 줄이 혼자 신음이나 하지 않는지
> —밤이면 안 보이는 당신에게
>   줄놓고
>   쪼그리고 앉은
>   나는 또 얼마나 처량한지
> — 김혜순「통화」일부

> 이리저리 채널을 돌려도 똑같은 뉴스를 *끄고*
> 잡음이 찍찍거리는 라디오도 *끄고*

지금은 통화량이 많아 연결되지 않았사오니
잠시 후에 다시 한 번 걸어주십시오
전화 수화기도 내려놓고
축 늘어지는 신경을 곤추세우고
사방을 둘러봐도
즐겁지 않다
- 양선희, 「즐겁지 않다」 일부

비틀린 전화선, 기다려도 오지 않는 전화, 이루어지지 않는 통화, 신음하는 전화줄, 아무도 받지 않고 내 두개골만 울리는 벨 소리, 연결되지 않는 전화, 몸부림치는 신호음, 틀린 전화번호……[5]

교신을 빌은 이 외출들은 모두 순조롭지 않다. 전화 기다리기 못지 않게 전화걸기 역시 '처량한' '끔찍한' '즐겁지 않은' 일이다. 황인숙의 시에서 문득 튀어 일어나 '아무에게고' '아무 번호'로라도 전화를 걸고 싶은 절박함은 뚜렷한 전언이 있는 통화라서는 아니다. 그것은 외침, 속삭임, 흐느낌 같은 여성의 말들을 가득 담은 생존을 위한 접촉일 뿐이다. 당신을 향해 전화줄을 보내놓고 '쪼그리고 앉은' 나, 연결되지 않자 포기하고 내려놓은 수화기, 곤추선 신경과 온통 즐겁지 않은 것들뿐인 사방……, 결국 전화 통화를 빌어 시도하려 한 외출은 이렇게 반복되고 있다.

지금 여기를 벗어나고 싶은 외출의 한 방편인 교신으로 길 찾기는 이렇듯 쉽지 않다. 순조롭게 통화가 이루어지지 않는 전화들, 또한 통화가 이루어질지라도 침묵과 말없음[6]으로 가득할 뿐이다. 전화선에 기대어 여성

---

5) 강은교 「지하철역에서」, 김혜순 「희망」, 박라연 「나의 간디」, 이사라 「통화」 등.
6) 여성들의 의사소통에 있어 침묵은 (가부장적 관습에 의해 강요되고 부과된 침묵이 아니라) '새로운 침묵의 소리'로서 의미를 갖는다. 이는 남성들은 주파수를 맞출 수도 없고 또 의식조차 할 수 없는, 여성만이 가지고 있는 무언의 어떤 것이다. K.K.Ruthven(1984), 『페미니

들이 꿈꾼 것은 무엇일까? '아아아아아' 단말마적 비명을 지르게 하고
평생을 뒤척이게 하고 또 '가장 짐승스럽게 만드는' (전연옥, 「콜걸」) 전
화 앞에서 절박하게 바라는 것은. 아마 간절히 바라는 자기 자신과의 소
통, 그런 길을 찾기 위한 외출을 하고 싶어서일 것이다. '말' 을 통해 자신
의 존재를 확인하고 진지한 소통을 나누고 싶어하는 여성들의 바람, 이를
표현하고자 한 시인들의 전략이 담겨있음을 함께 읽을 수 있다.

3) 미로와 미궁에서

금 밖으로 나가고 싶은 욕망, 교신을 통해 타인과의 소통을 꿈꾸며 진
실한 자신의 내면을 읽으려는 노력들은 때로 탈출 자체가 목적이었던 만
큼 정해진 목적지보다는 방향만을 갖기도 한다. 그래서 심호흡과 해방감
을 느끼게 하는 바깥 공간으로의 탈출은 의도된 방향 없이 쳇바퀴처럼 제
자리를 빙빙 돌게 하거나 끝없이 이어지는 문 또 문, 혹은 그 안에서 마냥
배회하게 하는 미로, 벽으로 둘러싸인 미궁으로 이어지기도 한다.

> 목적은 없고 방향만 있지만,
> 너희들을 만나 이야기하고 웃고
> 찡그리고 음악을 듣고 안경을 쓰지만,
> 늘 서울의 거리를 뱅뱅 돌지만
> 늘 떠났던 곳으로 다시 돌아오지만,
> 일순 어지러워 그만
> 한 발 지구 밖으로 내딛고 싶지만,
> 내 허리를 묶어놓고 공중에 돌려대는
> 추를 잡은 손의 행방을 몰라

스트 문학비평』, 김경수(역), (서울:문학과 비평사), 124쪽.

흙 묻은 땅 위로 내려설 수도 없이
언제나 가고가지만,
돌고돌지만.
- 김혜순, 「내 두 발의 운전」 일부

여의도, 너른 광장엔 바람이 불고.
갈피와 실마리
넘어지다넘어지다넘어지다가
갈 바를 모릅니다.
날지 못하는 새 두 마리 풀어 놓고
나 또한 갈 바를 모릅니다.
- 김혜순, 「갈피와 실마리」 일부

'목적은 없고 방향만 있는' 내 두 발의 운전은 '뱅뱅' 돌게 하고 '떠났던 곳으로 다시 돌아오'게 하면서 공회전만을 거듭하게 한다. 이야기하고 웃고 음악을 듣는 일상 속에서 멀미를 느끼며 일순 '한 발 지구 밖으로 내딛고' 싶은 충동을 느끼지만, 그 또한 '행방을 모'르는 손에 의해 내 의지대로 할 수 없는 것이기에 '가고가고' '돌고돌고'를 멈출 수 없는 미로에 들어선 것이 된다. 이는 또한 탈출해 '너른 광장'에 나왔으나 '갈피'를 잡지 못하고 '실마리'도 찾지 못해 땅 위로 내려서지도 날지도 못하는 '새'로 상징된다. 비상을 꿈꾸지만 내 삶의 '추를 잡은 손'을 알지 못하기에 그 탈출은 아직 원심력 속에서 미로 속 배회에 머무르고 있다.

난 항상 문을 찾아 헤맸지.
이 문을 찾으면 이 문이 벽이었고
저 문을 찾으면 저 문도 벽이기를
몇번이었을까, 난 항상 문을 찾아 헤맸고
우린 누구나 문을 찾아 헤매거늘 (중략)

왜 언제나 문은 벽이었을까.
벽 없는 문을 보았는가, 벽 없는 문, 문 없는 벽, 문 있는 벽, 벽 있는 문.
— 김승희, 「문(門)을 위한 애사」 일부

미움을 지워내고
희망을 지워내고
매일 밤 그의 문에 당도했습니다
아시는지요, 그러나
그의 문은 굳게 닫혀 있었습니다
완강한 거부의 몸짓이거나
무심한 무덤가의 잡풀 같은 열쇠 구멍 사이로
나는 그의 모습을 그리고 그리고
그러다 돌아서면 그뿐
문 안에는 그가 잠들어 있고
문 밖에는 내가 오래 서있으므로
— 고정희, 「내 슬픔 저러하다 이름했습니다」 일부

　탈출의 노정에서 만난 '열리지 않는 문', '벽으로 둘러싸인 공간'은 미궁과 같다. 출구를 찾아 헤매거나 굳게 닫힌 문 앞에서 돌아서야 할 때, 그리고 찾은 순간 '문'이 '벽'이 되어 버려 열림을 닫힘으로 바꾸어 버릴 때, 이 힘겨운 외출들은 실패하는 것처럼 보인다. 나만의 방과 길로 가는 길을 흔쾌히 열어 주는 문은 없기 때문이다. 설령 그 문을 발견해도 순간 그것은 '언제나 벽이' 되어 외출과 탈출을 다시 미궁에 빠뜨린다. 하지만 '나'는 열에 들떠 문을 '찾아 헤매'고 벽을 두드리고 또 완강한 거부와 무심한 몸짓을 한 채 굳게 닫혀 있는 문을 넘고 넘어서 당신에게 이르려 애쓰며 열린 '문'과 잠든 '그' 사이에서 길 찾기를 거듭할 것이다. 미로와 미궁 속의 이 서투른 행로들은 이어져 삶의 궁극점을 찾아 한층 아득한 미로로 접어들게도 한다.

나는 궁금하다 어느 길목에 내 다음 운명의 쪽지가 파묻혀 있는지
두렵다, 길을 잘못 찾아들기는 싫다,
나는 알고 싶다 이 영문 모를 생을 이끌어가는 비밀의 정체를
하나의 길을 뚫고 나와 한층 늙은 몸으로 막다른 골목에 서서
나무에게 길을 묻다
– 이선영, 「나무에게 길을 묻다」 일부

하늘나라가 있다지요
나선의 계단을 돌아 가파르게 오르면
종루가 있고
종루 위에는 높다랗게 십자가가 있어
아, 하늘나라가 있다지요
나는 잘못 찾아간 약도를 구깁니다 (중략)
내 약도로는 찾아갈 수 없는 것일까
다시 잘못 찾아간 길을 돌아서 나옵니다
– 이진명, 「하늘나라」 일부

이 '영문 모를 생'이 궁극적으로 다다를 곳과 자신의 정체성을 찾고 싶은 것은 사실 모든 존재가 품은 질문 중 하나일 것이다. 하지만 주어진 길을 벗어나면 길을 잃지 않을지, '막다른 골목'이나 '잘못 찾아간 길'로 접어들지 않을지 두렵다. 일상에서 일탈해 새로운 길 위에서 갖는 이 두려움은 '잘못 찾아간 약도' '내 약도로는 찾아갈 수 없는 길' '잘못 찾아든 길' '막다른 길'로 표현된다.

시 「나무에게 길을 묻다」에서 '나'는 내 '운명의 쪽지'가 파묻힌 곳에 바르게 들어서고 싶다. 그러나 '하나의 길을 뚫고 나와' 다가선 길은 막다른 골목으로 막혀 있다. 결국 이런 미로에서 그는 길을 돌아나오거나 모든 길을 지켜본 '나무에게 길을 묻'는다. 운명의 쪽지, 생을 이끄는 비밀의 정체를 숨겨가지고 있는 숱한 길들, 이 외출이 종국에는 미로 끝에

진정한 삶의 도착지로 향한 것이기를 바란다. 시 「하늘나라」에서 내가 오른 곳은 가파른 '나선의 계단'과 '종루' 위에 위치한 곳이지만, 그러나 그곳은 '하늘나라', 내가 너무 일찍 찾아갔기에 '잘못 찾아간 길'이다. 아직은 나의 외출로 때이르게 찾아들 곳은 아닌 '돌아서 나올' 수밖에 없는 길이었던 것이다. 이 두 시에서 '나'는 미궁과 같은 삶에서 빠져나와 너무 멀고 추상적인 외출을 했다. 그러나 그들이 직면한 미로는 그들로 하여금 '미아'의 소외감을 느끼게 하기보다는 삶에 대한 통찰을 얻게 하고 있다.

> 길을 잃어보지 않은 사람들은 모르리라
> 터덜거리며 걸어간 길 끝에
> 멀리서 밝혀져오는 불빛의 따뜻함을(중략)
>
> 먼 곳의 불빛은
> 나그네를 쉬게 하는 것이 아니라
> 계속 걸어갈 수 있게 해준다는 것을
>   – 나희덕, 「산 속에서」 일부

　하지만 황무지와 같은 이 미로 속에서도 '길을 잃어 본' 여성들은 즐겁다. 닦여진 길보다는 닦아야 할 길을 생각하기에 따뜻한 불빛도 발끝에 힘을 더해 주기 때문이다. '산 속'이라는 미궁은 오히려 잠시나마 삶에서 비껴선 자의 시선을 따뜻하게 채우고 있다. 삶에서 비껴나와 낯선 거리나 광활하게 펼쳐진 공간을 눈앞에 둔 자신을 마주 바라보는 일, 이 길 끝에 있을 불빛을 믿는 자신을 응시하는 일은 막막함을 넘어서는 어떤 기대를 품게 한다. 벗어났다는 것에서 오는 성취감, 일상도 미궁과 같은 것이기에 이 미로들 역시 잘 헤어날 수 있으리라는 자신감도 없지 않을 것이다. 그래서 표지판도 없고 출구조차 해체된 이곳에서 또 다른 행로를 꿈꿀 수

있게 되는 것이다.

4) 幼年과 꿈

　幼年은 우리에게 있어 시원(始原)의 공간이자 모태적 공간이다. 그 시
공 속에서 지금 삶이 내린 뿌리를 찾아낼 수도 있고, 또 현재 삶의 지난함
을 회피해 그 시절 기억 속으로 들어갈 수도 있다. 그 기억 속으로의 외출
은 현재의 삶과 연결되는 끈을 갖고 되짚어 들어갔다가 나오는 그런 공간
이다. 꿈 역시 우리 존재의 근원을 숨겨 가지고 있거나 지금 삶의 실마리
를 보여 주고 또 자유로운 꿈 자체를 가능하게 하는 시공이다. 그래서 유
년과 꿈은 현실적 층위의 시공에서 일탈해 상상과 기억 속으로 떠나는 외
출이 된다. 즉 유년의 고향이나 신화적 시공으로 회귀하거나 잠과 꿈의
몽상으로 들어서 이곳을 벗어나려는 시간 속의 외출이다.

<blockquote>

안개 가득찬 마을로 내가 들어간다
쭉정이만 달린 호두나무들이 떨고
물소리가 넘치는 할아버지의 방으로 들어간 나는 아직도
단발머리의 아이가 고요히 자고 있는 것을 본다
나는 아이를 깨우고 싶다 아이를 흔들어 나를 깨운다 아이가
움직이지 않는다 아무도 오지 않는 마을에 괘종시계가 흔들린다

　　　　　　　　　　　　　　　　－ 정화진, 「괘종시계」 일부

단지 옆면에 아이가 잠깐 비친다
아이는 입술을 달싹거린다 아궁이에서 연기가 불쑥
솟아나온다 단지 속의 물이 흐려진다
몇 가닥 연기는 부엌 살창을 휘감으며 마당으로 빠져나간다
건넌방 쪽마루 난간엔 땀방울이 맺혀 있다
누가 앓고 있는 듯하다 분주히 약사발이 방을 드나들고

</blockquote>

아이는 여전히 입술을 달싹인다
부뚜막 위, 단지 속엔 연기가 가득하다
물이 마른다 부엌에선 노래를 부르지 마라 얘야
조왕이 노하시면……
            (중략)

녹슨 부엌,
가마솥 옆 부뚜막에 걸터앉아
청바지 입은 나는 지금
단지조각들과 부서진 노래들을 본다
그을음투성이의 떨어져내린 벽토 속에 섞여 있는
                    - 정화진, 「녹슨 부엌」 일부

정화진의 시는 섬세하면서도 강렬하게 유년 공간을 신화적 시공으로 그려 내고 있다. 지금은 '청바지 입은' 나는 '안개 가득찬 마을'로 들어서서 기억의 안개를 거두고 할아버지 방과 건넌방과 마당, 그리고 부엌들을 순례하면서 기억을 되짚고 있다. 잠든 단발머리의 아이, 옆면에 잠깐 스쳐 지나가는 아이, 방에 누워 입술을 달싹거리며 앓고 있는 아이는 모두 유년시절 자신의 모습이다. 나는 상상 속에서 늘 앓고 있거나 잠자는 아이인 이 '아이를 흔들어 나를 깨운다'. 물과 땀, 불과 연기로 엉긴 끈끈한 기억들, 나는 그 연기를 가르고 마당과 방을 넘나들며 내 유년 신화의 주인공인 할머니와 할아버지와 조우한다.

유년의 시공에 대한 시인의 회상은 늘 부엌에서 출발해 부엌에 머무르곤 한다. 아궁이와 부엌 살창, 가마솥과 부뚜막 등으로 묘사되는 이 '녹슨' 부엌은 삶의 '노래'를 담은 '단지'와 같다. 그래서 성인이 된 지금, 어릴 적에는 조왕이 노할까 부르지 못한 삶의 노래를 완성하기 위해 '부서진 노래'와 '단지 조각'들을 맞추려 유년의 부엌을 찾은 것이다. 기울

고 녹슨 부엌의 벽토 속에 섞여 있는 단지의 조각들과 부서진 노래들을
찾아 다시 단지를 완성하고 노래를 잇는 것은 지금의 삶에서 잃어버린 노
래를 되찾는 것과 같다. 지금의 '나'를 비롯해 '부엌'을 자기만의 방으로
삼는 숱한 여성들은, 유년의 회상과 시간 속의 외출을 빌어 부엌 여기저
기 흩어져 있는 자기 삶의 노래를 이어 부르고 또 그 노래들을 담아 두는
단지를 완성해 나갈 것이다.

> 어린 나이에도 눈치챌 수 있었지
> 가난과 싸움과 기도소리만 들끓는 집
> 되도록이면 조금이라도 늦게 들어가려고
> 언제나 가장 마지막까지 동네 아이들 붙잡고
> 땟물 낀 얼굴로 늦은 밤까지 놀지만
> 노는 틈틈이 어린 가슴을 파고들던
> 어둠보다 무섭고 캄캄한 불안이여 절망이여
> 술래잡기하던 아이들 집으로 모두 숨어버리고
> 술래인 나만 남았을 때부터
> 찾을 사람 없는 세상
> 돌아갈 곳 없는 세상
> 얼마나 무서운가를 알았네
> — 김경미, 「귀가」 전문

　어릴 때, 우리집에는 작은아버지네 날염공장에서 가져온, 무늬가 잘못 찍힌
포플린이 지천이었지. 엄마는 그걸로 별의별 걸 다 만들어 주셨어. 베개, 이불
깃, 치마, 신발주머니, 하다못해 내 오재미까지도. 엄마는 확고한 믿음을 가지
고 계셨어. 애야, 무명이 제일이란다. 아, 굳건한 엄마. 땅에 꾹꾹 발을 내리고
있는, 확신에 가득찬 광목의 딸. 내가 왜 이런 말을 하는지 알겠지. 그러니까
나는 날염의 길을 걸어왔던 거야. 자연에서 살짝 비켜서서, 그래, 그것을 염색
하고, 그것에 무늬를 찍는 일이 죽어라고 존재를 감시하는 그런 길로 말야.
　　　　　　　　　　　　　　　　　　　　—김정란, 「비켜 있음」 일부

위의 두 시는 각기 유년을 빌어 지금의 삶의 어긋남과 쓸쓸함을 얘기하고 있다. 김경미의 「귀가」는 어릴 적 구차한 집이 싫어 늦도록 놀다가 혼자 남게 되었을 때 이기지 못했던 무섭고 캄캄한 불안의 기억에 비추어, 찾을 사람 없이 여전히 늘 나만 '술래'인 것 같아 절망적인 현재 삶을 얘기하고 있다. 지금도 술래인 나는 눈에서 손을 떼고 세상을 향해 돌아서서 누군가를 찾아 이 술래를 넘기고 싶지만 이미 누구도 없고 남은 것은 캄캄한 밤뿐이다. 그런데 아이들이 숨어 버린 곳은 결국 모두 그들의 '집'이다. 그래서 나 역시 어쩔 수 없이 '가난과 싸움과 기도 소리만 들끓는 집'으로 돌아가지 않으면 '돌아갈 곳 없는 세상'에 놓이게 된다. 시 제목처럼 '귀가'란 그때도 지금도 '조금이라도 늦게 들어가려고' 애쓰지만 결국 돌아가야 할 그런 것인지도 모른다.

김정란의 시 「비껴 있음」은 어린 시절에 무늬가 잘못 날염된 천으로 만든 치마를 입고 지낸 기억으로부터 지금의 어긋난 모양을 하고 있는 삶의 얘기를 이끌어내고 있다. '엄마'는 '굳건하게 땅에 꾹꾹 발을 내리'고 '확신에 가득찬 광목의 딸'로서 '자연'에 순종하며 질기고도 강한 '무명'과 '광목'과 같은 의심없는 삶을 살아온 분이다. 그에 비해 '나'는 '무늬가 잘못 찍힌 포플린'으로 만든 옷을 입고 '자연에서 살짝 비켜서' 있는 그런 '날염'의 삶을 살아왔다. 있는 그대로의 천인 무명을 염색하고 또 그것에 무늬를 끊임없이 찍어대는 일에 존재를 바치는, 어쩐지 중심에서 '비켜 있'는 듯한 삶을 살고 있는 것이다. 이렇게 이 시들은 모두 유년이라는 기억 속으로의 외출을 통해 잠재적으로 현실의 시공에서 이탈해 있으면서 동시에, 유년의 회상 행위를 통해 자아를 회복하고 있기도 하다.

이와 함께, '잠'과 '꿈' 역시 현실적 시공과 구속에서 벗어난 상상 속의 외출이라 할 수 있다. '잠들다'와 '꿈꾸다'의 시간 속에서 나는 일상적이고 사회적인 자아를 벗어나 본래적인 자아와 만난다. '나'는 일종의 가사(假死)와 같은 잠과 꿈 속에서 하냥 자유로이 온몸에 수천의 꽃잎을 달

고 날아다니기도 하고 아름다운 바다와 반짝이는 흰 돛단배 앞에 이르기
도 하며 밝은 들판을 내닫기도 한다.

> 넌 모를 거야
> 밤마다 내가
> 잠든 나를 살그머니 눕혀 놓고
> 네게로 간다는 걸
>
>   이건 더욱 모를 거야
>   밤마다 내가
>   잠든 너를 벗어나
>   나를 맞으러 나온다는 걸
>
> 우리 둘이서 즐거이 손잡고
> 요단강을 넘나들며
> 벗은 몸에 수천의 꽃잎을 달고
> 아름다운 불꽃을
> 입으로 내뿜으면서
> 발목에 지구를 매달고 날아다닌다는 걸
> 정말 모를 거야
>
>   – 김혜순, 「날마다 맑은 유리처럼 떠올라」 일부

나는 너이고 너는 나, '우리 둘'은 자아와 타아이다. 1연에서 나는 잠
과 꿈 속에서 비본래적인 '나'를 눕혀 놓고 본래적인 '나'가 꿈꾸는 진정
한 '너'에게로 간다. 그래서 떨어져 나온 나는 진정 내가 그리는 나를 맞
으러 나온다. 그때 나이자 너인 '우리 둘'은 잠과 깸 사이에 놓인 죽음과
도 같은 '요단강'을 넘나들며 자유로운 순간을 누린다. 껍질을 깨끗이 벗
어 던진 '벗은 몸'에 향그러운 수천의 꽃잎을 가득 달고 입으로는 아름다

운 불꽃을 내뿜으며 일상으로 가득한 지구를 '발목에' 매달고 자유로이 날아다닌다. 희열과 환희의 시간, 말 그대로 꿈 같은 시간이다. 일상을 벗어난 꿈의 시간, 한계 존재를 벗어나 지구의 원심 공간까지 나아가는 상상 공간, 이는 마치 지상을 벗어난 여신들의 모습과도 같다. '넌 모를 거야' '이건 더욱 모를 거야' '정말 모를 거야'의 반복은 결국 이 꿈 속의 시공이 자신에게 한정된 폐쇄적 것임을 반증하고 있지만, 현실을 벗어난 세계에 대한 강한 열망을 강조하고 있기도 하다. 다음 시에서처럼 잠과 꿈이 두렵다면 그 이유는 잠재울 수 없는 진실을 직시할 수밖에 없기 때문이다.

잠으로 들어가는 저 입구가 두렵다.
검은 굴속에서 꿈은 또 물고늘어질 것이다.
꿈은 물어뜯고 물어뜯을 것이다.
그리고 그때마다 악몽의 환각이,
두려운 생시의 파편들이 번갯불처럼 번쩍일 것이다.
한 테마의 연속적인 꿈들과
그 사이의 단절된 악몽의 환각들의 폭발.
잠으로 들어가는 저 입구가 두렵다.
　　　　　　　　　－ 최승자, 「未忘 혹은 備忘 5」 일부

잠을 오래 이루지 못하고
침대와 경대 사이의 간격을 헤매다 보면
그것은 꿈에 잠시 산책을 다니는 것 같다.
　　　　(중략)
나갈 수만 있다면
꿈 밖으로 갈 수만 있다면
이 익숙함을 헤엄쳐 버리고 말리라.
꿈 밖으로 나가는 길은 고르지 못하겠지.

발은 여전히 허공중에 있고 새벽 흐린 햇살은
그 발을 비춘다.
– 정은숙, 「불면」 일부

　　본래의 자신으로 돌아가라고 외치는 절규는 때로 현실의 진실을 그대
로 보여 주는 꿈 자체에 대한 두려움과 '불면'으로 이어진다. 꿈은 때로
'물고늘어지'고 '물어뜯'으면서 '두려운 생시의 파편들'을 악몽의 환각
처럼 떠오르게 하기 때문이다. 이럴 때, 찾아들어간 꿈의 세계는 진실에
직면하게 하는 거부하고 싶은 곳이기에 오히려 꿈 밖 편안한 곳으로 나가
고 싶어진다. 허나 꿈 밖으로 나가려 해도 '고르지 못한' 길, 새벽 햇살
속에서도 아직 현실에 발붙이지 못해 '허공 중에 있'는 발은 한시적인 시
간 속의 일탈과 외출을 반복하게 한다. 그래서 현실을 벗어나게 하는 '잠
으로 들어가는 저 입구가 두려'우면서도 그립기에, '익숙한' 꿈으로 잠들
기 전 서성이며 그 시간들을 유예하고 있는지 모른다. '꿈'의 의미를 상
상과 시간 속의 외출로 가장 선명하게 드러내고 있는 시는 다음의 시들이
다.

어느 잠.
나는 아름다운 바다에 이르렀다.
해안의 절벽 위에서 나는 보았다.
릴낚시를 던지며 외치는 사람.
함성을 지르며 파도를 맞는 사람.
바다 끝을 물끄러미 바라보는 사람.
반짝이는 흰 돛단배를. (하략)
–황인숙, 「圓舞」 일부

내 잠자리는 달빛을 받아
은은히 빛나겠지.

혹은 거센 바람과 함께 찬 비가
빈 벌판을 쏘다닐지도 모르지.
그래도 난 털끝 하나 적시지 않을걸.
나는 꿈을 꾸리라.
놓친 참새를 쫓아
밝은 들판을 내닫는 꿈을.
- 황인숙, 「나는 고양이로 태어나리라」 일부

많은 여성들이 갖는 꿈은 그야말로 '밝은 들판을 내닫는 꿈'이다. 광활한 '바다'와 '들판'은 여성들에게 잠재되어 있는 심리 공간의 넓이이기도 하다. '어느 잠' 속에서 만난 이들, 낚시를 던지며 외치고 함성을 지르고 또 파도를 맞는 그 사람들은 모두 억압된 바람을 풀려는 무의식의 환영이다. '아름다운 바다'와 '반짝이는 돛단배'를 물끄러미 바라보는 이 역시 바다와 마주서 바다만한 자신의 욕망을 바라보는 '나'이다. 놓쳐 버린 꿈과도 같은 '놓친 참새'를 쫓아 '거센 바람'과 '찬 비'와 함께 쏘다니는 꿈, 이는 자기 정체성의 조각을 찾으려 나선 외출의 한 변용 양상이다. 현실적 시공에서 일탈하려는 원망(願望)의 한 표출인 것이다. "우리는 누구도 멈출 수 없을 꿈을 꾸리라. 밝은 들판을 힘차게 내달리는 꿈을."

5) 까치발로 엿보는 산책길

여성들은 여러 가지의 길찾기로 자신의 정체성과 자기 존재를 확인하려 애쓰고 있다. 일상적 공간에는 부재하는 자기만의 공간 찾기를 위한 이 외출들은 탈출이며 교신, 미로와 꿈 등의 시적 변용을 통해 끊임없이 추구되고 있다. 이 노정은 또 새로운 길로 추구되기도 하는데, 다른 삶들을 기웃거리고 엿보는 산책이 바로 그것이다. 자신과 타인의 생을 응시하고 또 다른 이의 담장 안 세계를 까치발로 기웃거리는 산보와 산책으로서

의 외출이다. 삶의 길을 에둘러 가는 이 산책의 길들은 동네나 공원 산책
길, 마실가는 길, 봄날 흥취에 겨워 나선 문방구 가는 길, 상념 많은 귀가
길 등으로 나타난다.

> 마음이 하수구처럼 꾸룩거릴 때
> 습관처럼 중얼거렸다, 그곳에 가야지
> 　　　　(중략)
>
> 급정거할 때마다
> 내 안에 출렁거리던 물결
> 창틀에 부딪혀 쏟아질 듯하고
>
> 양수리, 마실 나온 마음들이 스치는 곳
> 삶보다는 강물이 길게 흐르는, 그곳
> 　　　　　　　　　　－ 나희덕, 「내가 마실 갈 때」 일부

> 문방구점에 가고 싶다
> 백동전을 두 손에 모아 쥐고
> 발을 들어올리며
> 저 횡단보도를 건너
> 　　　　(중략)
> 큰길을 건너가지 않고
> 집집의 대문 앞을 지나
> 골목으로 해서 늦게 돌아오고 싶다
> 담 밖으로 조심 내려서고 있는 새 잎줄기를 보면
> 슬쩍슬쩍 당겨 주면서
> 　　　　　　　　　　－ 이진명, 「봄날」 일부

시 「내가 마실 갈 때」에서 '마실'은 누군가와 나누고 싶은 말을 찾아나

서는 산책이자 정처없이 나선 마음의 외출을 의미한다. 다른 곳으로부터 흘러온 두 물줄기가 만나는 '양수리' 처럼 길잃은 마음들이 스치고 만나는 마실가는 길, '나' 는 그 길에서 내 안에 출렁거려 쏟아질 듯한 욕망의 물결들을 느끼고 또 길게 흐르는 강물을 바라보며 삶의 순리를 읽는다. 시「봄날」의 '나' 는 무르익어 퍼지는 봄날의 흥취와 향을 견디지 못해 길을 나선다. 이기지 못할 달뜬 열기와 흥분은 발을 들어올리고 걷는 모습, 새로 난 잎줄기를 담장 너머로 슬쩍슬쩍 당기며 걷는 모습에서 드러난다. 산책길에 그가 찾고 싶은 곳은 '문방구점', 그녀가 무엇인가를 쓰기 위해 필요로 하는 것들을 '백동전' 으로 살 수 있는 곳이다. '비밀스럽게 지퍼가 채워진 필통' '한 자루의 일용할 연필' '틀린 점을 하얗게 지울 찰고무지우개 하나', 자신의 소중한 삶을 쓰기 위해 이들을 마련하는 산책길은 흐뭇하다. '말' 을 나누기 위해 나섰던 전화 통화와 마실 가기에 버금가는 자신의 '글' 을 쓰기 위해 나선 길인 셈이다. 주어진 길이자 지름길인 '큰길' 을 거부하고 집집의 대문 앞이며 골목을 돌아 가능한 '늦게' 돌아오는 그 길은, 자기 스스로를 느끼고 어루만지고 또 자신의 글을 쓰기 위해 준비하는 짧지만 행복한 길이 되고 있다. 이런 산책은 이제껏 내가 알지 못하는 어떤 '숨어 있는 마을' 을 찾아가는 길과 유사하다.

> 사람과 사람 사이 물결과 물결 사이
> 무수한 인연의 사이사이를 뚫고
> 숨어 있는 마을로 가는 길 그 길은
> 너무 멀고 껌껌해
> 미금 지나 대성리 골짜기의 가을 속에
> 불그스레 누워 있는 얼굴
> 섣불리 명명할 수는 없지만
> 저 붉은 기운에 문지르면 금방 사라질 것 같아
> 헤매는 상처들을 불러모으고 싶네

돌아오는 길 배추밭에 모여
어른 아이 공을 차던 풍경이 오래도록 따라오는 밤
버스에 후줄근한 욕망 떼어내고 내려오니
이 세상 징검다리 건너는 일 수수하구나
                              -박라연,「숨은 마을을 찾아서」일부

'숨어 있는 마을로 가는 길'은 내 '후줄근한 욕망'으로 가득하다. 우리 일상을 가득 채우고 있는 사람과 물결, 그리고 무수한 인연들 사이사이를 뚫고 헤어나와 숨은 마을을 찾아간다. 숨어 있는 것의 의미를 얻기 위해서는 두고 가거나 헤쳐나가야 할 것이 무수하다. 그 '숨어 있는 마을'은 내가 찾아가야 할 내면의 공간이자 후줄근하게 느껴지는 내 욕망의 정체를 들여다 볼 수 있는 곳이기 때문이다. 그렇게 '멀고 껌껌'한 미로를 더듬어 어렵사리 찾아가는 그 길에서 비로소 이제껏 차마 '명명할 수 없'었던 내 혼란은 사라져 가고 '헤매는 상처들을 불러모으고 싶'은 넉넉함까지 지닐 수 있게 된다. 이제, 숨어 있는 마을로부터 '돌아오는 길'에는 어른과 아이가 함께 공을 차는 따뜻하고 정겨운 풍경이 오래도록 마음에 남고 마음의 상흔도 치유하게 되었으며 허허로운 공백 또한 채우게 된다. 미처 버리지 못한 욕망의 찌꺼기마저 버스에 떼어 놓고 훌쩍 내려선 가벼운 발길에서 다시 삶을 살아나갈 지혜를 확인하는지 모른다. 삶의 징검다리를 건너는 일, 다시 말해 삶을 꾸려 나가는 일은 진정 '수수하'리라는 의미를 얻은 것이야말로 숨은 마을에서 찾은 삶의 비의라 할 것이다. 자기 자신과 욕망을 만날 수 있는 숨은 마을을 찾아가는 길, 그 길은 새로운 귀가를 꿈꿀 수 있게 하는 산책이었던 셈이다.[7]

---

7) 그러나 너무 멀리 나선 산책길은 달콤하지만 위태로운 외출이다. 다음시에서 '참 긴 비'를 견디고 숲길 '산책'을 나선 '나'는 바람과 하늘을 느끼며 산책하면서 '아무래도 너무 멀리 나'온 것을 느끼지만 발길을 쉽게 돌리지 못한다. 모처럼 나선 산책길의 즐거움에 취했다가 결국엔 '와, 와'라는 당혹감으로 서둘러 돌아오게 되는데 달콤함 속에 한없이 나아갔던

오늘도 점심밥을 사먹고 나는 내 미래를 보러 간다
회사를 뒤로하고 골목을 하나 구부러지면
시장통 입구
내 미래가 바닥에 앉아 배추를 팔고 있다

쏟아지는 여름해 아래
검붉은 헝겊뭉치처럼 뭉쳐져 꾸부리고 있다
늙었고 뚱뚱했다
            (중략)
나는 내 미래가 그리 나쁘게 보이지 않았다
오늘 점심도 한 세계를 보고 돌아간다
들이미는 자전거 바퀴를 안으며 회사로 걷는 내 마음
들어가 오후에는 아침에 던져놨던 일을 잘 처리해야겠다
나는 이미 내 미래를 본 자이니
                    – 이진명, 「나는 내 미래를 알아보았다」 일부

나는 한 아름다운 집을 기억합니다
여름에 그 집은 더욱 아름다웠고 하염없었습니다
그 집은 내가 오랫동안 살았던 도시의 한 동네
막다른 길 끝에 있었습니다

숲길은 이제 '헤엄쳐' 건너와야 할 바다처럼 놓여 있다. 흠뻑 숲향을 내던 풀섶과 나무마저
돌아올 길을 방해하는 '수초'가 되어버려 '추장처럼 으젓하게' 산책하던 내 모습은 간데없
다. 비록 그것이 산책일지라도 너무 멀리 나가는 것은 위태롭다는 것, 어떤 반경 내에서 한
없이 자유로울 수 있다는 것을 생각하게 한다.
그런데 너무 멀리 나왔나봐./ 참 긴 비가 그쳐/ 빈터마다 버섯부락이 서고
나는 산책을 나섰지./ 추장처럼 으젓하게 바람을 타고./ 하늘은 공손히 허리를 굽히고
참새는 조그맣게 재재거렸지./ 그리고 내 고양이는 다리를 긁으며/달콤하게 울었었지.
그를 데려오는 건데./ 아무래도 너무 멀리 나왔나봐.// (중략)
와, 와, 나는/ 헤엄쳐서 돌아왔네./ 풀섶을 나뭇가질/ 수초처럼 헤치고.
                    – 황인숙, 「산책」 일부

산책을 좋아하는 나는 한여름에도 동네길을 오릅니다
그집은 동네에서 제일 야트막했고
제일 헐어 보였습니다
　　　(중략)
동네의 막다른 길 끝
그러나 뒤터 한쪽은 하늘까지라도 뚫렸지요
푸른 것들의 이름을 읽으려
담장에 붙어 까치발하곤 하던 나날
노인네 안 보이면
햇빛 아래 놓여진 빈 물뿌리개
푸른 것들 속에 끌어당겨진 호스를 대신 보았습니다
　　　　　　　　　　　　－ 이진명, 「여름에 대한 한 기록」 일부

　　외출과 탈출의 의미가 비세속적일 때 이는 산책 혹은 여행이 된다. 산책은 어떤 구체적인 목적이나 현실적인 이유가 있는 것은 아니기에 삶 자체를 하나의 소요로 보는 시선에 가까운데, 이는 이진명의 시에서 가장 깊고 아름답게 드러난다. 이진명은 세속적인 아랫마을보다는 수도원, 절, 영산선원 등 윗마을들을 산책하며 기웃거린다. 혼잡하고 세속적인 시장통의 산책길에서마저 고요하게 가라앉은 시선으로 자신의 '미래'를 읽고 '한 세계를 보고' 돌아간다. 시장 바닥에서 배추를 팔고 있는 늙고 뚱뚱한 여인네의 모습에서 자신의 미래를 읽는 그의 눈에 자신의 미래는 '그리 나쁘게 보이지 않'으며 오히려 일터로 돌아가 자기 맡은 일을 잘 처리해야 하겠다는 다짐까지 하게 한다. 매일 점심시간의 산책을 통해 한 세계를 보고 돌아가는 자, 그 세계를 '내 미래를 본 자'의 눈으로 품는 성숙한 시각이 드러나고 있다. 다음 시「여름에 대한 기록」에서 '산책을 좋아하는' 나는 산책길의 '아름다운 집'에 대한 기억을 간직하고 있다. 동네의 오르막길 막다른 길 끝에 위치한 그 집은 제일 야트막하고 헐어 보이지만 집터의 '한쪽이 하늘까지라도 뚫려' 있어 현실과 선계(仙界)의 경계에 위치한 것처럼 보인다. 담장 안의 주인인 '노인네'는 그 집을 한층 선경으로 보이게 한다. 생명을 담은 푸른 것들로 가득한 그 집 정원은 삶의 신비와 비의로 그득하다. 나는 산책길마다 그 집을 찾아가 까치발로 붙어서서 담장 안의 세계를 엿보고 그 세계를 읽는다. 내가 그 담장 안에서 읽고 엿보는 세계는 '푸른 것들의 이름'이다. 즉 살아 있음 자체로 아름다운 것들, '한여름'에도 물만 먹으면 푸르게 일어서는 생명들이다. 그 푸른 것들 속에서 온갖 인간사의 가치가 오히려 빛 바랜 것으로 느껴지기도 하지만 그럼에도 종국에는 삶을 헤쳐나갈 힘을 얻게 하는 산책, 그래서 때로 덤불을 헤치며 일상으로 되돌아와도 '아름답고 하염없'는 집을 엿보는 산책길은 하냥 흐뭇하다.[8]

말을 나누는 '마실', 글을 쓰려는 마음과 함께 걷는 '문방구 가는 길', 그리고 '숨은 마을'과 '나의 미래'와 '아름다운 집의 담장 안'을 들여다보고 엿보고 기웃거리는 산책들. 이런 산책은 귀가가 전제된 매일의 짧은

---

8) 오후 4시, 나는 타오르는 생의 지루함을 견딜 수 없다/ 소박한 골목들을 돌아 나는 그 공원을 찾아든다/ 공원은 아이들의 장소, 늙어가는 짐승처럼 나는, 세월에 다친 몸을 앉힌다 (중략)/ 나 역시, 뒤돌아보면 숱한 무덤들뿐이다/ 나 이제 다짐하니, 나 이제 시간에 어긋나는 환상일랑은 버리기로 하겠다, 나 이제 떠난 자들에 대해서는 생각하지 않겠다/ 나는 시간의 몰이꾼들과 함께 가겠다 함께 갈 수 없는 사람과 추억, 걸맞지 않는 욕망들의 수없는 무덤을 묻으면서/이윽고 내 몸을 묻을 최후의 무덤만이 남게 될 그 간소한 미래의 어느날까지   — 이선영, 「오후 4시의 공원」 일부
이진명이 시장통 여인네의 모습에서 자신의 미래 모습을 미리 보아 버렸듯, 이선영의 시에서 '나'는 '타오르는 생의 지루함'을 견딜 수 없어 찾아든 한 공원에서 자기 삶의 '미래의 어느날'을 불현듯 보아 버린다. '시간에 어긋나는 환상', '떠난 자들', '함께 갈 수 없는 사람과 추억', '걸맞지 않는 욕망' 들로 쌓아진 수없는 봉분의 '무덤들뿐'인 삶 때문에 '나'는 다치고 늙은 짐승 같은 몸을 하고 있다. 하지만 '오후 4시', 무엇인가 새로이 시작하기에 늦은 듯 하지만 그래도 아직 여유가 있는 시간이기에 나는 '시간의 몰이꾼'과의 동행을 서슴지 않는다. 내가 할 수 있는 것과 할 수 없는 것에 대한 분별, 격정을 다스리는 법, 내가 품어 아름다운 욕망과 걸맞지 않는 욕망에 대한 깨달음들…… 그래서 나는 '오후 4시'에 비로소 자신을 만날 수 있는 이 공원에 앉아, 어긋나는 환상들 때문에 온통 지루해져 버린 생의 시간들을 반추하고 또 자신에 대한 환멸을 견뎌내는 방식을 체득하고 있다.

여행이다. 그러므로 탈출과 교신, 미로와 꿈을 통한 치열한 외출들에 비해 덜 절박하다. 그 길에서 때로 자신의 미래를 읽기도 하고 다른 이의 담안 세계를 까치발로 서서 들여다보기도 하며 때로 그루터기에 앉아 쉬어도(이진명, 「淸談」) 좋기에 산책은 즐겁고도 그리운 외출이다. 기억 속 아름다운 집의 담장에 까치발로 붙어서서 세계를 엿보는 산책자, 이때 여성은 인간의 보편적인 고통과 즐거움을 바라보는 일을 달관 섞인 아름다운 체념으로 승화시키면서 산책길을 걷게 된다. 이는 곧 매일의 산책길을 자기만의 방으로 가는 길로 익혀나가는 것이기도 하기 때문이다. 비록 그 길에서 자기 삶의 열망을 충족시킬 수 있는 구체적인 방법과 대안을 찾지 못할지라도, 진정한 삶의 의미를 발견하는 자신의 공간 찾기를 위해 나선 산책이었던 만큼 이는 의미있는 외출의 기표가 되고 있다.

3. 금 밖 삶들의 비의(秘義)

실상 우리들은 안팎에 대한 그리움을 동시적으로 갖고 있다. 즉 집과 현실은 벗어나고 싶은 곳이지만 돌아가고 싶은 이중적 공간이며, 집을 나서 올라선 길 역시 꿈을 주지만 망연한 곳이다. 이 공간들 사이에서 여성 시인들은 갇힘, 잠김, 멈춤 등 구속의 공간으로부터 벗어남, 날아오름, 솟구침 등 자유로운 바깥 공간으로 외출을 시도해 왔다. 자기만의 공간 찾기를 위한 이 행위들로 인해 때로는 미로와 미궁으로 들어서기도 하고 가끔은 소실점조차 보이지 않는 먼 길에 올라서기도 하지만, 이를 통해 자기 삶 둘레에 그어진 금 바깥 삶의 비의를 읽을 수 있는 혜안을 갖게 된다.

문 밖의 공간들에서 자기 본연의 존재를 찾을 수 있을 때, 비록 마음 속 격렬한 욕망을 온전히 다스리지는 못할지라도 집은 그리움의 대상이 된

다. 내가 나임을 체감할 수 있는 공간, 관계로 엮인 존재로서뿐 아니라 본
래적이고 주체적인 나로서 존재할 수 있는 공간을 체험하게 되면서, 집은
'벗어나고픈' 집이 아니라 '돌아오고픈' 집이 된다. 일상적 삶의 격랑 속
에서 잠시 물러나 삶의 비의를 엿본 것으로 일상을 견뎌낼 힘을 얻기도
한다. 아마 이 힘에는 상실된 자아를 회복하고 자기 정체성을 세울 수 있
으리라는 용기, 새로운 삶에 대한 모색, 그리고 산책의 시편들에서처럼
저마다의 삶이 지니고 있는 아름다움에 대한 깨달음들을 담겨 있을 것이
다.

이렇게 이 세계를 이루고 있는 공고한 통념들 속에 여성들의 자아 상실
감 또한 그 뿌리가 깊고 복잡하게 얽혀 있기에, 여성들이 자기 자리를 찾
거나 주체적인 한 인간으로 바로선다는 것이 쉽지 않으며, 자아를 회복하
고 싶은 그 열망 중의 하나인 자기만의 공간이 지난한 외출의 역사로 드
러남을 보아 왔다. 평온하고 고요하게 큰 물살 없이 흘러가는 일상, 그러
나 그런 일상 저변에는 지진을 기다리는 '마녀의 부엌 같은 뜨거운 화산
(김승희, 「성녀와 마녀 사이」)', 보이지 않는 균열, 모반을 꿈꾸는 여성의
언어들이 꿈틀대고 있었던 것이다.

그렇다면 과연 무엇으로부터의 탈출이었으며 귀가가 전제된 일탈과
도망 끝에 얻은 것은 또 무엇이며 결국 집으로 돌아오게 되는 여성들의
외출과 귀가의 반복은 무슨 의미를 갖는가. 어느 시도 명료하게 말하고
있지 않지만 번져 있는 말들과 비어있는 말들에서 그 의미를 읽어낼 수
있다. 여성에게 있어 외출이라는 기호는 부재하는 자기만의 공간을 찾기
위한 일련의 행위이자, 안주할 수도 있는 일상 속에서 존재의 구속과 자
아 상실을 견디지 못해 끊임없이 외출을 욕망하게 하는 그것을 찾기 위해
서라는 것이다.

우선, 한 개인으로서 딸, 아내, 엄마, 주부, 여자 등 가족 관계와 성적
대상의 이름으로 요구되는 모성, 희생, 사랑, 가족애, 헌신 등의 숨가쁨과

힘겨움을 생각해 볼 수 있다. 그리고 이제는 그 속에서 오히려 낯익은 모습으로 익숙해져 가는 자아를 상실한 자신에 대한 회의를 덧붙일 수 있다. 다음은, 역사 속의 개인(혹은 여성 지식인)으로서 갖는 사회 현실에 대한 문제 의식, 역사 체험, 암울한 현실에 대한 분노와 고뇌를 꼽을 수 있다. 이는 몇몇 시인의 시에 함축적으로 내재되어 있다. 마지막은 유한한 존재로서 인간이 가질 수밖에 없는 한계에 대한 깨달음, 이를 가치있는 의미로 끌어안으려는 자세를 들 수 있다. 따라서 이들은 서두에서 말한 바와 같이, 창조적 기쁨이 드믄 일상과 가사의 굴레 속 존재로서, 신산한 현대사에 순응할 수밖에 없는 존재로서, 보편적인 인간으로서 갖는 한계적 존재로서의 갈등이라고 집약할 수 있다. 즉 이들로부터의 탈출인 것이다. 시에서는 다만 이 억압의 무게와 부피, 자신에 대한 견디기 어려운 환멸, 지금 이곳을 떨치고 벗어나고 싶은 치열한 욕망부터 보여 줄 따름이다. 그래서 집, 현실, 지상으로부터 벗어날 것을 끊임없이 희구하는 외출의 시들로 추구되어 온 것이다.

여성들이 지향하는 공간은 집과 밖이 공존하는 곳인지도 모른다. 이는 어쩌면 손쉬운 타협, 순응과의 화해에 가까운지도 모르겠다. 그러나 결국 돌아왔을지라도 이때는 이미 떠나기 전과 같지 않은 변화와 성장을 마치 통과제의처럼 겪은 후이며 이 과정이 의미를 지닌다고 할 수 있다. 자신의 탈출로 집을 와해시키고 파탈시키려는 목적보다는 또 현실로부터 도피하거나 현실을 포기하려는 목적보다는, 모두와 자신이 공존하는 새로운 집을 세우는 것이 궁극적인 꿈이기 때문이다. 이것이 바로 반복되는 외출과 귀가의 변증적 관계가 갖는 의미라 할 수 있다.[9]

나무를 지워 버리렴.

---

9) '남성의 지배적 플롯이 추구(Quest)라면 여성 시학의 지배적 플롯은 순환적, 반복적 특성을 드러내는 정적인 기다림' 이라는 조세핀 도노번의 말을 참고할 수 있다.

그 둥지가 여기가 아니고
항상 저 너머인 나무.
항상 한 가지에서 다른 가지로
나는 순간만 '여기' 일 새여.

내 굴 입구의 금빛 나무가 쓰러지며
내뻗은 검지손가락에
지평선이 걸려 터졌을 때
내가 방향을 버리고 고개를 쳐들었듯
그대, 나무를 지워 버리렴.

글쎄, 그대가 왜 날개에 소름이 돋아
땅거미에 걸려 바둥거릴 것인가?
나무를 지워버리렴.
그러면 그대는
어디서나 자유.
한 나무에서 다른 나무로
둥지를 위해서는 날 것 없이
온 벽이 부드럽다.
— 황인숙, 「새를 위하여」 일부

우리가 존재하는 지금 이곳이 '여기' 이다. 그러나 새들이 '한 가지에서 다른 가지로 나는' 그 '순간' 만을 진정한 '여기' 라 부르는 것처럼, 우리도 우리가 머무는 지금 이곳의 시공을 부정하고 다른 시공을 지향하는 순간들에서 의미를 찾으려 애쓴다. 그러나 시인은 말한다. 자기 둥지를 틀고 있는 이 나무로부터 저 너머에 있는 나무에 가닿기 위해 애쓰지 말고 아예 '나무를 지워 버리' 라고, 그러면 자신을 둘러싼 '온 벽이 부드럽다' 고 말이다.

우리가 둥지를 틀고 싶어하는 곳은 늘 '저 너머 나무'이다. 그러나 '나'는 온 세상에 경계없이 퍼져 스며드는 석양 속에 지평선조차 흐려지는 것을 보게 되었을 때, 그리고 새가 나무 아닌 형체조차 없는 땅거미에 걸려 오히려 바둥거리는 것을 바라보게 되었을 때, 내가 '자유'라 이름붙인 것들과 '여기'라 명명한 것들의 의미를 다시 생각하게 된다. 무엇으로부터의 이탈은 끊임없이 또 다른 무엇과의 직면을 의미할 수밖에 없으며 그것은 결국 끝없이 '여기'를 지연시키기 때문일까. 따라서, 깃들일 둥지를 마련하기 위한 '나무'를 차라리 지워 버리면 어디나 다 나의 둥지이자 동시에 저 너머의 나무이며, 그래서 삶의 구속으로부터 '어디서나 자유'로울 수 있게 된다고 생각하기에 이른다. 이곳에는 없는 나만의 공간을 찾기 위해 나선 길 위에서 진정 '여기'를 발견할 때 경계를 지워가며 그 '여기'를 얼마든 넓혀나갈 수 있으며, 종국에는 집과 길을 '여기'로 함께 아우를 수도 있으리라는 깨달음을 갖게 되는 것이다. 현실적으로 존재하는 삶의 갈등이 쉽게 무화되어 버릴 것 같은 아쉬움도 지울 수 없지만, 금 밖 삶의 비의를 통해 자신의 상처투성인 삶을 '부드럽'게 끌어안으려 '나무를 지워 버리렴' 자신에게 속삭이는 소리가 새롭다.

(쓰러질 것 같아요)
(용기를 내)
(아직도 멀었을까?……)
쓰러질 것 같아서 시간의 문지방을 베고 누우면
그래, 그래, 그런 착한 깨달음이 오지.
쓰러질 때까지 사랑했던 사람
쓰러질 때까지 일했던 사람은
그가 어느 나무 아래 길을 걸었다
하더라도
결국은

보리수나무 아래 길을 걸은 것이라고.

이제야 비로소 난
모든 사람의 길과 나 자신의 길을
이해하고 사랑할 수 있을 듯하다.
모든 길이란, 아마도, 다,
자신의 보리수나무 아래로 가는
길이므로.
– 김승희, 「보리수나무 아래로」 일부

그 집, 죽음 말고 어디를 더 갈 데가 있겠는가
그 집, 죽음 말고 어디가 우리를 품어 주겠는가
집이 사랑으로써 우리를 학교에 보내 가르쳤으니
공부 다 마친 날
학교 입학하기 전의 일곱 살짜리 어린 아이의 명랑한 말씨로
집 앞에 당도해 대문을 열며 크게 인사할 것이다
학교 다녀왔습니다
이제는 얼마든지 쉬고 잘 수 있는 기쁨과 평안을 안고서 다시 한번
학교 잘 다녀왔습니다
그런 올올한 공부를 위해 오늘도 학교에 출석하였으니
집에 돌아갈 날짜를 세어본다는 일은 부질없다
집이 나를 꼭 부를 것이고
집으로 내가 태어난 죽음으로
왜 내가 가지 않겠는가 왜 우리가
– 이진명, 「집에 돌아갈 날짜를 세어 보다」 일부

시 「보리수나무 아래로」에서 '보리수나무 아래 길', 「집에 돌아갈 날짜를 세어 보다」에서 '집으로 돌아가는 길'은, 인간 존재의 모태이자 종착인 죽음으로 가는 길을 의미한다. 여성의 기나긴 여정의 외출들이 결국

모두 죽음에 이르기 위한 것이라고 현실의 문제들을 모두 초월하려는 것은 아니다. 고난과 상실감으로 가득한 우리의 삶도 실은 다른 거대한 삶으로부터 온 외출일지 모른다고 생각할 때, 보리수나무 아래나 '학교'에서 지내는 삶의 의미를 '올올한 공부'를 위한 크디큰 외출의 시간들로 받아들일 수 있으리라는 현실 극복과 견딤의 표출 방식이다.

'나 자신의 길' 뿐 아니라 '모든 사람의 길'을 '이해하고 사랑할 수 있'으려면 '쓰러질 것 같'고 '아직도 멀'지라도 '용기'를 내 이 길을 걸어갈 수밖에 없다는 것, 또 이렇게 걷는 모든 길은 다 - 곁길마저도 - '자신의 보리수나무 아래로 가는 길'로 이승에서의 다소 긴 행보의 외출이라는 것을 '착한 깨달음'으로 얻고 있다. '이해'와 '사랑'이라는 익숙한 표현이 너무 낯익어 대안 없이 보이긴 하지만 크고 작은 외출에 내재된 의식의 실마리를 죽음에 대한 통찰을 통해 보여 주고 있다. 이는 이진명의 시도 마찬가지이다. 궁극적으로 도달할 초월적인 집의 진정한 '기쁨과 평안'을 얻기 위해 이렇게 삶의 '학교에 출석'해 나와 올올히 공부를 하듯, 우리의 삶 또한 구체적인 집의 만족과 기쁨을 얻기 위해 이렇게 외출해 나와 '왜 내가 가지 않겠는가 왜 우리가'라고 물으며 삶을 '공부'하는지 모른다. 결국 우리가 죽음인 '그 집'에 돌아갈 날짜를 세어 보는 일이 부질없는 것처럼, 여성의 외출도 집에 돌아갈 날짜를 세어 본다는 일은 부질없을 것이다. 다만 자신의 외출을 어떤 '올올한 공부'로 채울지, 또 귀가했을 때 그 반복된 노정에서 성장할 수 있었던 의식으로 자기 삶을 어떻게 채워 나갈 것인지 - 곧 다시 외출할지라도 - 가 의미 있을 것이다.

무거움을 버리고
무거움을 도망쳐서
이르는 어느 가벼움이 있다 해도
무거움을 버리고
무거움을 도망쳐서 이르는

가벼움에서 어느 날개를 이룰 것인가

무거움을 다하여
손톱이 빠지도록 무거움을 다한 다음
업이 스러질 때
업이 스러진 그 빈자리에
솟아오르는 가벼움의 날갯짓이 있으면

그러므로 바닥이여
바닥에서
바닥에 닿은 다음에야 올라갈 수 있음이니
바닥에 닿았다가
다시 올라갈 수 있도록
바닥이여 바닥에서 고통의, 상처의
장대 높이뛰기를 할 수 있도록

업을 다하여, 업 때문에, 업을 다하도록
누덕누덕 수천 번 꿰맨 날개만이 더 진실하리니
쓰러졌던 바로 그 자리에서
바닥이여 바닥에서
무거움의 사슬들이
짤랑짤랑 가벼운 빛의 음악이 되는 그날까지
　　　　　　　　　　－ 김승희, 「무거움, 가벼움, 솟아오름」 전문

　외출의 다양한 기표들 중에서도 여성이 가장 열정적으로 지향하는 행위는 '솟아오름'일 것이다. 그런 점에서 위의 시는 자신을 끌어내리는 무거움들에 맞서기보다는 충분히 그 '무거움을 다한 다음', 자신의 힘과 꿈과 적극적인 몸짓의 날렵한 '가벼움'을 다해 바닥으로부터 '솟아오름'을 이루는 의지의 실천을 보여 주고 있다. '무거움, 업, 바닥, 고통, 상처, 쓰러짐, 사슬' 등의 부정항이 '가벼움, 날개, 장대 높이뛰기, 빛, 음악' 으로 변용되어 간다. 늘 자신의 진정한 자아와 진지한 언어를 찾고 싶은 여성들에게 있어, 그 무엇으로부터의 억압과 주변화와 소외의 무거움은 여성의 욕망을 불가능한 꿈으로 만들어 버리곤 한다. 그러나 그 '무거움' 을 버리고 도망쳐 이른 '가벼움' 만으로는 비상하고 솟구칠 '날개' 를 이룰 수 없으며 또 그렇게 해서 얻는 날개는 의미도 없다. 진정 '솟아오르는 가벼움의 날갯짓' 은 가장 바닥까지 즉 고통과 상처의 극한까지 내려가 본 다음에야 쓰러진 그 자리에서 '장대 높이뛰기' 의 높이로 아름답게 치솟아오를 수 있기 때문이다. 이때, 수천 번 꿰맨 날개의 자욱은 누추한 흔적이 아니라 '진실' 이 땀땀이 밴 자취가 된다. 그리고 이제, 어머니로서든 아내로서든 여성 지식인으로서든 인간으로서든, 갖은 이름들로 여성들을 옭아매고 구속해온 '무거움의 사슬들' 은 '짤랑짤랑 가벼운 빛의 음악' 이 되려 한다. 여성들로 하여금 끊임없이 벗어나고 비상하고 솟구치고 싶게 하는 이 사슬, 이 사슬이 여성들을 둘러싸며 반짝이는 빛의 음악으로 풀려 나가게 될 '그날' 을 기다린다. 장대 높이뛰기의 절정, 그 짧지만 열정적인 체류의 순간을 위해.

4. 외출과 귀가, 정체성을 찾는 행로

언제부터인가 집은 여성의 공간, 길과 밖은 남성의 공간이 되어 왔다. 집 밖에 어떤 풍파와 격동이 일더라도 집안을 지키고 보듬는 것은 여성의 고유한 권리이자 의무였다. 그러나 여성들이 안과 밖이라는 틀에서 상실되어 가는 자신의 모습을 발견하고 자신만의 공간에 대한 꿈을 갖게 될 때, 그 자각은 어떤 회유와 추앙과 억압 속에서도 자신 스스로의 욕망을 갖추어 가는 것으로 자리잡기 시작한다. 부정적 현실에 의해 촉발된 저항

과 욕망, 자생적으로 생겨난 주체적 인간으로서의 존재 욕구, 자기 정체
성 확립에 대한 열망, 이 모두가 실현될 수 있는 공간에 대한 의지와 실천
이다. '외출'이라는 기호는 여기에서 출발한다. 그리고 이제, 집과 현실,
이곳에 부재하는 자기만의 방을 찾기 위해 나서는 여성들의 외출은 낯설
지 않다.

　여성들이 '자신'의 집을 찾기 위해 자신의 '집'을 나선다는 역설은 어
떻게 완성되는가. 여성들 외출의 역사는 안팎의 문턱에서 서서 뒤돌아 보
며 망설이고 서성거리는 것으로 시작된다. 자아를 상실하고 소진케 한 집
으로부터 벗어나고 정신을 가두는 육체와 영혼을 붙잡아 내리는 육신의
무게로부터 탈출하기 위해 안간힘을 쓴다. 어렵사리 밖으로 내디딘 발은
자신을 가둔 금 밖으로의 도망과 탈출, 가출을 감행하는 것으로 전개되어
비상하기, 줄행랑치기, 솟구쳐오르기, 높이뛰기, 벗어나기, 건너가기 등
의 행위들로 드러난다. 밖을 꿈꾸는 외출의 갈증은 전화와 마실 등 교신
에의 꿈으로도 드러난다. 가느다란 전화선에서 나를 찾고 길을 찾으려는
외출이지만 비틀린 전화선, 통화가 이루어지지 않는 전화, 상대는 받지
않고 내 두개골만 울리는 벨 소리, 우체국 앞에서 넘어짐 등으로 이 외출
이 순조롭지만은 않다. 또, 외출을 통해 이른 공간은 황무지이거나 때로
방향을 잃은 채 배회하게 하는 미로, 더 깊은 미궁으로 이어지기도 한다.
하지만 낯선 거리나 바다 앞에 놓인 자신을 바라보는 일은 삶의 선로에서
일탈해 본 자만이 읽을 수 있는 '생을 이끌어가는 비밀'과 '먼 곳의 불빛'
을 발견하는 희열을 준다. 현실적 시공을 일탈해 유년 시공으로 회귀하거
나 신화적 시공으로 돌아가는 것, 잠과 꿈으로 지금 이 곳을 벗어나려는
심리적인 외출도 있다. 여기서는 유년과 현재의 소통을 통해 존재를 확인
하고, 꿈과 현실 사이에서 '입으로 불꽃을 내뿜으며' 밝은 들판을 내닫는
꿈을 꾸기도 한다. 이 크고 작은 외출들은 또한 매일의 짧은 여행, 산책으
로 이어진다. '긴 복도 닦기' 같은 삶에서 그루터기에 앉아 잠시 쉬며 생

을 응시하고 때로는 까치발로 서서 다른 이의 담장 안을 기웃거리면서 자신에게 그어진 금 밖 삶의 비의를 읽는 것이다.

그리고, 길고 먼 이 외출의 끝에는 귀가가 있다. 안과 밖, 집과 길 사이에서 벗어나고 또 되돌아가기를 그치지 않는 외출과 귀가의 치열한 반복은 앞서 말한 시지프스의 산행, 이카루스의 비상과 닮아 있다. 그러나 여성들의 외출과 귀가의 반복 혹은 순환 사이에는 삶의 바닥에서 높이뛰기로 오르려는 심호흡, 일상을 올올이 짜나갈 힘, 삶이 지닌 고통과 아름다움에 대한 혜안이 자리하고 있다. 외출과 귀가의 변증적 관계 안에서 여성이 자신의 공간을 발견하고 체화해 나가는 지혜와 그 의식이 나선적으로 반복, 성장해 나갈 수 있는 것은 이 때문이다.

이 모든 시는 여성에게 있어 꿈과 욕망을 나누는 교신과 같은 시들이다. 자신의 방을 위해 자신의 집을 나서고 진정한 자아와 언어를 찾아 겹겹의 길과 말을 찾는 꿈을 실현하는 시들이다. 그러므로, 탈출과 가출, 교신, 미로와 미궁, 유년과 꿈, 산책과 여행 등 다양한 기표를 통해 자신을 한 주체로 자각하고 체감할 수 있는 자기만의 방을 찾기 위한 몸짓, 이 정체성 탐색의 행보야말로 외출이라는 기호가 갖는 단 하나의 기의이다. 이 외출의 행로는, 마치 여성들의 생존 서사(Narrative survival)의 진술처럼, 에둘러 가고 더듬거리며 또 미로에 빠져 멈칫거리고 주춤거리며 끊임없이 반복, 반복되고 있다.

여성의 말하기와 글쓰기

황 도 경

글문화의 표면에 여성이 부쩍 부각되고 있다는 점은 90년대 문학의 중요한 특성 중의 하나이다. 어떤 평자는 이를 '여자의 말들이 쏟아진다' 라는 말로 지적한 바 있거니와[1], 우리는 최근의 작품 속에서 끊임없이 글을 쓰려는, 혹은 글을 쓰고자 하는 욕망을 지니고 있는 여성 인물들을 쉽게 만날 수 있다. 『살아 남은 자의 슬픔』의 라라와 디디, 『경마장 가는 길』의 J는 글을 쓰고 싶어한 여성들이었고, 『ㅈ유종』의 김명자는 프랑스의 한 아파트 식탁 앞에서 벌거벗고 앉아 글을 쓴다. 또한 함정임의 인물들은 다락방과 우물의 자폐적 공간에 갇혀 자기를 찾기 위한 글쓰기(편지, 일기, 소설쓰기)를 시도하며, 신경숙의 인물들은 이야기하고자 하는 교신에의 욕망과 그 좌절로 인해 조각난 말들을 더듬으며 편지나 소설을 쓴다.

이는 글쓰기 문제 자체가 소설의 주제가 되어 있는 최근의 경향에서 볼 때 여성 작가들만의 특별한 현상은 아니다. 그러나 남성 작가들 – 구효서, 주인석, 하창수, 이순원 등 – 이나 혹은 남성 인물들에게 있어 글쓰기, 소설쓰기, 혹은 안써지는 글 등의 문제가 사회적, 정치적 맥락 속에서 그

---

1) 이광호(1995), 「그 여자의 이미지」,《작가세계》(1995 봄).

시대적, 의식적 변모를 드러내는 데 초점이 맞추어 있는 경우가 많은 데 비해, 여성 작가/여성 인물들의 경우에는 이와는 좀 다른 맥락에서의 내적 표현 욕구, 특히 억압된 말의 욕망, 교신에의 좌절 등의 의미를 보다 강하게 띄고 있는 것으로 보인다. 여성 작가나 여성 인물들에게서 드러나는 글쓰기의 욕망은 오랫동안 억눌려 왔던 여성의 말에의 욕망, 소외된 존재로서의 분노와 갈등, 그리고 여성 존재에의 인식 등이 맞물려 그 분출구를 찾아 꿈틀거리고 있음을 반증하는 셈인 것이다.

여성 작가들의 말하기 혹은 글쓰기의 양식 안에는 오랫동안 '벙어리 그룹'(muted group)으로서의 운명을 감수해온 여성의 억눌린 말/삶과 그 운명적 억압을 뚫고 입을 떼어 놓고자 했던 흔적들이 담겨 있다. 그것은 가부장적 담론에 눌린 억압의 말인 동시에 그것에 대응하는 은밀한 저항의 말이다. 여성들의 말은 식수스가 지적한 바와 같이 "여성들을 억압하고 침묵시키는 논리 중심주의와 남근 중심주의에 전제되어 있는 가부장제의 이항대립적 체계를 끊임없이 전복시키는 새로운 언어"[2]인 것이다. 뿐만 아니라 남성중심적 삶 속에서 절규하는 여성들의 막힌 말과 언어적 전략은 그들의 갇힌 삶에 대한 인식과 연관되어 있다는 점에서 단순히 말의 문제를 넘어선다. 여성으로서의 존재 확인, 자기 찾기의 시도가 그 속에 담겨 있는 것이다.

1. 생존과 저항, 존재 확인의 글쓰기

여성들의 이야기하려는 욕구를 가장 체계적으로 그리고 자유롭게 실현시키는 것은 글쓰기이다. 말하기와는 달리 글쓰기는 기본적으로 구체

---

2) Moi, Toril(1985), *Sexual/Textual Politics*(London and New York : Methuen),105쪽.

적인 대상을 필요로 하지 않는 자족적 행위이다. 앞서 지적한 대로 글문
화 표면에 여성들이 부쩍 부각되고 있다는 것은 우리로 하여금 말과 글에
대한 여성의 강한 욕구를 확인하게 하는 동시에 여전히 말할 대상을 찾지
못한 여성의 외로운 현실을 돌아보게 한다. 여성들은 글쓰기를 통해 자신
의 삶을 스스로 위안하기도 하고, 반성하기도 하며, 저항하기도 하고, 견
뎌내기도 한다.

　서영은의 「살과 뼈의 축제」라든지 김향숙의 『스무 살이 되기 전의 나날
들』, 그리고 김채원의 「겨울의 幻」 등의 경우 글쓰기는 자기 존재의 확인,
혹은 여성으로서의 정체성 확인 작업과 맞물려 있다. 서영은의 「살과 뼈
의 축제」에서 주인공은 스스로를 '나만의 집 속에 칩거하는 달팽이 같다'
고 표현한다. 모든 일상적인 것(밥 먹기, 일어나기, 이불개기, 옷 갈아입
기 등)을 거부하는 그녀가 하는 일이라곤 영화보기, 연극보기, 글쓰기와
'그'를 기다리는 것뿐이다. 여기에서 글쓰기는 영화나 연극보기와 같은
맥락에 있는, 탈현실의 의미를 갖는다. 그러나 일상적인 것에의 부정, 그
리고 본질적인 가치에의 몰입이라는 차원에서 글쓰기가 이루어지고 있음
에도 불구하고, 이때의 글쓰기는 일상과 본질의 단순한 구분이라든지 그
사이에서 그녀가 보여 주는 태도나 행동들의 타당성, 필연성의 부족들로
인해 다분히 감상적이고 도피적인 성격을 보이고 있다.

　성년으로 성숙하기까지의 고뇌와 갈등을 기록하고 있는 작품인 김향
숙의 『스무 살이 되기 전의 나날들』에서도 글쓰기는 자기 존재 확인의 중
요한 매체로 나타난다. 일기쓰기, 편지쓰기, 카드쓰기, 낙서하기 등 다양
한 방식의 글쓰기를 통해 인물들은 자신들의 삶의 일부를 기록하고 또 그
것을 통해 자기 자신을 비추어 보는 것이다. 주인공인 정민은 '푸른 노
트'에 자신의 마음들을 기록하는데, 거기에는 세상과 사람들에 대한 미
움, 갈등, 그리움 그리고 자신의 꿈 등이 담겨 있다. 그것은 냉장고 속에
감추어져 있던 엄마의 '회색 노트'와 함께 여성의 드러나지 않은 삶의 이

면을 엿보게 하는 장치이다. 뿐만 아니라 자신만의 고립된 세계로 움츠러
드는 몸짓이었던 '비밀의 방'에서의 글쓰기는 엄마의 '회색 노트'를 발
견함으로써 어머니와의 연대감을 발견해 가는 과정으로 이어진다. 이런
점에서 엄마의 회색 노트를 자신의 푸른 노트 속에 집어 넣는 행위는 엄
마의 삶의 과정들이 결국에는 자신의 그것에 다름 아니라는 동질성 확인
의 상징적 의미를 갖는다. 결국 여기에서 글쓰기는 어른으로의 성숙에 따
르는 혼란과 갈등을 기록한 자기 성찰의 작업일 뿐 아니라, 그것이 어머
니와 한 존재로 묶여진 존재로서의 자기 발견이라는 점에서 여성 정체성
확인의 작업이 되고 있기도 하다.

　김채원의 「겨울의 幻」에서도 글쓰기는 여성으로서의 정체성 확인 작업
과 연결되어 있다. '당신'에게 건네는 글로 되어 있는 이 작품에서 글쓰
기는 여성으로서의 확인과 함께 이루어진다. 김장을 하고 된장찌개를 끓
이던 일이며 겨울밤 광으로 동치미를 뜨러 다니던 추억은 할머니와 어머
니 그리고 어린 시절의 '나'를 현재에 불러들이는 일이며, 이를 통해 여
성으로서의 '나'를 확인하게 하는 작업이 된다. 그것은 글쓰기라는 작업
을 통해 이루어지고 있는데, 마흔세 살이 되도록 한번도 스스로를 여자로
느끼지 못했던 주인공은 이 과거 더듬기를 통해 자궁을 가진 여자로서의
자기 존재를 확인하게 된다. 이 작품에서 '나'의 글쓰기는 소멸해 가는
것을 되살리는, 그럼으로써 순간을 영원으로 이으려는 노력이며 또한
'나'의 뿌리인 어머니와 할머니에게로 다가감으로써 여자로서의 '나'를
찾아가는 과정이다. 그녀는 종국에 글쓰기를 통해 군불을 지펴 따뜻한 밥
상을 차리고 싸리문 여잡고 아들을 기다리던 할머니의 영상을 찾아내는
데, 그것은 사람과 사람 사이의 근원적인 거리감과 소원함, 그로 인한 갈
증과 허기, 소멸과 부재의 운명 등을 감싸 안고 포용하는 힘으로서의 여
성성이다. '이 두 개의 영상을 끌어내기 위해 지난 밤 새 진통을 하며 이
많은 말들을 쏟은 것 같습니다'라는 그녀의 고백에서 사용된 '진통하듯'

이란 비유에서 드러나듯, 여기에서 글쓰기는 그녀에게 여성으로서의 새
로운 탄생의 과정이자 동시에 아이를 낳은 적이 없는 그녀에게 간접적인
출산의 경험이 되고 있기도 하다. 요컨대 이 작품에서 글쓰기는 여성으로
서의 性을 찾아 주는 정체성 확인의 글쓰기이자, 죽은 자궁의 회복으로서
의 글쓰기인 것이다.[3]

그런가 하면 김수경의 『조유종』에서 글쓰기는 기존 질서의 일체의 구
속과 억압에 대한 저항으로서의 의미를 갖는다. 크게 말해 자유주의적,
여성해방적, 반리얼리즘적 성격으로 요약할 수 있는[4] 이 작품에서 김명
자의 『조유종』 쓰기는 정치적, 사회적, 문화적인 일체의 구속으로부터의
해방을 부르짖는 선언에 다름 아니다. 질서정연하고 논리적이며 합목적
적인, 남성 중심의 세계에 대한 철저한 저항으로서의 작가의 글쓰기는 따
라서 질서정연한 논리의 사슬을 끊고 끝없이 현실과 텍스트, 김수경과 김
명자, 화자로서의 그녀와 주인공으로서의 그녀 사이의 경계를 허무는 포
스트모던적 글쓰기의 성격을 보이고 있다.

2. 단절의 말, 교신의 꿈

여성의 일상의 삶 속에서 문득문득 마주치게 되는 허무와 죽음의 그림
자를 통해 삶과 존재에 대한 비극적 인식을 보여 주고 있는 오정희는 여
성의 존재 양식을 일련의 언어 현상을 통해 그려내고 있다는 점에서도 주
목된다. 그녀의 인물들은 타인과의 단절 혹은 세상과의 원천적인 불화 앞

---

3) 「겨울의 幻」에 대한 보다 자세한 분석은 졸고(1995), 「밥상 차리기와 글쓰기 – 김채원의
〈겨울의 幻〉」(《문학사상》, 1995. 3)을 참조할것.
4) 황병하(1992), "다중적 억압에 대한 영원한 저항 : 김수경의 「조유종」, 『반리얼리즘 문학
론』(열음사), 140쪽.

에서 말을 잃거나 말하는 법을 잊어 버린다. '말 없는' 그녀 앞에는 대개
일상의 논리와 당위성으로 무장된 혹은 속물적 관심으로 가득찬 타인들
의 크고 당당한 말들이 가로막고 서 있다. 오정희 소설은 이 같은 말의 벽
앞에 서 있는 그녀들의 어눌한 말로 시작된다. 이런 점에서 오정희 소설
들은 침묵하는 여성의 운명을 철저하게 담아 낸다.

그녀의 인물들은 대개가 말이 없다. 아니, 보다 정확히 말하면 그녀들
에겐 다른 사람과의 나눔의 말이 없다. 대신 그녀들은 혼자 이야기하고
혼자 중얼거린다. 그래서 때로 그녀들은 끊임없이 말을 해대는 수다쟁이
로 비춰지기도 한다.

> 난 댁에 식구들이 많은 줄 알았어요. 늘 말소리가 들리길래……
> 나는 호홋 높은 소리로 웃었다.
> 아니에요. 적적해서 종일 라디오를 틀어놓아요.　　－「꿈꾸는 새」

오정희 인물들은 대개가 말할 대상을 갖지 못한 외로움 속에 있다. 이
들은 그 외로움을 이겨 내기 위해 위의 예문에서 드러나듯이 라디오를 틀
어 놓기도 하고, 자신의 말을 알아듣지도 못하는 아이에게 말을 건네기도
하며, 혼자 중얼거리기도 한다. 그래서 이웃집 여자가 식구들이 많은 집
으로 생각할 만큼 이들의 집에는 말이 많다. 뿐만 아니라 작품 속에서 우
리는 이들이 쉴 새 없이 내뱉는 수다를 듣게 된다. 그런데, 그럼에도 불구
하고 그녀들은 우리에게 벙어리처럼 느껴진다. 그것은 침묵과 수다의 양
극단 사이를 오가는 그녀들의 혼란스런 말 속에서 드러난 말과 감추어진
말 사이의 혼란스런 마음의 엇갈림을 엿보게 되기 때문이다.

> 또 쉬이를 했구나. 오줌을 눴으면 눈 기색이라도 해야지. 그렇게 멀쩡히 깔
> 고 앉았으니 옷이 다 젖잖아. 다 큰 애가 왜 그러니. 엄마 쉬이 할래요 소리도
> 못해? 그러다간 학교에도 기저귀를 차고 가게 돼요.

아저씨, 병 사세요? 깨진 항아리는요? 이삿짐을 함부로 다루니 남아나는 게 있어야지. 사이다 병은 얼마예요? 칠원이라구요! 날이 이렇게 더우니 애꿎은 사이다만 먹게 되는군요. 열 네 병이니 백 원 꼴이지요? 아니 돈으로 줘요, 누가 강냉일 먹을 사람이 있어야지요.

갓 돌 지난 아이에게 하는 말은 아이의 대답이나 반응을 기대할 수 없는, 그래서 이미 대화의 의미를 상실한 혼자의 일방적인 독백에 불과하다. 그리고 고물장수와 나누는 대사도 대화 상대자의 목소리가 배제된 채 진행되고 있어 독백의 모양을 하고 있다. 이웃집 여자, 남편, 아이, 책방 주인 등 타인과의 대화는 그것이 일상적일 때만 가능하다. 따라서 그녀가 꺼내놓는 말들은 일상적이고 가식적인, 그래서 말이 되지 못하는 죽은 말들이며 또한 갇힌 말이다. 그녀는 이 말들처럼 일상의 삶 속에 갇혀 있다. 진정한 그녀의 말은 상대방의 침묵이나 외면으로 반향없이 끊어져버리거나 그들의 말 속에 묻혀 버린다.

"솔직이 말하면, 소설이란 그거 그럴 듯한 거짓말이 아닙니까?"
"그렇다면 사모님께서는 대단한 거짓말장이겠군요."
정 교수의 말에 누군가 재빨리 대꾸하자 대단한 재담이라는 듯 와자자 웃음이 터졌다.
"저는 아직 미숙한 거짓말장이라 곧 탄로가 나고 맙니다."
당근과 암의 관계에 대한 최근 의학 보고서에 관한 얘기를 하던 맞은편의 두 남자가 그들을 바라보다가 갑작스레 그쳐 버린 웃음에 뭐, 별일 아니군 하는 낯으로 갓 씻어 썰어 내온 당근을 한 쪽 집어 어석어석 씹었다.
"모두들 암의 공포증에 걸려 있지만 당장은 먹어야겠습니다."
윤재는 여전히 위태롭게 서서 막대기로 분수의 물줄기를 치고 있었다. 사방으로 흩어져 튀는 물줄기에 주위에 있던 사람들은 얼굴을 찌푸리며 자리를 옮겼다.
연못이라야 그저 조그만 웅덩이지, 빠진다고 익사야 할라구.

명혜는 취기가 주는 엉뚱한 담대함으로 입을 열었다.

"이 시대의 전형적인 인물을 그리려고 해요. 그는 신중성에 있어서는 자벌레와 같고 판단력에 있어서는 적에게 다리를 잘라주고 달아나는 절족 동물과 같으며 치유력 또한 불가사리와도 같지요. 물론 높은 풍자성과……"

"여기를 보세요, 두분 정답게 포즈를 취하세요. 오올치, 좋습니다."

— 「夜會」

그녀의 말은 다른 사람들의 일상적인 대화의 흐름에서 빗겨나 있을 뿐 아니라 그들의 말에 의해 단절되거나 그 속에 묻혀 버린다. 그녀의 말은 전혀 그들에게 들리지 않으며 혼자 겉도는 것이다. 이때 표면적으로 이루어지고 있는 일상적인 대화 속에 본질적인 '그녀'는 존재하지 않는다.[5] 그녀의 많은 중얼거림과 대사에도 불구하고 그녀가 마치 벙어리처럼 다가오게 되는 것도 바로 이 때문이다. 그녀의 내면은 그녀가 침묵하였을 때, 그래서 대화가 사라지고 자신의 독백적 서술로 옮겨갈 때 비로소 드러나기 시작한다. 그녀의 참 존재는 이처럼 꺼내놓지 못한 말 속에 혹은 그 뒤에 가리워져 있다.

이런 점에서 침묵과 수다 사이를 오가는 오정희 인물들의 말은 모두 상대를 찾지 못한, 그래서 교신 행위로서의 의미를 잃어 버린 독백에 불과하다. 뿐만 아니라 이들의 목소리가 전면에 드러나면서 수다스러워지기 시작할 때 이들의 말은 대개 의문형이나 추측형 종결어미, 완결되지 않은 문장, 말없음표(……) 등이 빈번하게 사용되면서 분명하게 설명되거나 논리적으로 정의되지 않고 얽혀 있는 감정 상태를 그대로 드러낸다.

---

5) 가령 케이트 초핀의 「The Awakenning」에서 여주인공 에드나는 다른 인물들의 인사말에 전혀 반응을 보이지 않는데, 이와 같은 서술은 독자로 하여금 표면적인 대화와 잠재적 대화 사이의 격리감을 느끼게 하고 그 대화의 자리에 본질적인 에드나는 존재하지 않는다는 느낌을 갖게 한다. (조세핀 도너반 『페미니스트 문체 비평』, 김열규 외 (공역), 『페미니즘과 문학』(문예출판사, 1988), 100쪽).

도둑이 무섭다기보다는…… 하긴 쉰 살 먹은 여자가 강간을 무서워하다니 우습게 들리기도 하겠지요. 커튼을 바꿨다구요? 먼젓번 모임에는 안 오셨던가? 그때 바꿨던 건데…… 그땐 말도 마세요. 손님들이 얼마나 취했던지…… 우린 그날 〈과수원 길〉이란 아이들 노래를 불렀죠. 남편은 엉망으로 취해서 노래를 부르다 울어 버렸지요. 나 역시 눈물이 나왔어요. 눈송이처럼 흰 사과꽃이 날리는 과수원 길, 어쩌면 머리카락에 이슬처럼 맺히는 봄비가 내리는 날인지도 모르죠. 젖은 대기 속에서 풍기는 엷은 사과꽃 향기, 그런 것들은 어쩌면 영원한 향수 같은 게 아닐까요?   ―「어둠의 집」

대상도 없이 혼자 내뱉는 이같은 독백은 단정하게 마무리되지 못한 채 중도에서 끝나버리는 문장, 의문형 종결어미, 모르죠, 어쩌면, 아닐까요 등 확신과 단정적인 판단을 피하는 어휘 등으로 가득하다. 그것은 우리의 삶과 존재란 일상과 의식, 현실과 환상, 평온과 위기, 삶과 죽음이라는 극과 극 사이를 넘나드는, 본질적으로 비규정적이고 모호한 유동체라는 오정희의 인식을 반영하는 문체적 특성이다. 뿐만 아니라 이러한 삶에 대한 인식은 항시 여성의 존재 양식과 맞물려 이루어지고 있는데, 말에 있어서도 이같은 여성 언어는 대개 분명하고 단정적인 어휘와 단호하고 명령적인 종결어미를 사용하는 남성들의 말과 대조를 보인다.

불을 꺼요.

어린애들처럼 밤낮 숨바꼭질만 하겠어? 배가 고프고 피곤해.

엄마, 어디 있어요.

「어둠의 집」에서 집 안에 있는 주인공 여자를 향해 밖에서 들려오는 이같은 남성들의 말은(민방위 요원, 남편, 아들) 명확하고 간단해질 수 없는 '안'/'여성'의 언어와 대조를 보일 뿐 아니라, 합리적이고 일상적인

당위성을 토대로 그녀를 밖의 질서로 끌어내는 위압적 힘으로 작용한
다.[6] 「유년의 뜰」에 나타난 언니와 오빠의 다음 대화에서도 이는 그대로
적용된다.

　　또 나갔었지, 또 나갔었지?
　　언니는 도무지 못 알아듣는 시늉을 하며 잠에 취한 소리로 우물쭈물 대답했
다.
　　아냐, 내가 언제…… 어쨌다고 그래.
　　언니의 대꾸는 가냘프고 자신이 없었다.
　　밤에 쏘다니지 말아, 가만 안 둘 테야.

　　언니의 말은 우물쭈물 가냘프고 자신이 없으며 따라서 말줄임표 속으
로 숨어든다. 반면에 오빠의 말은 반복해서 다그치고 명령하는 상관의 말
그것이다. 그것은 일상의 질서 밖으로 나가지 못하도록 통제하는 규제와
억압의 말이다. 아버지를 대신해서 엄마와 언니를 감시, 통제하는 역할을
하고 있는 오빠의 말은 전형적인 아버지의 말을 답습하고 있는 셈이다.
오정희의 여성은 이 남성적 일상의 세계에 의해 억압되고 소외되고 갇혀
있다.[7] 그리고 이 여성들의 말은 단순히 여성의 문제에 국한되지 않고 평
화와 위기, 일상의 파괴와 일상으로의 회귀, 삶과 죽음의 공존이라는 삶
의 근원적인 존재 양식에 대한 인식으로까지 나아가는, 의문과 억압과 갈
등의 말이라는 점에서 보다 큰 의미를 갖는다.
　　신경숙의 글 역시 세계와의 교통, 타인과의 교신을 꿈꾸는 절망적이고

---

6) 「어둠의 집」의 문체적 특성에 대한 보다 구체적인 논의는 졸고 『빛과 어둠의 이중문체』(《문
　학사상》 1991.1)를 참조할것.
7) 「목련초」에서도 이와 같이 여성의 말이 남성의 일방적이고 멸시적인 말에 의해 차단되고
　있음을 볼 수 있다. 이에 대해서는 김경수의 「여성성의 탐구와 그 소설화 -오정희론」(《문학
　의 편견》 세계사, 1994, 382쪽)에서도 언급되고 있다.

강렬한 비명, 그러나 본격적으로 터져 나오지 못하는 침묵 속의 울림으로
가득 차 있다. 끝없이 머뭇거리고 움츠러드는 그녀 인물들의 말과 행위는
'벙어리 그룹'(muted group)으로서의 여성의 운명과 이들 여성들의 '다
른' 말하기 방식을 더욱 강하게 확인시킨다. 실제로「멀리, 끝없는 길 위
에」의 이숙은 말을 더듬고 그의 어머니는 거의 말이 없으며,「새야 새야」
에서는 벙어리 형제와 말없는 여자가 등장한다. 이들은 모두 주변적 존재
로서 표면적인 말없음 속에 내면의 말하기 욕망을 감추고 있는 존재들이
다.「배드민턴 치는 여자」의 '그녀' 와「멀리, 끝없는 길 위에」의 '나' 그
리고 이숙은 글을 쓰고,「해변의 의자」에서의 '나' 와 '너' 는 서로에게 끝
없이 이야기를 해 준다. 이들에게 있어 말이란 살아 있음을 확인하게 하
는 힘과 같다. 그러나 이들의 말의 욕망은 번번이 좌절된다.

'내 돈 내놔' 라는 말을 마음과는 달리 속삭이게 되는 여자에게 욕을 퍼
부으며 병으로 머리를 치는 남자와, 살아 있는 것 같지 않다고, 사는 게
미친년 같다고 하는 여자들의 말에 차라리 정신차리지 말라고 대꾸하는
남편들의 이야기나(「해변의 의자」), 미래를 가져다 줄 것으로 믿었던 글
이 오히려 몸짓언어로 자유롭게 이루어지던 형제들 사이의 교감을 중단
시키고 그들을 갈라 놓게 된 것(「새야 새야」), 혹은「배드민턴 치는 여자」
에서 주인공인 '그녀' 가 3급 타자 자격증을 가지고 있으면서도 번번이
타이피스트 모집에 떨어진다는 사실 등은 모두 남성 언어로서의 공적 언
어와 여성 언어 사이의 단절된 말 혹은 빗나간 말을 단적으로 드러내 준
다. 이들 사이에서 진정한 의미의 나눔의 말은 발견할 수 없다. 뿐만 아니
라 여성의 말은 항시 남성에 의해 억압되거나 차단되고 있다. 이렇게 볼
때 신경숙 소설에서 빈번하게 등장하는 남녀간의 비극적 사랑 이야기는
이와 같은 여성 언어와 남성 언어 사이의 소통 불가능, 더 나아가 타인과
의 근원적 소통 불가능이라는 주제를 담고 있다고 할 수 있을 것이다.

「풍금이 있던 자리」에서도 비극적 사랑은 교신의 불가능이라는 언어적

차원에서 확인된다. 수컷 공작새와 코끼리거북 사이의 이루어질 수 없는 사랑이 그들의 서로 다른 언어에서 비롯되었다는 작품 앞에 인용된 일화는, 사랑이라는 것이 결국은 두 존재 사이에 이루어지는 마음/말의 넘나듦이라는 인식을 보여 준다. 이 작품이 당신에게 보내는, 그러나 부쳐지지 않는 편지 형식으로 되어 있다는 것은 이런 점에서 사랑의 본질과 어긋남을 환기시키는 적절한 장치이다. 이 작품에서 편지쓰기는 고향에서 떠올린 과거의 기억과 삶의 풍경들이 일으키는 마음의 파문을 설명하려는, 그래서 그 파문을 이해받고자 하는 욕망을 담고 있다. 그러나 '눈썹 하나만 까딱해도 무슨 말을 하는지 안다고 생각했던 당신'과의 교신은 편지를 쓰면서 끝없이 단절감만을 확인시킨다. 그래서 '그'를 상대로 한 그녀의 편지쓰기, 말하기와 글쓰기는 '제 심정을 당신께 알려 드리는 일이 가능한 일이 아니라는 생각'으로 계속 중단되고, 대신 그에게로 향하는 마음을 억누르느라 그녀로 하여금 '종일 중얼중얼거'리게 만들기도 한다. 뿐만 아니라 그녀의 문장은 그 자체가 자신의 말과 글이 상대에게 전달될 수 있을까에 대한 의구심, 교감에의 욕망과 단절의 확인을 드러낸다.

강물은…… 강물은, 늘…… 늘, 흐르지만, 그 흐름은 자연스러운 것이지만, 어찌된 셈인지 제게는 그 강과 함께 흐르기로 마음먹는 일이 제 심연의 물을 퍼 주고야 생긴 일임을, 아니에요, 이런 소릴 하는 게 아니지요, 다만, 어떻게 하더라도 제게 어찌할 수 없는 아픔이 남는다는 걸 알아 주시…… 아니에요, 아닙니다.

거듭되는 쉼표에 의해 끊겨지고 완전하게 매듭지어지지 못한 채 이어지고 있는 이와 같은 문장은 그 문장 자체가 자연스럽게 흐르기의 어려움을 드러내는 것처럼 보인다. 주인공의 의식은 강물의 흐름을 당연하고 자연스럽게 여겨야 하는 긍정의 논리와 자신에게는 그것이 자연스럽게 이루어지지 않는 데서 오는 부정의 논리 사이에 걸쳐 있다. '~지만', '~아니에요' 등과 같은 일련의 부정어들이 사용되고 있으면서도 그 뒤의 말이 분명하게 마무리되지 못한 채 끊어지고 있는데, 이는 이처럼 긍정과 부정의 사이에서 머뭇거리며 헤매고 있는 그녀의 의식을 그대로 드러낸다. 뿐만 아니라 이러한 부정어들은 자신의 마음을 전달하고 싶은 욕구에도 불구하고 그것의 불가능함을 끊임없이 확인하게 되는 데서 오는 단절감과 조심스러움을 동시에 담고 있기도 하다. 자연스럽게 흐르는 것처럼 자연스럽게 표현하는 것 또한 그녀에겐 힘이 든다. 그래서 그녀의 문장은 '당신'을 향한 말과 다시 자신에게로 숨어드는 말들이 서로의 말을 끊으면서 교체되는, '흐르는' 말이 아니라 '끊어지는' 말들이 되어 있다. 뿐만 아니라 판단이나 규정을 배제하는, 이 같은 망설임의 언어들은 소설 속의 오빠의 언어와 대조를 이룬다.

　　오늘 집에 온 그 여자는 악마다. 그러니까 그 여자가 해 준 밥은 먹지도 말고, 불러도 대답도 하지 말고, 그 여자가 빨아 준 옷은 입지도 말아라.

　　그렇게 해야만 어머니가 돌아온단 말이다!

　　오빠의 이 대사들은 규정과 판단의 문장들이며, '그러니까', '그렇게 해야만'과 같이 논리와 당위로 드러나는 문장들이다. 여기에는 판단의 망설임이나 논리의 부족함이 없다. 주인공의 말은 이 확고부동한 논리와 당위 앞에서 항상 흔들리고 기진맥진하다. 빈번한 쉼표에 의해 토막난 말, 혹은 온전하게 마무리되지 못한 채 말없음표 속으로 사라지는 말, '~이겠지요', '~될 테지요', '~일런지요', '~같습니다'와 같은 일련의 추측형 종결어미를 사용하여 가능한 의미의 무게를 덜어내고 있는 말, 의문형의 문장들, 생각의 흐름을 그대로 기술함으로써 나타나는 반복과 도치 구문들, 이들은 모든 확고부동한 개념, 절대성의 원칙, 당위를 강조하는 말들에 대한 저항의 면모를 은밀하게 지니고 있다. 이른바 '이것 혹은 저것'(either/or)의 이성적, 남성적 언술 논리를 전복시키는[8] 여성 언어의 면모를 보이고 있는 셈이다.

「멀리, 끝없는 길 위에」의 경우에서도 타인, 혹은 세상과의 교신의 꿈이라는 신경숙의 주제는 다시 확인된다. 거식증으로 홀로 외롭게 죽어간 이숙과 '나'의 관계를 중심으로 전개되는 이야기 속에서 초점이 되고 있는 것은 이숙의 말하기, 글쓰기가 '나'의 소설쓰기와 겹쳐지면서 드러나는 말과 글의 욕망, 그리고 그 좌절이라 할 수 있다. 말을 더듬던 그녀가 그토록 '내'게 건네고자 한 말들, 마음들을 외면함으로써 '나'는 그녀를 외로움 속에 혼자 죽게 한 셈이 되었고, '나'의 소설쓰기는 이러한 부채감에서 비롯된다. '나'의 소설쓰기는 '더 내 주었어야 했을' 마음자리를 내 주고, 그럼으로써 그녀를 되살리려는 '나'의 뒤늦은 나눔의 행위이자, 그녀의 완전한 소멸을 막는 되살림의 노력이 되는 것이다. 뿐만 아니라 그것은 '진흙 구덩이에 빠져 있는 말을 건져내는 듯' 더듬거리던 이숙의 말하기가 그녀의 삶 자체였던 것처럼, '나'로 하여금 삶을 지탱하고 사랑하게 하는 근거가 된다. 이야기 중간중간에 삽입되는, 어느 외국 여자의 전화 목소리인 'Can you talk with me? I seek for a person ~ until now we have no contact', 이는 이숙과 '나' 그리고 이야기할 대상을 갖고자 끝없이 타인을 향해 말을 건네는 신경숙 인물들의 공통된 절규에 다름 아닌 것이다.

신경숙의 여성들이 더듬거리며 힘겹게, 머뭇거리면서 떼어 놓는 이 말들 속에서 우리는 이러한 교신에의 꿈 그리고 절망을 함께 보게 된다. 끊어지면서 근근이 이어지는 글쓰기는, 글을 쓰면서 '처음으로 인생의 주인이 된 느낌'이 들었다고 고백하고 있는 것처럼 그녀들에게 혼돈과 갈

---

8) King, Adele(1989), *French Women Novelists: Defining a Female Style*(N.Y: St.Martin's Press), 34쪽.

등을 대면하고 정리하면서 주체적 자아로 서게 하는 '생존의 말'이 되고 있다. 뿐만 아니라 벙어리이거나 말을 더듬거나 침묵하는, 혹은 끊임없이 이야기하는 그녀 소설 속의 인물들에 의해 행해지는 이 말들은 남성 지배 문화가 제외시키고 침묵시켜 온 주변적 존재들의 말이라는 점에서, 타자화된 주변의 공간에서 말하기 시작하여 중심과 주변의 경계, '나'와 '타자'의 경계를 무용한 것으로 만들어 버리는[9] 해방적이고 해체적인 담론적 전략이라 할 수 있다.

3. 생명의 말, 삶을 찾아서

오정희나 신경숙이 우리의 비극적 존재 양식이나 여성들의 소외된 말과 삶을 일련의 언어 현상과 연관시켜 보여주고 있다고 한다면, 박완서에게서 우리는 그 극복 방안으로서의 말의 힘을 만날 수 있다. 그에게 있어 글쓰기는 살아내기 위해서, 고통을 이겨내기 위해서, 그리고 이 불모의 시대에 생명을 확인하기 위해서 풀어내는 곡성과 같다. 억울하게 죽어간 아버지와 오빠의 죽음을 반동의 죽음이라는 이유로 악 한 마디 안쓰고, 곡이나 아우성조차도 없이 '꼴깍 삼켜 버렸'던, 그래서 늘 '명치 근처에서 체증을 의식하듯' 그들의 죽음을 의식해야 했고, 그렇게 내부에 가둬 버린 망령들로 해서 자신 스스로가 갇힌 삶을 살아온 '나'는 만나는 사람마다 붙잡고 '사실은 말야' 하며 이야기를 건네거나, 소설을 쓰거나, 어머니에게 엄살을 떪으로써 깜쪽같이 삼켜 버린 것, 그래서 자신의 내부에 치유될 수 없는 체증으로 가로막혀 있던 것을 토해 낸다(「부처님 근처」).

---

9) 김성례(1991), 「한국무속에 나타난 여성체험 : 구술생애사의 서사분석」,《한국여성학》 7,
   10쪽.

나는 그들로부터 자유로워지고 싶었다. 삼킨 죽음을 토해 내고 싶었다. 그 무렵 나는 낯선 길모퉁이 초상집에서 들리는 곡성에도 황홀해져서 그곳을 떠나지 못하고 오래 서성대기가 일쑤였다. 저들은 목이 쉬도록 곡을 함으로써, 엄살을 떪으로써, 그들이 겪은 죽음으로부터 놓여나리라. 나에겐 곡성이 마치 자유의 노래였다.　　-「부처님 근처」

나는 술이 들어가기 시작하면 딴 사람처럼 기분이 고조되고 말이 많아지고 웃음이 헤퍼지는 버릇이 있었다. 꼭꼭 싸둔 생각, 황당한 불안, 맺힌 마음이 거침없이 술술 말이 되어 넘쳤다. 퍼내어도 퍼내어도 넘치는 맑은 샘물처럼 말이 범람했다. 듣는 상대방에게도 그게 맑은 샘물이 될 것인지 구정물이 될 것인지는 내 아랑곳할 바도 아니었다. 오로지 나는 내 속에 갇힌 것들이 말을 통해 자유로워지는 쾌감에 급급했다. 그건 또한 내가 그것들로부터 자유로워진 느낌이기도 했다.　　　　　　　　　-「엄마의 말뚝 2」

박완서에게 있어 말이란 막힌 것을 풀어내는 생명의 힘이다. 그의 문학에서 죽은 말, 막힌 말, 소리는 곧 죽은 삶을 의미한다. 아버지와 오빠의 죽음을 악 한 마디도 안쓰고 삼켜 버린 '나', 그리고 속물적인 남편에 대한 분노가 격렬한 외침과 딸꾹질, 경련으로 치솟아와도 여전히 말을 삼키고 있는 '나', 이젠 비명도, 신음도, 욕도 해대지 못한 채 보따리 장사로 변해 있는 '욕쟁이 선생'(「지렁이 울음소리」), 이들은 모두 죽은 삶을 살고 있는 존재들이다. 그래서 그는 이 삼킨 소리, 죽은 말을 풀어 내는 '몸의 말' 들을 만들어 낸다. 술만 마시면 평소와 다르게 많아지는 말과 헤픈 웃음 그리고 수술 후 '쉬지 않고 무슨 소리든지 하려' 드는 어머니의 중얼거림과 울부짖음, 악담(「엄마의 말뚝2」), 창녀들이 많던 곳에 들어선 교회에서 들려오는 여자들의 통곡 소리와 산부인과 의사인 '내' 가 죽은 아이를 안고 흘리는 눈물과 통곡(「그 가을의 사흘 동안」), 6.25 때 미 8군 PX에서 청소부로 일했던 무대소 아줌마가 내뱉는 욕(「공항에서 만난 사람」), '형님' 을 상대로 두서없이 이어지고 있는 수다, 아들의 부재(죽음)

를 견딜 수 없을 때 외우는 '은하계 주문', 차 사고로 척추를 다치고 치매 상태가 되어 있는 아들을 간호하고 있는 친구가 '잠시도 쉬지 않고 입을 놀리'며 내뱉는 욕설, '나'의 울음, 흉보기(「나의 가장 나종 지니인 것」), 이들은 모두 속으로 삼켜 버린 고통을 풀어 내는, 그럼으로써 삶을 유지시키는 '말'의 변형들이다.

특히 「나의 가장 나종 지니인 것」에서는 '말'이 고통을 풀어 냄으로써 그것으로부터 자신을 해방시키는 힘이 된다는 작가의 인식이 주제적 차원에서 뿐 아니라 글쓰기 형식 자체에서 시도되고 있음을 볼 수 있다. 뚜렷한 통화의 목적도, 일관된 말의 요지도 없이, 생각나는대로 두서없이 이어지고 있는 것처럼 보이는 전화 통화는, 속마음 털어놓기, 수다, 밑도 끝도 없이, 그리고, 일정한 방향도 없이 전개되는 '말하기'가 그 자체로서 자신의 고통을 감내하는 힘이 되고 있음을 확인시킨다. 뿐만 아니라 화자인 '나'의 말로만 되어 있음에도 불구하고 그 속에서 우리는 전화의 다른 한 끝을 붙잡고 있을 '형님'의 존재를 감지하게 된다.

그때 창환이 죽은 지 얼마 안돼서이기도 하지만 뭔가 심상치 않은 일이 생길 것 같아 정신을 번쩍 차리고 일어났더니 형님이 뭐랬는 줄 아세요. 자식을 잡아먹고도 데모가 그렇게 좋으냐고 악을 썼죠. 언제는 언제예요. 육십 때라니까요. 형님 제발 육십하구 육이구하구 헷갈리지 좀 마세요. 그걸 어떻게 안 헷갈리느냐구요? 헷갈릴 게 따로 있지, 그걸 어떻게 헷갈려요. 전 형님이 육십하고 육이구하고 헷갈리는 거, 사일삼하고 사일구도 분간 못하는 거, 오일육하고 오일팔이 왔다갔다 하는 거, 정말 참을 수가 없어요. 어떤 때는 내 앞에서 일부러 그렇게 시침을 떼는 게 아닐까 싶어지면 형님하고 다시는 상종도 하기가 싫어져요. 그런 날짜는 그렇게 잘 외면서 증조모님 제삿날은 어떻게 그렇게 감쪽같이 까먹었느냐고요? 형님이 그렇게 나오실 줄 알았어요. 오금을 박는 데는 선수이시니까요. 좋아요, 솔직히 말씀드리죠.

표면적으로는 독백으로 진행되고 있는 것으로 보이면서도 이처럼 그녀의 말에는 '형님'의 존재가 끊임없이 드러난다. 형님은 그녀의 말을 듣고 그 말에 참여하는 대화 상대자이다. 따라서 주인공의 독백으로 진행되고 있는 것처럼 보이는 이 작품에서 우리는 두 사람 사이의 애정어린 그리고 때로는 익살스런 대화를 엿듣게 된다. 형님의 존재는 '나'의 수다가 허망한 독백에 그치는 것이 아니라 슬픔과 고통을 덜어 놓는 나눔의 말임을 보여 주는 한 장치이다. 무덤덤하고 무뚝뚝하게 보이던 '형님'이 작품 끝에서 울음을 터뜨리게 되는 것은 이러한 나눔의 정점을 보여 주는 것이라 할 수 있다. 말의 힘은 그 내용 이전에 이미 말하기 자체에서 비롯된다. 더욱이 그 말이 어떤 이와의 나눔의 말일 때, 그것은 이미 생명과 사랑의 힘을 담고 있는 것이다.

박완서가 만들어낸 많은 말들, 잡담하기, 수다떨기, 울기, 웃기, 곡하기, 소설쓰기, 염불외기, 욕하기, 비명지르기, 신음하기, 딸꾹질하기, 주정하기, 도리질하기 등에는 직접, 간접적인 침묵에의 강요와 회유를 뚫는, 남성 지배담론의 국외자로서의 여성의 말의 양식이 반영되어 있다. 특히 잡담하기, 수다떨기 등은 여성의 소외와 고통을 감내하게 하는 자매애적 힘을 지닌 여성 특유의 나눔의 말이다. 침묵이 강요되는 삶과 사회 속에서 '어머니'와 '나' 그리고 '그녀'들은 이 '말'을 통해 삶을 얻는다.

최윤에게 있어서도 말은 그대로 하나의 주제가 된다. 그녀의 소설은 어떤 점에서 소리와 침묵 사이에서 벌어지는 수많은 사연과 갈등, 화해의 이야기라 할 수 있다. 그녀에게 있어 삶의 어떤 징후나 흔적, 비의는 대개 소리를 통해 감지된다. 그의 많은 소설이 갑작스런 환청, 노랫소리, 혹은 소리에 대한 귀 기울임으로 시작되는 것도 이 때문이다. 그것은 해결되지 못한 삶의 사연들이나 풀어내지 못한 갈등, 혹은 삶의 근원적인 모호성을 환기시키듯 수수께끼처럼, 암호처럼 그들 앞에 나타난다.

귀를 기울인다. 먼저는 톡톡 어디선가 돌아가는 시침 소리. 시간의 물방울 소리는 누가 조절해 놓았기에 저토록 정확히 떨어질까. 그렇다. 늦은 시간이

다. 귀를 기울여야, 아주 먼 곳에 쳐진 은유의 방벽 뒤에서나 울려옴직한 웅웅
거리는 그 무엇 외에는 시계 소리뿐이다.   ―「당신의 물제비」

　어느 날 아침, 머릿속 가득히 한 곡의 이중창이 채워져 있었다. 머릿속 작은
우주뿐 아니라 방 안 가득히, 도시 가득히 그리고 저 먼 우주까지 가득히. 그
것은 여느 상쾌한 이른 아침 휘파람 곡으로 되어 입술 사이를 새어나오는 작
은 행복의 표시 같은 것은 아니었다. 때가 지나가 버린 유행가 가락이며, 음악
이라기보다는 부르짖음에 가까운 그런 이중창.   ―「워싱턴 광장」

　그르스스, 게스스트, 게스흐트……
　그것은 바람소리 같기도 하고 가벼운 천이 껄그러운 물건에 부딪치는 것 같
기도 한 소리였다. 아니면 언어를 잊은 실어증 환자가 어렵사리 토해 내는 것
같기도 한 이상한 소리가 그럴까.
　나는 오늘도 머릿속에서 부유하는 이 소리의 파동과 함께 깨어 일어났다.
                                                              ―「그의 침묵」

「당신의 물제비」에서 주인공의 귀에 들려오는 소리들은 삶의 불안한
징후들과 관련된다. 그녀는 그 소리를 피해 아이의 숨소리에 귀를 기울이
기도 하지만 다시 웅웅거리는 소리에, 그리고 딴사람의 그것처럼 생소하
게 들리는 자기 자신의 숨소리에 사로잡히게 된다. 남편의 교통사고 사
망, 그리고 그것보다 더 충격적이었던 남편 얼굴에 비친 미소와 옆에 타
고 있던 여자. 자신의 삶의 끝이자 도저히 파고 들어갈 수 없는 삶의 의문
의 시작이기도 했던 그 사건을 통해 깨닫게 된, 삶의 어긋남이라는 불안
한 명제는 이같이 웅웅거리는 소리가 되어 그녀의 의식을 떠도는 것이다.
「워싱턴 광장」에서의 이중창은 어린 시절 노래를 불러 돈을 벌던 여자
아이와 자신과의 비밀스런 관계에 연관된 소리이다. 자신의 아버지가 간
첩으로 고발되어 붙잡혀간 것이 자기 때문이라고 믿고 있을 그 아이의 오
해와 그로 인해 일그러진 자신과 그 애와의 관계는 일그러진 이중창으로

남아 있다. 그 애의 노래에 맞춰 연주하리라던 어린 시절 하모니카 연주자의 꿈이 이류 악단의 플룻 연주자의 현실로 초라하게 변질되어 있듯이, 그 부르짖음 같은 이중창은 어쩔 수 없이 어긋나버리고 깨어져 버리는 삶의 비극성을 말해 주고 있는 것이다.

「그의 침묵」에서 임종 직전 아버지가 내뱉은 소리는 한편으로는 아버지가 자신의 삶을 걸었던 '역사'의 의미를 묻는 것이면서 다른 한편으로는 온전하게 내뱉어지지 못한 채 갇혀 버린 말의 의미를 묻는 것이기도 하다. 조각가였던 아버지 진덕우가 무식한 미장이 박삼돌로 살아야 했던 삶의 질곡, 그리고 그 힘겨운 과거의 모든 흔적을 지우듯 살아왔던 부모들의 침묵 속에 갇혀 있던 말들은 겨우 그와 같이 알 수 없는 신음소리로 남겨졌다. 그것은 또한 '내'게 그 몇 음절의 소리로부터 수천 수만 갈래의 삶의 갈피와 길을 더듬어야 하는 작업을 남기기도 한 것이다.

제목에서부터 소리와 침묵 사이의 비극적 엇갈림을 암시하고 있는 「벙어리 창」에서 화자인 '나'는 소리를 듣고 채집하는 일을 하는 음악도이다. 그에게 삶의 갖가지 갈래들은 모두 소리를 통해 감지된다. 공중전화 박스에서 벙어리 여인이 내던 이상한 소리의 곡예에 이끌려 그 벙어리 여인에게 편지를 쓰고 있을 때 '나'는 다시 귀에 익숙한 소리를 듣게 된다. 그것은 이모부한테 반죽음이 되도록 맞고 온 이모가 내는 소리이다. 그녀는 볼 일이 있어 들를 때는 초인종을 사용하다가도 피신하러 올 때면 손가락 마디로 철대문을 두드리는데, 그녀가 집안으로 들어올 때까지의 일련의 과정이 모두 이 소리를 통해 서술된다.

이모는 누나 방 창문이 나 있는 담 쪽으로 다가가, 대문을 두드릴 때의 조심스런 태도를 내던지고 누나의 이름 석자를 고음으로 부르기 시작했다. 세번째의 부르짖음이 채 끝나기도 전에 누나 방문이 후다닥 열리고 이어 씩씩거리는 분노의 숨결과 함께 허겁지겁 내 방문을 가로지르는 발걸음 소리가 들려왔다.(∼)

그리고는 빗장 여닫는 소리, 무언가 쿵 부딪히는 소리, 한숨 소리, 발자국 소리가 내 방문 앞에서 멎는다. 나는 죄라도 지은 것처럼 숨소리를 죽였다.

(~)다시 신발 끌리는 소리, 방문 여닫히는 소리. 침묵. 그리고 얼마 안 있어 마치 내가 들으라는 듯이 울려퍼지는 이모의 자유분방한 통곡 소리.

가수가 되는 것이 꿈이었다는 이모는 이 울음 끝에 자신을 위해 어느 작곡가가 지어 주었다는 노래를 불러대기 시작한다. '입 한 번 뻥긋한 적이 없이' 살아 온 이모가 내는 이런 일련의 소리들은 오랫동안의 침묵을 뚫고 내면에서 솟구쳐 올라오는 살아 있는 말이다. 작곡가이자 남로당원이었던 강우진과의 사이에서 낳은 아이를 떼어 북으로 보냈을 때 이모의 삶은 이미 죽은 것이나 다름없었다. 가슴 속에 묻어버린 그 때의 기억들, 갇혀진 말들은 소리나 노래가 되어, 혹은 신음 같은 창이 되어 터져 나오곤 하는 것이다.

최윤의 인물들은 그들의 삶이 그러하듯 그들의 말을 잃었다. 벙어리 여인, 웃지 않는 누나, 그리고 배우처럼 우스꽝스러운 탈을 쓰고 살아 온 이모, 이들은 모두 내면에 갇힌 자신들의 말을 밖으로 꺼내놓지 못하는 벙어리들이다. 그러나 동시에 이들은 '내면에서 아우성치던 소리'들을 '토해내고 싶은 광증과 같은 욕구'로 '늘 할 말이 많았다'(「속삭임, 속삭임」). 어느 화가가 요구한, 분노로 고함을 지르는 자세나 '나'의 독백(「판도라의 상자」), 이모의 통곡과 노래(「벙어리 창」) 등은 내면에 갇힌 소리들을 토해내는 고통스런 몸짓에 다름아니다. 말이 되지 못하고 신음 소리로, 울음소리로, 노랫소리로 떠돌고 있는 이 소리들은 그것을 듣는 이가 있을 때 비로소 말이 된다.

어떤 점에서 최윤의 소설은 이같은 소리들 속에서 말을 찾아 내려는 고통스런 탐색의 과정을 그리고 있다고 할 수 있다. 작가의 말 그대로 '모호한 소리의 기억으로부터 하나의 단어, 역사를 형용해 주는 하나의 단어에로 나가는 것은'(「그의 침묵」) 수천 수만 갈래의 길을 통과하는 일이 된다. 최윤은 소리와 말과 그것이 만들어 내는 의미 사이에서, 아직 말이 되지 못한 소리와 그것이 감추고 있을 의미 사이에서, 그 신기하고도 어지러운 말의 길들 위에서 줄곧 서성댄다. 때론 음악도로, 작곡가로, 플룻 연주가로, 때론 화가로, 조각가로 등장하는 그의 인물들은 내면에 갇힌 소리에 귀 기울이고 그것들을 표현하려는 자라는 점에서 작가의 분신들이라 할 수 있다. 그는 말이 갖는 생명과 자유, 해방의 힘을 믿는 사람이다. 최윤의 인물들은 자신의 이야기를 들어주는 혹은 듣고자 하는 '나' / '그'를 갖고 있다는 점에서 오정희나 신경숙의 인물들보다 행복하다. 이들의 말이 자신들의 세계만에 갇혀 있는 혼자만의 독백으로 끝날 수 밖에 없는 데 반해, 최윤의 인물들의 말은 비록 그것이 아직은 의미 이전의 소리로 떠돌고 있다 하더라도 그 소리를 듣고자 하는 대상과의 관계 속에 들어와 있기 때문이다. 이들의 소리는 타인과의 단절된 관계를 확인시키는 닫힌 말이 아니라, 타인으로 하여금 수수께끼 같은 그 말에 귀 기울이게 하고 그리하여 그의 삶에 참여하게 하는 열린 말이다.

따라서 그의 소설에는 억압의 징후로서의 침묵에 대한 인식과 그것을 치유하는 힘으로서의 말의 인식이 함께 있다. 바다 속처럼 고요하기만 한 집안을 부산하게 만들던 민박사와 양자인 복동씨 사이의 이야기라든지(「당신의 물제비」), 아버지와 아재비 사이의 속삭임, 그리고 아이를 향한 '나'의 끝없는 이야기(「속삭임, 속삭임」)들은 죽음같은 삶 속에서 확인되는 유일한 평화의 풍경이다. 요컨대 최윤의 인물들은 그 이야기 속에서만 살아 있다. 말은 억압의 무게와 단절의 경계를 허무는 해체와 융화의 힘이며, 따라서 액체 같거나 기체 같다. 최윤은 인물의 말을 빌어 '삶은 아무래도 고체보다는 액체에 가까운 모양'이라고 고백하고 있기도 하거니와(「당신의 물제비」), 그가 꿈꾸는 나라 또한 그런 '액체의 나라'(「벙어리 창」)이다.

    아, 세상의 모든 속삭임이 물이 되어 흐른다면…… 이애, 우리가 한 몸이었
을 때 그랬던 것처럼 네게 해줄 속삭임이 이다지도 많은데, 이제는 어떻게 그
얘기를 해야만 할까. 울음처럼, 웃음처럼, 옛날 이야기로 혹은 미래의 이야기
로, 기체의 이야기 아니면 액체의 이야기로? 이애, 햇볕이 아직도 이렇게 따
가운데…… 우리가 예전에 한몸이었을 때처럼, 그렇게 얘기해 볼까.

-「속삭임, 속삭임」

최윤에게 있어 말/생명은 물처럼 흐르는 것이다. 그녀에 의하면 낮과
저녁, 물과 하늘, 말과 말의 경계가 흐려질 때, 그래서 딱딱하고 굳은 것
들이 풀어지고 흩어지고 흘러갈 때 가장 아름다운 생명의 풍경이 만들어
진다. 그래서 액체의 말은 완벽한 액체의 나라와 만나는데, 그것은 바로
여성의 자궁 속이다. '나'와 '너'의 경계를 허물고 모든 대립과 갈등의 벽
을 풀어 놓는 곳, 그 액체의 나라에서 생명의 말, 속삭임은 태어나는 것이
다. 이때 그 말들은 딱딱하고 질서정연한 남성 언어에 대응하는, 그리고
그것들을 흔들어 부수어 놓는 여성 언어의 면모를 보이게 된다. 아이를
향한 독백과 서술이 교체되면서 진행되고 있는 위 작품에서 독백의 경우
이탤릭체로 처리되어 있는데, 이는 단순히 아이를 향한 '나'의 말을 화자
로서의 '나'의 말과 시각적으로 구분시키기 위한 장치만은 아니다. 그 말
은 시각적으로 뿐만 아니라 형태적으로도 기울어져 있다. 화자로서의 말
이 고체의, 남성의 말이라고 한다면 엄마로서의 말은 액체의, 여성의 말
이라 할 수 있다.[10] 그것은 일정한 틀이나 법칙을 넘어, 단지 화해와 나눔
에의 열망으로 '너'에게 흘러간다. 바로 그것이 침묵과 소리(신음 소리,
울음소리, 노랫소리 등)를 넘어선 진정한 의미의 말이자, 갈등과 억압의

---

10) 식수스에 의하면 목소리의 원천은 아버지의 법이 출현하기 이전에 자리했던 어머니 그리
    고 어머니의 육체이다. 따라서 그 목소리는 항시 젖과 함께 섞여 있으며 우리는 잃어버린
    어머니인 그 목소리, 고갈되지 않는 젖을 다시 찾아야 한다고 말한다. (Moi, Toril(1985),
    114쪽).

말을 뚫고 우리가 찾아야 할 잃어버린 여성/어머니의 목소리인 것은 아
닐까.

닐까.

한국 여성 시학

1997년 12월 20일 초판 인쇄
1999년 3월 20일 2 쇄 발행

저 자 **김현숙, 김현자, 이은정, 황도경**

펴낸이 **박현숙**

110-290 서울시 종로구 인사동 153-3 금좌 B/D 305호
T:723-9798, 722-3019 F:722-9932

펴낸곳 도서출판 **깊 은 샘**

등록번호: 제2-69. 등록년월일/1980년 2월 6일

ISBN 89-7416-080-8
※ 저자와의 협의에 의해 인지를 생략합니다.
※ 잘못된 책은 바꿔 드립니다.
※깊은샘은 PC통신 HiTEL ID kpsm으로 만나실 수 있습니다.
값 12,000원